大岡昇平

二十代のころ、六年間ほど法律事務所に勤めていました。普通の会社のOLから転職したのですが、そのきっかけとなったのがこの小説、『事件』を読んだことでした。リアルな司法の現場を、裁く側と裁かれる側、双方の視点から浮き彫りにした骨太な作品です。何より素晴らしいのは、ここで扱われている事件が、昨今でしたら新聞のベタ記事にさえならないかもしれない小さなものであることです。事の大小は、報道の大小に拠らない。どんな地味な事件でも、そこに関わる人びとの人生にとっては切実な脅威であり、悲劇であり、そこにある真実は尊重されなければならないのだということが、しっかりと書き込まれています。今こそ、もっともっと広く、多くの人びとに読み返されるべき傑作です。　宮部みゆき

登場人物

上田宏……………被告人。自動車工場の工員
坂井ハツ子……被害者。飲食店「みよし」の女主人
坂井ヨシ子……ハツ子の妹。上田宏の恋人
菊地大三郎……弁護士。上田宏の弁護人
岡部貞吉…………横浜地方検察庁検事
谷本一夫…………横浜地方裁判所判事
野口直衛…………横浜地方裁判所判事補
矢野美彦…………横浜地方裁判所判事補
上田喜平…………上田宏の父親
坂井すみ江……坂井姉妹の母親
花井武志…………金田中学校の教諭

事　件

大岡昇平

創元推理文庫

A CASE

by

Syohei Ôoka

1983

事件

事件

昭和三十六年六月二十八日のことだった。むし暑い梅雨ばれの一日もようやく終りに近づいたが、暑気がまだ空中に残っている五時頃、その山裾（やますそ）の細い道を、上田宏（うえだひろし）が自転車を押して下りて来たことから、この物語は始まる。

神奈川県高座（こうざ）郡金田町は、人口五千人に足りない、小さな田舎町である。電話を持つ家は百軒もない。一帯の相模（さがみ）川の流域には、砂利（じゃり）を運ぶ運賃を節約するためばかりではあるまいが、工場がやたらにふえて来た。昭和四十年度には、金田町の区域だけでも、二十の工場が完成するはずで、そこからあがる税金収入を見越して、田と畑と丘ばかりのこのあたりの村や部落が、一つの町にまとまった。

工場の製品は鋳物（いもの）や陶器から、トランジスター、計器、現代日本の繁栄を象徴する硝子（ガラス）など、あらゆる分野にわたっていた。付近一帯の農家で飼われる豚をお目当てに、缶詰工場を建てる計画もあった。鮭や鱒の缶詰専門の北洋漁業の敵前上陸と業界紙でさわがれ、工員を確保するために、一年前から付近の農家の息子百五十人が、一時金をもらっていた。

今年十九歳の上田宏もその一人にはいっていた。だから彼がその山裾の道を下りて来た日の翌日、不意に町を出て行こうなんて、誰も考え及ばぬことだった。

その日その道で宏に会ったのは、町の雑貨商の主人、大村のじいさんだった。宏は顔色が悪かったそうである。

「どこ行きかよ」

じいさんはすれ違いざまに声をかけた。

「長後へ用足しに行って来たんです」

サラシ沢と呼ばれ、段をなして丘へ食い込んでいる田圃に沿って、その道はそれから東へ五キロ、ゴルフ場を建設中の丘の起伏を越えて、小田急江ノ島線に出る近道だった。

金田町の人達は大抵の用や買物は、厚木ですませてしまうので、宏がわざわざ山を越えて、遠い長後へ行ったと聞いて、少し変な気がした——と、これは大村のじいさんがあとになって言い出したことだった。

しかし宏はうそをついたわけではなかった。彼がその日、長後へ行ったのは事実であった。ただ彼がそこでどんな用を足したか、そしてその山裾の道の南に拡がった大村のじいさんの持ち山の杉林の中にある、坂井ハツ子の死体に、自分が関係があることだけ、言わなかったにすぎない。

「ズボンにも、シャツにも血はついていなかったようです。あいつがそんな大それたことをしていたとは、思いもかけませんでした」

と、大村のじいさんは、駐在所の天野巡査に言った。父親の喜平その他家の者も、その日、帰ってからの宏の態度に、なんの異常も認めなかった。次の日の夜、いっしょに町を出、五日の間、宏と横浜の磯子のアパートで同棲した坂井ヨシ子も、気がつかなかった。ヨシ子は殺された坂井ハツ子の妹だ。

土地の故老の伝えるところによると、金田町は昔から事件のない土地だった。長い徳川の治世の間は、天領つまり幕府の直轄領で、年貢の取り立てもあまりきびしくなく、いわば可愛がられた土地だった。明治の自由党時代には、反乱が多発した三多摩地方に繰り込まれてはいたが、実は村の物持ちの一軒が、資金調達が目的の強盗の被害を受けただけだった。そしてこれが村の人達が記憶している、唯一の大事件だった。

戦後の農地改革の行われる前から、五反から一町二、三反の自作農ばかりであった。派手なこともないかわりに、あまり悲惨な語り草もないのが、金田町の特徴だった。

村の様子がかわり始めたのは、終戦後、五キロ北の厚木、座間が進駐軍の基地になってからである。多くの村の若者達が、設営や清掃に狩り出されて行った。主に復員者から成り立っていたそれらの労務者は、アメリカ軍があまりにもしょっ中、兵舎や病院の周辺の模様替えをするのに、驚いていた。

その後、駐日米軍の縮小によって、労務者の大量が放出されてからしばらく、この辺から相模原へかけて、追剥や婦女暴行事件が絶えなかった。しかしそれらの男たちは、やがて相模川流域に建ち始めた工場や砂利採掘場に吸収され、地区はもとの静寂に戻った。

金田町の若者達は、もはや農民とは言えなかった。田圃は親父の代までで終りだ、なんていう者も珍しくなかった。酒は祭りや「野上り」の時だけ飲むものではなく、一年中町の飲屋で飲むものになった。

工場が建ちだしてから、地価は坪一万から一万二千円もするようになった。多くの農家が、二、三百万の預金を持つ身の上になった。耕作は機械化され、若い労働力を必要としなくなった。例えば坂井ハツ子の母の後家のすみ江は、農繁期だけ少しの人手を雇うだけで、売り残しの三反の田を、充分やって行くことができた。

姉娘のハツ子が百姓をいやがって、六年前、東京へ出て行った時、すみ江がそれほどなげかなかったのも、そのせいかも知れない。新宿の割烹料理店に女中として住み込んだということだったが、パンパンになったんだと言う人もいた。たまに町へ帰った時など、パーマネントをかけ、濃いルージュを引いた恰好が、付近の人の目を惹いた。女中にしては派手すぎると、言う者が多かった。

しかしほんとを言えば、ハツ子の恰好は町のほかの娘に比べて、特に派手というほどのことはなかったのである。町の娘だって、近頃はみんな厚木の町の美容院へ、パーマネントをかけに行く。彼女が派手だといわれるのは、そういう娘たちの多くが大抵、職場にいる昼日中、通りをぶらぶらしたり、喫茶店へ入って、タバコをふかしていたりするからにすぎない。

一年前からハツ子は町に帰って来ていた。給料をためたという三十万の金で、本厚木の駅前の横丁に、一間間口の小屋がけみたいな飲屋を出した。店は工場の工員や運転手や小田急の従業員などが相手で、結構はやった。母親のすみ江はむろん反対したが、店が繁盛していたので、なにも言えなくなってしまった。

しばらくは家から通っていたが、店の備品や酒が盗られるといけないと言って、月の大半は店に泊るようになった。町の人達は、なんのために泊るのか、わかったものではないと言った。

妹のヨシ子はハツ子より三つ年下の十九で、上田宏と同じ年だった。器量はハツ子の方が上で、魅力的だということになっているが、今の宏はそうは思っていない。

ハト胸、出っ尻は、昔は母親のなげきであったが、当節はグラマーと呼ばれるのに欠くことのできない資格になっている。ハツ子が男に好かれるのはそのためだ、と宏は思っている。妹のヨシ子は、丈も低く、すんなりとした体つきで、押し出しはよくないが、手足が引きしまって、ぴちぴちとはねそうな感じだ。「若鮎のように」という形容は、相模川の流域に育ったヨシ子のためにあるのだ、と宏はひそかに思っていた。

二人は町の小学校の同じ教室で机を並べていたが、特に仲が好いというわけでなかった。一昨年の夏、平塚（ひらつか）の七夕祭りの人混みの中でばったり会ってから、急に口をきくようになったのである。

裏通りの喫茶店にはいり、一時間ばかり喋って、出て来るところを、金田町の人に見られていた。そのころ宏は茅ヶ崎（ちがさき）の自転車組立工場へ勤めながら、平塚の定時制の高等学校へ通っていた。今年卒業したところである。

宏はどうやらヨシ子と夫婦になるつもりらしい。しかし、父親の喜平が後家のすみ江の家から、殊にハツ子のような姉がいる家から嫁を取る気にならないだろう、と言われていた。母親のすみ江が、ハツ子についてあきらめ、ヨシ子に望みをかけているのは、明らかなことだった。ヨシ子に婿養子を取って、老後を見てもらうつもりでいる。一方、喜平が総領の宏をはなすはずはない。だから、この話はますます実現の可能性が薄いといううわさだった。

ヨシ子はそのうち茅ヶ崎の洋品店の売子になった。よく宏と同じバスで出勤したし、夜おそく、いっしょに帰って来ることもあった。

「あれはもうできている」

というのが、一般の評判だった。いくら親が反対しても、若い二人は承知しないだろうと言う者もあった。ラジオやテレビの影響で、好いた同士がいっしょになるのは、当人の勝手だという思想は、金田町にもはいって来ていた。

宏の父親の喜平は今年四十五だが、三年前に妻のおみやに先立たれたところだった。前から厚木にかこってあった妾を後添いに家に入れる気になるかどうかが、町の人達の関心の的だった。家には二人の弟妹がいた。喜平の姉の出戻りのおさきが、家の中を取りしきっていたが、どうもうまく行っていない、という評判だった。おみやさえ生きていれば、宏もあんなことはしなかっただろう、と言われている。

六月二十八日の夕方、宏が自転車を押して、サラシ沢の道を降りて来た次の日、二人が駈落ちした時、

「到頭やったか、やっぱりね」という者が多かった。

二十八日は宵から雨になった。かなりひどい降りで、風もあったが、次の日の朝にはあがっていた。一体、この年の梅雨は雨が少なかった。

ヨシ子が二、三日前から、なんとなく、そこいらを片付けていたのは、あとになって思い当ることだった。二十九日、珍しくすみ江の野良仕事を手伝った。風呂に入り、九時に寝床に入った。どれくらいたったか、すみ江は夢うつつに、外にライトバンが止り、やがてスタートする音を聞いた。

「お母さん、あたしは宏さんといっしょに横浜へ行って暮します」と机の上におき手紙があった。「かっこうがついたら、ゆっくり話しに来るわ。なぜだまって行かなければならないのか、わけはいまはきかないで下さい」

宏もむろんだまって家を出ていた。二人が不意に村を出たことは、三日後、その杉林の中で、ハツ子の死体が見つかってから、意味を持って来た。


それは金田町はじまって以来の大事件だった。

本厚木駅前のハツ子の店が、二十八日から表戸を閉めたままなのは、次の日すみ江の耳にはいったが、あまり気にもとめなかった。客と小田急で停留所四つ西の鶴巻温泉へ行くこともあれば、東京へ出て、四、五日友達の家を泊り歩いて来ることがよくあったからだ。

ハツ子の死体が発見されたのは、四日後の七月二日、大村のじいさんが、その持ち山の杉の木を、見て回ろうという気を起したからにほかならない。新しく建つ工場の、足場用の杉材の注文が、厚木の木材会社から来たので、山の木を見に行ったのである。彼は後で大和署の係官に供述している。

「家を出たのは七月二日の午後三時頃でした。木材会社の注文は二十石でしたが、それだけの量をいま伐ってもいいか、どの辺の木を伐るか、見つもっておこうと思って、出掛けたのです。

サラシ沢を少し登り、右手の林へはいって行きました。林はそこから南に二百メートル、斜面に続いているんです。勝手は知っておりますから、道のない林の中に踏み込んで、巻尺で幹の太さをはかったり、木の高さを調べたりしながら、だんだん奥へはいって行ったら、なんかへんな臭いがする。犬の死骸でもすてた奴がいるのかと思ったらその窪地にハツ子の死体があったのです。

はい、二度と見られた姿ではありませんでした。すっかり腐敗して、むろんハツ子とわかるはずはありません。そこはサラシ沢から五十メートルばかりはいったところで、十メートルばかりの崖のすぐ下でした。

いいえ、前は乱れていませんでした。崖の上にはせまい道が通っています。どさっと落ちて、そのままになったという風に、うつぶせになって、死んでいたのです。

とにかく警察に知らせなきゃと思い、木を見るのはそこまでにして、すぐ町の駐在所へ行ったのです。いいえ、さわったりしません。死んでいるのは、たしかだったんです。サンダルの片方が脱げ、ハンドバッグがそばに落ちていました。ハツ子だということはあとで聞いたことですし、胸を刺されていることなんか、気がつきませんでした」

ハツ子は飲屋の女だから、痴情関係が捜査官の第一感だった。店の常連が次々に警察に呼ばれたが、みなハツ子の殺されたと推定される二十八日午後には、アリバイがあった。そのうち、大村のじいさんは、二十八日の夕方、自転車を押してサラシ沢を降りて来る宏に会ったことを、思い出したのである。

ヨシ子は駈落ちする、ハツ子は殺されるで、すみ江は半狂乱になっていた。事件はむろん三日の朝刊に出たから、その日のうちにヨシ子は、帰って来た。宏は磯子区のある自動車工場に勤め出したばかりで、欠勤するわけにはいかないとかで、帰らなかった。そりゃちょっと工合が悪かろう、勤めが忙しいは口実だ、というのが、町の人達の意見だったが、その日のうちに宏は逮捕されてしまったので、こんどはやっぱり気が咎めたのだ、自分で殺した女の葬式にのこのこ出られるはずはないからな、ということになった。

二人が駈落ちしたことは、上田の家でも、坂井の家でも、内緒にしていたのだが、むろん町の人はみな知っていた。宏がライトバンの助手席に、ヨシ子を乗せて、二十九日の夜十時すぎ、長後の方へ行くのを、通行人に見られていた。

「このごろの若い者は仕様がない。宏をそそのかしてくれてありがとう」

と、喜平は、次の日、ヨシ子のおき手紙を見せに来たすみ江に言った。行先が横浜なのはわかっていたが、捜索願いを出して恥をおおっぴらにすることはない、そのうちに食いつめて帰って来るだろうと、喜平は内心たかをくくっていた。

ハツ子が死んだおかげで、二人の居場所は、四日でわかったことになったのである。宏はヨシ子と二人で、磯子区の勤め先の近くのアパートに住んでいた。

「駈落ちしないでも、なんとか話し合う法はあったはずじゃないか」と、すみ江は帰って来たヨシ子に言った。「ハツ子は死んでしまったし、お前ひとりが頼りなんだから、このままうちにいておくれ。横浜へ行くとは、もう言わんと、言っておくれ」

すみ江は涙を流してかきくどいたのだが、ヨシ子は下を向いたまま、返事をしなかった。

こんな子じゃなかったのに、このごろの若い者の気持はわからない、とすみ江は悲しく思ったが、やがて彼女はもっとひどいことを、知らなければならなかったのである。

ハツ子は乱暴されていなかったし、ハンドバッグの中には三千円以上の金がそのままだったから、なぜ殺されたか、しばらくの間は謎だった。

彼女が崖の上で刺され、それから杉林の中へ落ち込んだのは、明らかだった。その丘の上は一面に畑になっていて、麦を取り入れたあとに、ニンジンとゴボウが作ってあった。その畑の西の崖際を、サラシ沢を登り切ったところで、その道と十字に交わる細い道が、南北に通っていた。

十字路から五十メートルばかり南が、ハツ子の死体のあったところの上になる。その後、とぎれとぎれに降った梅雨の雨に洗われていたが、よく見ると、道ばたの草の根っこに血が付いていたし、ハツ子の白いパラソルが、崖の途中に引っかかっていた。

それだけではない。その崖上の草むらの中に、刃渡り十センチの、血まみれの登山ナイフが、刃を立てたまま遺棄されていたのである。

警察はまずハツ子の二十八日の行動を調べた。厚木の彼女の店の付近の聞き込みによって、彼女がその日の午後二時すぎ、駅前から横浜行きのバスへ乗ったことが確認された。

花模様のワンピースにサンダル、白いパラソル――現場で死体となって発見されたままの服装だった。二十二の娘として、別にかわった身なりではなかったが、そのバスに乗っていた女車掌は、やはり同じ年ごろの娘だったせいか、ハツ子をおぼえていた。彼女は小田急の長後の駅前で降りた。連れは最初からなかったという。

ハツ子がそれからどうしたか、なんのため長後へ行ったかが、次の疑問であったが、それは駅できくとすぐわかった。最近厚木からこの駅へ配属がえになったばかりの、若い駅員を訪ねていたのである。少しばかりの売掛金を取りに行ったのだった。

榊原（さかきばら）というその駅員は、八百五十円の金をその場で払った。ハツ子は元気で、別に心に悩みがあるような気配はなかった。彼女は長後でもう一軒回ってから、金田町へ帰ると言った。金田町にも掛金を取る先があるような口振りだったという。

要するに、この日ハツ子が月末の集金に回っていたことは明らかだった。するとこの日長後でもう一人、彼女に会った人間がいなければならないわけだが、名乗り出る者はだれもなく、捜査はここでつまずいたかに見えた。しかし土地の警察の協力の下に聞き込みを続けているうちに、大和署の刑事が決定的な手がかりをつかんだ。

町内の丸秀運送店の息子は、茅ヶ崎の自転車組立工場で、去年まで宏といっしょに働いていた。彼は事件の一週間ばかり前、宏からライトバンを借りたいという申込みを受けていた。息子は父親がトラック二台とライトバン一台を買って運送屋をはじめたのを機会に、工場をやめて、店の手伝いをしていたのだった。父親は息子の付き合いに、商売道具を貸すのは、あまり気がすすまなかったが、宏は前からよく家へ遊びに来たし、気心が知れていたので、大体承知する腹をきめていた。

二十八日の午後三時ごろ、宏は次の日の夜、車を取りに来る、という最終的取りきめのために来たのだった。商売にさわらないように、夜から翌日の朝へかけて貸してほしいと、宏は言ったそうである。そして実際車は三十日の早朝、丸秀運送店に返されている。

宏と丸秀の息子が、店の前で、ライトバンを点検しているところへ、日傘をさしたハツ子が通りかかったのである。

「宏さん、こんなとこで、何しているの」

と、彼女はきいた。あとで考えると、宏ははっとした様子だった、と丸秀の息子は言っている。

事件の次の日、宏が町を出ていることは、すでに警察の注意を惹いていた。その上に、ハツ子の死の一時間前に会っていたのだ。

丸秀の息子の証言によれば、ハツ子はさらに言ったそうである。

「宏さん、町へ帰るんなら、連れてってくれない？」

話は大体すんでいた。宏はしぶしぶ――と丸秀の息子には見えた――ハツ子を自転車のうしろに乗せて、金田町の方角へ去ったという。これが四時近くだった。

宏が時々ハツ子の厚木の店へ来ていたことがわかって来た。酒は飲まなかったが、ジュースのビンを前において「みよし」（これがハツ子の店の名だ）のスタンドの奥の方に坐っていることが、よくあったという。

「姉妹二人をあやつっていたとは、そうとうなもんだ。妹と逃げるために、姉の方を殺したんだ」

三日の夕方、宏が横浜の勤務先から、大和署員に連行されたと聞いた時、金田町の人達は、そう言った。

宏とヨシ子の間に一つの秘密があったことが、わかって来た。そして、それが駈落ちした理由です、と宏は警察の係官に言った。ヨシ子は妊娠三カ月だった。

母親のすみ江は、事件後ヨシ子が家に帰ってから、やっとそれに気がつくくらいの呑気者だったが、世間を知っていたハツ子は、金田町の家へはたまに帰るだけなのに、ずっと前から知っていた、と言う。

宏の供述によれば、ハツ子はすぐ中絶をすすめた。東京に知っている医者があるから、紹介してやると言った。

「そんな若いのに、子供を持ってどうするの。若いうちは楽しまなくっちゃ。およし、およし」

しかしヨシ子がどうしても子供を生むと言い張ったのである。人の物笑いになるなら、二人で横浜へでも行っていっしょになる、と言い切った。

その二十八日の四時ごろ、宏の自転車で金田町へ向う途中も、ハツ子はまた中絶をすすめた。

「あのライトバンを借りる相談をしてたんじゃない、駈落ちを実行する気でしょう」と言った。

「あたしはそんな無謀な計画をだまって見ているわけに行かない。すぐかあさんに言いつける」

と言ったという。

サラシ沢の上まで来た時、宏は町にはいるまえに、話をつけておかなくてはならないと思ったという。ハツ子を自転車から降ろし、崖上の道を杉林の上の方まで行った。

彼は引越しや新しい住居の設営のために、その日の午後、長後の町で、ナイフを買っていた。缶切りや栓抜きも引き出せる登山ナイフだった。

「おばさんには言わないでくれ、見のがしてくれ」と頼んだが、ハツ子は笑って、

「あんたの家へも一度話に行かなくちゃ、と思っていたんだわ。冗談じゃないのよ。あんたたちまだ子供よ。子供が子供を生んでどうするの。だまって見ちゃいられないわ」

と言った、という。それはそれまでにも、なんども言われたセリフだった。

梅雨晴れの日の四時すぎでは、その辺はまだ真昼の明るさだった。丹沢(たんざわ)山塊の上に、日がぎらぎら輝いていた。宏がナイフを取り出し、刃を起すのを見ても、ハツ子は逃げようとしなかったと、宏は供述している。彼女はあざ笑った。

「なにさ、そんなもんで、ひとをおどかそうっていうの」

「たのむからだまっててくれ。このまま横浜へ行かしてくれ」

「妹はばかだから、あんたにだまされて、子供を生みたいなんて言ってるんだわ。先のあても

なく、子供を生むなんて、罪悪だわ。第一、みっともないじゃないの」

「来年、成年になったら、結婚する。ハッちゃんの顔はつぶさないから、ここは見のがしてくれ」

「そうは行かないわ。あたしの顔なんてどうでもいいけどさ。かあさんがかわいそうだ。あたしだまっていないわよ」

ハツ子は歩き出した。

「待て」

宏はハツ子の前へ立ちふさがった。

「なにさ、そんなもの、あたしがこわがると思ってるの。これでも五年東京の空気吸って来たんだからね。チンピラの小道具がこわくって、ショバを張っちゃいられないんだよ。どきな」

ハツ子は新宿で働いていたことが自慢で、東京弁を使うのが好きだった。その東京弁が宏を刺戟した。

それからあとがどうなったか、実は記憶がとぎれているのだが、ハツ子の顔から、あざけるような笑いが消え、なにか思い詰めたような表情に変ったのを、宏はおぼえている。その顔が急に近くなった。

次の瞬間、彼は地上に横たわったハツ子を見下して、その夕日の当る丘に立っていた。

ハツ子は道端の草の上に、横ざまに倒れて、動かなかった。胸から血が出て、草を染めて行くのが、こわいようだった。蒼白い頰を土につけていた。見開いた目は動かなかった。

（殺してしまった）

宏はあたりを見回した。目にはいるかぎり、動いているものはなにもなかった。

道は南の方三百メートルぐらい先で、一つの雑木林で尽き、その先はゴルフ場の工事場になっている。ブルドーザーが急斜面を上がるらしい、けたたましいモーターの音がしていた。

宏がその時すぐハツ子を介抱し、あるいは町の駐在所に急を知らせていれば、事件はもっと簡単にすんだかも知れなかった。しかしそれから彼の取った行動は、弁護の余地のないものであった。

（人に見つかっては困る）というのが、最初に考えたことだった、と宏は警察官の尋問に答えている。

次の日、ヨシ子と横浜へ行くことも、七月一日から磯子の自動車工場に勤めることもきまっていた。ハツ子を殺したことがわかると、それができなくなる。

横浜へ行って、だれにもわずらわされない、ヨシ子と二人きりの生活のありさまを、映画のシーンのように、なんども夢に描いたことがあった。それがみんな、ほんとに夢になってしまうのだ。

（とにかく死体をかくそう）

と、宏は思ったという。

その道の片側は萱（かや）がよく茂っていた。彼はうしろから腋（わき）の下へ手をかけてハツ子の体をそっちの方へ引きずって行った。草地の中へ入ると、ハツ子の死体はずるずると下へ落ち込んでいった。その時やっと、宏はそこが大村のじいさんの杉林のすぐ上で、十メートルばかりの崖になっていることに気が付いたという。ハツ子のサンダル、ハンドバッグ、パラソルが、死体のあとを追った。

道の土を染め、草についた血だけは、どうしようもなかったが、ちょうどその日の宵から翌朝にかけて降った雨が、洗い流してくれたのだった。

彼自身の手についた血は、サラシ沢の中途に湧いている泉の水で洗った。その時、彼はナイフを持ってないのに気がついたが、現場へさがしに戻る気にはならなかったという。

そしてしばらく休んで、呼吸を整えてから、自転車を押して降りて来たところを、大村のじいさんに声をかけられたのだった。

事件に続く五日の間、ヨシ子が磯子のアパートで彼とひとつ部屋に住みながら、彼の態度になんの異常も認めなかったということも、事件のわからない面の一つであった。

ハツ子の死体はあとで家からスコップを持ち出して、埋めに行くつもりだったが、雨が降って来たし、こわくて、行けなかったと、宏は言っている。

「そんな大それたことをしでかして、ばれずにいる、と思っていたのか」

と言う警察官の問いに、

「わからなかったのです。ただ、ヨシ子と子供を育てて行くのは、もうきまっていたことなので、予定を変えることはできなかったのです」と答えた。

彼がその夜、ヨシ子を彼女の家の裏の竹藪へ呼び出して、次の日の夜九時までに、荷物をまとめておくように言った冷静さも、警察官の心証をよくするものではなかった。

ヨシ子が事情を知り、協力したのではないか。共同正犯または共謀共同正犯ではないまでも、教唆犯に当るのではないか、との疑いは、宏がハツ子とも関係があったという町のうわさを聞いた大和署員が、当然抱いた疑いだった。ヨシ子は大和署に設けられた捜査本部が解散される前日、参考人として呼び出された。

しかし犯行当時、自宅にいたことについては多くの目撃者がいたし、共同正犯を疑う余地がなかった。また彼女の態度、供述は、終始率直であり、ことごとく宏の供述と一致したので、夕方には家に帰された。ヨシ子が宏に頼り切っており、その言うままに動いていた、その言動にいささかも疑念を抱いたことがなかったのは、明らかだった。彼女の態度は平静だったが、係官が宏とハツ子の関係の有無についてきいた時、その眼に若い怒りが現れた。

「人の口に戸は立てられません。ことに金田町のような小さい町では。でも、あたしはそんな汚らわしいこと、思ったこともありません。二人の態度が変だ、なんて思ったことはありませんん」と答えた。

宏は二月十七日の生れだったから、このとき十九年四カ月の未成年者であった。少年法第四〇条の規定により、事案は検察庁より家庭裁判所へ廻され、調査された。家裁判事は刑事処分を相当と認めて、一カ月後、横浜地方検察庁に逆送した。

判事補

横浜地方裁判所の判事補野口直衛(のぐちなおえ)は、三十三歳の誕生日を迎えたばかりである。M大学の法科を出たのが昭和二十七年。二年間司法研修所で実務教育を受けた後、昭和二十九年判事補に任命された。以来、札幌(さっぽろ)を振り出しに四年間、各地の地裁を巡って経験を重ねた後、三年前から横浜地裁に勤務している。

任官の翌年結婚した妻の光子(みつこ)との間には、今年三歳になる長女紀子(のりこ)があり、横浜の北郊、妙蓮寺(みょうれんじ)の官舎で平和な生活を送っている。

判事補の俸給(正式には報酬という)は弁護士より低く、良心に従って法と正義を行う者に対して、社会的にも金銭的にも、報いられるところが多いとは言えないのだが、野口は現在の生活に特に不満を持ってはいなかった。

研修所の同期生には、収入のいい弁護士を選ぶ者が多かったが、彼には人を押しのけて、経歴を切り開いていく自信がなかった。やはり国家権力を後楯にし、将来が保証されている公務員の生活が、自分の性格に合っていると思っていた。

妻の光子は彼の出身校で刑法を講じている土方逸郎(ひじかたいつろう)教授の三女であった。教授は最高裁や弁護士会にも交際が広かったから、野口の出世を助けることができるはずであった。もう三年判事補を勤めれば、判事になれる。裁判官はよほどの失態がない限り、罷免されず、自分の意に反して転勤を強いられもしない。国会弾劾裁判所の裁判によらなければ罷免されることはない、という他の公務員には例のない、身分の保障を享受している。栃木県の地主の息子であった野口は、特権的状態にあることに馴れていたし、気楽さを感じていた。

　裁判官の勤務は楽なものではなかった。公判があるのは、週三回であるが、横浜地方裁判所ではあとの三日を「宅調日」とし、自宅で裁判記録を調べたり、判決を書いたりする。夜の十二時前に寝床にはいるのはまれで、面倒な事件に当ると、どうかすると、日曜も返上して、かかり切りにならねばならぬ。

　この十年間に刑事事件の数は四倍以上になっているのに、裁判官は二十七パーセントしかふえていない。野口のような殊勝な心掛けの人間は少ないと見え、定員は常に不足である。どの裁判所も未済事件の山を抱えており、いま新しい事件が全然発生しないと仮定して、その全部をさばくだけでも最低二年かかるという。ある人は三年という数字をはじき出している。

　裁判官はいつも事件に追っかけられて、馬車馬のように走っているのである。遅延の結果、幸福の追求を阻まれる当事者に対して、最初はすまないような気がしていたが、いつの間にか、なれっこになってしまった。要するに自分は巨大な組織の一部として働いているのであり、みな組織の罪であるという、流行の「組織と人間」論にたよる気持になった。

　少年上田宏に対する殺人、死体遺棄に関する公訴が、野口直衛の係りに廻って来たのは、こういう状況の下であった。事件は小さな田舎町に起っていたので、東京の新聞では、一段をさいたにすぎず、主として地方版のトップ記事であった。宏が逮捕されるまでは、ハツ子が飲屋の女主人であることから、専ら情痴犯罪と考えられていた。

実話専門の週刊誌が、あることないこと突きまぜて、派手な物語に仕立てたこともあったが、犯人が少年とわかると沈黙してしまった。

事件を最初真面目な角度から、取り上げたのは、婦人向けの週刊誌『女性ウィークリー』だった。ただし殺されたハツ子が主婦でも女子社員でもなく、一杯飲屋の女だったということは、女性一般の同情を引くのに充分ではなかった。

芸者、女給、接客婦などは、なんとなく殺されても仕方がない暮しをしているように思っている人がいる。特に主婦達にとって、そういう女性は家庭の破壊者とまでは行かなくても、夫に浪費を強いる危険な存在と映っているわけである。

従って『女性ウィークリー』が被害者ハツ子より、母親のすみ江とヨシ子の立場に焦点を合わせたのは、当然である。宏という犯罪者によって、農家の未亡人とその娘の幸福がめちゃめちゃにされたという点が強調されたのであった。

宏が一人の人間、いくら一杯飲屋の女とはいえ、愛人の姉を殺しておきながら、ヨシ子との理想の生活を続けて行けると考えていたという点に、戦後の青少年の「邪魔者は除けろ」主義のあらわれがあると解釈された。

どっちが誘惑したにせよ、そういう男と恋愛関係に陥り、妊娠してしまったのは、ヨシ子の不幸であった。結婚を親に反対されると、家を出て二人だけの生活を築くといえば、聞えはよいが、したいことはどうしてもやってのける、そのためには手段は選ばない「近道反応」が指摘された。「二人の愛の巣は、二階の炊事場のすぐ前の三畳ひと間で、部屋代は三千円、このアパートで一番安い部屋である」と記者は書いていた。「ここで二人は五日間のかりそめの幸福と快楽に耽ったわけだが、それは文字通り噴火口上のダンスであった。おそるべき破滅は、二人が見棄てて来た金田町の杉林の中に、ハツ子の死体という形で、二人を待っていたのである」

「二人が普通のハイティーンのように、一途に性的快楽を追求したということはできない。子供を生み、理想の家庭生活を築こうという志向があったことは、うたがう理由はない。しかしその特権的な幸福を、一つの死体の上に築き上げることができると考えた点に、普通の性道徳の問題を超えたこの事件の特色がある」

妊娠はハツ子がすすめたように、中絶すべきであった。その点、飲屋の女であるハツ子は、一人の姉として正しく判断していたのである。サリドマイド禍の母親が、はるかに大洋を越えて、手術を受けに来るほどの中絶天国であり、文化国家でもある日本の法制の美点は生かされなければならない。中絶の制限はさらに緩和されるべきである、と結んであった。

裁判官は普通、新聞、雑誌の記事にまどわされてはならない。法廷に提出された事実だけによって裁くべきだといわれている。

そのため裁判官は予断を避けるために、興味本位の週刊誌などは読んではならない、と野口直衛は研修所で教えられていた。しかし七年間の経験によって知ったのは、それがすべて表向きにすぎないということであった。裁判官は実によく新聞を読む人種なのである。判決の評判だけではない。公判中の事件についても、裁判官室の話題には、新聞雑誌の記事のことが始終出た。

しかしいくら裁判官が新聞を読むからと言って、判決がそれらに影響されるということはできない。判決は裁判官が独立して、その良心に従って下すものであり、批評は判事同士でも行わない。

政治問題がからんだ事件で、最高裁の思惑を予想して判決する下級裁判所の裁判官もいないこともないが、それらは異例である。判決はおのおのの裁判官の良心、つまり一種の個人的秘密を形成するのである。従って同じ経験を持つ判事同士では、互いに批判を避けるのが原則である。

検事は上田宏の事件を殺人、死体遺棄の罪によって起訴したので、三人の裁判官の合議によって裁かれる。三人のうち二人は判事でなければならない規定である。しかし判事の手不足の折柄（おりから）、うち一人を判事補の経験五年以上の者の中から、最高裁が指命する便法がとられている。勤続七年の判事補野口直衛が、上田宏の事件を担当したのは、こういう判事に準ずる資格においてであった。

裁判長は彼とは親子ほど年がちがう戦前派の判事で、近く関西の高裁に転出のうわさのあるベテランであった。その次に連なるのが右陪席の野口で、もう一人の判事補は司法研修を終えて任官したばかりのルーキーである。

被告人上田宏は自供しているし、事件はそれほど複雑ではないから、逮捕後一カ月の八月三日には、家裁関係の手続を終って、地検に送られて来た。検察官が起訴したのはさらに十日後の八月十二日、第一回公判は九月十五日、横浜地方裁判所第四法廷で開かれることになった。

それはよく晴れた初秋の日で、野口の住む妙蓮寺の官舎の東向きの茶の間に、いっぱいに差し込む日ざしも、暑くは感じられなかった。

官舎は八畳の寝室、六畳の書斎兼応接室に、六畳の茶の間から成る和洋折衷の平家建である。東横線妙蓮寺の駅から徒歩五分、樹の多い丘の中腹に位置している。

隣りにもう一軒、同じ型の家があって、そこには横浜家裁の判事補が住んでいる。横浜地裁の官舎は、横浜近郊に分散していて、妙蓮寺にあるのはこの二軒だけである。

民間営利会社の社宅の隣付き合いというものは、入社の時の前後、地位や俸給の上下関係で、とかく微妙な含みを持ちがちである。しかし裁判官の場合、奥さん同士に対立したり、気まずくなったりすることは殆んどない。お互いに経理部が指定するままに住みこんだだけである。

横浜家裁は上田宏に刑事処分を相当と認めた裁判所だが、元来はその名の示す通り、離婚など家庭事件の審判調停を行う機関である。地裁と同格でも、野口と仕事の上で接触する機会は全くない。従って転入した時に贈物を取り交しただけで、盆暮のやりとりもなく、奥さん同士は道で会えば挨拶する程度の付き合いですんでしまう。摩擦の生ずる余地はまったくないのである。

もっとも裁判官というものは、一般住民からは、特別な職種に従事する者として、敬遠される傾向がないでもない。それだけに「こわもて」同士の同類意識があり、摩擦を生む余地は減少すると考えられる。また転任によりいつまたどこで一緒になるかわからない、との思惑もある。しかしそれも結局は人によりけりで、かたまった官舎より、孤立した官舎を好む奥さんもいる。

裁判官とても人間である。重い判決を言渡した夜、大酒する裁判官がいる。正月などに所長の家へ挨拶に行って、酒を飲み、マージャンで徹夜する者もいる。宅調日にゴルフをする判事は、まだ現れていなかったけれど。ゴルフはまず弁護士から法曹界に侵入したのであった。

野口はその朝の八時、少し早目の朝食のテーブルについた。十時の開廷までに出勤すればいいのだから、普通の公務員よりおそ目である。東横線で桜木町(さくらぎちょう)駅まで行き、そこから徒歩で裁判所に向う。

判事ともなれば、それぞれ東京や湘南(しょうなん)地方に家を持っていて、列車で横浜駅へ着き、そこから裁判所さし回しの車に乗り合いで登庁するが、判事補にはそんな特権はない。

事件については、ひと月ばかり前に地検から回って来た起訴状一本しか見ていないわけだが、新聞や週刊誌によって、野口はこの事件が、いろいろ興味のある問題を含んでいるのを知っていた。

開廷前に裁判長の谷本(たにもと)判事の意見を、それとなく聞いておきたいような気がして、今日は少し早目に出勤しようと思っていた。

妻の光子も彼に劣らず、事件に興味を持っていた。そして担当の岡部検事が殺人と死体遺棄を訴因としているのが不満らしかった。トースターから取り出したパンを、テーブル越しに夫に手渡しながら、彼女は言った。

「岡部さんは、この少年がナイフをその日長後で買ったことを、殺人の予備と見ていらっしゃるようだけれど、この少年が、その日ハツ子に会ったのは偶然だったんでしょう」

野口は岡部検事となんども法廷で顔を合わせたことがあるが、いわゆる鬼検事の印象を受けていなかった。自分の担当になった事件は、相当な判決を得たいという、つまり重すぎもせず軽すぎもせず、上告されないで、一審で確定する、手間のかからない結果を期待する、ごく普通の官僚的熱意を持っているにすぎないと思っていた。「天人共に許さざる」とか、「凶悪無残」とかきまり文句を使うとしても、それは論告の慣例に従っているにすぎない。彼は漢字制限に反対であったけれど。

「どうだかね。その点を法廷で争うことになるだろうけど、起訴状にそうあるんだから、それ相当の理由があるんだろうよ」

裁判官は家庭では公判中の事件について話さないのが、むかしは美徳と考えられていたものである。しかしそれは公けの事柄は女子供の知ったことではないという、男性の古い特権意識の現れにすぎないと、野口は考えている。

家でなにも話さないかわりに、判決の前後十日間、著しく不機嫌になる明治の判事の例を、野口は聞いていた。そしてその老判事は三人の息子を全部医者にしてしまった。人を裁くということが、どんなに裁判官の精神の重荷であるかの例によく引かれる話である。しかしその老判事が家庭においてもっと開放的であったら、負担はいくらか軽くなったのではないか、と野口は考えている。

光子の父は大学で刑法を講じていたから、判事や弁護士が客に来ることが多く、光子は戦後の著名事件や裁判の裏話を聞く機会があった。

彼女自身は短期大学の国文科を出てから、料理とお茶を習い、次いで見合い結婚という、平凡なコースをたどったにすぎないが、判事補を夫とすることに同意したのは、そういう法曹界の空気が、そうきらいではなかったからである。夫が彼女に仕事のことを話す方針なら、その話相手になれるのを、むしろ誇りに思っていた。

しかしそういう光子でも、普通の女性と同じく、『女性ウィークリー』の記事を通して、事件を見ていたのである。そもそも女性が男性の暴力によって生命を奪われるということ自体、不愉快に思っていた。一般に映画や小説に、男性が女性に暴力を振う場面が多く現れるのを不愉快に思っていた。女性がそうされるのを好むという男性の思い上りは不潔であり、ばかばかしくもある、と考えていた。

上田宏はまだ十九歳で法律上の少年であるとはいえ、現に内縁の妻に妊娠させるくらい性的に成熟し、修理工としての技術を身につけている。彼に殺人の意図があったのなら、厳罰をもって報いるのが当然だ、と思ったが、しかし状況は殺人の準備はなかったことを示しているような気がしていた。

「ただ脅すつもりで出したナイフで、もののはずみで、殺したような気がするんだけど、ちがうかしら」

光子は紅茶茶碗をテーブルにおくと、そう言った。

「真実は結局わからないといわれる。しかし警察も、検察庁も、一層重罪があったとして、追及するのが、義務なんだ」と野口は答えた。「国家は犯罪人から社会を防衛する義務があるからね。犯人は必ずもののはずみとか、カッとなって、とか言うもんなんだ。それをそのまま鵜呑みにしていちゃ、検事さんは商売にならないわけだ」

「でも、上田宏は殺す目的でナイフを買ったとは自白していなかったはずだわ」

「それはなんとも言えないよ。起訴状しか受け取っていないんだからね。この頃の裁判は、米国流に公判主義になって、裁判官に予断を与えてはならないということを、うるさく言うんだ。起訴状一本という主義は徹底している。『女性ウィークリー』では殺す気はなかったと言ったことになっているが、あれは警察での取調べの段階での記事でね。その後どうなってるか、わからないわけだよ。新しく自供したかもしれないさ。自供がなくても、起訴状にそうなっている以上、裏づけは取れていると見なければならない。警察や検察庁には、有名事件の報道や解説から世間で想像するほど、手落ちはないものなんだ。裁判批判や推理小説に書いてあるほど、警察や検察庁の取調べはいい加減なものではないんだよ」

野口がこう言ったのは、妻の先入見をたしなめるためで、少し警察と検察庁の能力を過大に評価しすぎることになるのは、自分でよく知っていた。彼が七年の間に取り扱った約五百の事件の中には、随分あやしいものがあったからである。

彼が修習生として実務見習いに行っていた、ある地裁で扱った事件に、自供が完璧だったにもかかわらず、最後に無罪になった放火事件があった。

自分の持ち家の天井裏の電線に細工して、漏電と見せかけたという自供の内容だったが、被告人は六十四歳のもと小学教員で、そんな作業ができたかどうか、また動機にも疑問があって、裁判長が職権をもって電力会社の帳簿を調べたところ、問題の電線は五年前に家のほかの位置に移されていたことが明らかになった。つまり被告人は彼がまだそこを通っていると思い込んでいた電線について、自供を行なったにすぎなかったのであった。

物的証拠は大抵家と共に焼けてしまっているので、放火はむずかしい事件だが、警察が老人の自供を信じてしまったのは、大体次のような順序だった。

その老人は老妻に死なれたばかりだったが、遠い土地に住む娘夫婦に同居を拒絶されたのを、悲しんでいた。家が焼けて行くところがなくなれば、娘夫婦も折れて来るだろうと思ったのが、動機だという。警察の形式的な尋問の間に、

「そりゃ、この家が火事にでもなってくれりゃ、娘んとこへ行けるんだがなあ、となんど思ったか知れません」

と、なに気なく言ったのが、放火事件の生れるきっかけだった。実際、娘夫婦は火事見舞に来て、夫の親類に一時老人を収容したが、同居はその後きっぱりと拒絶されていた。老人ホームへはいらないか、と娘は言った。

事件を探す警察と、老人のどうとでもなれ、老人ホームだって刑務所だって似たようなものだ、という気持とがいっしょになって、放火事件が生れたのだった。老人はむしろ進んで自己に不利な供述書を作り上げるのに、協力したのだった。

宏のような少年を係官がどういう風に追及するか。どんなに少年の抵抗力が弱いかも、野口は想像することができた。

週刊誌は事件発生当時は賑やかに報道するが、公判になるころには、それはもうニュースではなくなっている。上田宏がどんな訴因で起訴されようと、もはや半ば過ぎ去った田舎町の小さな事件にすぎない。

検察側が殺人を主張するのに対し、弁護側が過失致死を主張するのは、当然予想されるところであった。そして裁判官が中をとって、傷害致死を選ぶというのでは、まるで夜店で植木をたたいて買うようなものである。

光子の主張したいのはどうやら、傷害致死にあるらしいのだが、彼女がこんなミーハー的判断を早く示したのはめずらしいことだった。

（この事件にはなにか人々に感情的にアピールするものがあるのかな。そうだと少し面倒になる）と野口は思った。

「とにかく、今日の公判で、少しはっきりして来るだろうよ」

と、光子と紀子に送られて、門を出ながら、彼は言った。

九時きっかり、野口は横浜地裁二階の裁判官室に入った。裁判長の谷本判事はまだ来ていなかった。矢野美彦（やのよしひこ）という若い判事補も、出勤したばかりと見え、机の上を整理しているところだった。

矢野は野口よりは八つ年下で、丈は高く、小肥りで色白の、まあ好男子の部類に入る若者である。始終円（まる）い目をむいて、笑っているような表情をしている。知らない人が見たら、貿易商社の新入社員と間違えるかも知れない。

おれは融通の利かない人間で、ほかのものにはなれないから判事になったんだ――これは戦前派の判事が、雑誌の座談会などで、半ば謙遜（けんそん）、半ば自負をこめて、よく口にする言葉だが、野口は自分よりまた一段と能率的なこの後輩を見ると、時代の違いを感じないわけには行かない。

野口が机の上に鞄（かばん）をおくのを合図のように、事務官の女の子が、お茶を持って来たが、このお茶だって、だれが汲むと、きまっているわけではなかった。

裁判所にも世間並に労働組合はあるので、一朝順法闘争ということになれば、このお菓子のようにきれいな女の子は、勤務規定にないのを楯に取り、お茶なんて持って来なくなるのである。

最近ある民間の会社では、自覚した女子社員が結束して、午前十時と午後三時、全社員の机にお茶を配る悪習を拒絶したということである。会社ではそのため二人のお茶汲み婆さんを雇わねばならなくなったそうだが、裁判所ではむろんそんな融通は利きはしない。お茶を持って来なければ、飲まずに過すだけのことである。この点、裁判官は民間人よりも、はるかに質素で、ストイックである。

矢野判事補は、そんな時、さっさと湯沸し所へ行き、二人の先輩の分まで、お茶をいれて来て先輩を驚かした。裁判官は自己の良心に従って、法の正義を行う神聖な職にある者であって、お茶など汲むべきではない、というのが谷本判事の意見だったからである。

判事は矢野が机の上においた茶碗を、じろりと横目で見ただけで、全然手をつけなかった。それがこの老判事の無言の叱咤と、抵抗であると思うと、野口は下を向いて笑いをこらえるのに骨を折った。

と同時に、自分なら、どんな事態になっても、お茶を汲む気にはならなかったろうと思い、自分にも特権意識があったのに、気がついたのであった。

「野口さん、お早いですね」

と矢野が言った。

「ぼくの係りの高座郡の殺しの、今日が第一回公判だよ」

と野口は答えた。

「そうですね。ぼくだったら緊張するだろう、それは当り前ですけど、野口さんみたいなベテランでも、そうかなあ」

「ひやかしちゃいけない。いつまで経っても、第一回は緊張するよ」

（裁判長の見通しを聞いておきたいからだよ）と、ほんとうのことを言うのは、やめにしておいた。

新しい刑訴法は、裁判官に予断を生ぜしめる恐れのある記録や証拠を、起訴状と共に提出するのを禁じている。起訴状は被告人の氏名、公訴事実、罪名などを記録するだけである。検察側がこれだけの制約を受けている以上、裁判官も公判前に、事件の内容に立ち入った話をするのも、遠慮しなければならないことわりである。

むろん裁判所も人間の集まりだから、こんどのような有名な事件になると、書記官室でも始終うわさしているにきまっているのだが、裁判官室で、しかも新任の判事補の前で、裁判長に大っぴらに「見通しはいかがですか」などときくつもりはない。雑談のうちにそれとなく、聞き出さねばならないと、野口は思っているのである。

今朝光子と話し合ったような殺人の故意の有無は、事実認定に関するので、特に触れるのを避けなければならない。野口が谷本判事に聞きたいのは、弁護人の菊地大三郎（きくちだいざぶろう）弁護士のことであった。この事件には、ちょっと不相応な弁護士と思えるからである。

菊地大三郎は今年四十八歳だが、三年前、二十年勤めた判事を辞任したばかりだった。判事から弁護士への転向は、最近よくある例だが、必ずしも一般に言われるように、政治的理由によるとは限らず、また弱きを助け強きを挫く理想主義を仮定する必要もない。

戦前は高文司法科の合格者のうち、大体成績のいい者から判事になるのがきまりだったが、戦後はむしろ序列の上の者が弁護士を望むようになった。

判事補とかけ出しの弁護士とでは収入の方は、大した変りはないが、十年後には、月収にして十万円以上の差ができてしまう。判事補は地方勤務に出されるおそれがあるのに対し、弁護士は稼ぎ場所の選定は無論当人の自由である。判事になった以上、目標は最高裁入りでなければならないが、最高裁判事の数は戦前の四十数人に比べて、現在は十五人、そのうち判事出は五人である。それだけ最高裁入りは偶然に支配されることが多く、その理想は戦後はもはや存在しない。むしろ東京か大阪の高裁判事が出世の上限なので、一生片田舎の地方裁判所で終らないとも限らない。学閥、派閥関係で、最初から最高裁事務総局にはいり、一生を最高裁ですごすというような特権階級は、もはや存在していない。

現在、四、五十歳に達した判事の中に、六十五の定年まで地裁にくすぶっていて、つぶしの利かない人間になってしまうよりは、今のうちに弁護士に転向して、地位を固めておく方が有利だ、と思う者が続出しても不思議はないのである。

上田宏の事件は、田舎町で起った小事件だったが、すでに週刊誌が取り上げていた。弁護の方法によっては、弁護士の将来を益する可能性は充分あった。

しかし菊地大三郎が売名のために、事件を引き受けたと言うのは、あたっていない。父親の喜平は、宏が家出をした翌日から、怒り通しに怒っていた。弁護士に使う金などはない、国選弁護人でたくさんだと言った。

親類の者が見兼ねて、それでは宏が可哀そうだ、世間体が悪いと言うと、家から人殺しを出しただけでたくさんだ、これ以上、世間体の悪くなりようがあるか、とどなった。

彼は一町八反の田地のうち、家の周囲の二反の野菜畑を除いて、全部北洋漁業の工場敷地に売ったばかりであった。彼はその金で東京近郊の宅地を買った。ほかに戦中戦後を通じて、近接の都市へ米や野菜を高く売って溜めていた金があるから、彼の貯金は一千万円を越すだろう、とうわさされていた。

こんなに金持になった自分の息子が、いくら女に目がくらんだとはいえ、家を飛び出す気になるなんて喜平には考えられないことだった。町の人達の多くにとっても、よくわからないことだった。宏の下には、十六になる里子(さとこ)と十歳の直(ただし)がいた。それらもみな人殺しの弟妹として、一生肩身の狭い思いをしなければならないのである。

喜平は北洋漁業の工場ができたら、隣接の土地をつぶし、アパートを建てる計画を持っていた。工場について来た熟練工に、二間続き八千円ぐらいで貸して、もうけるつもりであった。

その頃まだ生きていた妻のおみやは、どうせ百姓はやめてしまうのなら、よその土地へ行こう、アパートなら、東京でも横浜でも建てられるではないか、とかきくどいた。それに対して喜平は答えた。

「ばかやろ、そんなところは土地が高くて手が出せるか。うちの土地へ建てるから、もうかるんだ」

国選弁護人では可哀そうだ、と近所の人の言うことに、彼は耳を傾けなかったが、そういう彼の気が変ったのは、宏の中学校の受持の、花井(はない)教諭の申し出があったからだった。宏は在学中の成績がよく、クラス委員に選ばれたこともあった。古い同級生はみなこんどの事件を意外に思っていた。茅ヶ崎の勤務先でも、宏は勤勉で同僚と喧嘩や口論をしたことはないという。

そんなことも、花井教諭は知っていた。そして彼は菊地大三郎弁護士の遠縁に当っていたのだった。

菊地は刑事専門の判事だったから、自然弁護士に転向してからも、金になる民事事件の依頼は少なく、生活は楽でないはずだった。そこを無理に頼みこみたいと思い、喜平を説得に来たのは、在学中のおとなしい宏の姿を忘れなかったからだった。

喜平はむろんそんな有名な弁護士は高いからいやだと言った。それは花井の予期していた返事だった。彼は言った。

「特別に頼んで上げようというんですよ。菊地さんはきっと、この事件の内容に興味を持って、引き受けてくれると思うんです」

喜平は、結局二、三日、考えさしてくれ、と言った。

「高い金を出して、弁護士を雇うような身分じゃありませんからな」

最後に喜平はそれまでになんども繰り返した台詞を言って別れたが、三日経って、再び訪れた花井教諭は、喜平の態度が妙に傲慢になっているのに気がついた。

「弁護士は菊地先生だけじゃないからね」

という奇妙な言葉の由来を、一時間追及した揚句、花井が突き止めたのは、次のような事情であった。

つまり喜平はその間に、別の申し込みを受けていたのであった。東京の若い弁護士が『女性ウィークリー』などの記事によって、事件に興味を持った。報酬はいくらでもいい。日当なんか要らない、交通費は自弁する、という条件で、厚木在住の郷土史家を通じて、申し出たのであった。

「なんだ、そんなことか」と、花井は言った。「そんなら、菊地先生だって同じですよ。引き受けてくれる以上、あなたが出してもいい、と思う金額のほかは、要求しやしませんよ」

上田宏に不相応な弁護士が付いたのは、こういういきさつからであった。

「結局、あなたはうまくやった」

と、最後に花井は笑いながら言った。一時間の話の間に、喜平はその若い弁護士にしたい、とは一度も言わなかったからである。同じ金を出すなら、いい弁護士を雇う方が得だという打算は最初から働いていたのだった。

「事件はいろいろの問題を含んでいます」と花井はこの間に菊地に手紙を書いていた。「最近の青少年の道徳頽廃（たいはい）という問題だけではないと僕は考えます。宏の行動は一般に都市近接農村の農業放棄、青少年の離村傾向と切り離しては、考えられません。父親の喜平が、宏を茅ヶ崎の工場へ働きにやったのも、田圃を手伝わすよりは、他処で現金収入を得る方が有利だと思ったためですが、それが宏に独立の意識を植えつける結果になったのです。宏の出奔はその角度から見るのが、正しいような気がします。一方父親の喜平との間に、微妙な感情的摩擦があったことも、忘れてはならないように思います。宏は父の企業家化した生活態度をきらっていました。喜平が前から厚木の芸妓を妾にしていたという事情も考え合されなければならないでしょう。犯罪は少年に及ぼしたこういう社会的家庭的環境の影響の結果、起ったと考えられます。

少年の内部に鬱積していたものが、ヨシ子の妊娠、出奔と続く流動的状況の中で、暴発したと見ることもできると思います」

菊地弁護士はむろんそんな環境論のせいで、事件を引受けたのではなかった。拘置所に勾留中の宏に面接し、その供述と表情、後悔の念に接して、これは検察側の主張している殺人ではない、と確信したからである。少年が重すぎる罰を受けるのを守ってやろう、との熱意を抱いたからであった。

一方花井は、喜平が結局息子が人殺しだったという事実に、強いショックを受けているのも知っていた。話のあい間に、喜平が不意に横を向いて、

「ああああ、あっ」

と、溜息（ためいき）とも呻（うめ）きともつかない獣のような声を出すのに気がついていた。

血筋という考えは、農村では強い。これで上田の家が、少なくとも金田町では、特別な家として、いわば永久に隔離されるほかはないことを、喜平は理解していた。あるいは自分もまた「悪い奴」だったと、息子の行為を見て、思い当ったのかも知れなかった。

むろんこれらのいきさつの全部を、野口判事補は知っていたわけではない。それらは公判の進行と共に、事件の全貌が明らかになるに連れ、少しずつ彼の耳に届いたことであった。

裁判長の谷本一夫（かずお）判事は今年五十四歳だから、菊地より六年先輩に当るわけである。近く大阪の高裁判事に転任の予定とはいえ、年にしては出世がおそい方である。

若い矢野判事補が出したお茶に見向きもしないような性格の持主が、誇り高き判事の職をすてて、弁護士に転向した菊地をどう思っているか、聞かなくともわかっている、と言えた。

やがて裁判官室にのっそり姿を現した谷本判事が、事務官の女の子が早速持って来たお茶を呑み終るのを待って、野口は立ち上り、そばへ寄った。

「裁判長は菊地弁護人をご存じのはずでしたね」

「うん、同じ裁判所に勤務したことはないが、大学が同じだから、学士会館の集まりで、二、三度顔を合わしたことがある」

「どんな方ですか」

「どんな方って」谷本は眼鏡越しに、じろりと野口の顔を見上げた。「なかなかの才物だから、岡部検事は手を焼くかも知れない。きみも気をつけた方がいいよ」

これは野口のまあ予期していた返事だった。彼の訊きたかったのは次のことだった。

「菊地さんは事前準備の手続をとられなかったんですが、なんか特別なわけがあったんでしょうか」

現在の裁判には「事前準備」というものがある。公判の一週間ぐらい前、立会検事と弁護人が裁判官室に集まり、主任裁判官との間で、公判の日取り、証拠調べの段取りなどについて、大体の打ち合せをする。喚問する証人の数を聞き、主尋問と反対尋問の時間を聞いたりすることもある。

弁護人も検事も、その事件にかかり切りのわけではないし、裁判所は未済事件を沢山抱えているから、裁判を迅速に進めるために、欠くことのできない手続とされている。ところが宏の事件では、この手続が取られていなかった。菊地弁護士が名古屋のある刑事事件のため出張中で、事件が混み入って来て、手が抜けなかったという。しかしなにか作戦があるのではないかという予感が、野口にはあった。谷本判事は、

「さあね。菊地君のことだから、作戦がないとはいえないが――」

と言いかけたが、そこで口をつぐんでしまった。

野口判事補は裁判所の人手不足のため、いわゆる特例判事補として、右陪席裁判官にされたにすぎないにしても、判事として資格と権限を持ち、裁判長に故障があれば、裁判長をつとめることができる。窃盗や傷害のような事件については、単独で裁判をすることができる。宏の事件には主任の裁判官であるから、審理中は争点を整理し判決も書く。そして谷本裁判長としても、職歴七年の野口は諸案件につき、一緒に研究すべき相手であった。

谷本は任官以来二十五年、学閥、派閥の多いこの世界の主流から、超然として、横浜の第一線で働き続けて来た。戦後間もなく、違法行為であるという理由で、絶対に闇米を買わず、栄養失調で死んだ判事があった。それほどの潔癖さはなくとも、とにかく谷本はだれにもおもねらず、阿諛（あゆ）せず、アウトサイダーとして通して来た。

横浜は東京の隣接地区で半ば中央である。次は東京高裁の陪席に出るのが順序なのだが、彼は大阪高裁を希望した。彼は生れも京都なら、出身も京大である。あるいは定年まで坐り続けることになるかも知れないポストに関西を望んだのは、年を取ると、生れ故郷の関西の水が恋

しくなったからさ、と表向きはいっていた。

とは言え、彼は彼なりに、裁判所という世界を愛していたには変りない。後進の指導にいつも熱心であった。あるいはこれが横浜地裁で扱う最後の重大な事件になるかも知れないと思っていたから、野口の質問に対する返事に慎重だったわけである。

彼自身としては、事前準備の手続は、東京地裁の後輩達が考え出した便宜主義で、それのもたらす利益よりは、弊害の方が多いと考えていた。これは法廷の争点となるべき事項を、あらかじめ当事者の間で打ち合せておくことを意味する。厳密な意味では、公判主義に反するし、いわゆる「集中審理方式」によって、日程を促進することは、被告側に不利だ、と考えていた。

谷本は菊地弁護士が判事時代、なんども長官通達の形で出された「事前準備」の奨励にそっぽを向いていたことを知っていた。谷本自身もそうだった。従来通り第一回公判の期日さえきめることができれば、あとは双方の都合によって、無理のないように進めるのが、公正な裁判の趣旨にかなうと思っていた。

しかし谷本は彼の地位からは当然であるが、こういう制度そのものに対する批判めいたことを、若い判事補の前でいうのは差控えた。

「菊地君が忙しくて、半日の時間をさいて、横浜に来ることができない、というんなら、その通りなんだろうよ」

とそっけなく付け加えるのに止（とど）めた。

関係人一同が揃うと、廷吏（ていり）が書記官室に「揃いました」と告げに来る。それは直ちに裁判官室に伝えられる。裁判官は合議室に入り、ロッカーから法服を出して着替える。そこから法廷の裁判官席へ出るドアが続いている。裁判官は全法廷の起立のうちに、最後に裁判官席に入る。

乗物が混む近頃、よく出廷がおくれるのは、弁護人である。谷本判事はそんな時でも、定刻の十時が来れば、さっさと席につく。そして頭をかきながらはいって来る弁護人を、じろりと睨みつける。

菊地弁護人にそんなことはなかったと見え、十時二分前、女子事務官が裁判官室へ一歩入り、衛兵のように不動の姿勢を取って、

「揃いました」と言った。

公判

野口判事補が何年たってもいやな気持を経験するのは、法廷で最初被告人と顔を合わせる時である。

罪が軽ければ、保釈が許されるけれど、大抵は一カ月ぐらいの勾留を経て来ている。長い拘禁生活と、警察官と検事の取調べに、被告人はほとんど打ちのめされた姿になっている。

初犯なら、それは彼にとって、身体の自由を奪われる、最初の経験になるわけである。運動と日光の不足から、青白く、よごれたような顔色をしている。

いかめしい法廷に出て、暗闇から突然日光の中へ引きずり出された人間のように、戸惑ったような表情のいたましさに、野口判事補は、いつまでも馴れることができない。

被告人は正面の裁判官席に、黒い法服に身を固めた三人の人間を見ると、やっぱりこれまでのように、問い詰められるのではないかと恐れるものである。

最近の法廷は、裁判官席の前面も、傍聴席との間の仕切りも、明るい樺色に塗ることになったが、横浜地裁の第四法廷は、まだ明治以来のマホガニー色のままである。この暗い色調は、被告人になんとも言えぬ威圧感を与える。

裁判官がまず被告人から、取り去ろうとつとめなければならぬのは、この怯（おび）えた気持である。きみは警察や検察庁とはちがうところにいるのだ、ここでは言いたいことはなにを言ってもいい、望み通りの返事をしないからといって、怒鳴られることもないし、言葉尻をつかまれる心配はないのだということを、言葉だけではなく、態度で示さねばならぬ。そうしてまず被告人の気持をほぐすのが、有罪にせよ、無罪にせよ、正しい判決に導くために欠くことができない条件だ、と野口はいつも谷本判事から言われている。

むろん法廷ではなにを言ってもいい、自分の思うことを主張できる、と弁護人があらかじめ被告人に教えてあるはずである。しかし長期の勾留と尋問でいためつけられた人間には、しかも国家権力の網目に捉えられた人間には、なかなかそんな気にはなれない。少なくとも公判二回目までは、なかなか態度がほぐれて来ない。

野口判事補は、看守につきそわれて、被告人席に起立している上田宏の顔を見た。身長はかなり高く、一七三、四センチはあるだろう。黒いサージのズボンに、白いワイシャツを着た、感じのいい青年だと思った。犯罪人はしばしば感じのいい外観を持っていることがあるので、第一印象に頼るのは危険なのだが、とにかく野口は被告人がチンピラみたいな少年でないのをよろこんだ。

裁判官が席につくのを合図のように法廷の全部が腰をおろす。そのざわめきが静まるのを待って、谷本裁判長は低いが、よく通る声で言った。

「これから上田宏に対する殺人、死体遺棄被告事件の審理をはじめます」

公判ははじまったのである。

法廷が一番静かになるのは、この時である。

横浜地裁は港に近い、古い埋立地区にあって、付近は県庁、地検、中央郵便局など官庁が集まっている。区画整理された広い通りに、大きく育った街路樹が陰を落し、車の往来もあんまりしげくない。

夏が終り、漸く秋がはじまろうとしている季節である。開け放たれた窓からはいってくるのは、遠い波止場のなにか金属をたたくような澄んだ音、表の道を走る自動車のタイヤの軋みぐらいのものである。

第四法廷は傍聴席三十の小法廷である。菊地弁護人は、事件の性質上、話し合いの雰囲気になる方が望ましいと考えていたので、この法廷が当ったのを、よろこんでいた。

傍聴席には父の喜平、被害者のハツ子の母すみ江、それからむろんヨシ子が来ていた。花井教諭も来ていた。いっせいに緊張した眼差しを、いま横手のドアからはいって来た、宏の後姿に注いでいる。手錠をはずされ、被告人席につく宏の動作が、これまでに見た彼の動作のどれとも似ていないのに、みなは胸を衝かれる。

「被告人、前へ」

谷本判事の低い声に、うながされたように宏は立ち上って、前へ進む。拘置所の係官に教えられた通り、証言台に立って、谷本裁判長の顔を見上げた。

彼はこのような場所へ出るのは、むろん生れてはじめてである。花井教諭は、五年前、学校の前の道路の溝掘り作業を指揮して、町長から表彰を受けた時の宏の恰好を思い出している。両手を正しく体の両側に垂らし、指先を伸ばし、中指をズボンの縫目につけた。これは軍隊に行ったことのある体操の先生が、こんな時の要領として、教えたものであった。

頭は笹下の横浜拘置所にいる間に、五分刈りにしていた。別に強制されるわけではないが、まわりにいる者が大抵そうしているし、所内の床屋はあまりうまくないので、みなそうすることになる。

運動不足で顔色は蒼く、五分刈りにした頭の地肌の白さが、透けるように見えた。髪を刈ったので、子供の時から見馴れた、てっぺんがとがった頭の形があらわになったのを、父親の喜平は認めた。

「被告人の名前は」

「上田宏です」

「年齢は」

「十九歳です」

　これらは人定（じんてい）質問と言われて、公判のはじまる前の、欠くことのできない手続となっているものである。

　そんなことはあるはずはないが、出頭した人間が別人ではない、正に被告人である、ことを確かめるための手続である。

「本籍は」

「神奈川県高座郡金田町渋川（しぶかわ）二十八番地です」

「住所は」

「横浜市磯子区原（はら）町三百三十三番地、光風（こうふう）荘です」

「職業は」

「工員です」

　宏ははっきりした声で、よどみなく答えて行った。どこまでも、卒業式か表彰式に出ている優等生の態度だった。

　谷本判事はうなずき、

「では、被告人は、うしろにかけなさい」と言った。

　この言葉は、少していねいすぎるという人もあるが、谷本判事は法廷ではなるべく日常語に近い言葉を使うことにしていた。

判事によっては、次に行われる検事の起訴状の朗読の間、被告人を起立させたままにしておく人がいる。有罪無罪は裁判の結果きまることであるにしても、被告人は罪を犯した少なくとも疑いがあり、そのため検察庁から公訴を提起されているのである。検事はむろん立ち上って、起訴状を読む。その間、糺弾（きゅうだん）された被告人が、だらしなく被告人席に腰をかけているべきではない、という古い権威主義の考えによるものである。

現在五十歳以上の判事は、大抵被告人を立たせたままにしておくのだが、谷本裁判長はこの点では昔から違っていた。被告人の気持にくつろぎを与えるために必ず坐らせることにしている。

もっとも、窃盗や詐欺のような簡単な事件で、被告人が罪を認めていて、十分もあれば判決まで行ってしまうような事件では、若い判事でもおしまいまで立たせておくことがある。これは被告人が立ったり坐ったりする手間をはぶくためである。

宏は三人の裁判官の一人一人に向って、頭を下げると、その場で回れ右して、すたすたと被告人席に戻って来た。被告人席は最近は向って右側の弁護人席の前にある法廷が多くなったが、横浜地裁第四法廷では、傍聴席の前にあった。そこに看守と二人ぽつんと離れて坐っているわけである。傍聴席の最前列に陣取った裁判所詰の新聞記者は、猫かぶりという印象を受けたと言ったが、裁判官に悪い印象を与えなかった、と菊地弁護人は判断した。

裁判長は低く咳払いをすると、検察官席に向き、

「起訴状の朗読を」と言った。

岡部検事は今年四十五歳、去年横浜地方検察庁に転任して来たばかりの検事である。その前は広島地方検察庁の刑事部に二年いて、かなりいい成績を上げていた。

地方検察庁は横浜、神戸（こうべ）のような中都市で、総務、公判、刑事、公安の四部に分れている。（東京、大阪にはこのほかに特別捜査部がある。これは所轄警察署を経由しないで直接検察庁に告訴、告発して来た、いわゆる直告事件と政財界にかかわる汚職など特殊事件を扱う）

刑事部は警察を指揮して、被疑者の尋問や証拠集めに従事し、起訴状を書くところまでやる。それに基づいて、法廷で検察庁を代表し被告人を訴追するのは、公判部の検事である。従って公判までは、彼も裁判官同様、被告人に会っていない。

岡部検事もはじめて見る宏の態度を、猫かぶりと見た。刑事部から回って来た調書によれば、彼は情婦と共に勝手気儘な生活を送るため、邪魔になる情婦の実姉を殺した、凶悪なる殺人犯である。犯行は最も悪質のものであり、法廷で少しぐらい行儀正しくしたぐらいで、ごまかせるものではないと考えた。

岡部検事は立ち上り、手にした起訴状を読みはじめた。

起　訴　状

左記被告事件につき公訴を提起する。

昭和三十六年八月十二日

横浜地方検察庁
検察官　検事　村井延夫（むらいのぶお）

上田　宏
昭和十七年二月十七日生

横浜地方裁判所　殿

本籍　神奈川県高座郡金田町渋川二十八番地
住居　横浜市磯子区原町三百三十三番地光風荘内
職業　工員
　勾留中

公訴事実

被告人は現在横浜市磯子区磯子五ノ八百六十二番地ドラゴン自動車工場に修理工として稼動しつつ、表記光風荘二百三号室に内縁妻神奈川県高座郡金田町渋川七十六番地坂井すみ江次女ヨシ子（当十九年）と同棲している者であるが、表記本籍地に在住当時、ヨシ子の姉ハツ子（当二十二年）にヨシ子の妊娠の事実、及被告人がヨシ子と共に出奔して表記に同棲を企画していることを知られ、これをヨシ子母すみ江及被告人父喜平に告げると言われたことから、深くこれを怨み、且（かつ）出奔の企画が阻止せられることを怖れて、同女を殺害せんと企てるにいたり、第一、昭和三十六年六月二十八日午後二時頃、ひそかに神奈川県高座郡長後町に赴き、同町綾野六十八番地福田屋刃物店にて、刃渡り十センチの登山ナイフを買い求めて機会を窺ううち、同日午後三時半頃かねて知り合いの同町綾野七十九番地運送業富岡秀行方店頭にて、引越荷物運搬のため、軽自動車一台の賃借を交渉中、たまたまハツ子が通りかかったので、かねての殺害の決意を実行に移すことにきめ、同女を自転車の荷台に乗せて午後四時半頃、金田町サラシ沢東方の十字路より南方約五十メートルの人気なき地点に連行した上、突如前記登山ナイフを取り出し、殺意をもってその刃を立て、同女に襲いかかり、殺意を以て同女の胸部を突き刺し、同女の第五肋骨と第六肋骨の間に、深さ六センチ心臓に達する刺傷を与えて、以て殺害し、

第二、前記犯行を隠匿するため、同女の死体を約五メートル引きずって、同地点西方の金田町衣巻二十五番地大村吾一所有の杉林に突き落し、遺棄したものである。

罪名罰条

第一、殺人につき刑法百九十九条

第二、死体遺棄につき刑法百九十条

岡部検事は、起訴状を左手に持ち、体を前後にゆすりながら、ゆっくり読んで行った。最近はじまったばかりの老眼では、まだ邦文タイプした字を読むのに不自由はなかったが、こんど

横浜の公判部へ回されてから、法廷では眼鏡を使うことにきめた。

万一の読み違いを避けるという実際上の必要のほかに、眼鏡を取ったりはずしたりすることによって、一連の行為の初めと終りを示すことが出来るのである。彼はなんでもけじめをつけるのが好きであった。

岡部検事は現在四十五歳だから、終戦の時は二十九になる勘定である。任官は昭和十七年で、これは被告人の上田宏が生れた年である。

彼も人並みに、受け持った事件は、なるべく大きくするという検事特有の習性を持っていたし、大抵は求刑通りの判決があった昔の夢が忘れられなかった。昭和二十二、三年の各種法律の改正により、三権分立の立場から、裁判所が検察庁から独立して以来、とかく検察官をばかにしたような軽い判決を下す判事が増えたのに、不満を感じていた。

彼が司法官試補になった頃は、戦時中の人員不足のせいで、高文は大して難関ではなかった。その点、彼が実力がないのに検事になった、と谷本のような戦前派の判事が思っているのではないか、と邪推をしていた。

その頃の司法官試補は地方へ行けば、宿直の時など、みな同じ部屋に寝起きしていたものである。その中から、適性を認められて、判事と検事に任官されるのだが、一般にはなんとなく成績のいい者から判事になる、と思われているらしいのが、面白くなかった。

検察官は裁判官とちがって、行政官吏であるから、身分の保障もなければ、転勤も頻繁(ひんぱん)に行われる。それは地方的なつながりが強くなりすぎるのをおそれるからだ、といわれているのも、なんとなく面白くない。俸給は戦前ほどは差別はなくなったが、いまだに判事には、検事とはちがった水の中を泳いでいるという意識が、態度にあらわれているように彼には思える。

もとは検事も判事と同じように、法廷のいわゆる雛段の上にいたのだが、戦後は弁護人と同じ平土間へ降ろされた。一段高い席に坐った同輩の目の前で、弁護士なんていう、彼よりさらに成績の悪い者と争うのは、なんとなく癪だった。

対立は検察庁の内部で、刑事部と公判部の間にもある。立会検事として、彼は事件にこれまで全然タッチしていないのだが、正直にいって、彼はこんど刑事部から回って来た起訴状に、全く満足していなかった。

（おれなら、もっと正確に書くんだがなあ）

と、謄本を受け取った時、彼は思った。

彼はいわばいやいや起訴状の朗読を終ったのだが、被告人の罪状認否に先立って、菊地弁護人が、起訴状になにか文句をつけて来るのは、必至だと思っていた。

果して、谷本判事が眼を向けるのを、待っていたように、菊地は「裁判長」と言いながら、立ち上った。

「被告側は起訴状に対する認否を申し述べる前に、二、三の点について、検察官の釈明を求めていただきたいと思います」

菊地弁護士も岡部検事に劣らず事務的な口調を使った。

「釈明」という言葉は、一般には「誤解を解く」という意味で用いられるが、裁判用語としては、そんな弁解的なニュアンスはない。文字通り「釈き明かす」である。これは戦後の刑訴規則改正が生んだ公判の冒頭手続の一つである。被告人の罪状認否に先立ち、弁護側は起訴状の内容その他について、裁判官を通じて、検察側の説明を求めることができる。

被告側がその防禦方針を、罪状認否の前から立てるのに役立たせる趣旨のものであるが、多くは裁判の初めに、検察側に一撃を加えるという法廷効果をねらって行われることが多い。特に政治がからんだ事件では、むしろ一種の慣行となっているものである。

そして全然文句のつけどころのない起訴状を書くことは、神様でなければできない。起訴状の文体というものは、「チャタレイ裁判」以来、文学者の嘲笑の的となっているが、それらは必ずしも人が言うほど滑稽なものではない。明治の立法者が、範に取った西欧諸国の起訴状も、いずれも似たような冗漫なものである。

「殺人」という行為には必ず「殺意をもって」の事実が明瞭に示されていなければならないので、修辞的に少しぐらい「くどく」とも、法律的関連が示されれば目的を達するのである。

大抵の起訴状は切れ目なしの一文であるが、それは末尾に示される犯罪事実が、一連の状況、動機、故意のひとつの結果であることを示すためである。主語があいまいであろうとなかろうと、罪となるべき事実がそこに明らかに示されていれば、それでよいという、全然別個の原理の下に書かれた文章なのである。

最後の「である」を別行とするのも、それまでが罪を構成する事実を述べたものであることを、明示するためであった。

従って上田宏に係る殺人並(ならび)に死体遺棄に関する起訴状の文体について、岡部検事はなんの意見もなかったのだが、その殺意の生じた日時を、はっきり書いていないのが、彼の不満とするところであった。そして菊地弁護人は果してそこを突いて来たのである。

菊地弁護人がこの日着ていた厚い地のグレイの背広は、彼の判事時代から着ていたもので、かなりくたびれていた。刑事専門の弁護士として、彼の収入はさほど多いとは言えず、季節の変り目である九月十五日という時期に、ぴったりした合着を、彼は持っていなかった。

彼はどうかすると顧客の意を迎えなければならない弁護士稼業に転業しても、まだ判事時代の開けっぴろげで、ぞんざいな態度を残していた。それはすでに判事として二十年の間、法廷を上から見ていた自信の結果ともいえるので、彼の態度に一種の安定感を与えていた。それだけ検察側から見れば、手強(てごわ)い相手ということになる。丈は百七十センチを越し、その奥まった眼、突き出た頬骨に、平静な闘志が示されていた。彼は言った。

「起訴事実の第一点についておうかがいします。起訴状によれば、被告人がハツ子に対して殺意を抱いたのは、ヨシ子の妊娠の事実、及び家出して横浜に赴き、現住所に同棲する企画があるのを知られた時となっておりますが、その日時が示されていないのでは、当方として防禦のしようがありません。こういう犯罪の構成要件上重要な点については、はっきりお示し願いたい。起訴状がこの点明確を欠くのは迷惑千万です」

菊地弁護人の口調はだんだん攻撃的になって来た。

「次に被告人が犯行当日の午後二時頃、長後町で登山ナイフを買って、『機会を窺うち』と、起訴状に述べられておりますが、被告人は同日三時半には、早くも被害者ハツ子に丸秀運送店の前で会っています。これがまったくの偶然であったことは、起訴状も認めているようです。すると被告人が、機会をうかがっていたのは、わずか一時間半の間となります。この短時間に、機会をうかがっていたと言うのは、通念つまり常識から考えても適当でないのですが、かりにそうだとしても、検察官が機会をうかがっていたとされるのは、実際上どういう行為を指すのか、あきらかにしていただきたいと思います」

この釈明を求めるという手続が、まず検察側の出鼻をくじき、また争点となるべき事項に、裁判所の注意を喚起する目的を持っているのは、前に述べた通りである。

ただもしここで検事が、釈明はいずれ日時を改めてと言えば、この日の裁判は終りになってしまう。あるいは検察官の釈明に対して、弁護側がどうしても納得せず、裁判長が公判を一応打ち切って、冷却期間をおく方がよいと判断すれば、これもまた終りになる。

多くの政治的裁判が、長くかかるのはこのためであるが、現在では釈明は事前準備の段階で、弁護人から検察官に文書の形でなされることがある。しかしこんどのように事前準備が省かれた場合でも、双方共裁判長の裁量を容れて公判の日程に遅滞を生ぜしめない、との気持があるのが普通である。

上田宏の事件のような単純なケースでは「日を改めて」なんていう気は誰にもなかった。どう答えればよいかを、検察官は大体心得ていた。

こんな場合検察官のする答弁には、大体三通りある。

第一は「おたずねの件は、大体、起訴状に記載された範囲で充分だと思います」と突っぱねることである。弁護側は起訴状の記載に満足しないからこそ釈明を求めているのだから、常識的に考えれば、これは無意味な回答であるが、弁護人の方でも、一撃を加えれば目的を達するのだから、それで満足して引き下ることがある。

第二は「それはいずれ冒頭陳述であきらかにするつもりです」と逃げることである。これも右と同じ理由によって、弁護側としても折れ合い得る返事である。

第三は少しずるいやり方だが、その場は適当な返事をしておいて、冒頭陳述で訂正することである。この日、岡部検事が第三の方法によって日時を特定したのは、あとで軽率だったと言われた。しかし彼としては起訴状が殺意の発生の日時を明確にしていない欠点をよく知っていただけに、ここで弱味を見せてはならない、はっきりした態度を示さなければならない、という気になったとしても無理からぬ節もないでもない。

「弁護側のおたずねの件のうち、殺意の発生は、むろん被告人がナイフを買った日の、きわめて近い過去で充分と思いますが、はっきり言えば、六月二十日でした」

と岡部検事は宣言するような調子で言った。

岡部検事が宏がハツ子に対して殺意を抱いたのが六月二十日だと言ったのは、冒頭陳述の中にある日付である。昨日おそくまでかかって書くうちに決定したものであった。宏の検察庁における自供調書の中に、その日ハツ子の厚木の駅前でやっている一杯飲屋、「みよし」へ行き、中絶をすすめられた、という記載があった。それを岡部検事は利用したのである。目撃証人を申請し証言させればよいのである。

前にも書いたように、こんどの事件では、岡部は刑事部がうまくやっていないと考えていた。細目について聞きただしたいところは、いくらでもあった。例えばその時の宏とハツ子の間の会話を聞いた証人でもいればいいのだが、その調書が一件書類の中になかった。

刑事部が尋問から起訴状までやり、公判部は法廷を受け持つ——この区分ははっきりしている。ほんとは二つの部の間に絶えず連絡がある方がいいのだが、検察庁にも普通の官庁なみに、セクショナリズムがあって、そんなことは実際上、不可能なのである。

刑事部はあとからあとから湧いて来る事件に追っかけられている。一件書類を公判部へ廻してしまえば、刑事部としては、その事件は事実上すんだことになってしまう。岡部はそれを広島の地検の刑事部にいた時の経験で知っている。広島の公判部の新任の検事で、始終刑事部へ電話をかけて捜査の細かいところを問いただして来る検事がいた。彼は刑事部の鼻つまみであった。

とはいえ、あまりすげない返事をするのは、冒頭陳述で起訴状の趣旨を緩和されたり、まるで弁護側に手をかしてやるような結果になる。それまでの刑事部苦心の証拠固めがむだになりかねない。むずかしいかね合いが、検察庁の内部にもあるのだった。岡部検事はむろん刑事部に電話などかけないでも、なんとかやって行ける自信がある。

被告人は犯行を自供しており、これはそれほどむずかしい事件ではないと思っていた。この見込みについて、彼はあとで後悔しなければならないことになるのだが。

「次は機会をうかがっていたという点についてですが、被告人が殺意を抱いたのがたとえ一時間半にせよ、それが立証されているなら、機会をうかがうのは、次の段階の行為として、当然予想されるので、時間の長短に問題はないと考えます。三十分ないし、十分間でも充分です。それらはいずれ冒頭陳述であきらかにするつもりです」

岡部検事はきっぱりとそう言うと、腰をおろした。

しばらく法廷に沈黙があった。谷本裁判長が菊地弁護人の方を向いた。

「検察官の釈明は、いまお聞きになった通りですが、これくらいで、被告側は起訴状に対する意見は言えませんか」

菊地弁護人は立ち上った。

「六月二十日と日時を決定されたことは、検察官の正確を尊ぶお気持の現れであり、被告側は敬意を払わずにはいられません」彼の口調には少し皮肉がまじっていた。「被告人が機会をうかがっていた事実を、冒頭陳述でお示し下さるのなら、被告側は満足致します。ただ裁判所はこれを記録にとどめておいていただきたい」と言って腰を下した。

被告人の自供調書の取扱いは、戦後裁判の微妙な点の一つである。検察側としては、自供調書をさきに証拠として申請してしまえば、一番手っ取り早いわけであるが、それは裁判官に有罪の予断を抱かせるおそれがある。いわゆる予断排除の原則から、刑訴法三百一条により、自供調書の取調べは、犯罪事実に関するほかの証拠の取調べがすんだ後でなければ、請求できないと規定されているのである。

しかし実務上この規定はしばしば無視され、単純な事件では、検察官の第一回の証拠申請の時、他の証拠と共に一括申請されてしまうことがある。申請しても取調べを後にすればいいわけで、実際には自供調書の有無は、裁判官に安堵感を与えるという効果がある。ただしこの事件の場合は規定通り申請は最後に行われることになる。宏が警察で自供していることを、裁判官は新聞によって知っているのである。

殺意は主観的要素であるから、岡部検事が宏の殺意を抱いたのが、六月二十日であると言い切ったのは、自供調書にある日付であることは、容易に推定されることであった。

この点でもし菊地弁護人が執拗であるなら、「検察官が六月二十日とおっしゃるのは、被告人の自供に基づいているのですか」と質問することもできないこともなかった。しかし起訴状について釈明を求めるとは、裁判の冒頭手続の一つであって、この段階でそこまで突っ込むのは、法廷の常識に反するのである。

とにかく殺意の発生の日時が問題であることに、裁判所の注意を喚起したことで、菊地弁護人は満足したのであった。

野口判事補は、谷本裁判長の右側の席から、岡部検事と菊地弁護人のやり取りを聞いていた。そしてその日の出勤の前、妻の光子が問題にしたのも、殺意の有無であったことを思い出していた。(案外週刊誌に書いてある通りになって来るのかな)というようなことをぼんやり考えていた。

裁判は次の段階に進んだ。裁判長にうながされて、被告人上田宏は再び証言台に入った。

「被告人は、起訴状に対して、なにか言うことはありませんか」谷本判事はしずかに言った。

「被告人は、むろん、答えたくなければ、答えなくてもいいのです。ここで言うことは、不利なことも、有利なことも、証拠として採用されるから、気をつけるように」

これも裁判長として型通りの発言であった。宏が少年であり、黙秘権など被告人を保護する権利があるのを知らない場合を考慮して、やさしい言葉で注意しておくのである。

しかし質問そのものは、起訴状に述べられた訴因に対して、被告人が自分を有罪と思うか、無罪と思うかという、いわゆる罪状認否に関するもので、裁判の冒頭手続の中で、起訴状朗読に次いで重要な段階なのである。

宏の顔はさすがに緊張に、こわばっていた。

「ハツ子さんを殺してしまったのは起訴状の通りですが、ナイフは引越しのために買ったもので、殺すためではありません。また殺すためにサラシ沢へ連れて行ったのではありません。ハツ子さんに金田町へ連れて行ってくれとたのまれたので、自転車のうしろに乗せたのです。わざと連れて行ったなんてことはありません」

宏は喋るうちに興奮して来たようだった。最初に法廷にはいった時の、おどおどした態度は、いつの間にか消えていた。

「ハツ子さんを殺してしまったのは、ほんとに悪いことをしたと思っています。すまないと思います。しかし殺すつもりは、ほんとになかったんです。ただハツ子さんが、おばさんに言いつけるって言うもんだから、おどかしてやめさせねばならないと思って、ナイフを出したんです。どうしてああいうことになったかわかりません。しかしぼくがやったのはたしかなのですから、罰は受けなければならないと思っています。死刑になってもかまいません。しかし殺すつもりだったなんてのは、うそです。ぼくはそんな悪いやつじゃありません」

言い終ると、宏は下を向いた。蒼白い頬が血の気が上ったように少し赤らんで見える。直立不動のまま唇(くちびる)をかんでいるのは、涙をこらえているともとれた。

これら宏の法廷での言葉は、次のような型にはまった文章となって、公判調書に残ることになる。

「第一事実について、場所方法などは、大体起訴状記載の通りですが、かねて殺意を抱き、そのためナイフを買ったのではありません。殺す気持はなかったんです。ただ父とヨシ子の母すみ江に、家出することを告げられると困るから、やめてくれとナイフでおどかしただけです。自分でもわからない気持で刺しました」

谷本裁判長は宏の様子を注意深く見ていた。これは重大な瞬間であった。検察官が殺人で起訴している以上、あらかじめ殺す意思、つまり殺意を認定するに足る事実、端的にいえば自供があると見なさなければならない。被告人が公判でその自供を翻すのは、よくあることであるが、これには検察官の訴追意欲を駆り立てる不利がある。それに対抗するに足る証拠でもあればよいが、被告人は大抵宏のように、犯行時の記憶がない、というような消極的な事実しか申し立てられない。そしてそれは大抵の場合、「ごまかし」あるいは「言いのがれ」と見なされ、裁判官の心証まで悪くしてしまう危険があるのである。

岡部検事は「なにをつまらぬことを言っているのか」というような顔付で横を向いていたが、谷本裁判長は宏が喋っている間、ずっと注意深くその顔を見ていた。これはその言葉の真偽について心証を得るためだった。谷本はやがて菊地弁護士の方を向いた。

「弁護人にたずねますが、被告人の主張は、法律的に言うと、犯行は認めるが殺意は否認する、こうとっていいのですか」

菊地はすぐ立ち上った。

「弁護人の意見は、あとでまとめて申し上げますが、御質問に答えて、被告人の言葉を補足しながら申し上げます。被告人は要するに殺意をもって被害者を死に至らしめたことを否認しているのです」

この微妙な言い方は、刺すつもりで刺したが、殺すつもりで刺したものではない、という傷害致死の主張と結びついたものである。

「けっこうです。では、あらためて被告人にきくが、第二の事実、つまり被害者の死体をそのままにしたのは、どういうつもりなのかね」

宏は裁判長と弁護人の問答の間、不安な面持で、首を左右に動かして、二人の顔をこもごもに見ていたが、裁判長の質問に対して、再び姿勢を正した。

「はい、それは起訴状の通りです。人に見られてはまずかったので、草の中へかくそうと思ったら、崖の下へ落ちたのです。どうしていいかわからなかったので、とにかくそうしたんです。あとで埋めに行こうと思ってたんですが、雨が降って来たし、顔を見るのがこわかったんで、行けなかったんです」

裁判長は再び菊地弁護人にきいた。

「被告人は犯行を隠匿する目的で、死体を遺棄したことを認めているのですか」

「これも後ほど申し上げるつもりですが、弁護人としては、隠匿の目的はなかったと考えます。犯行をかくすためではなく、むしろ埋葬の儀式の代行と考えます。むろんそれでも刑法百九十条に該当するのはわかっておりますが、隠匿の故意によるものではないことを、申し上げておきます」

宏がハツ子の死体を隠したのは、いわゆる犯行を隠すためではなく、埋葬の代行行為であったと、菊地弁護人は主張したのだが、彼はそれをそのまま裁判所に信じてもらえると考えていたわけではなかった。

宏は自供調書でもあとで家からスコップを持ち出して、埋めに行くつもりだった、と言っているのだが、これは悪く取れば、死体を完全に隠そうとしたとも見られる。つまりその下心を美しく言いくるめようとしている、と取られかねないのである。

死体遺棄に関する刑法百九十条の条文は次の通りである。

「死体、遺骨、遺髪又ハ棺内ニ蔵置シタル物ヲ損壊、遺棄又ハ領得シタル者ハ三年以下ノ懲役ニ処ス」

この条文は人間の死体に対して、葬送の礼を失わせないのが趣旨である。冥福を祈るつもりでも、墓地以外の場所に勝手に埋めるのでは、死体遺棄の罪を免れることはできない。ただ弁護人は情状論として、埋葬の意思があったことを説明しておいただけであった。

裁判の冒頭の手続は順調に進んでいた。十時の開廷から、まだ十五分しか経っていなかった。宏が再び証言台に立って、罪状認否を述べ出してからは、傍聴席から誰が洩らすのか、絶えず溜息が聞えていたが、それも静まった。

菊地弁護人は言葉を改めた。

「起訴状に対する弁護人の意見を申し上げます。すでに申しましたように、両事実共、弁護人は被告人と同趣旨であります。第一事実については、被告人に殺意はありません。第二事実については、これを認めますが、被告人は被害者の死体を、そのまま路傍に遺棄するに忍びなかったのだ、と付言します。

なお、第一事実について、被告人は充分な動機を持っておりませんが、それは激昂のあまり行なった行為であると考えられ、犯行当時心神耗弱の状態にあったことを主張します」

心神耗弱とは精神機能の障害の程度が、失神など心神喪失には至らないが、不完全な状態にあることを指す法律用語である。犯罪者は犯行当時、普通の精神状態にないと考えるのが常識であるが、しかしそれでは大抵の犯罪を罰することはできなくなってしまう。

心神耗弱者はいわゆる限定責任能力者として、刑が軽減される。ただしこれは法律上の概念であるから、裁判官の判定は、医師の鑑定には拘束されないことになっている。つまり、よほどのことでないと量刑に当って考慮されないのだが、宏のような重罪で起訴されている場合、一応申し立てておくのが、弁護人の常用の手段である。

宏は菊地弁護人の言葉を聞きながら、ハツ子を刺した時のことを思い出していた。暑い六月の日が畑と道一杯に当っていた。それは彼自身とハツ子を照していたはずだった。その瞬間から彼が憶えているのは、不意にハツ子の顔が近づき、その唇から嘲るような笑いが、消えたことだけであった。彼は小さく叫んで、両手で顔をおおった。

野口判事補は事件の主任裁判官として、谷本裁判長の右側の席から、絶えず宏の態度に注目していた。菊地弁護人の意見陳述の間、宏は証言台に立ったままだったが、心神耗弱という言葉が言われた時、不意に手で顔をおおった。その動作が特に野口の注意を惹いた。

心神耗弱はこういう重罪にあっては、弁護人の意見に大抵つくものだから、彼は法廷で主張されるのをなんども聞いている。ただ被告人がこんな強い反応を見せるのは、初めてであった。

陪席判事は開廷中、大抵メモを取っている。それはむかし裁判所に速記官がなかった頃の習慣の名残りだが、いまでも術語などについて、速記官の誤記は絶無ではないから、まったくの二重手間とは言えない。裁判所はこのための「裁判官手控」という大型の用紙を、裁判官室の消耗品の中に加えている。

谷本判事の教えに従って、野口判事補はメモは最小限にとどめておく方針にしている。公判中は、関係人の表情、態度に注目するのが、特に証拠調べの段階で必要なのである。開廷中、法廷を見ないで、下を向いてメモばかり取っている判事は、最高裁における居眠り判事と共に、その職務を遂行していないと言っても過言ではない。

野口判事補はこの日のメモに書いた。（被告人の反応強し）

「弁護人が心神耗弱を主張するのは、精神鑑定を請求するつもりですか」

谷本裁判長がこうきいたのは、宏の態度から、野口判事補と同じ印象を受けたからかも知れなかった。

「少年鑑別所の鑑別で充分ではないのですか」と谷本は付言した。

宏は犯行時は十九年四カ月の未成年であったから、家庭裁判所の調査の過程で、鑑別所へ送られて、専門家の鑑定を受けている。しかし鑑別は現在の少年の精神状態を調べて、将来の保護方針をきめるためのもので、犯行当時の精神状態を「鑑定」したものではない。問診の時、犯行当時のことをきくのは、少年の精神に激動を与えて「鑑別」を狂わすおそれがある。従ってむしろそのことについて質問するのは避けるのが普通である。

従って谷本裁判長の質問は、学問的にいえば正確でないともいえるのだが、現在では心理学的認定と法律的認定は別物だ、という意見が裁判所で優勢である。鑑別所の鑑別をもって充分とした例はいくらでもある。鑑別結果通知書の記載から、裁判官が別個な判断を形成するのである。

谷本裁判長はつまり菊地弁護人の心神耗弱の主張は、形式的なものかどうか、という点をただしたのであった。裁判のこの段階で、裁判長がこんな質問をするのは、むしろ異常と言える。法廷に一種の話し合いの雰囲気が、生れていた。

「その点については、いずれ後ほど……」

菊地弁護人は、裁判長に対して、微笑を含んだ感謝の眼差しを送りながら、精神鑑定申請の有無を保留した。

冒頭陳述

被告人と弁護人の意見陳述で、裁判の冒頭手続は終ったわけである。この間二十分、まずこの程度の事件として、普通の進行であった。菊地弁護人は坐り、宏は証言台を出て、被告人席に戻った。これまで流れるように進んで来た法廷に、ちょっと停止の瞬間があった後、谷本裁判長は岡部検事に向って言った。

「では、これから証拠調べに入ります。検察官、冒頭陳述を」

証拠調べとは、犯罪事実が実際に存在したかどうか、どのような刑が相当であるかについて、裁判官が心証を得るために、各種の証拠を取調べることを言う。「事実の認定は証拠による」という裁判の建前から、証拠調べは公判の中心と言われる。

そして検察官は個々の証拠の取調べに入る前に、事件の大要、その立証の方針を、明らかにしなければならない。それが冒頭陳述である。裁判所はそれによって、証拠の採否の決定、訴訟の指揮の方針を立て、被告側は防禦の準備をするわけである。

このように冒頭陳述は証拠調べの一段階であるが、「証拠により証明すべき事実」を述べれば充分で、これに関連する証拠そのものを挙げる必要はないとされている。証拠の趣旨は個々の証拠を申請する時、示せばよいとされている。

冒頭陳述は大抵被告人の略歴から始まり、起訴状に示された公訴事実を、さらに詳細に述べる。被告人が否認している事件では、直接犯罪事実に関しなくても、その存在を推定すべき間接事実なら、それも述べる。

宏の事件にあって、宏はいま殺意を否定したばかりである。しかし彼が犯行の日、長後町でナイフを買ったことは、殺意の存在を推定させる重要な事実であるから、岡部検事の冒頭陳述の一つの中心をなしていた。そしてその証拠としては宏の本人調書のほかに、ナイフを売った店の主人の証言があった。それは供述調書になっている。冒頭陳述中に店の名前が出て来るのは、証拠との関連を明らかにするためであった。こうして冒頭陳述の全体は、一つの物語の外見を呈しながら、それぞれの証拠との関連を、その中に明瞭に示しているのである。

ただ証拠として取調べを請求する意思のない資料に基づいて、裁判所に偏見あるいは予断を抱かせるおそれのある事実を述べることは、禁じられている。

また被告人の前科とか、平素の行いなどを述べるのも、裁判官の心証に影響するおそれがあるので、避けるべきであるという説がある。しかしこれには異論があって、大抵の検事はこれをやる。

岡部検事の冒頭陳述を、ここに、法廷で読まれたままに、写すのはあまりにも、読者に忍耐を要求することになるかも知れない。

読者はすでに宏がどういう経歴を持ち、どういう風にハツ子を殺したかを知っている。ただわれわれの行動が、検察官の手にかかって、一つの事件に組み替えられると、どう変るかを知るのも、むだではないと思う。冒頭陳述もまた一つの物語である。

耳から聞く裁判が強調される今日、冒頭陳述は検察官が法廷で行う演説というべきものである。この日までに裁判所へ送られているのは、起訴状一本だけで、裁判長以下三人の裁判官は、ここではじめて犯罪についての詳細を聞くわけである。

簡単な事件で、弁護人との話し合いによって、公判前に互いに冒頭陳述を交換することもあるが、それはむしろ例外である。

検事は判事のように「宅調日」はなく、冒頭陳述を役所の机で書く。二日か三日前から取りかかるのが普通である。岡部検事も型通り二日前の午後に取りかかったのだが、事件が案外複雑で微妙な点を含んでいて、到底役所では片がつかず、公判日の朝三時までかかって、やっと書き上げた。従ってこの日は彼は少し機嫌が悪かった。

検事はむろん文章の専門家ではないから、冒頭陳述はしばしばまずい小説の外観を呈する。戦後刑訴法の改正の結果生れた手続で、不馴れの点もあり、機械的に戦前の起訴状の文体を受けついでいる。そしてこれは読者のすでにみたように、奇妙な文語と口語の入りまじったヌエ的文体である。明治以来代々の検事が書きついでいるうちに、一種の型ができてしまったので、幾分明治十年代の伝奇小説の調子を残しているのである。

上田宏の事件に関する冒頭陳述は大体次の四つの章に分れていた。

一、被告人の経歴。

二、殺人準備に関する事実。

三、犯行。

四、犯行後の模様。

各章がさらにいくつかの項目に分れているのは、後の証拠申請の段階で、どの証拠は冒頭陳述のどの事実を立証するためであるかを示す時、検索の便に資するためである。

岡部検事は立ち上って、再び眼鏡をかけた。四枚の用紙にぎっしり書き込んだ原稿を、平板な調子で読んで行った。時々、文章語を話し易いように言いかえるほかは、大体原稿の通りである。

公判調書中「冒頭陳述要旨」として残っているものが、これである。それは「要旨」ではなく、実は冒頭陳述そのものである。

冒頭手続からここまでは、法廷に速記官がつかないのが普通である。野口判事補はいずれあとで、書類で見ることができるので、メモを取らず、むしろ朗読の間の被告人の反応に注意しながら、耳を傾けた。

冒頭陳述要旨

殺人並に死体遺棄　上田　宏

右の者に対する頭書被告事件につき、証拠により証明すべき事実は次の通りである。

昭和三十六年九月十五日

横浜地方検察庁

検察官　検事　岡部貞吉

横浜地方裁判所刑事第五部　殿

記

第一、被告人の経歴。

一、被告人は昭和十七年二月十七日、農業上田喜平の長男として生れ、昭和三十二年三月金田中学校を卒業後、平塚市相南高等学校定時制に通う傍ら、茅ケ崎市東海岸九百八十三番地ヤマト自転車工場に見習工及び臨時工として勤めていた。同人は学業成績も上の部に属し、しばしばクラス委員になった。ヤマト自転車においても勤勉であり、また温良なる性格であって、同僚と喧嘩などしたことはなかった。被告人は三十六年三月相南高校卒業後も引き続きヤマト自転車で働いていた。

二、昭和三十五年八月二十三日頃より、金田町渋川七十六番地坂井すみ江次女ヨシ子（当十九年）と情交を生じ、平塚市内の旅館その他で媾曳を重ねるうち、同女は三十六年四月、妊娠した。

三、二人の関係は付近の人の口に上り、またヨシ子が妊娠したので、被告人の父喜平、及びヨシ子の母すみ江に知られることをおそれ、両人はしめし合わして家出し、同棲しようと企てるに至った。

四、このため同被告人は五月末、横浜市磯子区磯子五ノ八百六十二番地ドラゴン自動車工場に転職を思い立ち、六月十五日同所を訪れて、七月一日より働くことにきめた。

第二、犯行準備に関する事実。

一、被害者坂井ハツ子（当二十二年、ヨシ子の実姉）は昭和三十年より東京都新宿区歌舞伎町界隈の飲食店、キャバレーに、接客婦として転々とした後、三十五年四月金田町の実家に帰り、厚木市小田急本厚木駅前に飲食店「みよし」を経営していた。被告人はしばしばヨシ子と共に、あるいは単独で、同店を訪れるうち、ハツ子に両人の関係及びヨシ子の妊娠を見抜かれ、極力妊娠の中絶をすすめられた。

二、六月二十日夜七時頃、被告人が「みよし」に立ち寄った時もハツ子に妊娠中絶をすすめられ、被告人にもヨシ子にもその意思がないのを告げられると、母すみ江、被告人の父喜平に告げると言われ、それを阻止しなければ、両人の家出同棲の企ても挫折すると思い、遂にハツ子を殺すほかはないと考えるに至った。

三、六月二十五日午後八時頃、被告人が「みよし」を訪れた時、再び中絶をすすめられたので、ますますハツ子に対する殺意を固めた。

四、六月二十八日、被告人は午前中昼寝しながら、ハツ子殺害の計画を練った後、午後二時頃、自転車に乗って、金田町より約四キロ東方の長後町に至り、ハツ子殺害のために、同町綾野六十八番地福田屋刃物店にて、刃渡り十センチの登山ナイフを購入し、ハツ子に会い次第、これを殺害せんと考えつつ、同日午後三時頃、かねて引越荷物運搬用に軽自動車の借用を依頼していた同町綾野七十九番地運送業富岡秀行方に立ち寄り、翌二十九日の夜より三十日の午前中にかけて借用（ガソリン代被告人自弁）の約束をし、店頭にて同家次男秀次郎と会談中、被害者ハツ子が通りかかった。

第三、殺人に関する事実。

一、被害者ハツ子（当二十二年）は、その経営する飲屋「みよし」の売掛金回収のため、この日午後一時四十五分頃小田急本厚木駅前より横浜行バスに乗り、二時十五分頃、小田急長後駅前で降り、同駅小荷物掛榊原伊助より、売掛金八百五十円の支払いを受け、雑談数分の後そこを出て、長後町綾野二十八番地雑貨商米子吉成方無職宮内辰造方に立ち寄り、売掛金千三百五十円を受け取って、三時三十分そこを辞し、長後駅に通ずるバス道を約五十メートル歩いて、富岡秀行営業の運送店「丸秀」前を通りかかった。

二、この日の被害者ハツ子の服装は、花模様のテトロン地のワンピースに黄色のサンダルをはき、水色のビニール製ハンドバッグを小脇に抱え、白のパラソルをさしていた。

三、一方被告人は白の木綿地半袖カッターシャツに黒色の夏ズボンをはき、黒色鼻緒の下駄ばき姿であったが、丸秀運送店店先で、同店次男秀次郎と軽自動車の賃借交渉の準備中を、ハツ子に見られて、ぎょっとした。ハツ子に「金田町へ帰るんなら、連れていってくれ」と依頼されたので、ハツ子の母すみ江と被告人の父喜平に、ヨシ子の妊娠の事実及び家出の計画を言いに行く気だなと邪推し、いよいよ同女を殺すほかはない、と殺人の決意を固めた。

四、被告人は、三時五十分頃、被害者を自転車のうしろに乗せて、金田町へ通ずる県道を、金田町に向う途中、四時十分頃千歳村三軒屋二十六番地雑貨商篠崎かね方前を通過する頃より、口論となり、四時三十分金田町サラシ沢東方の丘陵上の十字路に至るまで、口論を続けた。

五、被告人は付近に人気なきを幸い、ここでかねて企てた殺人を実行することにきめ、死体を様子を知っていた同町大村吾一所有の杉林中に埋める心算の下に、突然左折し、寒川町方面に通ずる道を五十メートルほど南進して、前記杉林上方の犯行現場に至った。

六、そこで突然自転車をとめて、被害者を降ろし、登山ナイフをポケットから出し、殺意をもって刃を立て、同女に突付けたが、ハツ子は最初は「そんなものをこわがるあたしと思っているの」と虚勢を張っていたが、やがて恐怖にとらわれ、「どうする気。あたしが悪かったわ。ヨシ子の妊娠の事実はだれにも言わないから、殺すのはよして下さい」と哀願するにも拘らず、殺意をもって、同女に襲いかかった。

七、同女の体を左手でうしろからかかえ、白のカッターシャツに血の飛び散らぬように気をつけながら、左胸部第五肋骨と第六肋骨の間に深さ六センチ、心臓に達する刺傷を与え、これを死に至らしめたが、その際ズボンの左腿にあたる部分に、少量の血痕のついたのに気が付かなかった。

八、七月一日横浜市磯子区磯子五ノ八百六十二番地ドラゴン自動車に勤務中、ズボンについた血痕に気がつき、同工場洗面所で洗い落したが、被告人の逮捕後押収され、被害者と同じB

型の血液型が検出された。
九、凶器の登山ナイフは現場付近の草叢（くさむら）に隠した。
十、犯行を終えて金田町の自宅へ帰る途中、サラシ沢の水溜りで手を洗って血を洗い落した。
十一、自転車を押して、サラシ沢から金田町へ出る山道で、杉林の所有者大村吾一に会って、声を掛けられたが、なに食わぬ顔で「長後町へ用達しに行って来た」と答えた。
第四、死体遺棄に関する事実。
一、被告人はハツ子が息絶えたのを確認した後、犯行を隠匿する目的の下に、シャツに血がつかないように気をつけながら、死体両腋の下に腕を差し込み、約五メートル引きずり、道路より約十メートル下の、前記大村吾一所有の杉林に突き落した。
二、ハツ子のハンドバッグ、パラソル、サンダルの片方が道路に落ちているのに気づき、これらも杉林の中に投げ込んだ。
三、その夜暗くなってから、家からスコップを持ち出し、死体を埋めて隠すつもりであったが、こわくなってやめた。
第五、犯行後の模様。
一、被告人は同日午後五時半頃金田町渋川二十八番地の自宅に帰ったが、少し顔色が悪かっただけで、普段とさして変化はなく、父喜平や弟妹と談笑しつつ、晩飯はいつもと同じ量を食べた後、テレビの歌謡番組を見た。
二、同夜七時半ごろ、雨の中を、ヨシ子の家の裏手竹藪の中でヨシ子と会い、翌日の家出について打ち合せをしたが、その時も変った様子はなかった。

三、翌二十九日、午後八時頃、長後町丸秀運送店に軽自動車を借りに来たが、言語態度に変ったところはなかった。

四、被告人は七月一日より七月三日逮捕されるまで、前記ドラゴン自動車修理工場に働いていたが、勤務振りは良好であり、言動に変ったところはなかった。

五、被告人は六月二十九日夜より七月三日まで五日間、ヨシ子と横浜市磯子区原町三百三十三番地アパート光風荘に同棲したものであるが、その間言動に後悔煩悶苦悩の色はなく、ヨシ子はなにも気がつかなかった。

六、三日朝の新聞でハツ子の死体が発見された記事を見て、ヨシ子が実家へ帰ると言ったところ、少し顔を曇らせて「いまさら帰ってもしようがない」と言ったが、強いてとめようとはしなかった。そして自分は平常通り出勤した。

七、勤務先の上司有田（ありた）光雄（みつお）が「金田町で飲屋の女が殺された。金田にはお前の実家があるんだろう。原因は痴情関係らしいということだが、犯人に心当りはないか」と話し掛けたが「住居は金田町でも厚木の飲屋の女だよ。おれの知ったことじゃないが、原因は痴情とはきまってはいないでしょう」と言った。

岡部検事の冒頭陳述は、傍聴席にショックを与えたようだった。殺人の場面を生々と描き出した後、しばらくざわめきがしずまらなかった。

これまでは一般に、週刊誌などによって、宏は「無我夢中で刺した」と信じられていただけに「ハツ子の体を左手でうしろからかかえ、血の飛び散らぬように気をつけながら」致命傷を与える条（くだり）は、傍聴席の大半を占める金田町の人達を驚かせたのである。

これらの人気ない場所での行動は、ハツ子の死んでしまった現在、宏のほかは、神様より知らないことである。宏の自白がなければ、検察官といえども、これほど真にせまった描写ができるはずはない、と考えられた。

宏は三十分前は、この法廷で、「どうしてああいうことになったかわかりません」と言ったばかりなのだが、検事の取調べに対しては、殺人の場面を詳細に述べていたのである。

この時以来、宏は恋に眼がくらんだ無鉄砲な少年ではなくなった。彼がヨシ子の妊娠の中絶を拒否したことは、古風な金田町の人達には、むしろ好意を持たれたのだが、それも急に忘れられてしまった。宏は二十歳未満の法律上の少年であり、事件は単純な激情犯というのが、これまでに新聞や週刊誌の判断だったが、案外周到な準備を経た殺人だったかも知れない、と言われだしたのである。

冒頭陳述が描き出したように、宏が犯行後五日間、なに食わぬ顔でヨシ子と暮していたことも、ただ現代の少年の無軌道の現れではなく、あらかじめ計画したことだったので、自首もせず、平気でいられたのだ、ということになった。岡部検事の冒頭陳述が「犯行後の模様」を詳細に述べたのは、この事件の「動機」を形成する要件としてであった。

この冒頭陳述に驚かなかったのは、菊地弁護人だけだった。彼はむろん刑事訴訟法の手続に従って、岡部検事の請求する予定の証拠を見、検察庁の自供調書を謄写していた。

二十年刑事専門の判事として、多くの殺人や強盗殺人を裁いた経験のある彼は、自白の内容が、どんなに疑わしいものであるかを、よく知っていた。結局はその内容よりも、被告人が自分に不利益なことを敢えて言うという事実、告白するという行為自体が、裁判官の心証に作用するのである。

任意性ある自白は、裏づけがない場合でも、証拠能力を奪われることはない。しかし自らを罰しようという衝動を持つ被告人の場合、取調官に迎合して、とんでもない空中楼閣を築き上げることがある。

菊地弁護士は拘置所で宏に会い、その悔悟の様子を見てから、宏の自白を疑う理由がある、と考えていた。そうでなかったら、いくら親類の花井の頼みでも、事件を引き受けはしない。

岡部検事の冒頭陳述は、宏にあらかじめ殺意があり、その目的遂行のため、ナイフを買ったとしている。これは宏がこの日の公判の初めに、はっきり否定したことである。警察でも検察庁でも、終始否定しているのである。つまりこの点については、彼の自白はない。

それはビンの栓抜きや、鋏までついた万能登山ナイフで、「前から欲しいと思っていたのですが、引越し荷物をほどいたり、新しいアパートの部屋を工作するのに丁度いいと思って買ったのです」

と、彼は取調べの検察官に答えている。

「なぜ、毎日通っている茅ヶ崎で買わずに、あの日、長後町で買ったのか」

「偶然刃物店の店先で見つけて、買う気になったのです」

「引越しに必要なものなら、殺しの現場へすてて来たんだから、あとでまた新しいのを、買ったんだろうな」

「いいえ、刃物はなんだか、こわくなったので、買いませんでした」

「ハツ子を殺して、目的を遂げたから、買わなかったのとは違うか」

「そんなことはありません。ナイフはほんとに移転のために買ったのです」

「登山ナイフじゃなくっても、肥後守（ひごのかみ）でも充分だろう」

「前から欲しいと思っていたのが、偶然目にとまったから、買っただけです」

「殺意」についても、宏は終始否認しているが、ただ一度、

「ハツ子を殺せば、妊娠を町の人に知られずにすむし、横浜行も妨害されない、と思ったことはなかったか」

という検察官の誘導尋問に対し、

「はい、そう思わないこともありませんでしたが、ヨシ子の姉を殺すなんて、いけないと思い返しました」と、答えている。そう思った日については、「憶えていません。はっきり考えたわけじゃないんです」と言った。

　担当の刑事部の検事が、起訴状に殺意を抱いた日時をはっきり書かなかったのは、宏の自供が完全でなかったからであった。それを六月二十日から二十五日の間に限定したのは、岡部検事である。この二つの日付に、宏が「みよし」を訪れたことについて、居合せた客の証言があ

った。

二十日には宏はヨシ子といっしょに行っている。話の内容はわからなかったが「口論になっていた」とヨシ子も客も言っている。二十五日には、宏はひとりで行ったが、ハツ子を店の外へ連れ出している。

これらの状況が「そう思わないこともありませんでしたが」という自供と結びついて「殺意を抱いた」という認定になったわけであった。

二十日と二十五日に、宏が「みよし」でハツ子と口論した時、居合せた客の証言も、ヨシ子の証言も、話の内容はわからなかった、という程度のものであった。それらの供述調書は、岡部検事が裁判所の取調べを請求する予定に入っていたが、宏の「殺意」を抱いたのが二十日と言い切った以上、供述調書の朗読だけですますことに、弁護人が同意するはずはなかった。

検察官の調書も、法廷から見れば、一種の伝聞証拠であることに変りはない。日本の裁判はまず書面を作り、弁護人が同意しないものだけ、証人を召喚する。これは昔ながらの書面審理の名残りであるが、単純な内容については、かえって手間が省ける場合もある。

六月二十日に「みよし」に居合せた客というのは、ハツ子が殺された二十八日、長後町で勘定を取りに寄った客の一人、宮内辰造であった。彼は最近厚木付近にふえたやくざの一人で、ハツ子の情夫ではないか、という疑いがあったが、事件に関しないので、深く追及されなかった。

岡部検事はもし宮内の供述調書が不同意になれば、彼の出廷に先立って、もう一度取調べねばならない。そしてもし彼が宏とハツ子の口論の内容を思い出せば――例えば「殺してやる」というたぐいの言葉が聞えたのを思い出せば、それを法廷で言わせるのである。

そうなれば、宮内を法廷に引っ張り出すことは、弁護側にとって、藪蛇（やぶへび）になるわけである。岡部検事はその時菊地弁護士がどんな顔をするだろう、と思って、ほくそ笑んだ。

既に述べたように、検察官の冒頭陳述は証拠調べの最初の手続である。それは一つの物語の形をなしているが、その各部分は、物証あるいは書証に対応している。従って冒頭陳述を裏付ける証拠の提出が次の段取りとなる。

証拠の標目は「検察官証拠申請書」という書式に書き込まれ、正本を裁判官に、副本を弁護人に渡す。それから廷吏に、公判の初めから検察官の机の上に積んであった書証を、全部弁護人席に運ばせるのが、慣例である。

岡部検事は冒頭陳述を終ると、眼鏡をはずし、

「申請書記載の通り、証拠を提出致します」

と言って腰をおろした。

証拠調

証拠申請書が提出され、うず高い書類の山が、岡部検事の机から、菊地弁護人の机へ、廷吏

によって運ばれる。それまでに弁護人は写しを受け取っているのだが、現物を確認しなければならないのである。

菊地が証拠の品目を手控えと引き比べたり、供述調書を繰って新しくメモを取ったりする間、法廷はしばらく静かになる。三人の裁判官は手持ち無沙汰に、天井を見たり、菊地の手元を見たりしている。

どの証拠を採用し、どの証拠を却下すべきかをきめるのは、むろん裁判官である。しかし採否については刑訴法できめられた制約がある。一方の当事者、つまりこの場合、検察側の提出した証拠の採否については、被告側の意見をきかなければならない。すなわち被告側が証拠の全部を見て、同意したものだけが、取調べられるわけである。厖大（ぼうだい）な書類が、裁判官に提出される前に、弁護人席に運ばれるのもこのためである。しかし被告側が法廷でいちいち供述調書を読んで、態度を決定していては、時間を取りすぎる。

検察官が公判期日前に、請求すべき証拠を、弁護側の閲覧謄写に供するのは、あらかじめどの証拠は同意、どの証拠は不同意と意見をきめておく便のためである。ただし事件によっては、検察官は「証拠申請書」に書き出された証拠の全部を見せないことがある。公安関係、汚職、選挙違反事件などでは、事前に見せない。

事前準備といって、裁判官、検察官、弁護人三者の間で、裁判の進め方について協議が行われ、証拠の同意、不同意、召喚する証人の尋問の時間の割り振りまで事前にきめる慣習が、現在成文化されていることは前に書いた。いわゆる「集中審理方式」は、この手続の上に乗った公判スピードアップであるが、事前準備は裁判の闇取引であり、公判主義に反するとして排斥する説もある。

もし上田宏の裁判で、事前準備が行われていれば、この段階は一分ですんでしまったはずである。普通同意ときまっている書証は、検事の机においたままにする。ただ「検察官証拠申請書」の副本と、弁護人がまだ見ていない書類がある場合、それを持って行かせるだけである。そしてそれは大抵重要性のないものであるから、弁護人は申請書と引き比べて、確認するだけですんでしまう。

こんどの事件では、事前準備は、菊地弁護人の都合で行われなかったから、法廷で書証の山が、彼の机の上に積まれたわけである。名古屋で彼が引き受けていた事件で裁判が結審に近づいて、時間が取れないというのが、表向きの理由であった。

しかし前にも書いたように、彼は判事時代から、事前準備の濫用に反対だったという噂がある。そして谷本裁判長もまた、最高裁が裁判のスピードアップのため奨励する「集中審理方式」に協力的ではなかった。

「集中審理方式」とは、特に東京地裁の一部の裁判官に愛用され、マスコミでさわがれた裁判の新しいやり方である。それは法廷を供述調書の朗読場でなくし、裁判官が自宅で夜おそくまで、調書を読む手間を省くといわれている。すべて証人の口頭の証言を聞いて、裁判官が心証を形成する。「読む裁判から聞く裁判へ」がモットーで、「新刑訴派」と呼ばれる五十代以下の判事が、新方式の支持者である。

裁判はアメリカの推理作家E・S・ガードナーが創造した俊敏な弁護士ペリイ・メイスンの活躍するテレビドラマのように、劇的に進行するように空想され、そんな推理小説も書かれているが、実際は前述のように、事前準備によって、大体の段取りがついている。証人の数から、主尋問と反対尋問の時間の割当てまで、裁判官、検察官、弁護人の間であらかじめ打ち合せがすんでいるのである。

集中審理では公判と公判の間に、時日を短く取るから、弁護側にとって不利だとの意見もある。ペリイ・メイスンのように、決定的瞬間に、決定的証人を航空機で連れて来るというような離れ業は、アメリカでも推理小説の中でだけ起ることで、むろん日本の現実にはあり得ない。自ら証拠を収集する力のない日本の弁護士は、専ら検察側の提出した証拠を攻撃し、その証明力を失わせるほかに手はないので、そのためには次の公判までの間に時間がいるのである。

ところが多くの場合、弁護士はほかに事件をかかえているから、その件にかかり切りになることは実際上できない。

集中審理は弁護人だけではなく、裁判所書記官、速記官、タイピストにとっても重荷である。書記官は原則として次の公判までに「公判調書」という、裁判の議事録を作らなければならない。これは実際には間に合いはしないので、調書が間に合わない時は、要旨を告げればいいという法の条項に頼っているのが実状である。しかし集中審理ともなれば、自然仕事がせかされて、速記官とタイピストは残業につぐ残業となる。

被告人としては、月に一度か二度のペースで、生殺しにされるより、有罪になるにせよ、無罪になるにせよ、集中審理でテキパキやって貰う方が、心理的負担は軽いのは事実である。しかし審理をはじめるについて、裁判官、検察官、弁護人の時間のやり繰りがつくのは、半年先になることだってある。その間被告人は勾留期間を更新されながら、待たされる。

かりに「集中審理方式」によると、三カ月の間に三つの事件が片づくとする。従来の方法では、一つの事件に三カ月かかるが、大抵三つ以上の事件が一開廷で審理される。そして三月後には、裁判所はやはり三つの事件が、結審になっているのを見出すわけである。

「集中審理方式」が奨励され実行され出したのは、昭和三十二年の長官通達からであるが、これまでに横浜地裁で行われたのは、数えるほどしかない。五十四歳の谷本判事によれば、集中審理は一部の理想派のお先走りなのであった。

上田宏の事件は「集中審理方式」で行われていなかった。つまり午後には判決の言い渡しその他で、五件が予定されているから、第一回公判は午前中で終るはずであった。

「集中審理方式」は多くの欠点にも拘らず、現在裁判所のかかえている厖大な未済事件をこなすための措置であったといわれる。そのために必要な規則の改正は、昭和三十六年六月公布、三十七年一月一日施行となっていた。

川崎（かわさき）がまだ乙号支部だったこの頃、横浜地裁の民事は一人の裁判官が三百件、一つの刑事合議体で百件かかえていた。事件の多い東京地裁では、この数は五百と二百になる。全国地裁全体では刑事事件の年間未済件数が十万を下ることはない。

現在の司法研修制度で、これ以上判事の数がふえる見込みがないとすれば、英米のような陪審制、あるいは独仏流の参審制によって、民間人を裁判に関与させる方法が、関係方面で研究されたということである。

しかし現在の民間に陪審員の資格者がどれだけいるか。すでにアメリカの陪審制について、地元のアメリカの法曹界から批判の声が上っている。十二人の市民によって、有罪無罪の評決をさせ、裁判官が刑をきめるというシステムは、最も民主主義的のように見えるが、素人はとかく法廷で被告人や証人に対して抱く感情に支配され易く、証言の持つ意味を理解しないことが多い。

評決に入るに先立って、裁判長が「説示」して、問題点を要約するのだが、それも大抵は理解されない。あるいは法廷で言われることを全然聞いていず、居眠りしている陪審員もいる。しかも彼もまた一票の力を行使するのである。被告人はやはり職業的裁判官によって裁かれる方が幸福である、という考え方が日本では支配的である。

昭和三年試験的に被告人が陪審を選択できる制度を採ったことがあるが、それは予審調書に基づいた公判であったから、純粋な陪審とは言えなかった。裁判長は陪審の下した判断が誤っていると思えば、なん度でも評決のやり直しを命じることができた。被告側が陪審を選択すること自体、つまり素人の判断をあてにすることは有罪である証拠である、なんて考える裁判官もいた。こうして陪審を望む者はなくなり、日本の陪審制は昭和十八年に停止された。

その時、横浜地裁は日本で最初の陪審法廷を持つ光栄を持った。それは二階中央の特号法廷として残っていて、戦後B・C級戦犯の裁判に役立った。今は主として公安関係の裁判に使われ、演説会場になっているのである。

フランスは大革命と共に、イギリスの陪審制を輸入したが、戦後は単純な事件はドイツ流の参審制に切りかえた。これは民間より学識経験ある者を陪席させるにすぎないから、金をかけて法廷を改造する必要もなく、エリート意識の強い日本の知識人に気に入りそうな案である。

日本の刑事訴訟法は明治のドイツ流の法体系に、戦後英米法の要素が加わって、世界一複雑になっているといえる。それらをにわか作りの裁判官に、適確に運用できるかどうか、すこぶる疑問としなければならない。

すべては極めて日本的に推移しているのだが、死刑の決定だけには、人民の意思を代表したものが参加すべきだとの説がある。世界の先進国で、人民が全く判決に参加していないのは、日本だけである。ソ連、中国も参審制である。何かの改革が考えられなければならない。陪審制は昭和十八年に「停止」になっているだけなのだから、その復活も一つの方法であろう。


午前十時の開廷以来、もう一時間近く経っていた。弁護人の意見陳述まで冒頭手続が二十分、検察官の冒頭陳述が三十分かかった。あとは菊地弁護人が書証の同意不同意の意見を言えば、同意した分の取調べにはいることができる。

「検察官証拠申請書」には甲乙の二種がある。乙は俗に自供調書と呼ばれる被告人の「供述録取書」及び本籍照合による「身上調書」（前科があれば「前科調書」を要する）であり、甲はそれ以外に関するものである。前に書いたように、自供調書はほかの証拠の取調べがすんだ後でないと、取調べることはできないから、現在法廷に出されているのは、むろん「甲」である。二度に分けて申請するから、甲乙の区別がつけられているのである。

それは薄い美濃紙(みのがみ)に鮮明に印刷された用紙で、各行は大体五段に区切られている。証拠番号、氏名、標目、立証事項、備考の五つである。

「氏名」はむろん供述者または作成者の氏名、「標目」にはどういう種類の書類であるかの別を記す。「立証事項」は概要を示し、「備考」欄は、不同意となった場合、召喚すべき証人の住所を書くのが通例である。

「証拠」に番号が付けられているのは、整理の便のためである。そして申請書が出た後、各〻の証拠は、法廷では大抵この証拠番号で呼ばれる。例えば「書証第何号は同意、同じく何号から何号までは不同意」といった工合である。

裁判は人が想像するほどわかり易いものでも、面白いものでもなく、実は傍聴人にはちんぷんかんぷんなのは、証拠が番号によって、処理されるからである。傍聴人には煩瑣(はんさ)な番号の列挙としか聞えない時、実は重要な証拠の証拠能力が争われている場合がある。

岡部検事の請求した証拠調べに対する菊地弁護人の同意不同意の別も、法廷では番号が言われただけであるが、便宜上、検察官の冒頭陳述と対照しながら記すと、次のようになる。

第一、上田宏の経歴に関する書証。

茅ヶ崎の宏の元勤務先、ヤマト自転車の同僚三浦晋平(みうらしんぺい)(二十一歳)の警察官に対する供述調書——同意。

これは宏の平素の行状に関するものである。どんなに彼が真面目に勤務し、おとなしい人間であったかを記したもので、「標目」には「情状」とだけ記された短い供述調書であるから、同意してしまったわけである。

宏の父親喜平の検察官に対する供述調書——不同意。

これは犯行以前については、被告人の経歴及び家庭内における行状を述べたもので、単なる「情状」であるが、犯行直後の言動に関する部分は、冒頭陳述後段の「犯行後の模様」にかかわる。つまり「殺意」を推定さすべき証拠であるから、不同意である。弁護人としては、少年である被告人の父親には、是非証人に出廷してもらって、訊きただしたいことがある。

第二、犯行の準備に関する書証。

六月二十日、「みよし」における宏、ヨシ子及び被害者ハツ子の言動について、客の一人宮内辰造の検察官に対する供述調書——不同意。

宮内は事件当日の二十八日午後、ハツ子の立寄り先であり、その供述には当時の被害者の行動を含んでいるから、菊地弁護人は、当然宮内を証言台に立たせて、反対尋問しなければならない。

坂井ヨシ子の供述調書——不同意。

これは事件の一年前、宏と恋仲になった頃、及び犯行後横浜のアパートで同棲中の宏の言動についての供述を含んでいる。

六月二十五日、「みよし」における宏の言動について、客の一人多田三郎の供述調書——不同意。

六月二十八日、宏がナイフを買った刃物商福田屋の主人、清川民蔵（きよかわたみぞう）の供述調書——不同意。

第三、犯行に関する書証。

宏が軽自動車を借りた丸秀運送店の主人、富岡秀行の供述調書——同意。

同家の次男、秀次郎の供述調書——不同意。

何度も書いたように、秀次郎は宏のもとの勤務先、ヤマト自転車でいっしょに働いていたことがあり、二十八日午後三時半頃、ハツ子が「丸秀」の前を通りかかった時、宏と店頭で話をしていた。事件前一時間における被告人と被害者の目撃者であるから、供述調書は不同意となる。その父親の秀行の方は、あまり重要でないから、同意にした。

当日のハツ子の行動に関する、小田急長後駅駅員榊原伊助の供述調書——同意。

四時十分頃、ハツ子を自転車のうしろに乗せた宏が、長後と金田町の中間、千歳村を通過した時、路傍の雑貨店の女主人篠崎かねに見られていた。二人がなにやら口争いをしながら通ったという内容の供述調書——不同意。

要するに犯行前後の事実を立証すべき書証はほとんど全部が不同意になった。

しかし犯行に関する所轄署司法警察員の実況見分調書、同嘱託医の死体検案書、横浜市立大学医学部法医学教室医師の検視調書及び解剖結果報告書は全部同意である。

死体の最初の発見者であり、犯行当日五時過ぎ、サラシ沢の降り口で、宏にすれちがった大村吾一の供述調書は不同意。

宏の横浜における勤務先ドラゴン自動車の職長の有田光雄と、アパートの管理人杉山信夫の供述調書も不同意にした。

菊地弁護士がこれらの書証を確認し終った頃を見はからって、谷本裁判長が声をかける。

「弁護人、御意見は？」

声に応じて、菊地は立ち上って証拠申請書を繰りながら言う。

「証第三号及び第八号、第十号、十二、十三、十四号は同意、それ以外は不同意であります」

彼が検察官から書証の山を受け取ってから、この間まで約三分であった。彼がこんなに早く同意、不同意の別を決めることができたのは、刑訴法できめられた手続により、事前に検事が請求する書証を、閲覧してあったためであることは前に書いた。

ただし検察側はその持っている証拠を全部見せるわけではない。法廷に持ち出して証拠調べを請求する予定のものだけ見せるのである。松川裁判で、検察側が証拠を隠した隠さないの争いが生じたのはこのためである。

旧刑訴法では警察の調書まで全部「一件書類」として、裁判所へ渡ってしまい、弁護人は自由に閲覧出来たから、こういいざこざの起る余地はなかった。昔の方が被告人に有利だったと言う人もいる。

しかし同時に、裁判官も公判に先立ってそれを見るわけで、ここに新刑訴法でもっとも忌む「予断」が生じる。公判主義、当事者主義の新刑訴法では、公判の前に裁判官が見るのは、起訴状一本となった。ところが「集中審理方式」になると、事前準備の段階で、裁判官は事件の輪郭を知ってしまう。この方法が裁判のスピードアップの見地から望ましくとも、新刑訴法の精神の見地からして疑問視されるのはこのためである。

もっとも現在は裁判の一種の非常事態の観を呈している。検察官が「事実誤認」で上告したり、弁護人がわざと名誉毀損で訴えられるような行動に出て、最高裁で確定した事件の、実質的再審を獲得したりしている。

むろん、どの世界にも裏道、抜け道はあるもので、法曹とても例外ではない。目に見えない微妙な点で、小さな違法の余地があって、大学の講義などで生徒を笑わす種に使われるのも、そういう裏話である。現代は無法時代に入りつつある、という感想が一部に発生しているくらいである。

もっとも国選弁護人などには、どうかすると、公判前に書証を見て来ないのがいる。公判廷で供述調書を見、その場で同意、不同意をきめるのも一つの技術だが、ぐずぐず供述調書を引っくり返しているのを、苦々しげに裁判長に見下されるのは、覚悟しなければならない。事前準備がこういう怠慢な弁護人の尻をたたいて、書証の閲覧を励行させる意味ならば、誰も不服をいうものはあるはずがない。

ついでにいえば、弁護人は同意不同意の理由を述べる必要はなく、裁判官も訊きはしない。しかし弁護士によっては、殊更に不同意を多くして事件をむずかしくし、報酬の引上げを図る者もいる。公選法違反事件で被告人つまり議員が任期をまっとうするために、引延し戦術として不同意を多くする場合がある。弁護側にも動機の不純な場合があることを、公平を期するために、附記しておく。ただし大抵の裁判長にもその動機は大抵見抜けるといわれる。

書証の同意がすめば、次は物的証拠である。これは「検察官証拠申請書」甲のうしろの方に書き出されている。

登山ナイフ　一個
黒塗自転車　一台
花模様テトロン地ワンピース　一着
ナイロン・ペチコート　一枚
ナイロン・スリップ　一枚
ナイロン・パンティ　一枚
木製サンダル　一足
白木綿半袖カッターシャツ　一枚
サージ地黒ズボン　一着

これら物証については実際上、同意も不同意もない。必ず取調べられるべきものである。従って菊地弁護人が、

「異議ございません」

と言ったのは、当然であった。

裁判が小説にあるように、面白おかしいものでもなく、むしろ不愉快な観物になるのは、こ

の物証の取調べの段階である。

登山ナイフとは、むろん宏がそれでハツ子を刺したナイフであり、テトロンのワンピースとは、その時ハツ子が着ていたものである。

谷本裁判長に、

「被告人、前へ」

と呼ばれて、宏は機械的に前に出た。

「これは、被告人のうちにあった自転車で、事件当日ハツ子を乗せて、長後から帰った自転車だね」

岡部検事の声が法廷にひびく。

自転車は検察官席のうしろの壁に立てかけてあるから、開廷と共に宏はそれに気がついている。ちらっ、ちらっ、横目で見続けていた。

廷吏がそれを宏の目の前へ押して来る。

「そうです」

宏が答えると、廷吏は無表情に、自転車を曳き去る。廷吏は馴れているが、傍聴席にいる被告人、被害者の親類や花井教諭にとっては、こういう光景は衝撃であった。

これまではすべて検察官の「言葉」で述べられるにすぎなかった犯罪事実が、物となって視覚に訴える。それが衝撃となるのである。すべてはどうしようもない確固たる存在の形を取って来る。

それが宏にとっても衝撃であるのは、その肩がこわばり、わずかに揺れているのでもわかる。刑訴法三百六条一項により、証拠物を取調べるのは、それを請求する者であるから、これらの、いわば「きたない」物証をいじるのは検察官の任務となる。

「被告人、こっちへ」

検事に手まねきされたが、宏は戸惑った顔付で、証言台に立ったままである。法廷で裁判官に「前へ」と言われたら、起立して証言台に入れ、と拘置所の係官に教わって来たが、検事に呼ばれようとは思いがけなかったからである。

無意識に菊地弁護士の顔を見た。

「検事さんの前に行き給え」

菊地弁護士は静かに言った。これからどんな試練に堪えなければならないか、彼はよく知っているので、わざと機械的な言い方をした。

宏は押されるように、検察官席へ歩いて行った。四、五歩手前で立ちどまる。岡部検事は、もっと前へ寄れと、手でまねく。しかしこの時、宏はもう検事の手にあるものを見ているから、足が進まない。それは証拠番号を荷札でつけた登山ナイフである。

検事の手がゆっくり刃を起す。すっかり銹(さ)びてはいるが、たしかに宏が長後町で買い、ハツ子を刺したナイフである。

「これが被告人が使ったナイフかね」

検事にも思いやりがあって、「ハツ子を殺したナイフ」とは言わなかった。

しかしそれでも宏にとってはショックであった。いつかこういうことがあるのはわかっていたが、彼の心は準備されていなかった。準備のしようもなかった。

「はい」

と言ったつもりだが、声にならなかった。

彼の五分刈りにした頭がうなずくのを見て、傍聴席で「うっ」とうめくような声をあげたのは、ハツ子の母のすみ江であった。

野口判事補は、その七年の経験で、三つの殺人事件に陪席したことがあったが、被告人は物証を見る瞬間、ほとんど失神状態に近いという印象を得ている。

彼の扱った被告人の一人は、いわゆるやくざで、金と女の怨みにからんで仲間を刺したのだった。ずいぶん気の強そうな男だったが、彼は短刀を出された時、それをまともに見られなかった。ちらっと横目を投げただけで、すぐ目をそらし、口をもぐもぐ動かしただけだった。続いて出された被害者の衣服は全然見なかった。横を向いたまま、機械的にうなずくだけだった。(早くすませてくれ)と言いたげに、じれったそうに、首を動かし続けたのである。

この日、宏が検察官席に呼ばれて、物証の認否を問われた時も、彼は全くこのやくざと同じ動作をしたのである。

それはたしかに愉快な観物でない。ハツ子の着ていたワンピース、ペチコート、パンティは、それぞれ別のハトロン紙に包まれ、粗末な紙ひもで十字に縛って、証拠番号を書いた荷札がついている。検察官は裁判長にかわって、その包みをほどき、血が黒くこびりついたものを、ひろげてみせる。

こういう段階があるから、裁判の傍聴は愉快なものでなくなるのである。いくら法廷のいかめしい、あるいは知的な雰囲気で緩和されているとはいえ、そこにはいつも「事実」が、幾分誇張されて、集中的に露呈するのである。

「これが六月二十八日、ハツ子の着ていたもので、この破れは被告人が刺した時、できたものに相違ないね」

岡部検事の声は、情け容赦もなく、宏に振りかかる。彼とても愉快な仕事ではないので、自然、声がとげとげしくなる。宏の上体は、風に吹かれるように、前後にゆれる。そして機械的に、うなずくだけである。

裁判長以下三人の裁判官は、注意深く宏の態度を見守っている。もし罪状を否認している場合だと、これは被告人の有罪、無罪の心証を得るのに、大事な段階なのである。

ハツ子の身に着けていたものをいちいちひろげるのには、かなり時間を取る。検事の手が一つのハトロン紙の包みにかかってから、それをほどき、血のついたものをひろげるまで、宏はじっと検事の手もとを見つめている。そして裁判官にも見えるように、検事が体の前にひろげながら、さし出す瞬間、目を伏せる。しかしだんだん、「はい」と声が出るようになって来た。

犯罪の結果は、一般から隠されるのが、近代社会のあり方だと言われる。昔は処刑は公開されていた。それは支配階級にとっては「見せしめ」であり、民衆にとっては、悪人が当然の報いを受けるのを見て安心する、という治安維持の倫理的構造になっていた。しかし都市には弥次馬という、あらゆることをショーとして眺める人種が発生している。刑場に集まる群衆には、心の中に潜む残虐性をひそかに満足させるという動機がないとは言い切れない。

犯罪者自身への興味もあるだろう。あんな悪いことをした奴はどんな奴だろう、という素朴な興味のほかに、異常なこと自体に対する頽廃的な嗜好があるわけである。

処刑が公開されなくなった今日、公判は犯罪者が公衆の面前に現れる唯一の機会である。従って裁判所にも傍聴マニアというものがいる。公判はすでに読者が見たように、面倒な手続で進められ、テレビドラマにあるように、面白おかしいものではない。しかし裁判官の異様な法服に象徴されているような、ショーの一面を持っている。従って裁判所のスケジュールによく気をつけていて、「見物」に来る人がいるわけである。

これは年中だれかと民事訴訟をしていなければ気が落ちつかない訴訟マニアと共に、裁判という「追及」の手続に興味を持つ人達で、町の商店主など、案外平凡な職種の人に多いということである。

ここには、「追及」欲と共に、「処罰」欲も含まれている。判決言い渡しの瞬間が「堪らない」というマニアもいる。被告人の無罪を主張する文化人などが、投書を受け取るのは、主としてこういう人達からである。

刑がこわくて罪を犯すのを我慢している人間が、それを犯した者を憎むという心理がある。一方、自分で犯す危険を感じている犯罪には、無罪や寛大な刑を要求する心理がある。あるいは近親者や友人に、同じような犯罪を犯した者があって、それらの経験にからむ心的状態から無罪を望む場合がある。

裁判批判はいくらやっても差しつかえない。(もっとも裁判所が新聞を法廷侮辱罪に問わなくなったのは、欧米でも二十年来のことにすぎないが) ただそれを行う文化人も投書家も、まずなぜ自分がその事件について、意見を発表したくなるのか、ということを、自分の心に聞いてみる必要があるかも知れない。


宏は岡部検事の手にある黒ずんだ血のついたものを、「私が殺した時、相手が着ていたものです」という形で、確認しなければならない苦痛に、打ちひしがれていた。

自分がこういう大それたことをしてしまった人間である、という思いを、宏は新たにした。この法廷にいる多くの人達と、自分がまったくちがった人間だという考えが、ひしひしと胸に来たのである。

岡部検事が物証を示し終った後も、彼は検察官席の前に、頭を下げたまま、立っていた。裁判長の合図を受けた廷吏が、そばへ寄り、小声で、

「席へ帰るんだ」

と言うまで、動かなかった。

時刻はもう十一時三十分を回っていた。「集中審理方式」なら、弁護人が同意しない書証の供述者あるいは作成者は、あらかじめ「在廷証人」として、法廷に呼んである。すぐ証人尋問に入られるわけだが、この事件では事前準備はされていなかったから、この日の予定はここま

である。

弁護人が同意した書証については、物証の証拠調べに入る前に、岡部検事がその要旨を告げていた。そういう時、裁判長は大体次のように言うことになっている。

「では、検察官申請の証拠物を採用して、証拠調べをしますが、その前に、検察官、書証を読み上げるか、要旨を言って下さい」

これは実際には簡単に要旨だけ言えという意味である。

もっともこれらの手続に関する言葉は、いつもこの通り言われるとは限らない。裁判の紋切型になれた判事、検事、弁護士の間では、大抵は目顔の合図で通じてしまうのが実情である。例えば物証は提出された時点から裁判所の所管に移るから、領置の手続が取られなければならないのだが、何時それがされたのか、弁護人は気がつかないくらいである。それでも彼の弁護に別に支障は生じない。すべてそれほどルーティン化されているのである。

菊地弁護人が同意した書証は、重要でない証人の供述調書か鑑定書のように、不同意のしようのないものであったから、要旨といってもほとんど題目を読み上げるだけだった。

宏が被告人席に行きつかないうちに、谷本裁判長は、岡部検事の方を向いて言った。

「検察官、次回公判はどういう順序でやりますか」

「罪体関係を先に取調べていただきたい、と思います」

罪体は難かしい法律概念であるが、要するに犯罪の客観的部分、つまり犯行の結果たる死体と犯罪行為を指すものと考えておいてよいであろう。冒頭陳述は事件を物語風に叙述するが、証拠調べは物語を追わない。裁判の進行をそのまま写しても小説とはならないのは、このためである。

検察官が次回公判に召喚を請求した証人は、犯行の事実及び殺意の構成に関するものであった。

一、ハツ子の死体の最初の発見者で、犯行の時間に、現場付近で宏に会った大村吾一。

二、宏がハツ子を自転車のうしろに乗せて「口論しながら」通過したのを目撃したという、千歳村の雑貨商の女主人篠崎かね。

三、六月二十日「みよし」で、宏、ヨシ子及び被害者の間に口論が起るのを聞いた宮内辰造。

四、犯行の前、宏とハツ子が会った時、居合せた「丸秀」運送店の息子富岡秀次郎。

五、六月二十八日、宏が登山ナイフを買った刃物店の主人清川民蔵。

これら五人の証人の喚問が申請されたのは、次回はまる一日をこの事件にかける予定だからである。検察側の証人は引き続き、二日か四日の間隔で取調べるのが、裁判長の方針であった。

このように、谷本判事は「集中審理方式」に熱心ではなかったが、実質的に集中的に審理していたのである。彼は言った。

「検察官の申請証人は全部採用します。午前二人、午後三人にしましょう。召喚の順序は、申請の順序でいいんですか」

「はい。いいと思います」

「大村吾一に対する主尋問はどれくらいかかりますか」

「三十分くらいの予定です」

裁判長は菊地弁護人の方を向いた。

「弁護人の反対尋問は？」

反対尋問は、検察官の主尋問次第である。その証人によって立証すべき事項は、証拠申請書に記載され、供述調書に明らかであるが、法廷になにが持ち出されるか、その場になってみなければわからない。

検察官の尋問次第で、五分の反対尋問で充分のこともあれば、三十分ほしいこともある。あるいは一時間ききたいことがあるとしても、それらの作戦をあらかじめ検察官に教える必要はない。「大体、主尋問と同じくらいの時間を、いただきたく思います」と、当りさわりのない返事をしておくのが、普通である。

こうして一人の証人について、大体一時間の時間が割り当てられて行くのが相場である。実際には一時間かかるか、二時間かかるか、証言の内容次第である。あるいは病気その他の事故で、証人が出廷できないことだってある。

法廷ではこれから検察側の証人全部の喚問の順序と、尋問の時間の打ち合せが行われたのだが、その全部をここに記す必要はあるまい。それはいずれ、物語の進行と共に、明らかになるはずである。

証人の喚問の順序と時間の割当がきまれば、次はいつ次回公判を開くかである。裁判長は「期日簿」というノートを机の上にひろげる。それは大体われわれの手帳にある予定表欄を、菊判に拡大したようなもので、谷本判事の総括する横浜地裁刑事第五部の公判予定が、ぎっしり書き込んである。

第一回公判から第二回公判まで大体半月おくのが、例であるから、谷本裁判長は机の上に「期日簿」をひろげ、半月後に、まる一日あいている日をさがす。刑事第五部の開廷日は、月、水、金であるから、正確には十四日か十六日先になる。

「弁護人、九月二十九日はいかがですか」

菊地弁護人も自分の予定を書き込んだ手帳を見ている。十五日に第一回公判なら次回が月末になるというのも、大体わかっているから、その辺の予定をあけてある。

この時弁護人が言う言葉は、古い裁判所対弁護人の関係を、如実に示している。

「お受け致します」

菊地弁護士は判事生活二十年を経たヴェテランであるから、この言葉は法廷用語として、なんの渋滞もなく出るのだが、いまの若い弁護士は、この言葉を卑屈に感じるらしい。わざと「結構です」とか「異議ございません」とか言う人がいる。

立会検察官はこの事件にかかり切りだから、裁判長のきめる日に出るのは、義務みたいなものので、異議のあるはずはない。谷本裁判長は岡部検事の方を見て、そのうなずくのを見ると、期日簿九月二十九日の欄に「上田宏」と書き込んだ。

次に第三回公判の期日であるが、刑事第五部は百件の未済事件をかかえているから、そう続けざまにまる一日を費すことはできない。十月一日は半日とし、十月八日に再びまる一日を費して、検察側の証人調べを終る。次いで弁護人の冒頭陳述と証拠申請をやって、さらに半月の間をおいて、準備の余裕を与える。大体この辺が現在の弁護士の実情から見て、被告側に充分の防禦の機会を与えるスケジュールだろう、と谷本判事は考えていた。

公判の日取りをきめ、証人尋問に関する打ち合せを終ると、時刻は十二時に近かった。谷本裁判長は言葉を改め、「被告人」と呼んだ。宏は立ち上る。

「では、次回公判期日は九月二十九日だから、その日は必ず出廷するように」

これは形式にすぎない。宏の返事を待たずに、

「それでは、これまで」

という言葉と共に、三人の裁判官は、さっといっしょに立ち上る。軍人のように訓練された、権威を示す行為である。そして法廷全員の起立のうちに、三人の黒い法服を着た異様な人物は、一段高い裁判官席の背後のドアから消える。

上田宏に係る殺人並に死体遺棄被告事件の第一回公判は終ったのである。

法廷の緊張がくずれ、検察官と弁護人は、机の上の書類をそろえ、傍聴席がざわめく。宏は横を向き、馴れた動作で看守に両手を差し出す。手錠をはめて貰うためである。傍聴席の家族が、彼の顔をゆっくり見ることができるのは、この時である。

最初に入廷した時から、宏はほとんど正面を向いたままだったから、傍聴席にいる近親者が、彼の顔を見ることができたのは、彼が検察官席で物証を認めて、被告人席に引き返して来た時

だけであった。

被告人席と証言台の間を、彼は裁判長を正視したまま往来した。それは必ずしも裁判官に敬意を表わすためではなく、傍聴席を見るのが恥ずかしいからである。入廷する時、ちらとそっちへ目を投げたが、父の喜平、ヨシ子、すみ江、花井先生が、ごちゃごちゃかたまって見えただけであった。

この日の傍聴人はあまり数が多くなく、金田町の人達を入れて、十人ぐらいだったが、近親者は、なんとなくうしろの方にかたまっているのが普通である。

裁判官が退席して、法廷の空気がほぐれ、これから拘置所へ帰るという時になって、宏ははじめて、傍聴席に目をやる気になった。手錠をはめやすいように、看守の前に両手をさし伸べながら、彼はヨシ子、喜平、花井先生、すみ江の順に、目であいさつした。すみ江が最後になったのは、ハツ子の母親の顔を見るのが、辛かったからである。彼は彼女と目を合わせることができず、ただ頭を下げただけだった。

ヨシ子が拘置所へ面会に来た時、彼女が自分をどう思っているか、それだけが気がかりだった。

「すまない。許してくれ」

と言うほかに言葉はみつからなかった。ヨシ子は宏の顔を見た時から泣き出していた。

「許してくれ」二度目の言葉といっしょに、涙が出て来た。「許す、と言ってくれ。たのむ」

ヨシ子はまたひとしきり泣きじゃくった。

「なぜすぐ言ってくれなかったの」

「言えなかったんだ。ぼく一人の秘密にしておくつもりだった。姉さんは、ぼくがいつまでもお参りするつもりだった」

「あたし、姉さんにすまないわ。姉さんがあんなとこに淋しく死んでいるのに、あなたと横浜へなんか行って……」

ヨシ子は言い終えることができなかった。

「おれもどうしていいか、わかんなかったんだ。許してくれ。許す、と言ってくれ」

宏は同じ言葉をくり返した。

「どう言ったらいいか、わかんない。でも……」といいながら、ヨシ子は顔をあげた。「あたし、ここへ来てるじゃない？ あなたに会いに来てるじゃないの」

「ありがとう。じゃ、許してくれるんだね」

「許すも許さないもないわ。でも……」

ここでまたヨシ子の眼から涙が溢れて来た。

「お母さんまで、行っちゃいけないって、言うのよ」

「子供は大丈夫か」と宏は叫んだ。

ヨシ子は黙ってうなずいた。人殺しの子はおろした方がよかったんだ、いまからでもおそくはない、と言う人がいることは、言わなかった。二人の恋愛の超時代的な特徴は、こんなに若い二人が、どうしても子供を生みたいと思っていることだった。

すみ江が傍聴に来たのは、彼女もまた許してくれたからだ、と宏は思いたかった。しかし自信はなかった。すべては宏にはわからなくなっていた。事件以来、外の人との関係は、どうしようもなく変えられてしまった。それは実はヨシ子についても同じことなのだが、彼女には「許してくれ」ということができた。しかしすみ江に向っては、なんといったらいいのか。

ヨシ子の話では、すみ江は夜中に不意に起き上り、「なにも殺さなくっても」と叫ぶことがあるという。

宏も夢を見る。ハツ子はまだ生きているので、彼はもう一度殺さなければならない。ハツ子の顔が子供みたいな表情をとり、目の前から消え失せる。しかしなんども起き上って来て、彼の方へ手を差し伸べる。

「ああっ、ああっ」

宏は自分の声で、目を覚ます。自分が笹下拘置所の一室にいることに気がつく。冷たい独房の壁は彼にはむしろ救いなのである。

裁きを受け、生活があらたまり、償い(つぐな)ができるまでは、いつまでもこの夢を見るに違いない、と宏は考えている。彼が検察官の取調べに協力的だったのは、罰を受けたいという衝動があったからであった。

しかし法廷で傍聴に来た人達の顔を見ると、ただ無性にはずかしくなって来た。彼の方はたくさんの言いたいことがある。拘置所の独房の壁に向って、いろいろ話していたのだが、顔を見ると、万事が変ってしまう。裁判官や検察官が、彼にとって、雲の上の存在であるように、自分と彼等との間をはっきり隔てるものがあるのを、宏は感じる。

父の喜平にも、花井先生にも、ただ頭を下げることしかできないのである。

遂に宏が手錠をはめられ、看守に押されるように、脇のドアから消えると、傍聴人は動き出した。

喜平もすみ江も裁判はよくわからなかった。たしかなのは、宏がハツ子を殺しただけでなく、その準備をしていた罪を問われているということだ。

「大それたことをしでかしおって！」

一同の先に立って、廊下へ出ながら喜平はつぶやいた。菊地弁護士は、こういう時の、家族の慰め方を心得ていた。

「先生、どうでしょう」ときくヨシ子に、

「まだ、わかりませんよ。判決は裁判官が下すものですから。とにかくその辺で、お茶でも飲みましょう」と答え、みなを喫茶店に誘って、雑談的雰囲気にまき込むに限るということを知っている。ただヨシ子が重ねて、

「判決はいつごろになるでしょうか」

ときいたことは菊地の記憶に残った。

「まあ順当に行けば年内に下りるでしょうけど」

その時までに、一人で早足に廊下のはずれまで行ってしまった喜平を呼び戻す手がないのも知っている。彼は一人になりたいのである。ヨシ子やすみ江の顔を見たくないのだ。そもそも

この公判に彼は出て来たくなかったのだ。それでは町の人たちの体裁が悪いから出て来ただけなのだ、と改めて自分にいいきかせているにちがいなかった。しかし次回公判の期日になれば、彼が家にじっとしていられはしないのもわかり切ったことなのだった。

菊地弁護士がみなを付近の喫茶店の前へ導いた時、喜平の姿はなかった。ヨシ子とすみ江はすぐ金田町へ帰りたい、といった。先に帰った喜平に町で何をふれ廻られるかわからない、という危惧の念があるのだ、と察した菊地は、強いて止めなかった。

この頃、裁判官室では、谷本判事が二人の陪席を相手に、検察官の冒陳の出来映えと、法廷における菊地弁護人の態度について、雑談を交していた。

谷本判事は昼飯はそばにきまっている。冬はかけ、夏はもりになるだけの違いで、一年中そばであることは変らない。二人の判事補は昔なら同じものを注文する者もいたろうが、今はそんな殊勝な心掛けの判事補はなく、めいめいに勝手なもの、五目ラーメンや炒飯を注文する。中華料理が横浜地裁の食堂の名物になっていた。

なおこれまで裁判官と書いたり判事と書いたりして来たが、この機会にその区別を記しておく。裁判官とは裁判という司法作用を行う機関である裁判所を構成する公務員の総称で、最高裁長官、判事、判事補はその職名である。つまり判事は公廷または合議によってその職務を遂行している場合は裁判長、裁判官であるが、法廷外で職場以外の行為をしている人間としての場合は、判事という職名で呼ぶ方がふさわしい。同じことが、検察官と検事、弁護人と弁護士の場合にもあてはまる。

つまり裁判官、検察官、弁護人がひと組であり、判事、検事、弁護士が別の組となる。ただしこれは別に厳密な区分ではなく、通称も含まれる。例えば野口判事補は上田宏に対する刑事公訴事件の主任裁判官であるが、主任判事、または右陪席と通称される。岡部検事は公判の「立会検事」であるが、刑事部の検事が警察の捜査や解剖に立会う場合も、やはり「立会検事」である。

なお刑事事件では「被告」ではなく「被告人」が正式呼称であるが、元首相の場合はなんとなくそう呼びにくく、法廷でも民事の場合の呼称「被告」を使うことがある。そして民事では弁護人は「代理人」である。

これら煩雑な呼称は、こん後、適当に使い分けて行くつもりである。

弁護士

昼食にザルそばを食べている時の裁判官が、たしかに判事と判事補であるように、すみ江とヨシ子を金田町行のバス停に導く菊地大三郎はたしかに弁護士であり、腹がへっていた。彼は花井を南京(なんきん)町の中華料理店へ誘った。その日の予定は、午後三時以後に東京の事務所で、二人の依頼人に会う約束があるだけだったから、それまでに東京へ帰っていればいい。

戦後銀座(ぎんざ)や有楽町(ゆうらくちょう)にアメリカ流の中華料理店がふえてから、わざわざ東京から横浜の南京町まで来る人は少なくなった。しかし昔ながらの、こってりした味をなつかしがって、この頃は神奈川県にむやみと増えたゴルフ場の帰りなどに、寄る人がいる。

ゴルフをやるのは大体、菊地と同じ年配で、昔の南京町を知っている人種に属しているから、自然と足が向くわけである。

手ごろの店に入って、椅子につくと、

「時に、お父さんはお達者ですか」と菊地はきいた。

花井教諭の家は祖父の代から渋谷道玄坂の洋品店だったが、戦争中両親と共に、祖母の郷里である金田町へ疎開した。それが金田中学校で教鞭を取る身となるもとだったといえる。そのまま両親は町へ住みついてしまったので、末子で一番最後まで家にいた彼は、戦後の教員不足の折柄、頼まれて代用教員を勤めたのがきっかけで、いつの間にか金田中学校で古顔の部類になっていた。

東京に帰っていれば、兄達のように有利な会社勤めができたかも知れないのに、というのが特に母親の歎きなのだが、しかし厚木基地付近の町の変遷を見ながら育った彼は、こういう環境に育った子供達に、正しい教育を与えるのを、自分の使命と考えるようになっていた。

彼は今年三十五歳、小柄でひよわな体の、どこにこういう理想が宿るのか、と疑問に思う人もいたが、学徒出陣以来、戦中戦後のあわただしさの中で人格の形成を遂げた彼には、今の若い世代にも、菊地のような戦前派にもわからない理想主義があったのである。

中学校でずっと宏の組を受け持っていたから、あのおとなしく、利巧な宏が、人を殺すなんて、花井にはまず考えられないことだった。なにかよほどの理由がなくてはならない、と信じた。菊地弁護士に、弁護を依頼するように、宏の父親を説き伏せるのに熱心だったのは、このためであった。

「ええ、父はまあ、相変らずです」と彼は菊地の質問に答えた。

「相変らず、釣りですか」

「相模川が砂利の乱採で、釣場がなくなったって、文句の言い通しですよ」

「重吉さんは、昔から文句屋だったから」

菊地は笑った。重吉は花井の父親の名である。母親の伊都子が、菊地弁護士の従妹に当る。菊地家は山口県の出身だが、これも祖父の代から、東京へ出て代々内務畑の官吏の家だった。従って彼が大学で法科を選んだのは、ごく自然だったのだが、京都大学のある法学部教授を慕って、大学に京都を選んだのが、なんとなく東京と縁が薄くなるはじまりだった。そして彼が司法官僚の道を選んだのも、大抵は民間企業の勤め人になった兄弟とは違っていた。

東京地裁の予審部がふり出しだったが、戦後はずっと地方へ出ていた。裁判所でも学閥、派閥の関係で、どうしても人事の主流コースからはずれる人間ができる。

判事として菊地大三郎は、軽い刑を言い渡すので、有名であった。一体日本の裁判所は世界一に刑が軽いのだが、そういつも軽い刑ばかり言い渡していては、上層部の一部と合わないところが出て来るのは当り前である。

自分がいつの間にかアウトサイダーの位置におかれているのに気がついた時、その頃福岡地裁にいた菊地判事は、あっさり弁護士へ転業してしまった。

弁護士をやるなら、やはり東京である。彼は東京地裁の予審部の同僚で、ずっと前から弁護士に転業していた男と共同で、現在の事務所を持っている。

「どうでしょう、見通しは？」

花井は運ばれて来たアワビのスープを、皿に取りながら心配そうに訊いた。

菊地としては、法廷の外では、ほかの話をしたいのだが、関係者がなかなか事件のことを頭から追い出せない心理も、わからないでもない。

「見通しっていったって、そう簡単に立ちはしないさ。悪く行っても、単純殺人だ」

「死刑になりゃしないでしょうか」

「ありがたいことに、日本の法律は、殺人に対しては、ひどく甘くてね。強盗か強姦がつかなけりゃ、死刑になりゃしない。殊に上田宏は十九の少年だ。殺人が認定されたって、求刑は十二年より上にはなりっこない」

直接捜査に当った刑事部の検事は、「起訴状」といっしょに、求刑を書き添える慣例である。裁判の最終段階のいわゆる「論告」で求刑するのは、「立会検事」だが、直接取調べた刑事部の意見として、どれくらいの刑が相当と思う、ということを示すわけである。立会検事は大体その求刑を、やたら変更することはない。ここに多少の山がかけられているのは事実である。少年の殺人で十二年の求刑で十年が言い渡されれば、随分重い量刑だということになる。

これらは、この社会で「相場」という言葉で代表される慣例の群を形づくっていて、よほど例外の事件でなければ、その軌道からはずれることはない。むしろ枠がきまっているので、面白味がないくらいである。

検事の求刑は、大きな事件になると、必ず新聞に報道されるから、読者はどうしても、被告人がそれほど重い刑に値する人間だという先入観を持ち易い。そして判決の記事を読み落した人には、論告の刑だけしか頭に残っていないことになる。

検事の求刑はない方がいいという意見を吐く人もいる。英米流の新刑訴の当事者主義からすれば、犯罪事実を立証するまでで、検察官の役割はすんでいる。最終の判断は裁判官がするのだから、二重の手間だという考え方である。判決は論告の二割引きという相場まできまっていては、なおさらである。

しかし裁判官の中には、やはり求刑は従来通りやった方がよい、と言う人もいる。検事は全国一体の組織であるから、いつどこで、どんな事件に、どれだけの刑が科せられたか、を知っている。これに対し裁判官は独立しており、せいぜい私物の判例集を見るぐらいしか能はない。刑の均衡を保つために、検察官の求刑が必要だという考え方である。一方の「当事者」としての、検事の意見をきくことは違法ではない。

検察官は被告人を取調べ、犯罪の輪郭を描く、いわば創造者である。弁護人はその欠陥を突くだけである。最終的に判断する裁判官は、検察官の創造の苦しみを理解しなければならないという、これは主に検察庁側の主張である。

殺人の罪に対する刑は、現行法の条文は、「死刑又は無期若(もし)くは三年以上の懲役」である。

三年から始まっているのは、最も軽い殺人、つまり嬰児殺しも含んでいるからである。殺人に限ったことはないが、一般に日本の刑法は規定の範囲が広いから、検察官の求刑、裁判官の裁量の範囲も広くならざるを得ない。

英米法では、嬰児殺しは別罪となっているし、殺人にも謀殺、故殺、傷害殺人の等級をつけている。陪審員が有罪の評決を出すと、裁判官は条文によって機械的に刑を言い渡す。英米法では大抵の殺人は死刑になってしまう。

これは主として、いわゆる応報主義、つまり人を殺した者は自分も殺されなければならない、という考え方に基づいている。ところが日本では教育刑主義が入っていて、情状によって、無期、十五年という風に軽減される。強姦殺人、強盗殺人でなければ、死刑は科せられない。教育刑主義となれば、被告人を何年刑務所に服役させるかという判断は、純粋に司法権の発動ではなく、刑政という行政処置にかかわって来る。ここにも同じ行政機関である検察庁が、求刑をする法理的根拠があるわけである。

むずかしい議論があるところなのだが、これまでに書いたように、実際上は求刑二割引という「相場」がきまってしまっている。判決が求刑に引きずられないとは言い切れない。裁判官が三年を相当と思ったとしても、検察官が十年を求刑すれば、三年を言い渡すのには抵抗があるわけである。

これらの裁判の専門的詳細はあまり周知されていない。裁判は一般にとかく感情的に受け取られ、一種のスリルと緊張を生み出す。殊に当事者及び関係者が、どうなるだろうか、との不安に捉われるのは当然である。

現にいま菊地の前に坐っている花井は、おとなしい中学教師で、都市近接農村における青少年の動向について、高尚な意見の持主であるにも拘らず、裁判の結果については、無智な老婆のような不安を示しているのである。彼は身を乗り出すようにして言う。

「しかし宏がハツ子を殺そうと思って、ナイフを買ったというのはひどいと思います。宏は計画的に悪事が働ける人間ではありません」

これは菊地がこの遠縁に当る青年から、これまでに二十度以上、聞かされたことであった。宏の自供調書はまだ法廷に出ていないが、そこに少し不利な陳述があるらしい、と菊地はなんども言ったはずなのに。

「ナイフは主に引越用のためのものですが、それを買った時、これでハツ子が殺せるなと思ったのも事実です」

宏はこう検察官に答えているのである。

「何人(なんぴと)も、自己に不利益な唯一の証拠が本人の自白である場合には、有罪とされ、又は刑罰を科せられない」

この憲法第三十八条第三項の規定は、従来の自白偏重の弊害を改めようという立法者の意図の端的な表現として、常に引用される。しかし今日、法廷に持ち出される事件の八割は自白事件であり、憲法の条文に拘束されると、裁判は著しく煩瑣なものとなる。

公判廷における自白は、憲法に規定されている自白に含まれないという意見がある。松川事件との関係において問題となった、共犯者の供述によって他の共犯者を有罪とすることができるという判例が出た、補強証拠についても、「自白を補強すべき証拠は必ずしも自白にかかる犯罪組成事実の全部に亘ってもれなくこれを裏づけするものでなくても、自白にかかる事実の真実性を保障し得るものであれば足りる」（最高裁、二三・一〇・三〇）の如く、柔軟性のある判例の出たのは、裁判所の法に対する実務的反作用と見ることができる。

学説には、少なくとも罪体の重要部分については補強証拠を要するという中庸意見が多いのだが、裁判所には日々の実際上の必要があるし、裁判官の心証の自由の範囲をなるべく広くしたいという、職業的自尊心もある。こうして結局は殺意のような、主観的要素については、自白だけで認定してもよいことになってしまう。

宏は殺意を公判で否定したばかりだが、検察官の自供調書で認めていれば、そのどっちを真実と認めるかは、裁判官の心証にかかってくるわけである。

これらの詳細を菊地弁護士は、宏の父親にも、花井にも言っていない。依頼人にある程度の実情を告げて、あまり過大の希望を持たせないようにするのは、弁護士の一種の自衛手段になる。つまり負けた時、弁護士が無能だからだ、という被告側の感情的判断から、身を守るためだが、菊地は宏の事件については、もともと営業的利害はあまり持っていなかった。依頼人の感情的質問や泣き言に煩わされることなく、仕事のし易い方向へ運びたいと思っていた。

「殺意はなかったということをぼくは立証できると思っているから、安心し給え」彼は笑いながら言った。「ナイフを買ってから、たった一時間半、『機会を窺うち』ばったりハツ子に会ったから殺したなんてお話を、信用する裁判官はいないから安心し給え。検察官はほんとはハツ子に会ったのが偶然ではまずいので、宏がハツ子があの日長後へ行くのを知っていた、としたいところだったんだが、どうしても供述が取れなかったんだよ。丸秀運送店の息子の証言は、その点こっちには貴重なんだ」

彼は花井の気のしずまるようなことを選んで話したのだが、実は花井に頼みたいことが一つあった。

彼は裁判所の現場検証を申請するつもりだった。彼自身それまでに金田町へ出向いて、現場や環境を自分の眼で見たいと思っていた。しかし現在地方に十件、東京で二十件、事件を持っている彼には、その暇が急に見つかりそうになかった。それに既に述べたように、彼が自分で検察側の証人をいじるのは、裁判所の心証を悪くするおそれがある。しかし土地の人間である花井に、事情を聞いてもらうぐらいは大目に見てもらえそうだった。

「きみはむろん、ハツ子のやっていた飲屋『みよし』へ行ったことはないだろうね」

「残念ながら」

「あそこの客から、証人が二人出ることになっている。二人共宏君に殺意があったことを補強するための証人だ。六月二十日と二十五日に、彼が『みよし』でハツ子と口論したのを見たという客だ。一人はやくざで、なんて言ったっけな」

「宮内辰造」

「そうそう。その宮内、これは長後に住んでいて、ハツ子が殺された日、宏に会う前に会っている人間だ。検察官はどうせこの証人を呼び付けて、法廷の証言について打ち合せをやる。宏が殺意を抱いたのを二十日だ、と言ってしまった手前、相当立ち入った内容の証言になると思うんだが、この男の身辺調査をしてほしいんだ」

「そんなこと、ぼくに出来るかな」

「いや、花井先生に、当節はやりの探偵ごっこを頼む気はない。法廷の反対尋問で、向うの有利な証言をぶちこわし、こっちに都合のいい証言を引き出してお目にかけるけど、予備知識を得ておきたいんだ。それからもう一人の証人」

「多田三郎」

「六月二十五日、事件の三日前の夜、宏が『みよし』へ一人で行って、ハツ子を外へ連れ出すのを見たという客だ。これはたしか付近の工員だ」

「厚木市の対岸に建設中の硝子工場の工員のはずです」

「この方もついでに調べといてくれないか。家庭関係、どんな性質の人間か、どういう因縁で『みよし』へ通ったか。――ざっとでいいんだよ。それから『みよし』の財政状態が知りたい。借金はなかったか、貯金はいくらあったかというようなことだ。母親のすみ江に聞けばわかるだろう」

「ヨシ子の方がきき易いですね。母親は事件のショックで、少しぼけ気味だから」

「どっちでも、きみの聞きいいようにして、聞いてくれればいい。それから金田町全体で、この事件がどういう風に、受け取られているか、ということも調べてほしい。要するに事件に関係のあることは、全部知りたいんだ」

「大変ですね。ぼくの手に余りゃしないかな」

花井は少し自信がないようだった。

「大丈夫だよ、きみにできる範囲でいいんだから。事件について、すべての真実（ホール・トルース）を法廷に出すというのが、イギリスの裁判のいいところなのだが、日本の検事は情状はほとんどやらないからね。ただひとすじに犯罪の構成要件だけにしぼろうとする。松川事件みたいに間違いが出て来たのは、そのせいだ」

菊地大三郎は卓上の肉団子を片づけながら言った。会話を直接事件と関係ない、ペダンティックな方面へ持って行くのも、関係者の不安を現実から引き離す一つの方法である。それが相手に一種の安堵感を与えるのを、彼はよく心得ていた。彼は言葉をついだ。

「そしていま流行の集中審理の欠点もそこにある。事前準備で争点を明確にしておいて、貴重な公判の時間を浪費してはならない、なんて言う人もいるが、一体法廷の時間と、人間の有罪無罪とどっちが貴重なのかね。情状は求刑を基礎づけるに必要なだけで充分だという。本人調書にすべては出ていると言うんだが、そうでない場合だってある。事件は単純化されるが、そこに誤判の生じる惧（おそ）れなしとしないのだ」

「しかし今までのような雨だれ審理で、一カ月か二カ月に一度の開廷で、ずるずる引っぱられるのは、やり切れないと思いますけど」と花井は言った。

「そりゃ、まあ、そうだ。そういう弊害を改めるために、今年六月の規則改正で明文化されたんだが、少し当局は進軍ラッパを吹きすぎると思うよ。一日結審は美しい言葉だが、実際は窃盗とか放火未遂とか、小さな事件にしか適用されていないのが実状だから、これはまあいいとしよう。大きな事件を一日おきにばたばたと一週間でやられてしまっては、多くの事件をかかえている弁護士には大変な負担になる。第一、検事も弁護士も法廷の尋問に馴れていない。検事はあらかじめ証人と証言を打ち合せできるからまだいいが、弁護人の反対尋問はその場で考え出さなきゃならない。いきなり決定的な証言をぺらぺらやられて、とっさに適切な反対尋問ができる弁護士は、日本中にいないといっても過言ではない。ぼくはあれは現状では、被告側に不利だと思う」

「そうすると、宏の事件が集中審理とやらでやられなかったのは、よかったということになりますか」

「まあ、そういうことだね、裁判長がちょっとつむじ曲りだったから、少なくともぼくは大助かりだね。集中審理は主に東京地裁の才人たちがやりはじめたんだが、弁護士だけではなく、地方の裁判官にも反対の人がいる。中央に対する反感があるからね。最高裁のおおぼえ目出度い連中の忠義立てと見るわけだ」

それらの専門的な事情に対して、花井にはなるほどそんなものかな、という程度の感想しか湧かないのだが、宏について、彼の育った環境、家庭の事情、その他すべてのことを考慮してくれるなら、それはありがたいと思った。

「例えば松川事件の第一回の差戻し控訴審の門田（もんでん）裁判長に、微妙な発言がある。貨車一台分の書証を、三度四度読み返すだけでは、珠玉の真実を発見するのに充分でなかったと、彼は言っている。これは法廷で一度耳で聴いたぐらいでは、真実に到達できないという意味にも取れる。深夜書証の山を前に沈思黙考する古い裁判官気質ともいえるが、一面の真理がここにあるんだ」

一時をすぎていた。ランチタイムの南京町の中華料理店には、付近に住む中国人のほかには、あまり日本人の姿は見えない。そういう呑気な空気の方が、異常な事件を話し合うには、適しているとも言える。

花井はいつまでも、尊敬する菊地弁護士の話を聞いていたかったが、実は今日は学校から特別休暇を取って傍聴に来ている。午前中は他の教諭に合同授業にして貰ったが、午後は一時間でも自分でやらなくては、同僚にすまない、と思っているのである。花井が腕時計を気にしているのを見て、菊地の方で気を利かせた。

「さ、それじゃ、ぼくは東京へ帰らなければならない。重吉さんに土産を持って帰ってくれ」

と言って、用意させてあったシューマイの折詰を渡した。そしてもう一つ、自宅へ持って帰る分を折鞄に入れると、立ち上った。

外へ出ると、狭い南京町の通りには、秋の日射しが影をつくりはじめていた。来かかったタクシーを呼び止め、横浜駅へ走らせた。花井は言った。

「調査という仕事ができたから、張り合いがあります。じっとしてやきもきしてるより、なんかしている方が、気がまぎれます」

「ぼくもそのうち、一度金田町へ行くけど、調査は大体どれくらいかかる？」

「できるだけ早く、二、三日のうちに、報告できるつもりですが」

菊地はほほえんだ。

「そうせかなくてもいい。まあ、今週中でいいよ。そうだ、日曜に重吉さんの御機嫌うかがいかたがた、行くとしよう。それまでに資料を揃えておいてくれ給え」

「わかりました」

「とにかく、あんまり心配しない方がいい、と家族の方に言っといてくれ」

と菊地はそう繰り返して横浜駅で花井と別れたが、実は事態をそう楽観しているわけではなかった。

大体十二年が、宏のような少年の単純殺人の求刑の相場なのだが、岡部検事の冒頭陳述に、彼は少しただならぬ気配を感じていたのである。

彼は花井から聞いた宏の性格、家庭環境、また彼自身、宏に拘置所で面会した結果から、宏には殺意がなかったという確信を強めた。過失致死も主張できたのだが、傷害致死にしたのは、この程度の小事件では、その方が有利だからである。

それに戦前予審判事をやったことのある彼には、検事が事件をどういう風に、持って行こうとしているか、大体の見当はついていた。

彼が検事の冒頭陳述で強調されて気がついたのは、宏のシャツに血がついていないことであった。それを検事は、「白のカッターシャツに血が飛び散らぬように気をつけながら」刺傷を与えた、という風に表現しているのだが、実際宏はその通り自供しているのである。

情状は楯の両面を持っている。宏とヨシ子は当節のハイティーンには珍しく、二人の間に生れようとする子供を育てるのに、異常な熱意を示していた。これは宏にとってよい情状でなければならない。しかし考えようによって、決意が固ければ固いほど、中絶をすすめ、二人の同棲を妨げようとしたハツ子を、排除しようという決意も固くなる可能性がある。

宏は学校の成績もよく、勤め先で人とけんかもしなかった。これはいい情状なのだが、一方それだけに、かっとなって、ハツ子を刺したという供述は信じられない、ということになる。よほど考え抜いた末でなければ、ああいう犯行を犯すはずはないと、推定できぬこともない。少なくとも、岡部検事の申請した書証に、勤務先の同僚の証言があったのは、そのためと思われた。

最初宏の警察官に対する供述では、かっとなって、犯行前後はよく憶えていないことになっていた。菊地にもそう言ったし、公判廷でもそう陳述したのだが、検察官には、シャツに返り血を浴びないように気をつけながら、左手でハツ子の体を抱え、刺傷を与えた、と詳細かつ具体的に供述しているのである。

検察官の面前での供述がどういうものであり、熟練した取調べに会えば、宏のような少年の供述を、思うつぼに持って行くのは易々たるものであることを、菊地は知っている。

動機が充分あったこと、死体を隠し、その後五日、なにくわぬ顔で、被害者の妹と同棲していたこと、これらは犯情を極めて重く認定さす一連の行動である。この事件を殺人の故意による犯行と見るのは、検察官としては、むしろ常識に従ったと言える。

かっとして刺したのなら、宏は返り血を浴びていなければならない。これも常識の告げるところだ。ところが彼は犯行後すぐ金田町の住人大村のじいさんと、サラシ沢の下ですれ違っている。しかしじいさんがなにも異状に気がつかないくらい、服装に乱れはなかった。血染めのシャツなどはどこにもない。ズボンの内側にちょっぴり血がついていただけなのである。これが菊地弁護士がこれから打ち破らなければならない障害なのである。

「どうだい、その時、どんな工合に刺したか憶えていないかい」

という菊地の質問に対し、宏は、

「どうしても思い出せないんです」と答えるだけである。

どうしてシャツに血がつかなかったか――これはむしろ菊地が推定しなければならぬ状況になっていた。東京へ向う横須賀線の車輛の中で、窓外に移って行く、京浜工業地帯の光景を眺めながら、菊地は繰り返し、この疑問を反芻していた。

この事件をもし彼が裁判長として裁けばいくらの刑を言い渡すだろう、というようなことを考えた。傷害致死を認定すれば、刑は三年ぐらいになるだろうが、それでは検事は必ず控訴するに違いない。それに一年半かかる。もし二審でひっくりかえれば、彼が弁護している以上、（ここで菊地は一人二役を演じながら考える）上告する。そこでかりに破棄差戻しが得られたとして、全部で八年かかってしまう。

それより、検事の主張通り、殺人の訴因を認め、情状酌量をつけてもらって、刑を五年ぐらいにしてしまう方が、被告人の青春はそれだけ失われずにすむわけである。

こういう考え方をする判事がほかにいるかどうか知らないが、彼は大阪地裁時代、あるやくざの出入りに、こういう意味から、ことさら過失致死を認定せず、検事の主張する傷害致死を採ったことがあった。この趣旨から行くと、彼が現在傷害致死を主張しているのは、却って被告人の不利をはかっていることになりかねない。

（しかし宏の場合は、やくざの出入りとは違う。殺人の名は彼の将来に大きな影響を及ぼすに違いない。殺人と傷害致死との違いは、専門家の間ではそう大きくはないが、一般には通用しない。傷害致死と過失致死の差より、はるかに大きく、殆んど質的相違があると考えられる）

菊地は自分が裁判長で、傷害致死が認定できれば、やはりその通り判決するだろうと思った。従って彼が今、傷害致死を主張していることは正しいと思えるのだが、彼の主張が通っても、いずれ最高裁まで行くだろうと思うと胸が痛んだ。

英米流の事実認定については検事控訴を認めない制度（裁判長の説示に間違いのある場合だけ可能）を、彼が前から正当と考えていたのは、こういう事例があるからであった。大きな捜査機関を持ちながら、検察側が有罪を立証できなかったのなら、その責任を取るべきである。面子（メンツ）のために、被告人の犠牲において、争いを繰り返すべきではないと考えていた。

（おれはどうもはじめから、弁護士的傾向のある判事だったかも知れない）とつぶやいて、彼は苦笑した。

彼はいわゆる「刑の安い」裁判長として知られていたが、それはいわゆる温情主義から出たものではなかった。彼は刑務所が多くの善意ある人々の努力にも拘らず、受刑者の人格を改造するよりは、それをゆがめ、出所後、再犯に押しやる可能性が多い、と見ていた。再犯のおそれがない者は、できるだけ早く、社会に復帰さす方が、当人にとっても、社会にとっても有益である、という意見であった。

しかし裁判官が、検察官の思惑をはかったり、被告の一身上の都合を考慮したりするのは邪道だよ、裁判官は自己の良心に従い、法の正義を行えばよい、と先輩に言われたことがある。そう言った裁判官はつまり菊地の妻の父に外ならず、当時長野地裁所長であった。大審院にはいった後、終戦前に死んだが、生きていれば、彼の娘の夫が二十年の判事の経歴を捨てて、弁護士に転業するのには、むろん反対したに違いない。

弁護士にもピンからキリまであり、花井卓蔵（たくぞう）のような伝説的人物が、やたらにいるはずはない。三百代言に毛の生えたようなものから、暴力団の顧問もいるし、その生態もさまざまである。大きい金銭的利害にタッチするから、自然腐敗の機会が生じるわけである。特に民事事件は純粋に当事者間の喧嘩であるから、関係者に偽証すれすれのところまで、勧告することがある。

戦前、弁護士試験は判検事試験よりやさしかったし、法廷でも判検事は雛壇の上に、弁護士は平土間に、という違いがあった。弁護士なんかにわかるものか、という口調が、現在でも二審から上の判決に現れることがある。菊地の妻の父も、そういう種類の裁判官に属していた。

むろん新刑訴の下では、弁護士の果す役割は大きく、従って弁護士の地位は向上している。

しかし菊地も三年前転向した当座は、やはりなんとなく「落ちた」という感じはまぬがれなかった。

通り一ぺんの知り合いに、電車の中で会った時の、あいさつの仕方にも微妙な変化が感じられた。判事としての菊地に対してなら、絶対に出るはずのない、言葉遣いが相手の口から出ることがある。

彼はもともと判事であることを鼻にかける態度は努めて避け、学生風のざっくばらんな態度で、人に接して来たつもりである。これはそのまま弁護士の態度として通用するはずだったが、相手は必ずしも調子に乗って来ない。つまり相手はこれまで、彼が判事であるから、彼の学生風な態度に調子を合わせていたにすぎないことが判明したわけであった。彼の後にある権力が、彼の磊落（らいらく）な態度を通用させていたことに、やっと気がついた。

判事時代、私的な会食に招かれての帰りに、料亭の前から車に乗る。招待者は車がスタートするまで、窓からのぞき込んで、話しかける。

ところが弁護士になって、同じような種類の会合に出ても、車まで送ってくることには変りないが、

「お大事に」

と一言言うと、背を向けて、さっさと玄関へはいってしまうことがある。これは判事時代は絶対になかったことだけに、ふっと一抹のさびしさが、心をかすめるのを防ぐことができない。

むろん転向するについては、それくらいのことは彼の計算にはいっていた。

「あなたはいまは、ぼくのお客さんだから」

なんて、冗談めかして、ずいぶん相手の意を迎えるような口をきく。それらは彼が意識してすることだから、少しも傷つかない。ただ相手の態度に不意に現れる変化に、彼は虚を突かれる。

菊地はむろん、こんなことを気にかけていては、弁護士稼業がつとまらないのは、よく知っている。彼の判事としての経歴は、顧客の信頼を得る上に、有利であることも心得ている。刑事訴訟法について、学生向きの著書もあり、東京へ帰ると共に、ある私立大学の講座を持った。退職金にそれらの著書の印税を前借りしたものを足して、世田谷に小さな家を買った。十七の男を頭に、三人の子供がいる。家は福岡の官舎よりは、よほど手狭だが、自分の家というものはやはりいいものである。手足も楽に伸ばせるような感じがする。

長男の行雄は、彼には似ず、丈が低い。首が太く肩幅も広く、手足の関節がしっかりしていて、いわゆる闘士型の体格である。来年大学の受験というのに、野球とラグビーにばかり精出して、彼の経験では考えられぬくらい、勉強をしない。「少年不良化の問題」なんて本を読むと、闘士型は非行少年の典型的体格である。数学はきらいで、国語が好きという記述にも、行雄はぴったり当てはまる。

国家権力を行使する者の子女に、とかく国法を破るのに快楽を覚える者が出るのは、彼には近代社会の奇妙なゆがみの一つと映っている。高級警察官の息子に、麻薬常習者が出たりする。裁判官は検察官や警察官のような権力の行使者ではなく、いわば仲裁役だと思っているが、とにかく彼が裁判官をやめて、自由職業を選んだのは、息子の精神の発達に、悪い影響を与えないはずだと、彼は信じている。

彼が宏の事件を引き受けたのは、むろん遠縁の花井の特別の依頼からだが、彼自身このケースを研究して、彼にはよくわからない長男の心理を知りたい、という気持がいくらか働いていた。

少年犯罪の増加が社会問題になっている今日、ここに掘り下げるに値する問題があると信じた。一部の戦後派弁護士のように、マスコミ相手に売名にいそしむ気持はないが、新聞種になるような事件を手掛けるのが、彼の経歴にプラスするのは心得ている。判事や検事にとっても、それは同じことである。

検事が殺人事件に当るのは、百に一つあるかないか、ぐらいなものである。岡部検事が事件を大きくして来るのは、むしろ菊地の思うつぼであった。

彼は花井に調査を依頼した情状の中から、なにか有利なポイントが、必ず見つかると思っていた。調書をざっと読んだところでは、この事件の穴は、花井の言うように、戦後十六年目の都会隣接農村の環境の中にあると思った。なぜ被害者ハツ子のような女性が生じ、宏が家出したかということである。

彼はどちらにしても、この裁判では、フェアに戦おうと思っていた。東京近郊のごみごみした町並にはいって行く横須賀線の国電の中で、彼は身うちに力があふれて来るのを感じた。彼はもはや、傷害致死を獲(か)ち取るのが、宏に八年の青春を空費さすことになるかもしれない、という、最初の反省を忘れていた。

被害者

花井教諭が金田町に帰ったのは、二時少し前で、やっと最後の一時間だけ、国語の授業をすることができた。彼は生徒には、宏の公判を傍聴しに行ったことを言わなかった。狭い町の中では、いずれ知れ渡ってしまうことであったが、宏のことを教室で触れることは、遠慮しなければならなかった。彼が弁護士を世話したということすら、一部父兄の間で問題になっていたのである。

「もとの教え子のために、奔走するのはきみの自由だが、金田町の中では、いろんな考えの人がいる。生徒の前では、そのことを言わないようにして貰いたい」

校長室に呼ばれて、そう言われた。

花井自身、この事件のために、自分が変な目で見られているのは知っている。これは推理小説のように、本の中にあることではなく、町にとっては実在である。血と死体を伴った事件である。いくら宏がこれまで、なんら非難すべき点のない「いい子」であり、「かっとしたあまり」の行為であったにしても、その結果、一つの生命が失われたことには変りはない。

人は病気によってもそう簡単に死ぬものではない。骨と肉とを具えた人間の肉体は、その微妙な働きによって、生命を保っている。その現状を破壊して「死」に持って行くには、よほどの暴力が加えられなければならない。

息の根をとめてやろうという意思が、働かなければ、人はやたらに、死にまで導かれるものではない。「ものの拍子」とか「打ちどころが悪かった」とかは、老人の場合に当てはまるだけである。ハツ子は若さに溢れる健康体だった。

いまでもサラシ沢を通る金田町の人達はささやく。

「あの辺が宏がハツ子を刺したところだよ」

「あの杉林の中に、ハツ子の死体が五日間ころがっていたんだ。腕が丸太棒みたいに、ふくれ上っていたそうだ」

金田町はこれまで、事件のなかった町だけに、人々に与えた衝撃は大きく、事件後三カ月の今日まで、余韻を引いているのである。校長が生徒にその話をしてはいけないと言うのは当然であった。

宏の家族にとっても、すみ江にとっても、それはなるべく触れられたくないことであることには変りない。喜平はその後厚木で飲んだくれて帰ることが多くなり、すみ江の畑では、陸稲がまだ取り入れられずに、ほってあった。

花井は第一回公判があったその日のうちに、被害者の家を訪れるのは、少し気がひけた。しかし事件に関することは一刻も早く知りたかったし、考えようによっては、いやなことはまとめてすませてしまう方が、先方にとってもいいはずだ、と自分に言いきかせた。四時すぎ、学校が終ってから、金田町の南の方にある坂井すみ江の家へ向って歩き出した。菊地弁護士に依頼された調査事項のうち、ハツ子の店の財政状態について、まず聞いておこうと思っていた。

後家の坂井すみ江の家は、金田町でも寒川寄りの方にある。長後と金田町を隔てる丘陵地帯から流れ出して、相模川に注ぐ小さな流れに沿った、竹藪を背負った藁葺き屋根の家がそれである。

これは死んだ夫の父親の代から、そこにあったもので、川向うの六反の田圃と、屋敷の地続きの三反の畑が、坂井家が耕して来た土地であった。戦争末期、夫の直次郎が兵隊に取られ、南方で戦死してしまってから、しばらくは本家に耕してもらっていたことがある。

人手がなかったため、金田町が買い出しの客でにぎわった戦中戦後の時代から、すみ江はあんまり恩恵を受けなかった。耕耘機なんて便利なものができ、女手一つで、それだけの田圃をやるのにさして苦労がなくなった頃には、百姓はぼろい儲けのない職業になっていた。

ハツ子を生んだのは、すみ江が昔の数え方で、十七の時だったから、彼女はまだ四十にしかなっていない。寒川の方に、広い土地を持っている本家のすすめで、隣部落の遠縁の男で、やもめになった男を家へ入れたことがあるが、これがひどい極道者で、簞笥の中のものを持ち出され、田圃を三反売られたうえに、平塚のカフェーの女と姿をくらましてしまった。男はもうこりごりで、以来六年、二人の娘の成長をたのしみに、後家を通して来たのである。

姉娘のハツ子が年頃になると、野良仕事の手伝いをいやがり、厚木基地の中の売店の売り子になったのは、二度目の夫がいた頃だった。夕方勤めの帰り、親切なアメリカ兵が送ってくれるとかで、家の前にジープがとまったりしたが、ある夏の夜おそく、洋服を泥まみれにして、髪を乱して帰って来たことがある。まだ基地の兵隊とのいざこざが絶えなかった頃で、すみ江には、なにがあったか、すぐわかった。

問い詰めたが、ハツ子ははっきり返事をしない。警察へ行こうと言ったが、

「だめだわよ。どうせ相手にしてくれやしない」

と当時、十七だったハツ子とは思えない、ませた口をきいた。二度目の夫は、その時、奥の間で酒を飲んでいたが、

「そうだ、そうだ。駐在に願ったたって、お前がよく米兵に送らしていたってことがわかってるから、取り上げてくれやしない」

と、言ったので、母娘と喧嘩になった。そして二、三日たって、ハツ子は家からいなくなった。その二度目の夫が、ハツ子を手ごめにした。ハツ子のことで、彼がよく米兵に……

うわさが立った。するとそれに対抗するためか、彼は米兵のことをほのめかした。後でハツ子が新宿の働き先から手紙を寄越した時、家に帰りたくないなら、強いて帰って来なくてもいい、とすみ江が言ったのは、そのためである。米兵と付き合いのあった娘は、村ではどうせ嫁に貰い手がないからである。

三つ年下のヨシ子が大きくなって、茅ヶ崎の洋品店へ勤めると言った時、すみ江は一応はいつまでも家にいて畑を手伝ってくれと頼んだ。ところが、その頃は金田町の農家の娘で、中学校を出て、どこかの町で勤めない女の子はいないのであった。娘に人並みにパーマネントをか

け、ハイヒールをはかせるために、彼女は結局それを承知するほかはなかった。その結果、こんなことになってしまった不運を、すみ江はいくらなげいても、なげき足りない。

一年前、ハツ子が突然帰って来て、厚木の駅前へ飲屋を出すといった時、すみ江はもうどうでもいいような気持になっていた。娘達はどうせ自分の手に負えやしないと、あきらめていた。そんなハツ子でも、なるべく近くに住んでいてくれる方がいい。とにかく一本立ちで食って行けるなら、結構なことだと思うことにした。

もっともハツ子は、すみ江のあてにしたほど家へよりつかず、近頃では店へ泊り切りで、いろいろなうわさが耳にはいって来るのだが、すみ江は耳にふたをした気持でいた。どうせ自分の幸福は、前の夫が戦死した時、終ってしまったのだ、とあきらめていた。

しかしそのあきらめの結果、ハツ子が無残な殺され方をし、ヨシ子がその殺した男の種を宿しているという状態まで到ろうとは、予想もつかなかった。

ハツ子はすっかり悪くなって、これが自分の子かと思うような物腰をするようになっていたのだが、彼女がそうなったきっかけが、厚木の米兵と付き合い出したことにあると思うと、すみ江は娘がやはりかわいそうである。

十五、六までのハツ子は、少しきかん気なところはあったが、ヨシ子と同じくらい気立てのいい子だった。死んだ夫に似て、高い鼻と濃い眉を持っていて、色白の可愛い子だった。この子はきっといい婿が取れると、夢を持ったこともあった。

その子が家を出てしまったのは、その頃自分は二度目の夫を、とにかく家に引きとめておくのが精一杯で、娘にかまけている余裕がなかったからだと反省し、ハツ子にすまないと思っている。すみ江はそういうたちの女だった。

だから、宏の第一回公判を傍聴に行ったのも、ヨシ子が思うほど、宏を許していたわけではなかった。ただよかれ悪しかれ、宏がヨシ子の中のもう六カ月になっている子供の父であり、ヨシ子が姉を殺した男であっても、宏をにくんでいないらしいので、自分がいつまでも怨んでいては、ヨシ子がかわいそうだ、と思ったからである。

しかし検事が宏がハツ子を殺すつもりで、ナイフを買ったというのを聞くと、彼女はやはりいやな気がした。ハツ子が殺されるところになると、頭へ血が上ったようになって、話がよくわからなくなった。ハツ子の血がついた着物が出された時、「わっ」と思わず声が出、思い切り泣きたかった。人前なので、ただ涙をとめどなく流すだけでがまんしたのである。(やっぱり来なければよかった)と思った。

もっとも宏のいが栗頭を見ていると、やはり彼を憎む気はうすれて行く。これはまだ全然子供なのである。

(この子を死刑にしたって、ハツ子が生き返って来るわけではないのだから)と彼女は心の中でつぶやいた。宏が退廷する時、すみ江と目が合うと、深々と頭を下げた態度にも好感が持てた。

しかしみなといっしょに帰るバスの中で、証拠調べでハツ子の持物が出された場面が頭に浮ぶと、涙が出て来て、また宏が憎くなってくるのだった。(これではいけない。ヨシ子に悪い)

と考えると、すみ江はどうしたらいいか、わからなくなる。

うっすらと色づいた稲の穂が、九月の風にゆれる田中の道を、花井はすみ江の家に近づいて行った。相模川の方には、おもちゃのような工場の建物が、傾いた秋の陽をいっぱいに浴びて、白く光っている。日ははるかに眼路を限る丹沢山塊に落ちかかり、雲は赤く染めている。

すみ江の家のあるのは「淀」と呼ばれる小部落で、東方の丘陵から流れ出し、この辺で田辺川と呼ばれる小流に沿っている。太平洋戦争の戦死者のための忠魂碑の建った小丘の裾を迂回する時、小さな淀みを造るところから「淀」の名を得たものらしい。

忠魂碑をかこむ染井吉野の葉は、早くも褐色の秋の色をつけはじめている。石段へ向う小さな木橋は忠魂碑といっしょに新しく掛けたものだが、それを渡ったところから「淀」の部落がはじまる。学校帰りの中学生が、四、五人、橋の欄干から水面を見下している。一人川に入っている子供がいるのである。子供達は花井の姿を認めると、いっせいに帽子を脱いだ。

「なんか取れるのかね」と花井はきく。

「フナだ」

手網を持って、川に入っているのは、彼の受持の二年生だった。

「もう、水遊びはいかん。この時候で、腹をこわすぞ」

と花井は言ったが、これはまあ形ばかりの、教訓にすぎない。この辺の子供が、水遊びをしすぎたぐらいで、体をこわしたりしないのを、花井はよく知っている。

「学校の帰りに遊んじゃいかん。まっすぐうちへ帰るんだ」などという言葉も、金田町の子供には通用しないのである。花井が宏を教えたのは、ちょうどこの年頃だった。

(あのおとなしい子が、どうしてあんなことをしたのか)

この感慨は、事件以来、なんどくり返したかわからないのだが、花井はもう一度それをくり返した。宏が学芸会で、アブラハム・リンカーンの生涯について演説し、優勝した時の、態度物腰が思い出された。

原稿に花井が手を入れたのは事実である。しかしそれはだれにでもしてやることで、宏の場合はほとんど字句訂正だけだったことを、彼は同僚に自慢した。特にリンカーンが北部の企業家のエゴイズムにどんなに悩まされたか、という点に関して、宏の要約は中学生にはめずらしい社会的理解力を示していた。

(わからない、わからない)

花井は自分が犯罪人の肩を持つことを、父兄の一部がよく思っていないのを、知っていた。彼自身、どんな理由があるにしろ、とにかく人一人を殺した人間のために働くのに、空恐ろしいような気がすることがある。

(血が流れ、一個の生命が失われているのだ。お前はその事実の重さを、ちゃんと受けとめているか)

こういう重苦しい感慨は、特に被害者の母、すみ江の家が近くなるにつれて、強くなって来た。

すみ江の家は、その堤防の上の道に沿っていた。堤防は戦後キティ台風で、この川が氾濫してから築いたものである。金田町を貫く街道と繋がる道は、もと淀部落の真中を通っていたのだが、堤防の上の新道の方が、カーブもなく、幅が広いので、自然、バスも人間もこっちを通るようになってしまった。

道から一段低い竹藪の中に、山羊が一匹、繋ぎっぱなしになっているそばを抜けると、道はさらに二メートルほどだらだらさがりになって、すみ江の家の裏手に出る。

「ごめんなさい」

と声をかけると、

「はい」

と勢いのいい声の主は、ヨシ子であると、花井にはすぐわかった。ゆったりとしたワンピースで、妊娠六カ月の腹部をつつんだ姿を、台所からのぞかせた。

「あら、先生」

早くも母親らしく、眉毛がうすくなったような感じの顔で、ヨシ子はほほえんだ。白い歯並だけ若々しかった。

「お母さん、いる?」

「ええ、いますけど」

五時間前、横浜地裁の前で、別れたばかりなのに、また訪ねて来た花井の顔を、ちょっとけげんな表情で眺めたが、すぐ、

「どうぞ、表へお回りになって」とませた口調で言った。

ムシロや縄がごたごたおいてある家の横手を回って行くと、広い農家の庭が開ける。梯子や農具を立てかけた物置の前を、鶏が二、三羽、地面をつつきながら、歩き回っている。

物置から隣家との境の欅の木立までの小さな空地には、陸稲が植えてあるのだが、今年の異常な日照りで、半枯れの状態のまま放置されている。とにかく穫り入れてしまえばいいものを、事件でがっくり来たすみ江が、ほったらかしにしている。

玄関を通り越し、縁側に沿って進むと、奥の間からすみ江が出て来た。髪を引っつめにして、絣の普段着に、モンペを穿いた姿は、五十といっても通るくらい、老いこんでしまっている。縁側に手をついて、ていねいに頭を下げる。

「よくいらっしゃいました。お世話になります」

「いや、あいさつは抜きにしましょう」と花井は言った。「別にお宅のために働いているわけじゃない。ことによると、あなたの気に入ってないんじゃないか、と心配してるくらいです」

「とんでもない。できてしまったことは仕方がありません。生れて来る子もあることですし、宏が（と言う時、さすが少し喉が詰ったような声になった）なるべく罪が軽くなるように、あたしも念じています」

「それはありがたいなあ」花井は調子づいた。「それについて、菊地弁護士から、きいて来てくれって、言われたことがあるんです。つまりハツ子さんの飲屋はすぐ買手があったとか聞きましたが、営業状態はどうでした。貯金はありましたか」

縁側に出された座布団に腰を下しながら、花井はすぐ本題にはいった。すみ江の顔がたちまち曇(くも)ったので、花井はあらためて、被害者の家族のあつかいの、むずかしさを感じた。

そしてそれはまた、彼のように犯罪人を擁護(ようご)する立場にある人間の困難につながるものだった。彼自身も、朝、目を覚ました時など、宏にこんなに力を尽して弁護する値打があるかどうか、ただ「邪魔者は除けろ」という近道反応から、刃物をふるったハイティーンにすぎないのではないかという疑いが、頭をかすめることがないでもなかったからである。

「ハツ子の店がうまく行っていたかどうか、なにか関係があるんですか」とすみ江はきいた。

「とにかく、菊地先生はなんでも知っておきたいって、言うんです」

こう言いながら、花井はかたわらのヨシ子の方をかえりみた。彼女はお茶を持って来たまま、そこに坐っていた。

「姉さん、貯金なんてなかったわ。借金があっただけよ」と彼女はそっけない調子で言った。

その時、すみ江がヨシ子を見た目は、けわしかった。（なにも死んだ人間の恥になるようなことを言わないでも）とその目はいっているようだった。

ヨシ子が、子供を生む、生まないについて、姉妹の間に争いがあり、それがこの事件の重大な動機になっているのは、いままでは明らかになっている。ヨシ子にその点について、まだこだわりがあるのが、この言葉で察せられた。それがそのまま母子の間の対立となって、持ち越されているのだな、と花井は思った。

「そうでしょうね。ああいう商売は、なかなかむずかしいでしょうから」と、花井は取りなすように言った。

「そんなことはありません。ハツ子はよくやっていたんです。店もはやってました。ただ……」

ここですみ江の言葉が途切れた。花井は目を上げて彼女の顔を見た。うつむいた横顔には、白いものの多くなったびんのほつれが目立って、いかにもわびしげであった。

彼はようやくこの調査を引き受けたことを後悔しはじめていた。少なくともこの家に来て、すみ江にきくべきではなかった、最初の予定通り、ヨシ子を呼び出して、きく方がよかったと思った。彼は目を庭先に移し、だまって、すみ江の返事を待った。

一町二、三反持ちの中農ばかりのこの辺の農家では、それぞれ縁先に、ちょっとした庭を造ってある。右手の本道の方の高みを利用して、相模川上流から運んだ岩をおき、刈り込んだ槇(まき)など、庭木を配してある。

そのうしろには静岡から送らせた茶の木も植えてあって、大体家で飲む量はまかなっている。現に花井が飲んでいる煎じ茶もそれである。茶だけではない。金田町の住民で、野菜、卵、牛乳などを、店で買う者はいない。魚屋と肉屋が町にある唯一の食料品店である。

「ハツ子は借金して、あの店の権利を買ったんですよ」

やがてすみ江は、つぶやくように言った。それは花井には初耳だった。

「東京で稼いで貯めた金ではじめたと聞いてたけど、そうじゃなかったんですか」

「あの子はあたしにもそう言い、その言葉を信じていたんですが、死んでみたら、そうじゃなかったとわかったんです」

すみ江はつらそうだった。

「店を売ろうとしたら、金の貸し主なる者があらわれたんですね」

「そうです。証文を見せられました。十万円の証文でした。店は居抜きで二十万円で売れたんですが、ハツ子は利息はちっとも払ってなかったんだそうです。酒や魚の仕入れ先にも借金があって、とんとんだったんです。むろん貯金なんかありゃしませんよ。かわいそうに、あの子はあの子なりに、苦労してたんです。殺された時、ハンドバッグにあった三千円が、あの子の全財産だったんです」

ここまで来ると、すみ江はこらえかねたように、手で顔をおおった。

「お母さん、よして」とヨシ子は言って、ハンカチを顔に当てた。

「お前は中絶をすすめたことで、姉さんをうらんでいるけれど、手術の金はきっと姉さんが出すつもりだったんだよ。それなのに、貯金なんてなかった、借金ばかりだった、なんて悪口言っちゃ、罰が当るよ」

ヨシ子のハンカチでおおった顔の中で、嗚咽(おえつ)の声が洩れた。花井も涙ぐんだ。

「姉さん、お金くれるって、言わなかったわ」とヨシ子は言った。

「言わなくっても、出すつもりだったにきまってます。お前達にお金がないのは、わかり切ったことなんだから」

「あたしたち、五万円貯金してたわ。その気になれば払えたわ」

「あたしたち、とはお前とあの男のことをいうのかい」

花井はますますこの家へ来たことを後悔した。

「なぜそう意地を張るんだい」とすみ江は言いつのる。「お母さんは六年、女一人でやって来たから、ハツ子のきっぷはわかってます。すすめる以上、お金は出すつもりだよ。借金しても出しますとも」

「姉さん、そんなこと、言わなかったわ」

ヨシ子はハンカチを顔からはなし、涙に濡れた顔を、まっすぐにして、もう一度そう言った。ヨシ子の言いたいことは、花井にはわかった。彼女はハツ子に金を出す気がなかったと主張しているのではない。それを言ってくれなかったのを、うらんでいるのだ。それを聞けば、宏の気持はちがって来たはずだった。ハツ子に刃物を向けるなんてことは、なかったはずだ。こんなことにはならなかったのだ。

(姉さん、そんならなぜ早く言ってくれなかったの)それがヨシ子の心の叫びなのだ。しかしそれはすみ江にはわからない。

母子の愁嘆場を見るのは、辛かった。花井はまた目を茶畑の方へ向けた。公平な第三者の目から見れば、ハツ子が中絶の金を出すつもりだったとは、とても思えないのだが、生き残った者が、死んだ者を美化する気持もわからぬではない。ほんとうにそうだったかどうかは問題ではない。そう思い込むのが、遺族というものである。だから死者はいつまでも、なつかしまれ、祀られるのだ。

ただ花井にはさっきから、したくてたまらない、質問があった。涙がひと通りすむのを見はからって、彼は言った。

「ハツ子さんが金を借りてたのは、一体だれなんですか」

これは重大な質問だった。

「宮内です」とすみ江が答えた。

「宮内って、あの日ハツ子さんが集金に寄った長後町の宮内辰造ですか」

「ええ、あの宮内です」

「あたし、あの日、姉さんが宮内から、お勘定取ったなんて、うそだと思います」と、ヨシ子がそばから言った。「お金を渡しに行ったのよ、きっと」

「つまり金を出して、ハツ子さんに店をやらしていたのは、宮内だということですか」

花井は菊地がこれを聞いたら、よろこぶだろうと思った。

「いいえ、店はハツ子の名義でした。でも、十万円の証文を取られていたんです。そして宮内はハツ子の……」

すみ江は、ここでちょっとためらったが、思い切ったように、

「男だったんです」

と言った。

「そんなうわさはあったけど」と花井は答えた。「金銭的な関係があったとは知らなかったな」

「店だけじゃないんです。着物まで持って行ってしまって」と言いながら、すみ江は座敷の方

をふり返った。「あの子のものでうちに残っているのは、あそこにある浴衣と下着と姫鏡台だけなんですよ」

「それはひどい」花井はさけんだ。「ひとこと言ってくれれば、菊地先生に話してあげたのに。むろん先生は宏の弁護人だけで、そのほかのことについては、どっち方ということはないんです。なんでも相談に乗ってくれたんだがなあ」

「いいえ、もういいんです。あの子はうちには行李一つ残さないようにできていたんです。大体、ここへ帰って来たのが、間違いみたいなものだったんだから」

「その宮内が検察側の証人として出るんだから、変ですね。六月二十日、ヨシ子さんと宏が『みよし』へ行った時、居合せた客ということになってるんです」

「ええ、あの晩のこと憶えてるわ」とヨシ子が口をはさんだ。「奥の方の一畳半の座敷で、飲んでいました。でも、あたし達の話が聞えたはずはありません。あたし達、入口の方のスタンドに腰かけて、小さな声で、気をつけて話したんだから」

「でも、あとでハツ子さんが、宮内に話しているかも知れませんね」

宮内とハツ子の関係は、法廷に持ち出されていなかった。単なる目撃証人として、申請されているにすぎなかった。花井が知る限り、宮内辰造は東京から厚木へ流れて来たやくざにすぎない。もとはたしか厚木のチンピラの下宿に同居していたはずだが、どうして長後に移ったのか、知る由もなかった。

「店を出す金を宮内から借りたとすると、前から知っていたんですね」と、花井はきいた。

「ええ、新宿にいた時から、知っていたんでしょう。詳しいことは、言いたがらなかったんですが」と、すみ江は答えた。

「宮内はハツ子さんといっしょに厚木へ来たんですか」

「よく存じません。少しあとだったんじゃないでしょうか」

「宮内が十万なんてまとまった金を持ってたとは思えないがなあ」

「あたしはお金はやっぱり、姉さんが貯めていたと思います」と、ヨシ子がそばから言った。

「きっと手切金の形で、証文を書かされたんだわ」

「ハツ子さんは、こぼしたりしてはいませんでしたか」

「あんまり喋りたがらなかったんです」と、すみ江が言った。「宮内のことをきくといやな顔をするから、こっちからも、ききませんしね」

「姉さんこの頃、少しいらいらしてた。言うことにとげがあったわ」

「そりゃ、あたり前だよ。女一人で、店を張ってりゃ、あんたみたいに呑気な気持でいるわけに行きませんよ」

また母子の間の争いになりそうだったので、花井は「よく、わかりました」と言いながら、腰を上げた。

「どうもありがとう。菊地先生はとにかく本当のことを知りたがってるんだから、お話を伝えればよろこぶでしょう。じゃ、ぼくもちょっと御霊前にお参りさしてもらって、失礼します」

花井はこれが、この家へ来て、まっ先にしなければならないことだった、とさっきから、気になっていたのである。

そこに気がつかなかったのは、ハツ子がなんと言っても、過去にきずがあり、飲屋の女だったからだ、と思うと、あらためて、あわれをもよおした。花井の言葉を聞いて、すみ江の顔は輝いた。

「ありがとうございます。あの子もよろこぶでしょう」

と言いながら、また目頭に指を当てた。

奥の間の仏壇には、まだ骨つぼがおいてあった。宏の刑がきまるまで、すみ江はそれを墓に入れないつもりなのだ、とヨシ子は思っていた。

判決の前に子供を生むのは、ヨシ子はなんとなくいやだった。今日彼女が横浜で菊地弁護士に「判決はいつごろでしょう」とき、「年内には下りますよ」と言われて安心したのはそのためだった。子供は順当に行けば、年を越して一月に生れるはずだった。

証　人

花井が宮内辰造の家を訪ねたのは、翌日の放課後だった。金田から長後まで、バスで十五分の距離である。

バスは相模川と境川（さかい）の流域を隔てる低い丘陵地帯の中の道を、ほこりをあげながら行く。長い間、こっちの方角へ来たことのなかった花井は、あたりの著しい変化に眼を見張った。もと林のあったところが、きれいさっぱり取り払われ、地均しされて、一里先まで見通せる工場の敷地になっている。地平線には巨大な建物の鉄骨が組み上り、ブルドーザーが、そのまわりをのろのろと動いている。バス道に接して、昔ながらの酪農家があり、木柵の中に斑牛がのんびり寝そべっているのと、対照的な風景である。

　小さな川が水田を造っている低地をすぎると、道は上りになり、長後の町を載せる台地にかかる。家並が始まるとすぐ駅前に出る。

　宮内が二階を借りている家の番地は、菊地弁護士に聞いてある。米子という雑貨商は、バス停留所から、二十メートルほど行きすぎた十字路の角にあった。煉炭、石鹸、紙、洗濯ばさみなどが、雑然と並んだ店の一方に、タバコを売る窓口が開いている。

「ひかり一つ下さい」

と声をかけると、奥からステテコ姿の五十がらみの男が、出て来て、無愛想にひかりを一つ、窓口へ差し出し、ジロリと花井の顔を見上げた。

　その眼付が意外にきついやぶにらみだったので、花井はちょっとたじろいだが、代金をおきながら、さり気なくきく。

「この辺に宮内辰造って人がいるはずだが、知りませんか」

　男にじろじろ顔を見られるのは、覚悟していた。

「宮内なら、うちの二階にいるよ」と男は答えた。

「そいつはありがたい。ぼくは実は……」と言いながら、花井が名刺を出そうとすると、

「留守だよ」という声に、出端をくじかれる。

「留守？　そりゃ弱ったな」

その間にも、奥へ入る後姿になりかかる男に向って、あわてて言葉をついだ。

「どこへ行ったか、知りませんか」

「知らねえ」

（まさか、居留守ではあるまい）と思いながら、

「裁判のことで急な用事で来たんですがね」と少し思わせぶりに言った。

「なんの裁判だね」

「金田町の殺人事件ですよ。宮内さんは証人に出るはずだが、坂井ハツ子の母親から、頼まれたことがあって来たんですがね」

これはむろん出まかせである。

二階の窓が開く音がした。一歩さがって、見上げると、「米子商店」とペンキで書いた看板の横手の硝子戸が、ちょっと開いて、スリップだけの若い女が顔を出している。

女の年ごろは、花井には見当がつかないが、大和市を中心に、この辺にふえたタイプであることに間違いない。朝夕に冷気を感じるこのごろになっても、スリップ一枚で家にいるような女だということはたしかだった。

彼女は濃いルージュを引いた唇を曲げて、二階の窓から、花井を見下している。

「宮内さんはお留守ですか？」

花井は質問をくり返した。

「あんた、だれさ」

女はぞんざいな口調で言った。

「金田中学校教諭の花井という者です」

「あら、学校の先生、失礼しちゃうわね。先生が宮内になんの用があるの」

女は言葉は少していねいになったが、人を小馬鹿にしたような調子は、変らなかった。（宮内の女だな）と花井は思った。

ハツ子が死んでから、もう三月になっている。新しい女ができても不思議はない。いや、できない方が不思議なくらいで、あるいはハツ子が生きているうちから、この女と関係ができていても、おかしくはないのである。

「宮内さんに会えばわかるんですが……」

「宮内、留守だわよ」

「どこへ行ったんですか」

女の顔にまた人を食ったような表情が浮んだ。

「どこへ行こうと、あの人の勝手じゃない？」

「出先がわかってれば、そっちへうかがってもいいんですが」

花井は辛抱強く言った。

「そんなに追っかけ回すほど大事な用なの」

「まあ、そうです。裁判に関することですから」

女はじっと花井の顔を見詰めた。

「だめよ、あたし、なんにも知らないんだから」

「あなたは、宮内さんの親類の方ですか」

「親類とは笑わせるわね。まあ、そんなものかも知れないな」

「いっしょに、ここにお住まいですか」

「うるさいわね」と女の声はきつくなった。「どこに住もうとあたしの勝手じゃないか。どうしてこうみんな、根掘り葉掘り、ききたがるんだろう。刑事とか調査官とかが、かわりばんこにやって来て、同じことをきかれてうんざりしてるんだ。あんたみたいな学校の先生なんかに、返事しなきゃならない義務はないんだ」

たしかに花井の立場からは、人に返事を強要することはできなかった。宏をめぐる身辺の事情は、家裁の調査の段階でも調べられていて、花井自身も家裁の調査官の訪問を受けたことがある。それら家裁調査官の調査報告書はいずれ弁護側から証拠として申請される予定である。

花井は常に宏に有利な証言をしたつもりだが、中学時代の宏の言動とか、家庭環境などに関する自分の証言が、どれだけ宏の裁判に役立つか、自信がなかった。彼は現在彼のやってる探偵みたいな行動で、はるかに有効に宏を助けられると信じていた。

「横浜へ行ったんでしょう?　検察庁へ呼ばれたんじゃありませんか」

これは花井がかけたカマであった。宮内辰造が検察側の重要な証人であり、次回公判に出廷が予定されている以上、岡部検事が彼を呼びつけて、打ち合せをするのは、ありそうなことだった。

ただ昨日、第一回公判があったばかりで、今日呼びつけるほど、手回しがよいかどうか、疑問は残ったが、相手の人を馬鹿にしたような態度が、少し癪だったから、おどかしの意味でいいかげんな質問をしたのである。女の表情ははたして、けわしくなった。

「なにさ、失礼しちゃうわね。宮内はなにも悪いことをしちゃいないんだから、そんなとこへ、呼ばれるわけないのよ」

「警察にはよく呼ばれるんでしょう?」

「大きなお世話だ。あんた、足許の明るいうちに、帰った方が無事だよ」

そう言うと、ぴしゃりと、窓硝子を閉めて、引っこんでしまった。

「おい、あんまり、店の前で大きな声を出してもらいたくねえな」

気がつくと、最初応対に出た雑貨店主が、そばに来ていた。やぶにらみの眼で、じっと見上げている。花井は自分が少しうるさい連中とかかわりになりつつあるのを感じた。道の向う側の電気器具店の前にも、いつの間にか、同じような顔付の人間が二、三人集まって、こっちをじっと見ている。いいかげんに引き上げるに越したことはない。

「失礼しました。宮内さんがお帰りになりましたら、よろしく」

意味のない台詞を残して、足早に遠ざかった。たしかに、あの連中は深く交際したくない人間にはちがいないが、自分のやってるのも、あんまりほめたことではない、と考えて、花井は苦笑した。

やくざの系統では長後の町はむしろ南の藤沢の一家に属している。宮内が最近、厚木から長後へ移ったのには、なにか理由がなければならない。厚木へ流れて来たのにも、どうせなにか新宿にいづらいことがあったにきまっている。厚木の町のチンピラを集めて、二千円、三千円のゆすり、たかりをやるのが関の山だが、そのうちに警察の厄介になるような破目になったのは見えすいていた。

花井のもとの教え子の金田町の農家の息子で、ぐれて保護観察処分にされた者がいる。宮内はそんな連中に、東京の盛り場の模様の、あることないこと突きまぜて、ホラを吹きながら、兄貴気取りでいたにちがいなかった。

宮内がなぜ厚木にいられなくなったかは、花井がその日のうちに訪問した、もう一人の証人、多田三郎から聞いた。

「みんな、むろん、宮内はハツ子のヒモだ、と思っていたんですよ」と多田は答えた。「よく店にとぐろを巻いていましたからね。あんまりハツ子になれなれしくする気になれませんでした」

多田は厚木市の対岸に建設中の硝子工場の工員ではなく、建設現場で働いている土工であった。一日の作業を終って、風呂を浴び、これから厚木へ遊びに行くというところに、うまく行き合せて、宿舎のそとへ連れ出して、二十分ばかり立話する機会を捉えたのである。

ここらは相模川左岸の丘陵地帯の中で、ゆるやかな起伏の鞍部をならして、工場の敷地にしてある。一キロばかり離れて厚木と大和市を結ぶ舗装道路があり、間断なくダンプカーが通っている。

多田は二十三、四歳の朗らかな若者で、日焼けした、たくましい体つきをしている。角ばった顎、狭い額、頭はGI刈りにして、小さな眼は始終笑いをたたえて、人なつっこそうに、相手を見詰める。

「宮内がいるところで、勘定が高いなんて、うっかり言おうものなら、すぐちょっと顔を貸せ、ですからね。もっともたかられるのは、大抵当人にすきがあるんで、近くの村から出て来た人が多いんです。しかし結局そんなことが度重なっちゃ、店の評判が悪くなっちゃいますよ。『みよし』もしまい頃には、閑古鳥が鳴いてたはずですよ。ぼくはあの六月二十五日の夜は、半月ぶりぐらいで行ったんです。表を通りかかったら、宮内の姿がみえないから、寄ったんです。ハッちゃんもなつかしがってくれましてね。よく来てくれた、現場が変ったのかと思ってた、なんてね。とてもサービスがいいんです。いや、ぼくはあの人好きだったな。客あしらいが、東京風で垢抜けがしてましたからね。そこへ宏が入って来て、なんかぼそぼそ言ってました。こみ入った話があるらしく『三郎さん、これ、あたしの弟なの。ちょっと失礼するわね』なんてね。外へ出て話してました」

多田は話ずきらしく、問わずがたりにしゃべった。彼は事件の三日前、宏が「みよし」へ行った時、居合せた客として、検察側の証人に申請されているのである。

「いや、閉口しました。警察へ呼ばれて、根掘り葉掘り、まるでぼくが犯人みたいな聞き方なんですからね。気分こわしましたよ」

「最初は痴情関係の犯罪だと思われたので、『みよし』の常連は、みんな疑われたんでしょう」

「だってぼくは常連ってわけじゃありませんよ。この現場ができたのが五月で、『みよし』は全部で、十度も行ってるかなあ。そんなに金もないし、ハッちゃんはたしかに好きだったが、別に口説こうなんて気起したことはありません」

花井の知りたいのは、しかしそのことではなかった。

「その晩、宏とハツ子の間に交わされた話の内容は、ぜんぜんわからなかったんですか」

多田がなにか宏に有利なことを、聞いてないか、というはかない望みである。

「いや、むろんなんにも聞えませんでした。別に注意しませんでしたしね。そう、警察でも検察庁でも言っておきました」と、多田は答えた。

「宏はその時、興奮した様子でしたか」と、花井はきいた。

「そんな風には見えませんでした――いや、ほんとは、よく気をつけなかったんです。ハッちゃんといっしょに、そとへ出て、そのまま家へ帰ったようです。とにかくそのうち店へはいって来たのは、ハッちゃん、一人でした」

「その間、何分ぐらいですか」

「十分か十五分ぐらいでしょう。こいつも、よくおぼえてないんです。あやふやです」

「そうでしょうね。だれも、そんなとき、いちいち、時間に気をつけちゃ、いませんからね」

「そうですとも。こっちは、とにかく一杯やりに行ったんで、ハッちゃんが身内の者と、喧嘩したか、しないかを、調べに行ったわけじゃないのだから」

「ほんとに二人は口論してましたか」

「それが、何度も言う通り、はっきりしていないんです。しかしとにかくハッちゃんが、わざわざそとへ連れ出したんだから、客に聞かれちゃ、まずい話だったんでしょうね。それだけはたしかです」

「客はあなたのほかに、いましたか」

「いや、ぼく一人でした。夜の八時っていえば、ああいう飲屋の書き入れ時だけど、どうも『みよし』は、もうはやってませんでしたからね。ハッちゃんが、むずかしい顔をして、小さな手帳とにらめっこしていたことがありましたから」

「手帳っていうと」

「ちいちゃな、横線のはいったやつですよ。どうやら、そこにわれわれの〝つけ〟が書き込んであったようです。ハッちゃんはこっちに金がなくても、気前よく飲ましてくれましたからね。相当、ためた奴もいたんじゃないかな」

「すると、その手帳には『みよし』の常連の名が出ているわけですね」

「ええ、勘定をためた奴の名は、出ているでしょう」

この手帳の存在の発見は、まず花井の殊勲甲だった。ハツ子が長後へ行った目的が、勘定取りなら、この手帳は最後までハンドバッグの中にあって、身につけていたはずである。証拠の標目にはいっていなかったのは、検察官が重視しなかったからにすぎない。

そこからやがて菊地弁護士は、宏に有利なポイントを引き出すことになるのだが、この時、花井がその重大さに思い及ぶはずはない。

「あなたは『みよし』がはやらなくなったのは、宮内のせいだと思いますか」と、質問はそれて行った。

「ええ……むろんそれだけじゃないでしょうけど」

「でも、ハツ子があなたの言うように、客あしらいがよく、感じのいい女だったとすると、ほかに理由は考えられませんね」

「まあ、そんなところかも知れませんが、しかしはっきり言い切ってしまうのは……」

多田は口ごもった。彼は年に似合わず慎重な性格らしかった。（とにかく宮内は土地では、札つきのゴロだったんだな）と、花井は思った。

母親のすみ江から聞いた事情、宮内の家を訪ねた時の印象から総合して、殺される前のハツ子の物心両面の状態について、かなりはっきりした輪郭が、花井の心の中に描き出されて来た。それはこれまで彼が想像していたように、東京で稼いだ金で、厚木に飲屋を出し、気儘な生活を送りながら、金を貯めているチャッカリした女ではなく、ヒモにからまれて、苦しみながら生きて行く、昔ながらの水商売の女の姿であった。

宏に対して金田町の住民の憎しみの集まっている原因の一つは、ハツ子の幸福を葬ったことであった。「なにも悪いことをしたわけでもないのになあ」と、人々は言った。飲屋の女という、特に主婦たちの顰蹙を買う特質も、忘れられてしまった。ところが「みよし」がこんな状態になっていたのでは、少なくともその前提だけはくずれたわけである。

「よくわかりませんが、とにかく渡り者のぼくでさえ、すぐ宮内の名前を憶えてしまうくらいですからね」と、多田は答えた。

「すると彼が長後へ引越したので、ハツ子は助かったようなものですね」

「どうでしょうか。その後も、ずいぶんちょくちょく『みよし』に来ていたようですよ。すっぱり切れたというわけじゃないでしょう」

「実は今日、こっちへ来るまえ、宮内のうちへ寄って来たんです」

そして花井はその時の様子をざっと話した。

「その若い女のことは知りませんか」

「知るわけがありませんよ」と、多田は苦笑した。「宮内にどんな女がいたって、驚きゃしません。ああいう男には、不思議に女がつくもんです」

「どうして長後へ越したんでしょう」

「四月頃、相模川のかみの方の田舎から、厚木へ牛を売りに来た農家の人を脅迫して、現行犯で、警察へ挙げられたことがあったそうです。それで厚木にいづらくなったと聞きました」

これも花井にとって初耳だった。検察側の証人が、こういう種類の人間であることは、菊地弁護士にとっては、有利な材料でなければならぬ、と彼は思った。

「ところであなたはさっきハツ子が宏を弟として紹介したと言いましたが、たしかですね」

「ええ、たしかです。『おとうと』だと言いました」

「それは少しおかしいですね。ハツ子は宏とヨシ子の仲を認めていなかった。中絶をすすめていたのですからね。へんだと思いませんでしたか」

「だって」と多田は笑った。「その時、私はあの姉妹に、そんなこみ入った事情があると知りやしませんもの」

「ああ、そうでした。うっかりしました。失礼」

と花井は呟いた。菊地に一応は報告はしようと思ったが、なぜか忘れてしまった。あとになって思い出す機会があった。

秋の日は意外に早く暮れて、遠くの街道を行き交うトラックのヘッド・ライトが、夕靄を貫くのが、目につく時刻になっていた。多田三郎は厚木へ遊びに行きたくて、うずうずしている。

「どうもありがとう。いずれその折は、よろしく」と、変なあいさつをして、花井は別れを告げた。

次の日、宏の家や大村のじいさんなどを訪ねて歩いたが、すでに知っている事実のほか、なにも聞き出せなかった。

三日後、勇を鼓して、再び宮内を訪ねてみた。しかし彼はその二階を引き払っていた。

「引越し先なんか、知らねえよ」

階下の雑貨商の主人は、ぶっきら棒に答えた。

尋　問

検察官の主尋問が終り、

「弁護人、反対尋問を」

と谷本裁判長にうながされて、菊地弁護士は立ち上った。

「では、証人におききします。サラシ沢の入口で被告人に会った時顔色が悪かったと言いましたが、あなたは被告人にそれまで会ったことがありましたか」

「ええ、何度も会っています。ガキの時から、そこらを、かけずり回っていましたし、飴（あめ）を買いに来たこともあります」

「その直前に会ったのは、いつのことですか」

「さてと」

大村吾一証人は天井を仰いで、ちょっと考えこんだ。彼はむろん証言台に立つのは、生れてはじめてだから、最初は少しおどおどしていた。しかし岡部検事の眼にはげまされて、だんだん五十五歳という年齢相応の落ちつきを取り戻して来た。検事の尋問は供述調書の範囲を出なかったから、よどみなく答えることができた。

彼は犯行の日、六月二十八日の夕方の五時頃、サラシ沢の降り口で、宏に会った時、彼の顔色がすぐれなかったこと、シャツに血痕はついていなかったこと、及び七月二日杉林の奥へ入って、ハツ子の死体を発見した時の模様を証言した。最初検察庁へ呼ばれて、供述調書を取られた時、

「証人として出廷して貰うかも知れませんが、この供述調書の通り、答えられますね」

とだめを押されていた。ついでに弁護人の反対尋問に対する心構えも教えられてあった。

「揚足取りみたいなことをきいて来るかも知れないが、あわてちゃいけない。見たまま、思った通り、ほんとのことを言えばいい。あんまり変なことをきいたら、立会検事が異議を申し立てて、質問をやめさせるから、心配しなくてもいい」

岡部検事はこの目撃証人については、なんの不安も持っていなかった。菊地弁護士は重ねてきいた。

「質問をくり返します。その日の前に、被告人に会ったのは、いつでした?」

「よく思い出せないのです。さあて、いつだったかね」

大村のじいさんは、頬を押え、床へ眼を落した。

「思い出せないほど、前のことなんですか」

これは誘導尋問であるが、この場合、証人の記憶の喚起を助けるためであるから、主尋問においても許されている。

「そんなに前ではありません。なにしろ、同じ町内だから、ちょくちょく会ったと思っていたが……」

大村は救いを求めるような眼で検事を見た。

「結構です」と菊地は言った。「証人はつまり被告人が成人になってからは、あまり会っていないということですね」

「そうだかも知れねえ」

「つまり、被告人が普段どんな顔色をしているか、知らなかった。従ってその日、サラシ沢で会った時、特に顔色が悪かったと断定する根拠はないわけですね」

「異議があります」

岡部検事は立ち上って言った。

「弁護人の質問は証人の意見をきくものであり、適当ではありません」

菊地弁護士は答えた。

「これは証人の信用性、つまり証明力に関する質問です。もし少し進めば、はっきりするはずです」

谷本裁判長はおだやかに言った。

「異議を却下しますが、反対尋問はあまり煩瑣にわたらないようにして下さい。顔色が悪いというのは、ある程度絶対的な事実であり、平常の顔色との比較を要しないように思います」

大村証人を召喚したのは、宏が犯行の時刻に現場付近にいたことを立証するためであり、その時彼の顔色がどうだったか、というようなことには、それほど重要性はないのである。

菊地の反対尋問は、論理的であり機智に富むように見えるが、法廷は劇場ではない。質問はもっと実質的でなければ、いたずらに証人の反感を買い、裁判官に軽薄の印象を与えるだけである。谷本判事には、経験のある菊地が、そこに気がつかないらしいのが、不思議だった。

菊地は軽く正面に向って頭を下げると、証人に向き直った。

「では、ほかのことをききます。その時証人は被告人の服装になんの異状もなかった、シャツに血はついていなかったと言いましたが、たしかでしょうね」

「ええ、ズボンにちょっぴり血がついていたそうですが、気がつきませんでした」

「証人は質問された事項についてだけ答えればよろしい」

と、つい裁判官時代の口調が出た。菊地はあわてて、手で口をふさぐ振りをした。

「証人は被告人と長く会わなかったが、顔見知りの間柄だったから、あいさつを交してすれちがったわけですね」

「はい」

大村のじいさんもだんだん固くなった感じだった。

「証人が『どこ行きかね』ときいたら『長後へ用足しに行って来たんです』と答えたそうですが、間違いありませんね」

「間違いありません」

「その時、被告人はうそをついているとは思いませんでしたか」

「そんなこと思うわけはありません。その道は長後へ行く近道でした」

「ありがとう。つまり被告人は自分の行動を率直に告げていたわけです」

「ハツ子を殺したことのほかは、率直に言ったわけですね」

大村のじいさんの顔に、意地悪な表情が浮んだ。こういう反応が現れるから、証人に敵意を持たせることは禁物なのである。これは質問された範囲から逸脱した返事だったが、菊地はわざとそれを無視した。

「その間、どれくらい、被告人と喋りましたか」

「一分ぐらいなものでしょう」

「立ちどまらなかったんですね」

「すれちがいながら、言葉を交したんです」

「あなたが『どこ行きかね』ときき、被告人が『長後へ用足しに行って来たんです』と答えた」

「そうです」

「話したのはそれだけですか」

「そう、うむ」と大村のじいさんは少し考えてから、「やっぱりそれだけだったね」と答えた。

「すれ違いながら話した。二人とも立ち止らなかった」

「ええ」

「被告人と話したのは一分ではない。十秒ぐらいなものだとは思いませんか」

法廷にざわめきが起った。大村のじいさんは真剣な顔をして、法廷の天井をながめ廻していた。自分の思い違いを認めるのがいやなのだった。彼は岡部検事に救いを求めるような視線を

送ったが、検事が下を向いているのを見て、

「それくらいかも知れねえ」としぶしぶ答えた。

「あなたが宏とすれ違った、サラシ沢の途中の道は、幅はどれくらいですか」

「一メートル半ぐらいかね」

「すると自転車に乗って、降りて来られる幅ですね」

「そうです」

「それなのに、被告人は、自転車を押して歩いて来た。そのことを変だとは思いませんでしたか」

「人を殺した後なので、膝がガクガクしていたのでしょうよ」

法廷に再びざわめきが起った。谷本裁判長が言った。

「証人に注意します。あなたは聞かれたことだけに答えれば、よろしい。自分の考えをつけ加えてはいけません」

傍聴席にいた花井武志（たけし）は不安を感じた。こういう風に細かいことをきいて、却って宏に不利な状況を明らかにして行くだけではないか、と案ぜられた。彼は菊地がどこへ尋問を導いて行くのかに不安を感じた。

谷本裁判長はちらと腕時計を見た。これは弁護人の尋問がくどすぎることに対する警告の意味であった。菊地弁護人は裁判官の後にかかっている大時計を見た。これは彼も時間を考えていないではないことを示す、ジェスチュアであった。

菊地弁護士の反対尋問は続く。

「証人は被告人とすれ違ったあとで、ふり返りましたか」

大村のじいさんは、少し考えてから答えた。

「ふり返らなかったと思います」

「思うでは、困ります。事実を言って下さい」

「ふり返りませんでした」

「すると、被告人と会い、話したのは、そのすれ違った時の二十秒ぐらいの間だけですね」

「いや、遠くから、宏が来るのは見えていました」

「どれくらい遠くですか」

「あそこは道が曲っているから」

大村は思い出そうと努めるように、天井を見た。「二十メートルぐらい向うから、出て来たんです」

「二十メートル歩くのに、あなたはどれくらいかかりますか」

「はかったことはねえが、二十秒か三十秒でしょう」

「二人が両方から近づくんだから、その時間はもっとずっと少ないでしょう。要するにあなたは三十秒に足りない時間、被告人と会い、顔色がすぐれないこと、服装に異状のないことを認めたわけですね」

「そうです」

「そして、すれ違ったあとは、ふり返らなかった」

「そうです」

「では、被告人のシャツの背中に血がついていても、あなたは気がつかなかったわけだ」

大村のじいさんは絶句した。法廷に再びざわめきが起った。菊地弁護人がどういう結論を出そうとしているか、当惑の表情が三人の裁判官の顔に現れた。

しかし菊地としては証人の自信をぐらつかせれば、目的を達したのだった。彼は質問を転じた。

「次にあなたがハツ子の死体を見つけた七月二日のことについておききします」

すでに書いたように、大村吾一はハツ子の死体の発見者であった。事件の四日後の七月二日、彼の持ち山である、サラシ沢南方の杉林の中にはいって行き、崖下に横たわったハツ子を見出したのであった。

死後九十六時間経った死体の状況については、死体検案書、検視調書があったから、検察官は詳しくはきかなかったし、菊地弁護人もその点は追及しなかった。菊地の確かめたいのは、ほかにあった。

「あなたはそれがハツ子だと、すぐわかりましたか」

「いいえ、とてもわかるはずがありません。ひどい状態でしたから。とにかく女だということがわかっただけで、すぐ駐在へ知らせたんです」

「どうして女だとわかったのです」

「服はよごれていたが、女物のワンピースなことは確かですし……」

大村のじいさんは、いかにも思い出すのもいやだという風に、顔をしかめながら答えた。

「女物のサンダルがそばに脱げていました。ハンドバッグも落ちていたからです」

「あなたは被害者を知っていましたか」

「ええ、子供の時から、店へ飴や煎餅を買いに来ましたし、そこら中走り回っていましたから、知っています」

「あなたは被告人についても、同じことを言われた」菊地はほほえみながら、言った。「あなたは町の子供とは、みんな仲好しのようですね」

「そうです。わたしは金田町の子供なら、大抵知ってます」大村のじいさんは少し得意気に答えた。「近頃はバス停留所前にできたキャンデー屋へ行くようだが、むかしはみんなあたしんとこの、朝鮮飴と塩煎餅を買いに来たものでした。あたし達にゃ子供がありませんから、うちのばあさんも、子供を寄せるのが、好きでした」

「けっこうです。そして成人したハツ子に会ったことはありますか」

大村の顔に少し躊躇の色が見られた。

「ええ、東京から帰って母親の家にいる時、よく表を通りました。派手な恰好をしてるので、目につく娘でした」

「ハツ子が厚木に出した飲屋『みよし』へ行ったことはありませんか」

大村のじいさんは、またちょっと、返事をためらった。

「行きました」

「なんどぐらい？」

「二度か三度ぐらい」

「二度か三度か、はっきりして下さい」

「五度ぐらいです」

「五度も行ったのですか。それはいつのことですか」

「異議があります」岡部検事が立ち上った。「弁護人は関連性のない質問を繰り返しています。さきほどから、検察側が、本証人によって立証しようとする事項と関連性のない尋問を繰り返し、貴重な時間を浪費しています」

谷本裁判長は少しむずかしい顔を、菊地の方に向けた。

「弁護人はこの証人から一体なにをきき出そうというのですか」

菊地は答えた。

「証人が被害者を、どの程度知っていたかをきいているのです。それはこの証人が死体を見て、すぐ被害者だと認めたかどうかという点で、検察官の立証趣旨と関連します」

「しかしこの証人は、なんども繰り返すように、被告人が犯行時間に現場付近にいたことを立証するための証人であり、死体の確認はそれほど重要ではありません。証人がハツ子を知っていたかどうか、どっちでもいいことです。証人はとにかくすぐ警察に知らせています。死体がハツ子であったことについては、なんの争いもありません」

谷本裁判長はうながすように、菊地の顔を見た。彼が検察官の意見を支持しているのは、あきらかだった。

「弁護人も貴重な法廷の時間を浪費しつつあることは自覚しております。それは同時に弁護人の持ち時間を空費することですから、ひとごとではないのです。この証人から引き出そうとすることが、あるいは検察官の主尋問の範囲を逸脱するおそれのあるのも、承知しております。それならば、規則百九十九条の五により、本証人に主尋問としてききたいと思います。裁判長に許可していただきたい」

谷本裁判長の顔に驚きが現れた。検察側の申請した証人を、弁護側の証人として、再申請する手間を省くために、裁判長の許可を得て、反対尋問の機会に、弁護側の主張を支持する新しい事項について尋問することが許されている。その場合、弁護人の尋問は主尋問と見なされ、検察側にはその後、反対尋問の機会が与えられる。

しかしこれは例外的な手続である。証拠調べがはじまったばかりのいま、菊地弁護士がこの手段に訴えるとは、誰も考えていなかった。この手続は尋問の順序を狂わせ、相手方に不意打をあたえる。相手方、この場合検察側には反対尋問の準備をするひまはむろんない。

これは事前準備によって、当事者があらかじめ立証趣旨を熟知した上で、法廷に臨むという「集中審理方式」の原則に反する規定である。しかしここにいう「自己の主張を支持する新たな事項」が主尋問とまったく関連せず、証人の供述の証明力を争うためのものでもない場合はまれであり、その範囲は案外狭いといわれている。

谷本裁判長はきいた。

「弁護人はこの証人を尋問して、なにを立証するつもりですか」

菊地弁護士は答えた。

「この証人が被害者ハツ子の経営する飲食店『みよし』の客でありハツ子をよく見知っていたことはこれまでの証言によってあきらかです。それは七月二日、死体を発見した時、直ちにハツ子と認めなかったことを妨げません。死体は死後百時間近く経過し、顔見知りの者にも判別しにくい状態にあったと考えられます。しかし証人はなぜか自分が『みよし』のいわゆる常連であった事実を述べるのを渋っています。弁護側は、六月二十八日、つまり犯行の当日、被害者が本証人を訪れる予定であったことを立証できる見込です」

傍聴席のざわめきがこれまでになく大きかった。新聞記者と主任判事の野口判事補は忙しくメモを取り、証人席の大村のじいさんは、ぽかんと口を開けて、菊地弁護士の顔をながめていた。菊地は言葉をついだ。

「起訴状及び検察官の冒頭陳述の第三、殺人に関する事実の三によれば、丸秀運送店の前で被害者が被告人に『金田町へ帰るんなら、いっしょに連れていってくれ』と頼んだので、ヨシ子の妊娠の事実及び家出の計画を、被告人の父親あるいは被害者の母すみ江に告げに行くのだなと邪推し、殺害の決意を固めたことになっていますが、ハツ子が金田町に行く目的はほかにあったこと、つまり本証人を訪ねる目的だったことを立証するつもりです」

谷本裁判長はうたがわしそうな顔付で、菊地の顔をながめた。彼の直感では、立証趣旨は菊地が長々と説明するほど重要とは思われなかったからである。事件の核心に関しないことについて大村吾一のような老人が、弁護人の反対尋問にさらされる結果、その私生活が公衆の面前に引き出されるのは、望ましくない、と考えた。

「検察側の御意見はどうです?」

むしろ検察側が菊地の許可の申請を却下するに足る反対を唱えるのを、期待するような声調があった。岡部検事は笑いながら、立ち上った。

「弁護人がこの証人に、これほど重大な隠れた真実を期待していたとは意外ですが、お望みなら、御趣旨に基づいて、主尋問するのに異議はありません。それ以外の目的をもって、長広舌を振うのをやめて、さっさと尋問にはいることを希望します」

菊地弁護人が傍聴席、特に新聞記者席を意識していたのは、明らかであった。時間的にもこれはタイミングを考えた発言であった。

この日も法廷は定刻の十時に開廷され、大村吾一は最初に証言台に立った証人であった。岡部検事の主尋問は予定通り三十分で終っていたから、この時は十時四十五分であった。裁判所の記事として、これよりおそいと、夕刊に取り上げられない、おそれがあった。第一回公判には目立った動きはなかったから、地方版のトップへ行っただけで、東京の新聞には、全然出なかった。

反対尋問で意外な事実を引き出すというようなことは、証拠収集力を持たない日本の弁護士には、めったに起らないのは、なんども書いた通りである。それだけに、菊地弁護士が大村のじいさんを手がかりにして、行なったスタンドプレーは、最近特に「裁判づいて」いる読者の注意を惹くのに充分であった。

むろん事件は純粋に法廷で争うのが正しく、マスコミを顧慮するのは、邪道である。しかし当事者主義の新刑訴の下で、資力の乏しい弁護士が、検察側と対等に争うためには、手段を選んでいられない、と菊地は考えていた。

近頃は弁護人は裁判官より傍聴席を意識した弁論を行う傾向が一般的である。いわゆる「後向き弁論」である。特に公安事件の法廷が、弁護人と被告の講演会の様相を呈するのもまれではない。これらの事情は、心ある者に顰蹙を買いながら、現代の社会構造の変革に伴う、不可避の現象と考える意見が多い。

内閣もマスコミに対しては低姿勢であるし、国民は法務大臣や最高裁長官の名を知らなくても、無罪事件の弁護士の名前は、彼が書いたベストセラーによって知っている、という現象が起っている。松川事件の裁判長は「国民の批判に堪える判決」を書く、と宣言して喝采を博した。

菊地弁護士は裁判が厳しいものであるのを経験で知っているから、判事時代はこれらの風潮を、にがにがしいことだと思っていた。しかし弁護士になって三年経って、弁護士の弱さを身にしみて感じている。

正しく立派に弁護するだけでは、足りないのである。まず事件を裁く裁判長を知る必要がある。裁判官も人間であるから、判決には個人的偏向がある。その傾向を熟知して、その心証形成を導くように弁論するのが、法廷技術の一つである。

検察官や弁護人の主張に耳をかさず、自分一個の判断に従うのを好む古い職権主義の裁判官に向っては、主張を柔らげねばならない。もう一押しする材料が揃っていても、手控える柔軟性が必要な時がある。

岡部検事はこういう菊地の戦術を見抜いていた。彼が「それ以外の目的」と言ったのはむしろ「傍聴人の注意を惹くため」という意味だった。

彼があてこすりを言うに止めたのは、菊地がこの趣旨で反対尋問するのは、ある意味で歓迎すべき点があったからである。彼は菊地の論旨には矛盾があると思っていた。

宏はハツ子が金田町へ行くと聞いた時、横浜行の計画を自分の父親に告げに行くのだと思った、と岡部は冒頭陳述で述べ、宏も第一回公判でそう供述していた。

ハツ子が実際にどこへ行くつもりだったかは、この際問題ではない。ハツ子が金田町へ行って、宏の家出の計画を父親に告げるおそれがあったこと、これが事件の動機でなければならない。弁護側が傷害致死を主張するなら、この点はますます強調されなければならない。さもなければ、殺人が偶発的なものとされる機会はないはずである。

もしハツ子が大村のじいさんの家へ行って集金するつもりだったことが立証されるなら、ハツ子は途中でそれを宏に告げていたことも可能になる。彼はハツ子の行先と関係なく、殺人を犯したことになり、それは同時に前から殺意を抱いていたことの証明でなければならない。菊地が例外の手続に訴えてまで、ハツ子の行先を限定することは、自縄自縛になる、と岡部は判断した。

谷本裁判長の暗示にも拘らず、菊地が大村のじいさんを主尋問することに、異議を唱えなかったのは、このためであった。しかし菊地の真の目標は岡部検事の予想しないところにあったのである。

「では、弁護人に本証人を検察官の主尋問の範囲を超えて尋問するのを許可します」

谷本裁判長は、主任の野口判事補と眼で、合図を交した後、気乗り薄の調子で言った。

菊地は軽く頭を下げてから、証言台の大村吾一の方へ向き直った。

「証人が最近『みよし』に行ったのは、いつですか」

「よく憶えていねえが、あれはまだ袷を着ていたから、四月ではねえかと思う」大村のじいさんは自信なげに答えた。

「もっとはっきりできませんか」

「あれはたしか豚にやる餌のことで、厚木のバタ屋と相談に行った帰りだったと思う。四月の末だったよ」

「その後、行ってないんですね」

「行ってねえ」

「なぜ、行かないんですか」

「なぜ、ってほど、深い仔細はねえ」大村のじいさんは少し赤くなった。「厚木の飲屋へ行く行かねえに、いちいち理屈はねえ。坂井の姉娘が店を出したって言うから、時々寄っただけだよ」

「あなたはそれをさっき言わなかったですね」

「聞かれなかったから、言わなかっただけだよ。坂井の姉娘の尻追っかけてるって、なんて町の衆に言われたくねえし、ばあさんがうるさいものな」

傍聴席に低い笑い声が起った。

「あなたは勘定を現金で払いましたか」

「うん、まあ、大抵払ったが」じいさんは少し口ごもった。「つけにしたこともある」

「ハツ子の死亡時現在で、二千五百二十円残ってやしませんでしたか」

じいさんの顔に驚きと恐怖の色が現れた。

「どうして、そんなことまで……」彼はおしまいまで言い切ることができなかった。

「質問に答えて下さい」菊地弁護人は事務的な口調で言った。

谷本裁判長の顔には注意力が現れていた。菊地が二千五百二十円という、細かい数字を挙げたのに、好奇心をそそられたのである。

「証人には六月二十八日現在で『みよし』に支払うべき勘定がありましたか」

菊地弁護人は質問を繰り返した。

「ハツ子はそのつもりだったかも知れねえです」

大村のじいさんは観念したようだった。

「金額は二千五百二十円ですか」

「どうだかわからねえです。そんなに飲んだ憶えはない」

「しかし勘定は二千五百二十円だ、とハツ子はあなたに言ったのではありませんか」

「異議があります」

岡部検事が立ち上った。

「これは誘導尋問です。ハツ子が証人に金額を通知したかどうかは、弁護人の推定にすぎません」

反対尋問では誘導尋問ができるが、これは菊地の主尋問に切り替っているから、証人を誘導して、都合のいいことを言わせるのは、原則として許されないことになる。

「異議を認めます」谷本裁判長は言った。

菊地は言った。

「この証人はハツ子との関係については供述を避けようとしているので、規則百九十九条の三の三項五号により、誘導尋問ができると思います。金額は被害者が携行していたハンドバッグの中にあった手帳に記載されています。原本は検察官が領置しておりますので、いずれ検察官に提出していただいて、弁護側の物証として、取調べを請求するつもりですが、さし当り検察官も写しを一通お受け取り願いたい」

こう言いながら、菊地は廷吏を呼んで、あらかじめ用意したタイプしたものを、検察官席に持って行かせた。

「手帳は幅十センチ、縦十二センチの小型のもので、被害者が信用貸の勘定を記入していたものです。その第八葉裏側に『大村吾一、二千五百二十円』の記載があります。小田急長後駅員榊原伊助の分八百五十円は第九葉表側に記載され、犯行の当日、支払済となったものですが、それは横線で消されております。本証人の分はまだ消されていませんから、明らかに未済です」

「おれはそんなに飲んだおぼえはねえ」

大村のじいさんは言った。九月二十九日、法廷内にむしろ秋の涼気が通っているという状態だったのに、じいさんの顔一面に汗が吹き出していた。それを拭おうともせず、彼は言葉を続けた。

「ハツ子の店は二級酒しか出さねえし、酒三本とおつまみで、二千五百円なんて、とんでもねえ。おれは金輪際払わねえと言って、五百円おいて出て来た。だからそんなに残っていねえはずだ」

「あなたは支払の催促を受けましたか」

「手紙でつけが来たことがあったが、おれは払う必要はねえと思った」

大村のじいさんは、かたくなに言い張った。

「あなたは宮内辰造という男を知っていますか」

菊地弁護人の声に、大村吾一は反射的に傍聴席をふり返った。ハツ子の情夫宮内辰造は、検察側証人として、その日の午後、証言台に立つ予定であった。しかし宮内の姿はむろんまだそこにはなかった。

この日召喚されていた証人は大村のじいさんのほかに四人いた。すなわち、
一、千歳村の雑貨商の女主人篠崎かね、四十八歳。同日四時ごろ宏がハツ子を自転車のうしろへ乗せて、「口論しながら」金田町へ向って通過したのを見ていた。
二、長後町居住、無職宮内辰造、三十三歳。犯行の一週間前の六月二十日「みよし」で宏とハツ子の間に口論が起ったのを聞いている。
三、長後町丸秀運送店の息子、富岡秀次郎、十九歳。これは宏の友人で、犯行の当日宏が軽自動車の賃借の交渉中、ハツ子が通りかかった。二人の間に交された会話を聞いている。
四、清川民蔵、三十四歳。犯行の日の六月二十八日、宏が登山ナイフを買った刃物店の主人である。

これらの証人には、検察官の主尋問、弁護人の反対尋問を合わせて、それぞれ一時間が予定されていた。すなわち、午前中は大村と篠崎の二人、午後は宮内、富岡、清川の三人である。一人の証人が証言中には、他の証人を法廷へ入れないのが、日本の裁判所の規則である。他の証言を聞いたため、記憶が方向づけられるのを防ぐためである。別に証人室を作るほどの親切気はないから、待機中の証人は廊下にいる。

そこには大抵ベンチがあり、灰皿もおいてあるから、三百円の日当と旅費でかり出されて来た哀れな証人たちは、そこで廷吏にじろじろ見られながら、ぼんやり「出」を待っているわけである。

午後の出廷の予定の証人は、大体昼ごろ裁判所に到着すればよいことになっているが、午前

中に一人ぐらいは余分に呼んである。一人一時間の割当は仮のものであり、三十分ですんでしまうことがある。あるいは病気その他の事故で、証人が来ないこともあって、午後の予定の証人が、午前中に証言台に立つ場合も生じるからである。

あるいは大村証人のように、弁護人の尋問が長くなることもある。その結果最後の順番の証人は予定からはみ出して、次回公判に回されることもある。半日廊下で待たされた挙句、もう一度呼び出されるのではかなわない理だが、裁判官は裁判を遺漏なく行うのを第一義と考えている。証人の予定が狂うことを考慮しないわけではないが、止むを得ないこともある。

そしてこの日大村のじいさんが菊地弁護人の尋問にきりきり舞いさせられている様子を見れば、誰しも裁判にまき込まれて、証人になんかなるものではない、という感慨を抱かずにはいられないであろう。しかし証人の召喚状は裁判所が強制的に発するものであり、正当な理由なく出頭を拒否することはできない。

最も賢明な態度は、訴追を受けそうな人間と付きあわないことであるが、それでもわれわれはいつ見ず知らずの人間の犯罪行為の目撃者となるか、わかったものではない。

宮内辰造を知ってるか、ときかれた時の、大村のじいさんの反応は、完全に「黒」だった。従って彼がしばらくためらった後、

「知っています」

と呟くように答えた時、だれも不思議に思う者はなかった。

「それは『みよし』の客としてですか。それともほかの関係で付き合いがあったのですか」

「『みよし』で会っただけです」

「宮内はあなたの二千五百二十円の借金を知っていましたか」

「異議があります」

岡部検事が立ち上った。

「検察側はあまり異議を申し立てて、審理の進行を妨げたくありませんが、これはあまり枝葉末節にわたった、関連性のない質問のように思います。宮内はいずれ本法廷に証人として召喚されていますから、むしろ宮内に尋問するのが、適当かと思われます」

岡部検事は菊地弁護士が彼の検察官室へ来て、写して行ったハツ子の手帳を、こういう風に、彼の証人をいじめる材料に使うのに、腹を立てていたのである。

検事はその裁判所に取調べを請求する証拠についてだけ、弁護士に閲覧の便を与えればよい、というのが、新刑訴の建前である。しかし松川裁判以来、検事が証拠を隠匿するような印象を一般に与えているから、弁護人の請求があれば、なるべく見せるのを方針にしている。

まして宏の事件のような単純な事件では、問題はあり得なかった。だから菊地弁護士がこんどの公判の二日前、横浜地検の検察官室に来た時、彼はよろこんで、うしろのロッカーから、菊地の求めるものを出してやったのである。それは警察が「みよし」の顧客を調べた時、一応捜査に使ったものであった。そのうち宏が自供したので、そのままロッカーに眠っていたものである。

「菊地さん、私はそれをよく見ていないから、新事実なんか引っぱり出して、おどかさないで下さいよ」と、冗談めかして言ったものである。「一体、なにを立証するつもりなんです」

これは最高裁によって奨励されている事前準備の一環である。しかも判事の面前で行われるものでないから、裁判官に「予断」を与えるおそれはまったくない。

菊地は立証の意図について、情報の提供をしぶる根拠は全然なかった。彼が第一回公判前に、裁判官室の応接セットでの三者会談の手続を、多忙を口実に拒否したのは、最高裁事務総局の官僚がどう言い張ろうとも、第一回公判前の事前準備は違法という意見だったからである。

改正規則によれば、書記官が連絡に任ずることになっているが、現在の書記官の地位と質から見て、裁判のスケジュールと在廷証人の決定が、書記官の連絡で埒が明くはずがないのは、専門家の間では常識にすぎない。

書記官は条文上の傀儡（かいらい）にすぎず、すべては最高裁事務官僚の理想主義、御都合主義の発露にすぎないのである。菊地は第一回公判以後は事前準備にいつでも応ずると言っていた。しかし彼はこの時は岡部検事の質問を軽く受け流し、

「いや、なにが出るかわかりません。帰ってよく調べて見ないと……」

と言って帰って来た。岡部はしかし菊地がこの時から、大村証人の反対尋問で、この手帳を引っぱり出すつもりだった、とあとで思うようになった。

谷本裁判長も、菊地弁護人の尋問を、少しくどいと感じていたらしい。

「弁護側の立証したいのが、ハツ子の犯行当日金田町へ行く目的が、本証人に会うためだったというのなら、証人と宮内辰造との関係は、関連性がないと思われますが、その点どうです

か」

　菊地弁護人はこの質問を待っていたようであった。

「弁護人はこの証人が二千五百二十円の勘定、その他について、宮内証人に恐喝されていたことを、立証するつもりです」

　傍聴席にざわめきが起った。岡部検事は憤激をおさえることができなかった。彼は声を張り上げた。

「裁判長、これは弁護人の推測を述べるものであり、立証趣旨のすり替えです。検察側はただ今の発言が記録から除かれることを要求します。また弁護人がこれ以上、この証人を尋問することを禁止していただきたいと思います」

　谷本裁判長は考え深げに、菊地の顔を見、証言台の大村のじいさんの顔を見やった。

　じいさんは思いがけない事態の進展と、三人のお偉方の、激しい言葉のやり取りにあっけにとられた恰好で、放心したように、正面を向いているだけだった。

　裁判長はやがて口をひらいた。

「検察官の主張は、もっともだと思います。しかしまあ、そうおっしゃらんでも」ここで谷本裁判長は微笑した。「もう少し証言をお聞きになってはいかがです。弁護人は立証趣旨との関連を失わないように、尋問して下さい」

　この裁定は実質上、検察官の異議を却下したことにほかならない。裁判長はむろん菊地が横浜地検へ問題の手帳を写しに行った時、岡部検事との間に交わされた会話を知るよしもなかった。従ってさっきから、検察官の異議の中立が多すぎると思っていたのである。

証人の取調べは、当事者主義に基づき、交互尋問によって行われるのが、新刑訴の建前である。従って裁判官の法廷指揮は、それがルールを踏みはずさぬように監視し、仲裁役の役割を果しながら、裁判の円滑な進行をはかるのを原則とすべきは、論をまたない。

しかし実際においては、裁判官の実体的真実を捉えようという意思は強く、当事者の利害はそれほど尊重されない。裁判長は常に真実を発見できる機会をのがすまいとする。日本の裁判がテレビドラマにあるように、検察官と弁護人の間の、派手な応酬にならないのはこのためである。

これらのことは菊地弁護人の計算のうちにはいっていた。彼は宮内が大村のじいさんを恐喝していたということをほのめかせば、裁判長の真実発見欲を刺戟するのに充分だと信じていた。岡部検事もこれ以上、異議をくり返せば、裁判長が自分で尋問すると言い出すにきまっている、と考えた。

「しかるべく」と呟くように言い、唇を噛んで腰をおろした。

(この事件は弁護士にうまくやられたようだ)と岡部検事は考えた。(菊地は巧妙に午後出廷するはずの宮内証人の信用性を失わせることに成功している。新聞は面白おかしく書き立てるかも知れない)

普段ならとっくに記者室へ帰って、簡単な第一報を送ったあと、麻雀でもはじめているはずの各社の記者が、この時まだ傍聴席の前方にがんばって、忙しくメモに筆を走らせているさまを見ながら、彼は考え続けた。

（刑事部の捜査がしっかりしていないから、こんなことになるんだ。宏の自白があんまりはっきりしていたため、情状をやらなかったんだろうが、飲屋の女に情夫がからんでいれば、これくらいのことがあるのは当然じゃないか）

彼は四十五歳で、こんな単純な事件の立会検事をやるにしては、少し年を取りすぎていた。ほんとは少なくとも地検の次席になっていてもいい年ごろなのだが、終戦後四年ばかり検事の職を棄てて、民間の会社にはいっていたため、経歴に穴があき、出世がおくれたのである。

戦時立法の下で、相当あくどい取調べ方をして来た彼は、昭和二十三年改正の新刑事訴訟法の、窮屈な訴追手続を厳密に守る気にはなれなかった。

それまでは、検事は裁判官と共に天皇の名において、犯罪者を訴追する司法官であり、裁判官と同じく一段高い席から法廷に臨んでいたのである。新刑訴の下では検事はただの「当事者」であり、被告人や弁護士と対等で争わなければならない。

戦後の苦しい生活は、検察官の給料ではやっていけなかった。いっそやめてしまえ、と考えたのは、彼一人ではなかった。たまたま軍関係の友人が、戦後経済の混乱に乗じて、ぶっ立てたネオン会社へ、法律顧問みたいな形ではいった。しかし永年権力を背にして働き続けて来た彼には、民間の水になじめないところがあった。

その会社がサンフランシスコ条約締結後つぶれたのを機に、彼はもとの古巣に戻った。いわば帰り新参であった。彼は旧刑訴の弾劾主義の殻（から）をいっぱい身につけていたが、帰り新参だけに、新刑訴の当事者主義のルールを少し闘争的に解釈する癖があった。彼が盛んに異議申立をやるのはそのためであった。

気落ちした眼で、証言台を見やっている彼の耳に、大村のじいさんの、ぼそぼそした声がはいって来た。

「ええ、宮内は私がハツ子に色眼を使ったといって、からんで来ました。その時は大したことはなく、結局は仲好く飲んで別れました。その時の勘定は三千円だっていうんだが、そんなに高いはずはないんです。二級酒と突出しだけですから、いくら飲んだって、二千円を越すことはないはずです。すると宮内がうちへ来て、払わないでおけば、利子がついて高くなるばかりだぞ、五千円出せと言いました。そこであたしはハツ子に二千五百円払った方が安上りだという気になったんです」

「あなたがハツ子に金を払うことにしたのは、いつですか」

大村のじいさんの証言を事件の核心に近づけるために、菊地弁護士は口をはさんだ。

「六月二十七日でした」

「ハツ子はいつあなたの家へ金を取りに来ることになっていたんですか」

「六月二十八日です」

「それは宏の犯行の日ですね」

「そうです。私は厚木の店へ持って行くと言ったんですが、店は閉まってるかもしれない、取りに行くと言いました」

「そんな打ち合せを、なんでしたんですか」

「電話をかけて来たんです。丁度ばあさんが留守で助かった。うちへ来られちゃ、まずいんで、サラシ沢の下で会おうときめました」

傍聴席がまたざわめいた。裁判官にも緊張の表情が見られた。

「あなたは六月二十八日、ハツ子に会うために、そこへ行ったと言うんですね」

「そうです。あそこは町の衆があまり行かないとこですから、人に見られずにすむと思ったんです」

「なん時に会う約束でした」

「五時です」

「それは大体犯行の行われた時間ですね」

「そうらしいですね」

「あなたは、被害者が死んだ時間に、被害者とサラシ沢で会う約束があり、そしてそこへ行ったと言うんですね」

「そうです」

法廷はしーんとしずまり返った。裁判官と傍聴人の注意が、証人の言葉に集中されている証拠であった。

岡部検事は、これくらいの事実を掘り出して、供述を固めておかなかった刑事部に対して、いきどおりを新たにした。

（だからこの頃の若い検事はたるんでるっていうのだ。あんまり紳士的に取調べるから、こんな簡単なことを見逃がすんだ）

この証人は自分があとで徹底的に追及しなければならない、と彼は思った。彼は菊地弁護人の尋問が早くおわればいい、自分にもきくことを、残しておいてくれればいい、と思った。

「あなたがサラシ沢の下に着いた時間をはっきり言って下さい」

「時計を持ってなかったから、よくおぼえてないが、家は五時少し前に出たから、丁度（ちょうど）五時頃沢の下に着いたはずです。ハツ子がまだ来てなかったので、沢を上り出したら、宏が降りて来たんです」

「あなたは検察官に、宏に会ったのは、五時十分だと言っていますね」

「宏がそう言ってるなら、そうでしょう」

「あなたは、宏が五時十分だったと言ってると、検察官にきかされたんですか」

「そうです」

「あなたはほんとはハツ子に会ったんじゃありませんか」

といった時、岡部検事は異議を申し立てようと思って、腰を浮かせた。しかし谷本判事の厳しい顔を見ると、むだだとわかった。（勝手にしやがれ）彼は心の中で呟きながら、腰を落してしまった。

犯行の時刻に多くの関係者を、現場付近に集めるのは、推理小説作家が読者を迷わすために使う常套手段だが、大村のじいさんには、それに打ってつけの状況がそろっていたわけである。

この後、事件について、多くの推理作家の解釈が、週刊誌を賑わせたのはこのためで、大村のじいさん真犯人説も現れている。

これらの状況は、世間の注目を集めて、事件が様々の角度から眺められたという点で、弁護側に有利に働いた。これらのことも、菊地弁護士の計算の中にはいっていなかったとは言い切れない。

少なくとも当日、大村吾一がハツ子に会ったかどうか、という彼の質問は、少なくとも大向うをねらったもので、証人には少し気の毒であった、とあとで菊地は花井に言った。大村のじいさんも、自分のおかれた事態の重大さを感じたらしい。彼は首を振り、少し上ずった声で答えた。

「とんでもない。ハツ子はあとで、杉林の中で見つける前まで、見たこたあねえ」

「たしかですね」

「たしかです」

「あなたはハツ子と会う約束だったのなら、宏と別れてからも、サラシ沢にいたわけですね」

「宏とすれ違ってから、沢を上りつめて、丘の上へ出ました。あそこは畑になっていて、見晴しが利きます。南の方では、ゴルフ場が拡張工事をしていた、ブルドーザーの音が聞えました」

「あなたはハツ子がその方から来ると思っていたんですか」

「いいえ、そっちは細い山道です。ことによると正面の長後の方から来るだろうと思っていました。ことによると、私より前に来て、上の方まで行っているかも知れないと思って、上ってみたんです」

「犯行の現場は、そこから南へ五十メートルのところなのですが、そっちへ行きませんでしたか」

「行きませんでした」

「杉林の中へはいりませんでしたか」

菊地弁護人は言葉に少し力を入れた。

ハツ子の死体は大村のじいさん所有の杉林の中へ、やはり五十メートルはいったところにあった。人のあまり行かないところにはちがいないが、子供が始終この辺の山野を走り回っている金田町の状況で、こんなところに死体が五日間、だれにも見つけられずにいたことは、少し変だと言われていたのである。

「とんでもない。杉林へは厚木木材から注文が来てから、木を見に行ったのです」

「その注文を受けたのはいつですか」

「七月一日です。厚木木材にきいてくれればわかります」

「質問を終ります」

菊地弁護人は突然、そう言うと腰を下した。岡部検事は少し拍子抜けがしたような面持で、菊地の顔を眺めていたが、やがて、

「検察官、反対尋問は?」と、谷本裁判長の声にうながされるように、彼は立ち上った。

弁護人の反対尋問が主尋問に切り替ったため、検察官に反対尋問の機会が与えられたのだが、必ずしもなければならない義務があるわけではない。

菊地弁護士は、犯行当日ハツ子が大村のじいさんと、サラシ沢で会う約束があったことを、立証するという目的を達していた。

しかし彼が宮内に恐喝されていたのは、最初菊地が主張していたほどたしかではなく、そこに犯罪事実があったかどうかあやしい程度だったのに、岡部検事はほっとした。すると彼に尋問すべきことは、大してなくなった。

「証人は厚木の木材会社から木材の注文を受けたのは七月一日だと言いましたが、それは文書による注文ですか、口頭による注文ですか」

「口頭です。会社の社員が電話をかけて来たんです」

「その木材会社との取り引きは、それがはじめてですか」

「いいえ、これまでになんどもあの山の杉を売りました。おやじさまの代からの取り引きがあった店ですから」

「すると会社の社員とも、顔見知りの仲であり、いつでも証言してくれるわけですね」

「もちろん、必要なら、してくれます」

「注文の日付は間違いありませんね」

「間違いありません。注文書はたしか七月一日付で出ている。井上(いのうえ)って社員が電話をかけ、それから家へ来たのです」

「つまり六月二十八日には、あなたは杉林の中へはいって行く理由はまだなかったわけですね」

「もちろん、用がなけりゃ、あんなところへ行きゃしません」

大村のじいさんは、岡部検事の尋問が自分に好意的に聞えたので、目立って落ち着いて来た。

「では、あなたはその日、ハツ子に待ちぼうけを食わされたわけだが、変だとは思わなかったのですか」

「なにか用事ができたんだろうと思っただけです。若い女のことだ、あてにならねえです」

「それからあなたはどうしましたか」

「もう一度サラシ沢を上ったり下りたりしていたけれど、ハツ子は来ねえから家へ帰りました。帰ったのは五時四十分です。時計を見たから、たしかです」

「その後、ハツ子の店へは行かなかったんですね」

「行かねえです。取りに来なければ、なにもわざわざ持ってってやることはねえ」

「最後にききますが」岡部は口調を改めた。「その日、サラシ沢でほかにだれか、会いませんでしたか」

「宏のほかには会いませんでした」

「間違いありませんね」

「間違いありません」

「つまり犯行時間の、六月二十八日の午後五時頃、犯行現場付近であなたが会ったのは、被告人だけだ、と言うんですね」

「そうです」

「終ります」

岡部検事は自信たっぷりの調子で、腰を下すと、菊地の方を見た。弁護人がいくら尋問技術の妙を示そうと、宏が現場付近で目撃された唯一の人間だという事実は動かない、と言いたげな顔付だった。

「これですみました。ご苦労様でした」

谷本裁判長の言葉に、大村のじいさんは、ふーっと長い息を吐き、ぴょこんと頭を下げると証言台を出た。廷吏に導かれて、廊下へ出るドアに向った。

背中を丸めて、疲れ切ったかっこうだった。彼はこれまであまり人前でものを言ったことがない上に、法廷の雰囲気というものは、著しく神経をすり減らす。一時間以上、検事と弁護士の交互尋問にさらされて、彼は文字通り身心共に消耗し尽したという感じだった。

ことにハツ子にからんで、あまりぱっとしない事実が、明るみに出たのだから、この日も傍聴に来た金田町の人達の目の前に、身のおきどころもないような気持がした。

(ばあさんが傍聴に来るのを、やめさしておいて、よかった。いずれ耳に入るとしても、弁護士に問い詰められて、いやいや白状するようなかっこうを、見られないでよかった)

こんな事件にまき込まれた身の不運に対して、いきどおりに似た感情が、こみ上げて来た。

廊下のベンチに腰かけて待っている他の証人達の姿は目に入らなかった。窓際によると、裁判所前のイチョウの並木道を、通りすぎる洋装の若い女の姿が、まるで別世界の住人のように見えた。

彼はなにか大きな声でどなりたいような衝動に捉えられたが、まだ裁判所の中にいることを思い出し、思いとどまった。拳を握りしめて、窓枠をたたくふりをすることで満足した。

この間に、法廷には、ちょっと休止があった。谷本裁判長が右側の野口判事補と、低声で話し合っている様子を、岡部検事は不安な気持で見上げていた。

彼としては、裁判長が大村吾一になにか補足的な質問をするだろうと予期していたので、あっさり退廷させてしまったのは、少し意外の感じだった。

菊地弁護人の反対尋問が手間取ったので、時間は予定を超過して十一時二十分になっていた。次に取調べの順序は千歳村の雑貨店の女主人篠崎かねであるが、裁判官が呼ぶ合図をしないのに不安を感じたのである。

谷本裁判長はやがて岡部検事の方へ向き直った。

「裁判所は証人尋問の順序を変更して、大村証人に関連性のある宮内証人を、次に取調べたいと思いますが、彼は出頭しているでしょうか」

岡部検事は反射的に立ち上ったが、

「それは……」と言ったまま、つかえてしまった。不意になんとも言えない怒りがこみ上げて来て、絶句してしまったのである。

この日は裁判長はなんとなく、弁護人に肩を持つような法廷指揮をしているという風に、彼は感じていた。菊地弁護人は結局大村と宮内を関係づけるのに成功したが、恐喝については、立証していなかった。引き続き宮内を呼び出して、裁判官は弁護人に手をかそうというのだろうか。

法廷外における証人との打ち合せは、複雑な問題を含んでいる。弁護人の場合は、まずは怠惰と多忙から、公判前に証人と会うなんて手間をかけないためだが、うっかりそんなことをすると、偽証の教唆と取られて、裁判所の心証を悪くするという考慮も含まれている。弁護能力に乏しく、検察側の主張の欠陥の発見は、もっぱら裁判官に任せる、いわゆる「取りすがり型」の弁護士は、一層そんなことをしない。

新刑訴の当事者主義にあっては、公判前に証人と打ち合せをしても、なんら差支えない。殊に英米法では証人は、それぞれの当事者、つまり検察官、あるいは弁護人が召喚するから、証言の内容について打ち合せがあるのが当り前である。日本では召喚状を発するのは裁判所である。かつて証人は裁判所が天皇の名によって召喚した天皇の証人であり、天皇と共に神聖にして犯すべからずと考えられていた。そういう旧刑訴の残滓は、法律の改正ぐらいでは、なかなか抜けないのである。

検事が証人と公判前に会うことも、いわゆるフレーム・アップの段取りとして、なにか悪いことをしているように言われる。事実多くの事件にあって、前科者や関係者を動員して、偽証の疑いの濃いこともある。しかし検事が証人と打ち合せすること自体は、法規上は禁ぜられてはいない。流行の「集中審理方式」ではむしろ奨励されているくらいである。

ただ宮内のように、問題のある証人については、少しでも証言について打ち合せたという疑いを裁判官に持たせることは、有利ではない。

「まだ出頭しておりません」

とうそを言って、その場は切り抜けられないことはないが、わかったら、あとがうるさいと考えなければならない。岡部検事は言った。

「宮内辰造はもう来ているはずですが、取調べはやはり午後にしていただきたいと思います。大村吾一に手間取って、もう時間がありません。どうせ午前中に終らないと思われますし……」

そう言って彼は法廷の大時計を眺めた。谷本裁判長はこの言葉を予期していたように、ほほ笑んだ。

「篠崎かねの尋問も、どうせ午前中に片づかないのではないですか。裁判所としてはできれば、引続き宮内を取調べたいのですが」

岡部検事は唇を嚙んだ。怒りをこらえながら下を向いた彼の耳へ、菊地弁護人の意外な言葉がはいって来た。

「さし出がましいようですが、弁護側としましては、篠崎かねの尋問を、短く切り上げる用意があります。検察官の協力があれば、全部で三十分もあれば、すむのではないか、と思われます」

（猫かぶりめ）と岡部検事は心の中で呟いたが、この提案が渡りに船なのはたしかだった。

「検察側の主尋問は二十分ですみます」

「弁護側は十五分で充分です」

法廷の時計は十一時二十五分を指していたから、午前の法廷は、予定通り、正午で休憩にはいることができそうだった。

篠崎かねは、長後町と金田町を結ぶ道に雑貨店を開いている四十八歳の後家であった。町の消防団長とうわさがあるが、たしかなことはだれも知らない。たしかなのは、息子夫婦に隣に「サイクル・コーナー」という自転車店を出させ、いわば楽隠居の身の上で、一日中、店に坐っているということである。従って通行人に気をつけている。

例えば付近の硝子工場へ勤めている町の娘が、早退けをして来た。するとすぐそのあとから、どこそこの三男坊が、セメント工場を早退けしたらしく、同じ方向へ自転車で行ったというようなことである。町中の出来事は、ポスト、火見櫓、理髪店などのかたまった、この辺の路上を通過する限り、篠崎かねの目からのがれることはできない。

岡部検事の尋問に答えて、彼女は大体供述調書の通り、その日の四時十分頃、いつものように、店番をしていると、宏とハツ子が通りかかったということ、ハツ子は荷台に横向きに乗って、宏の体をうしろからかかえていたが、宏はこわいような顔付だったということ、二人はなんだかわからないが、店の中にいる自分にも聞えるくらい、大声で口論しながら、金田町の方へ通りすぎた、などの事情を語った。

「証人はその男の顔をおぼえていますね」

「それをあなたは眼鏡なしに読みましたか」

「むろんです。地方版に詳しく出ていました」

「すると、ハツ子が殺された事件も読みましたね」

「読みますとも」

「ほう、新聞を隅から隅まで読むんですか」

「老眼がはじまっていますが」篠崎かねは少しむっとした表情で言った。「新聞は眼鏡をかけずに読みます」

「あなたは眼鏡はかけていらっしゃらないが、視力は大丈夫ですか」

菊地弁護人が立ち上った。

「終ります」

「そうです」

「証人は六月二十八日の午後四時十分、被告人が被害者のハツ子を自転車の荷台に乗せ、口論しながら、金田町の方へ通過したと言うんですね」

「はい、検察庁で見せられた写真でわかりました」

「ハツ子もおぼえていましたね」

「そこにいる上田宏です」彼女は指差しながら言った。

「その男はこの法廷にいますか」

「むろんですとも」

篠崎かねの態度にちょっとためらいが現れた。

「眼鏡をかけて読みました」

「さっき、あなたは眼鏡なしに読むと言ったじゃありませんか」

「わたしは女じゃから、詳しいことを知らんでもええ。大体どんなことが書いてあるかと見出しだけ……」

「つまり眼鏡なしでは、見出ししか読めないんですね」

傍聴席に笑声が起きた。

「どうせ、わたしは田舎もんじゃから、むずかしいことはわからん。見出しで沢山だ」

篠崎かねはきつい眼で菊地をにらみながら答えた。

「ここに七月三日、つまりハツ子の死体の発見された日の翌日の朝刊がありますが、ハツ子の写真が出ています。これも眼鏡なしで、見ましたね」

「ええ。眼鏡なしで見ましたとも」

篠崎かねはむっとしたように答えた。眼鏡を問題にされたのは、彼女の女性の虚栄心を刺戟したのである。

「写真なんか一間離れていても、わかります」

「その時、これは二十八日に通った女だ、とすぐわかりましたか」

かねはまたちょっとためらった。

「すぐはわかりませんでしたが、似ていると思いました」

「二十八日の自転車のうしろに乗っていた女は、どっち向きに乗っていましたか。つまり右側から腰かけていたか、左側かということですが」

「左側に足を出していました」

「左側というのは、進行方向に対して左側ですね」

「そうです」

「あなたの家はたしか、長後から金田町へ通じる道の北側、つまり右側でしたね」

「そうね、少し西へ振れてるけどね」

「つまり長後から金田町へ行く人は、あなたの家の前を、左から右へ通るわけですね」

篠崎かねはようやく質問の重大さに気がついたようだった。はっとしたような表情で、菊地の顔を見つめた。

「つまりハツ子はあなたに背を向けて通りすぎたわけだ。それで、よく顔が見えましたね」

篠崎かねの店の位置は、菊地が花井に頼んで、調べさせてあったものだった。供述調書にはただ「自転車のうしろに乗せて、通りすぎました」とあったのだが、大抵の人間は自転車をこぐ人間の胴に、右手でしっかり抱きつくため、左側から腰かける。このごく簡単な思いつきが、菊地の反対尋問の根拠だった。彼は重ねてきいた。

「あなたは、被告人がハツ子を長後から金田町まで、自転車に乗せたという記事を新聞で読んで、二人を見たような気がしたのではありませんか」

「いいえ、そんなことはありません。警察の方が宏とハツ子の写真を持って来て、この二人が六月二十八日にうちの前を通らなんだか、ときいたので、そうだったと思いついたのです」

菊地は少し皮肉な眼付で、岡部検事の顔を見た。

「警察に言われてから、気がついたのですか。私はあなたが進んで、二人を見たと、届け出たのかと思っていました」

「とんでもない。誰がわざわざそんなこと言って出るもんですか。そのためこんなところへ引張り出されて、歳のことや眼鏡のことをきかれて、ばかにされるなんて、こりごりです」

「そうですか。あなたは頼まれて、いやいやながら証人に出たのですか」

「そうです」

「あまりたしかでないことについて、証言するために」

「いいえ、たしかでないとは言いません」かねは再び挑戦的になった。「女の顔はそう言われれば、よく見えなかったが、男の顔は見ましたよ。たしかにそこにいる人です」

かねはそう言って、被告人席をふり返った。

「はっきり見た？　それはどういう意味ですか」と菊地弁護人はきいた。

「意味なんかありません。見たから見たと言っているんです」

「被告人だとひと目でわかったという意味ですか」

「そうです」

「しかしあなたはその時は、被告人を知らなかった。あとで警官に写真を見せられた時、同じ人間だ、と思ったのではありませんか」

篠崎かねはいらいらした感情をかくそうとしなかった。

「むずかしいことはわかりませんが、あの時女の子を自転車のうしろに乗せて通ったのは、たしかに上田宏でした。ごまかそうたって、そうは行きませんよ」

菊地はほほえんだ。裁判長は言葉に気をつけるように、注意しようと、身を乗り出したが、その機先を制するように、菊地は言った。

「私はなにもごまかしているのではありません。正確に思い出してもらいたいだけですよ。自転車はどれくらいの早さで進みました」

「どれくらいって、普通の早さです」

「あなたの店の前を通りすぎるのに、どれくらい、時間がかかりました」

「わかりません」

「一秒か、もしくはそれ以下じゃありませんか」

「わかりません」

「長く見て二秒でしょう。その間、二人は口論していたのですか」

「そう見えました」

「見えた？　声は聞かなかったんですか」

「宏は自転車をこぎながら、なにか言ってました」

「そしてハツ子が答えたのですか」

篠崎かねの返事はすぐ出て来なかった。

「口論というのは、二人以上の人間が、言葉で争うことです。その一秒か、長くて二秒の間に、あなたは二人がはげしい言葉のやり取りをするのを、聞いていなければならない。あなたは宏がなにかを言うのを聞き、ハツ子がそれに言い返すのを聞いたのですか、聞かなかったのですか。イエスかノーで答えて下さい」

篠崎かねは助けを求めるような目で、岡部検事の方を見た。岡部検事は下を向いていた。

「聞きませんでした」

「ハツ子の言葉は聞かなかったんですね」

「聞かなかったけど、二人の様子は喧嘩してるようでした。変だなと思って、しばらく見送ってました。だからわたしが二人を見たのは、あなたがいうように一秒じゃない、全部で五秒ぐらいです」

「なるほど、それはあなたのおっしゃるとおりです」菊地は笑いながら言った。「しかし五秒後には、声が聞えないくらい自転車は遠くへ行っていたのではありませんか」

「そうかも知れません」

篠崎かねは自分の主張する五秒が認められたのにうれしくなり、ハツ子が答えたという肝心の点を主張するのを忘れてしまったのである。菊地は感謝の眼差しをかねに送って、彼女の気を鎮めつつ、すかさずに言った。

「要するにあなたは、宏はこわい顔で——あなたの言う『こわい顔』がどういう顔を指すか存じませんが——なにか言うのが聞えただけで、ハツ子の返事は聞かなかった。口論というのは、あなたの家へ来た司法警察員が、そう言ったのではありませんか」

「わかりません」

「口論ということを先に言い出したのは、警察官ですか、あなたですか」

「忘れました」

篠崎かねは警官に対して本能に近い怖れを持っているようだった。

「異議があります」岡部検事が立ち上った。「弁護人の尋問は、警察の捜査について、不当なる推測と非難を印象づけるものであり、法廷に適当でないと考えます」

谷本裁判長は菊地弁護人の顔を見た。

「弁護人はこの証人が見たのは、被告人と被害者ではないと言いたいのですか」

菊地はほほえんだ。

「そこまでは申しません。ただこの証人の信用性を争っているだけです。被告人がハツ子を長後からサラシ沢へ連れて行ったのは、被告人の当法廷における供述にもあり、疑うべからざる事実です。証人が見たのは被告人かも知れませんが、ただ口論していたというのは、推測の範囲を出ないと思います。弁護人は検察官の主張されるように、捜査機関の信用を失墜せしむる意図はない。聞き込みに奔走される警察官の労苦に、甚大な敬意を払うものです。ただ、口論しながら乗って行ったということを、この証人は証言する資格がないと思料します」

岡部検事は口をはさんだ。

「検察官もその点について、お望みなら、強いて主張しないつもりです。被告人がハツ子と口論なんかはせず、甘言をもって懐柔しつつ、現場まで連行したとしても、検察官の立証せんとする犯罪事実にはかわりはありませんし」彼の声には少し皮肉な調子があった。「むしろ二人は談笑しつつ行ったのかも知れません。証人が被告人の笑顔を『こわい顔』と勘違いしたとなさっても結構です。しかし証人が見たのは、たしかに被告人であり、そのうしろに、たとえやや向うむきであっても、女が乗っていたとすれば、それは被害者であったことに、疑問の余地はないと考えます」

谷本裁判長は言った。

「まあ、議論はやめましょう。そろそろ時間ですし、この証人をあまり重視しないことについて、検察官も弁護人も同意見だと了解します。もし弁護人に異存がなければ、この辺で休憩に入りたいのですが」

法廷の大時計はこの時、十二時五分前を指していたのである。

「では、最後にもう一つ」

と言いながら、菊地は証人に向き直った。

「あなたは、二人を特に注意していたようですが、それは二人の様子にどこかかわったところがあったからですか」

これは真実を目指す公平な質問と言えた。篠崎かねは答えた。

「ええ、自転車のうしろに人間を乗せていたからです」

「ほう、それがそんなに珍しいのですか」

「ええ、それは交通違反で、うちの村のような田舎でも、このごろあまりやりません。村の中をうろつく時ぐらいなものです。よそ者が平気で女を乗せて通ったから、見てやったのです」

「終ります」

菊地弁護人は「参った」という表情で、頭をかきながら腰を下した。法廷の緊張がほどけて、傍聴席が笑いでざわめいた。谷本裁判長が固い声で言った。

「では、法廷はこれから一時間休憩します。再開は午後一時」

三人の裁判官が立ち上るのを合図に、法廷の全員は立ち上る。全員の視線に送られて、三人は背後のドアから消える。

傍聴人が立ち上り、被告人席の宏はまた手錠をはめてもらうために手をさし伸べながら、傍聴席に顔を向けた。相かわらずのいが栗頭で、顔色はよくなかったが、その表情は思いなしか明るいように、花井教諭には見えた。

午前中の審理の結果、彼にも少し希望が出て来たような気がした。彼は菊地の感想と見通しを聞くために、小走りで廊下へ出ると、弁護人室のドアへ急いだ。

休憩時間

横浜地方裁判所の食堂は、一階の南西の角にある。十二坪ぐらいの広さのホールには、粗末な机が三列に並べてある。普通の官庁の食堂とかわりはないが、土地柄中華料理がうまいことは前に書いた。うな丼と柳川鍋が、東京地裁の名物になっているようなものである。四十年来、地裁の食堂を請負っているのは、横浜っ子の料理屋で、二代目のおばさんの作るチャアハン、シュウマイ、五目ソバなどが、その味の割には安い値段で、職員や来訪者に供せられる。

判事をはじめ、裁判所の幹部は大抵部屋へ運ばせる。谷本判事が食堂の名物を避けて、昼飯をザルそばにきめているのは、生来の胃弱のためらしいのだが、二人の判事補は、むしろ食堂へ降りて、五目ソバ、チャアハンを食べる。しかしこの日、二人の判事補は谷本裁判長と同じザルそばを取り寄せた。法廷が荒れたので、ちょっと意向をきいておきたかったのである。

特に注文しないでも、谷本判事が席へ帰るころを見はからって、ザルが彼の机の上に供えられる。女子の事務官が汲んで来たお茶で口をしめしてから、谷本判事はその盛沢山のザルに取りかかる。それを合図のように、野口判事補は自分の前にあるザルをたぐり込みはじめる。

「今日は菊地さんは相当派手にやりましたね」

野口判事補は気を引いてみる。

「うむ」

気のないような返事である。野口判事補はメモを見ながら、続ける。

「菊地さんは一体、なにを立証したいのでしょうか。ちょっと見当がつかないんですが――あの検察側の証人を攻撃してみたところで、宏の自供はしっかりしてるから、あまり効果はないと思うんですが。まさか大村のじいさんが犯人だ、というつもりではないでしょうね」

「無罪の可能性を主張するのが、弁護の常道でしょう」と若い矢野判事補が口を挿(はさ)んだ。「そのうちにはなんか情状に落ちて来るんじゃないか」

「情状と言っても、被害者ハツ子に関する情状ばかりで、被告人についてはなにも出ていない」と野口。

「宮内というやくざについて、情状をかためとかなかったのは、検察側の手落ですね。大村吾一だってハツ子と関係があったかも知れませんから」

若い矢野は想像力が旺盛(おうせい)である。

「しかし結局は宏の自供があるからね」

野口判事補は自分に言いきかせるように言った。裁判のはじめの段階で、自白に触れるのはタブーである。他の証拠を固めた後、最後に出すのでなければ、効果がない。

自供調書の価値について警戒するのは、裁判官にとって常識である。完全な自白があって、真犯人が被告人の獄死した後に出たなんて事件は、戦前からざらにある。拷問はむしろアメリカやフランスの方が最近は盛んになっているくらいだが、日本の警察も全然やらないわけではないし、検事の尋問の技術も巧妙になっている。警察の逮捕令状執行中を入れると、二十三日間勾留して取調べることができるから、その間に被告人をどのような心理状態に追い込むこともできるのである。

ことに相手が少年であれば、いわば検事の意のままであると言ってもよい。裏付けがどれだけ取れているか、という点を、裁判官は気を付けるわけだが、「自白は証拠の王」という旧刑訴時代の通念はなかなか抜き難い。「本人が言うんだからこれほどたしかなことはない」というのは常識にもあることである。菊地は傷害致死を主張しているのだから、宏が犯人であることを、弁護側も認めているわけである。

しかし野口判事補は、主任判事として、法廷でメモを取りながら、菊地が大村のじいさんから、犯行の日ハツ子にサラシ沢で会う約束だったという事実を引き出した時のショックを思い出した。

菊地の反対尋問は、野口がこれまで聞いた中で、もっとも派手で巧妙なものの一つであった。結局目撃証人の不確かさという、ごく初歩の問題を明るみに出しただけで、犯罪事実に関するところは少ないと思っていたが、大村のじいさんが犯行の後まで、現場付近にいたという事実は重大である。

「菊地さんは冒陳で無罪を主張しそうな気がするんですが、どうでしょう」

彼は谷本判事の顔をうかがった。

「まあ、そう気を回しても仕方がない」と谷本は答えた。「最初からとつおいつ考えていたんじゃ、裁判官は務まらないよ。虚心坦懐に午後の宮内辰造の証言を聞こうじゃないか。これも菊地君にかなりいじめられそうな証人だな」

「検察側はまずい証人を出したものですね」

「これはハツ子の情夫だね。どうせ前科はあるんだろう。ハツ子と共謀して、恐喝を働いていたとなると、こいつの証言の価値はずっと低くなる」

「この点を暴露したのは、弁護側の成功といえるでしょう」と、矢野が言った。「しかしそれだからといって、上田宏を無罪まで持って行くにはどうかな。僕には菊地さんの方針は見当がつきませんね」

「最終弁論まで、出して来ないんじゃないか。菊地君は私と同じ京大出だから、あくまでも正統派で、積木のように、証拠をこつこつ積み上げて行って、最後に論理的結論を出す型のはずだ。その一つだけを抜き出してみても、見当はつかない。ただ、いまだに判事時代の意識が抜けないから、検察官を見下すような態度があって損だね。しかしそこらの怠け弁護士とちがって、なかなかよく事実を調べているらしい」

「どうしてああ熱心なんでしょうね。あんまり金になりそうもない事件ですが」と野口判事補は言った。

「金にならなくても、マスコミに乗りそうな事件をやれ、これは弁護士の第一課だ。きみ達も将来転向する時の用意に、これくらいは心得ておいた方がいい」

谷本判事の言葉には皮肉な調子があった。矢野判事補は首をすくめた。

この頃、菊地弁護士はバス通りの一品料理屋の二階で、花井武志といっしょに、カレーライスを食べていた。裁判所員でいっぱいの地下食堂では、なにかと工合が悪いのである。

午前の法廷が終って、廊下に出たところで、菊地は三人の新聞記者にかこまれた。

「菊地さん、どういう見通しなんですか」

「見通しなんかありゃしません。裁判はこれからです」

「宮内って、どんな男なんですか」

「それは検察官の方が、よく知ってるはずですよ。岡部さんにきいて下さい」

東京なら、新聞記者室へ連れて行かれるところかも知れないが、それほど大きな事件でもない。熱心なのは地方紙だけで、東京の各社の横浜支局員は、代表を一人おいて、大抵帰ってしまっている。どうせこの時間に入れる記事は、夕刊に間に合いはしない。公判がすむ頃を見はからって、またやって来るつもりなのである。それは菊地も心得ているから、

「いずれ、あとで、あとで」

と手を振り、人ごみの中に花井の顔を見つけて、歩み寄った。おとなしく廊下にかたまっている家族に一階の食堂を教えてやったが、花井は書記官やその他の所員のいる食堂では話しにくいことを、言い出すにきまっているので、このレストランへ連れ出したのである。

「どうもありがとうございました。証人は大分ぐらついたようで、愉快でした」

花井は興奮した声で言った。

「たいしたことはないよ」菊地は笑いながら答える。「みんなきみが調べてくれたおかげだ」

「しかしどうして宮内が大村吾一をゆすっていた、とわかったんです？　ぼくが行った時は、そんな気配はなかったんだが」

「あれは、あてずっぽうが当ったんだ。運がよかっただけだよ。そんな悪いくせがある奴なら、

大村のじいさんをゆすってないはずはないような気がした。二千五百二十円の勘定は、『みよし』にしちゃ高すぎるからね」

「検事はあの手帳を見せたことを後悔してるでしょうね」

「ほんとは証拠調べを請求しないものは、適当な時期に遺族に返すべきなんだが、公判がすむまでは返さない悪い習慣がある。検察官として、追加的に申請する必要が生じる場合に備えるわけだ」

「ほんとによく見せてくれましたね」

「松川事件で諏訪メモをかくしといたのが、無罪の極め手になってから、検察官は神経を使ってる。もっとも岡部君は安心し切っていたのさ。第一回公判でこっちが問題にしたのは、殺意の有無だったが、これは主観的な要因だから、自供があれば充分だと思っていたのだ」

「しかしぼくは先生が、もっと大村のじいさんを追及するのかと思いましたよ。あれは臭いですね」

「それほどでもないよ」

「例えばこんな推理はどうです。傷を負って、崖から落ちて苦しんでいるところへ、大村のじいさんが来て、とどめの一刺しを加えたなんてのは」

「ははは、そんなあやふやな説は、裁判官に笑われる。傷は一つですよ」

　菊地の反対尋問にもとづいて、実際この線で、事件を推理した小説家があらわれた。それは第二回公判から二週間の後、『週刊推理』にある新進の推理小説家が書いた読切短編であった。

作者はこの日の法廷を傍聴し、彼独得の推理を組み立てたのである。

作者によれば、大村のじいさんは一度ハツ子と連れ込み旅館へ行ったことがあった。ゆすられていたのは、二千五百二十円ではなく、十万円であった。ハツ子は宮内とぐるになり、六月二十八日に彼の家へ乗り込むとおどかしていた。そして約束の場所はサラシ沢ではなく、現場の杉林の中であった。だから宏に会った時、どきんとしたのは、じいさんの方だった。宏と別れてすぐ杉林の中に入り、苦しんでいるハツ子の姿を認めた。

傷は二個所あることになっていた。宏の与えた傷は手のほどこしようもないというほどではなかった。ただじいさんは事件が明るみへ出るのをおそれた。彼は宮内もいっしょに来ると思っていたので、ナイフを用意していた。止(とど)めの一突きをくれ、死体をその場に埋めて、わずらわしさから解放されたと信じていた。彼は犯人はむろん宮内だと思っていた。

凶器は相模川の砂利穴へ投げ込んだが、現場を宮内が木蔭から窺っていて、さらに大きくゆすり出した。困却したじいさんは、第二の殺人を計画する。宮内は裁判所にあらわれず、宏は有罪になりそうになるが、杉林を実地検証した裁判長は、地面に新しく掘った跡から、宮内の死体を発見する。宏の罪は暴行傷害だけになり、執行猶予がついて、ヨシ子と共に更生の道に入る。

むろん場所も人物もかえてあったが、週刊誌は事件との関連を匂わせて宣伝したので評判になり、大村のじいさんは作者と週刊誌を名誉毀損で訴えるといきまいた。その作家は前から、新聞のインタビューで、真犯人はほかにいると思う、と言っていたからである。まもなく判決が下りなかったら、ほんとに訴え出たかも知れなかった。

花井はこの推理作家ほど想像力が豊かではなかったが、推理小説も読まぬことはないし、宏を助けたい一念から、大村吾一が真犯人ではないかと、疑ったわけである。

菊地弁護士は笑って取り合わなかったが、事件がそういう眼で見られるのも、彼の計画の中にあったのである。とにかくマスコミに乗ればいい。そうすればいろいろ情状が出て来る。できるだけ多くの情状が裁判官の耳に入るのが望ましいと考えていたのであった。

彼の弁論の方針は別にあったのだが、彼はそれを花井には言わなかった。花井がこんな風に推理小説的空想にかり立てられるのは、むしろ歓迎だった。

そして実際彼の計画は成功した。この日午後に行なった宮内証人の反対尋問によって、事件はまったく新しい角度から見られるようになったからである。

ハツ子という女性が、この時陥っていた状態が、明るみに出されて来た。それと同時に、金田町という都市隣接町村の生活の姿全体が、事件の背景として、浮び上って来た。これこそ菊地の望んでいたことであった。

裁判官室で谷本判事ほか二人の判事補が食事を終り、菊地弁護士と花井教諭が、バス通りのレストランでカレーライスを食べ終った頃、宏は裁判所の地階の仮監で、拘置所から持って来た弁当をすませていた。

ここは横浜地裁の西北隅のガレージに接した一画で、建物は裁判所に属しているが、管理者は笹下拘置所である。勾留のまま出廷する被告人の身柄は、拘置所の責任であり、法廷で付き添っている看守も、拘置所の職員である。朝、バスで笹下拘置所を出てから、夕方連れ戻されるまで、実質的には拘置所にいるのと、かわりはない。

鉄の格子戸の中にはいってから、手錠をはずされ、木製の弁当箱を渡される。看守もこの時間だけ、監視の義務から解放されるので、廊下のベンチに腰かけて、のんびりと弁当を使う。

これは単調な拘置所生活に挿まれた、変化のある一日なのだが、宏の心は浮き立たない。笹下拘置所から横浜地裁まで二十分、バスに揺られる間、格子のはまった小さな窓から眺める沿道の景色に、別に珍しいものがあるわけはない。沿道の商店の飾り付け、行き交う自動車、歩道を行く人達の歩き振りには、宏がとっくの昔に縁を切ってしまった「自由」がある。拘置所に入れられて、彼ははじめて好きな時に、好きなところへ行けるということの意味を、さとったのである。

あれから三カ月、宏は閉じ込められた世界で、単調な日々の慣習を、機械的に果すのに馴れかけている。裁判所での一日は彼にとって、刺戟の連続だが、彼の心は浮き立たない。

菊地弁護人が大村のじいさんから引き出した証言は、彼に有利なはずであったが、それは当時ハツ子のおかれていた境遇を、悲しいものとして描き出し、彼の心を暗くした。

(可哀そうなハッちゃん)と彼は被告人席で、証言をききながら、なんども心の中で呟いた。(そんなことを知っていれば、もののはずみとはいえ、殺すんじゃなかった)と胸をかきむしりたくなるような後悔に捉われた。大村のじいさんも気の毒な気がして来た。

（そういえば、あんなところにじいさんがうろうろしているのは変だった）

杉山を見に来たのだろうと思った。ことによるとすぐ見つかるな、と思った。彼は実際坂を二十メートルばかり降りたところで立ち止り、大村のじいさんが、杉林に入って行きはしないかと、様子をうかがっていたのである。そしてじいさんがどんどん坂を上って立ち止り、少しして引返したので、安心して、帰って来たのだった。

じいさんが杉林の中へ入って行かなかったのは、彼が知っているのである。そんな話は出なかったので、これまで言う機会はなかった。この次に菊地弁護士に会う時、必ず話そうと思った。

千歳村の篠崎かねの家の前を通りすぎた時、たしかにあんな人が店の中にいたような気がする。たしかに彼とハツ子との喧嘩は、その前から始まっていたのである。

「あの車を借りて、家出するつもりでしょう」とハツ子は言った。

「ばかなことをいうな。修理を頼まれて手伝っていただけだよ」

「うそおっしゃい。修理なら向うの方が専門じゃないの」

それからハツ子はまた中絶を主張し出した。それが千歳村にさしかかった時だった。店がかたまっていて、人目があるので、口論はやめた。

彼らはしばらく口を利かなかったのに、口論していたと篠崎かねに見えた、とは不思議である。が、多分どこか様子が変だったのだろう。かねが変に思ったのは当然といえる。しかし弁護人に問いつめられると、怪しくなって行くのは、仕方がない。

菊地弁護人の尋問の仕方は、彼が警察や検察庁で取調べられた時のことを思い出させた。あまりいい気持がしなかった。彼はむしろ菊地に問いつめられる篠崎かねに同情したのだった。

便所へ行き、食事を終ると、まもなく一時だという。手錠が再びはめられ、看守に連れられて、再び階段を上る。午後の法廷が開く時間は近いのである。

法廷に入った時、弁護人席のうしろにある時計は一時五分前であった。傍聴人はみな席についていた。彼もだんだん法廷に馴れて来て、入廷する時、父親やヨシ子に目で挨拶することができるようになっていた。

金田町から傍聴に来る人達は、この前より少なくなっていた。すみ江の姿は見えず、父親の喜平、ヨシ子と花井先生の三人だけだった。そのかわり彼の知らない人の数が多くなっていた。新聞記者らしい人で、最前列は埋っていた。第一回公判では、退廷する時には空いていた席だった。彼は自分が曝（さら）し物にされているような気持になって来た。

裁判長の顔を真正面から見ることができた。その顔をもうこわいとは思わなかった。両側にいる若い裁判官は、なんだか学校の先生みたいだな、と思うくらい、ゆとりができて来た。

岡部検事も、取調べを受けた刑事部の検事と比べると、目付もやさしく、会社の上役みたいに見えた。彼と菊地弁護士との間に行われるやり取りを、努めて理解しようとしたが、わからないことの方が多かった。宏はそれらの法律用語を、いくども頭の中にくり返して記憶し、あとで菊地弁護士にきいてみようと思った。

彼は自分のことは自分で決着をつける準備をはじめていた。彼にとって、菊地弁護士はとにかくえらい人だった。二度拘置所へ来て、看守のいないところで話し合った。「ありのままを言ってくれなくてはいけない」と言われたので、彼は自分がありのままと思うことを話した。しかし反対尋問する時の彼を見て、やはりこわい人だと思った。

法廷の時計が一時を打つと、正面の扉のノブががちゃがちゃ音を立てて回った。谷本裁判長が入廷を予告する合図だった。

(はじまるぞ)

宏は緊張した。

午後の法廷

「証人、宮内辰造」

廷吏の呼ぶ声に、さっきから廊下へ出るドアを背にして、不安な眼差しを、法廷に注いでいたその男は、おずおずと証言台に歩み寄った。

それは顔色の悪い三十すぎの男であった。丈はあまり高くなく、一六三センチぐらいであろうか。かなり瘦せていて、顎の骨が張っているのが、うしろから見えた。

薄いグレイの背広に、茶色の縞ネクタイが不調和だった。頭髪は黒く、こわくて、ポマードをたっぷりつけても、後頭部にピンと立った毛の一束が残っていた。

「証人の名前は？」

「宮内辰造です」

「住所は？」

これらは裁判長の行う、証人の人定尋問である。宮内は少ししわがれた、しかし案外はっきりした声で答えた。

「東京都新宿区大久保百人町（おおくぼひゃくにんちょう）　千八百五十番地、緑風荘（りょくふう）一〇五号室です」

この住所が検察官の証拠申請書に記された住所とちがっているのに、主任裁判官の野口判事補は気がついた。証人が申請されてから移転することは時としてあるが、検察官はいちいち裁判所へ通知しない。人定尋問にまかせるのが慣例である。

「年齢は？」

「三十三歳です」

「職業は？」

「無職です」

「これから宣誓をして貰いますが、きかれたことには正直に答えて下さい。そのためあなたが罪になるおそれのあることはよろしいが、それ以外は正直に答えて下さい。宣誓をした上でうそを言うと、偽証罪に問われることがありますから、注意して下さい」

宮内は背を正して、低く「わかりました」と言った。それから廷吏から渡された印刷物を案外しっかりした声で読み上げた。

「良心に従って真実を述べ、何事も隠さず、偽りを述べないことを誓います」

「検察官」

裁判長にうながされて、岡部検事は立ち上った。左手に宮内の供述調書を持ちながら、

「あなたと坂井ハツ子との関係は?」ときいた。

宮内辰造はすぐ、大きな声で、はっきり答えた。

「いわゆる情交がありました」

これは供述調書には記載されていないことである。菊地弁護人が第一回公判の前に、検察庁へ行って、謄写させた供述調書には、「みよし」の客として記載されているだけだった。午前の審理で、彼がハツ子と関係があったのは、否定できない状態になったので、その点はっきり述べることについて、ひるの休憩の間に、打ち合せてあったのである。

「いつ頃から、情交を生じたか、簡単に言って下さい」

岡部検事は事務的な口調で言った。宮内辰造は宏に殺意の存在を立証するための証人であるが、ハツ子との関係が問題になっているので、検察側もその点から明らかにして行く方針らしかった。

「坂井ハツ子とは、昭和三十二年新宿のキャバレーで知り合いました」宮内辰造は供述調書を読み上げるような調子で、証言をはじめた。「その後、ハツ子が郷里へ帰り、厚木に『みよし』という飲屋をはじめたので、しばらく会いませんでしたが、私も厚木にいた友達の猪熊秀吉（いのくまひできち）という者の家に同居するようになりましたので、よりが戻りました。経営その他について相談を

受け、店の留守番などを頼まれたことがあります。勘定を払わない客に対し、取り立てを頼まれたこともありますが、おどかしたというようなことはありません」

「ちょっと待って下さい」

岡部検事は口を挿んだ。

「つまりあなたは『みよし』の常連の大村吾一に対して、勘定を払え、払わないと五千円だぞ、というようなことを言ったことはない、というんですね」

「その人の家へ勘定を取りに行ったことはありますが、五千円出せなどと言ったことはありません」

傍聴席から「うっ」という抑えられたような声が聞えた。それは午前の証言を終って、いまは傍聴席にいる大村のじいさんの発したうめきであった。

他の証人の証言を聞かない方が、偏見のないことを言うことができるという趣旨から、証言中は入廷させないのは、各国の裁判所が採用している規則である。ペリイ・メイスンのテレビドラマで、証人が最初から傍聴席にいて、

「いま、お聞きになったような、証言があったわけですが、あなたは云々」

というような形で尋問を受けるのは、それがカリフォルニア州法による予審法廷だからである。

アメリカの本裁判はむろん陪審制で、十二人の陪審員によって有罪無罪が決定されるのだが、陪審にかける前に、予備審問制を採用している州がある。ここで専門家の手で、略式の審理が行われ、無罪ときまれば、公判にかけることなく釈放される。

十二人の、被告人に個人的な関係がなく、前科もなく、しかも正常な市民生活を送っている人物を選び出すのは、容易ではない。検察側、弁護側から、それぞれ陪審員忌避の申立がなされれば、陪審員の選定だけで、まる一日つぶれてしまうことがある。

予備審問はその煩を避け、裁判迅速化の見地から、採用されたものである。被告人は予審で有罪となっても、むろん正式裁判を請求することはできるが、引っくり返る見込みはまずないので、そのまま服罪してしまうのが普通である。

しかし公判では証人は、証言を終った後でも、再喚問の可能性が全然ないわけではないのだから、ほんとは傍聴させない方がいいという理屈が成り立つ。

しかしこの種のことは、日本の裁判所はあまりうるさくいわない。アメリカでも弁護人が、半ば意地悪から証人の傍聴禁止を言い立てる程度のようである。証人は自分が証人として関係した以上、当然事件に興味を持っているから、普通は引き続き傍聴したがる。

宮内辰造が大村のじいさんを恐喝したことはないと言った時、傍聴席にいた大村のじいさんは、もう少しで、

「うそをつけ」

とどなるところだったが、傍聴人は勝手に話し合ったり、声を出したりしてはいけないと聞いていたので、思い止った。それが「うっ」という抑えつけた声になったわけである。

しかしこんな小さな声でも、静かな法廷には、意外に大きく、へんなななましさをもって響き渡った。

むろん裁判官にも聞える。それが直接に心証に影響することはまずないが、宮内がそのためにおびえたりしては大変である。岡部検事はちょっとこわい眼で傍聴席を睨んだが、思い直した風で、また証言台の宮内の方に向いた。

「すると、あなたは『みよし』に、よく行っていたのですね」

「そうです」

「昭和三十六年六月二十日の夜、『みよし』にいましたか」

「ええ、夕方六時頃から、九時すぎまでいました」

「すると七時頃、被告人が来た時も、そこにいたわけですね」

「ええ、あたしが奥の一畳半の座敷で、一人で飲んでいるところへ、ハツ子の妹のヨシ子といっしょに、入って来ました」

「あなたはそれまでに被告人に会ったことがあり、顔を知っていたのですね」

これは厳密に言えば誘導尋問であるが、この程度のことは、裁判に馴れない証人に、適切な証言だけを述べさせるために、必要と認められている。時間の節約になるからである。従ってこんなことにいちいち異議を申し立てる弁護人は、裁判官にきらわれる。

「ええ、知っていました。ハツ子の妹のヨシ子の男だとかで、二、三度『みよし』で会ったことがありました」

「では、その時、あなたの見たり聞いたりしたことを話して下さい」

「そうです、まだ外は明るかった。七時頃でした」

宮内辰造は口調を改めて、話し出した。最初は一語一語考えながら言うようで、言葉が整っているわりに、とぎれ勝ちであったが、この頃になると、法廷の空気に馴れ、また岡部検事の打ち解けた態度に安心したのか、すらすら話すようになった。

「ヨシ子と二人で、最初はぶらっと入って来たという感じでした。ヨシ子が妊娠していて、ハツ子が中絶をすすめているということも、聞いていました。二人共まだ若いんだから、無理だというのに、聞き入れないということでした。『あんな子供みたいな男のために、姉妹ゲンカになっちゃってさ』とハツ子はこぼしていました」

宮内辰造は、裁判官席との間で、速記タイプを打っている速記官の手許を見ながら、証言を続ける。

「その晩、ヨシ子と宏を、ハツ子が呼んだのだ、と聞いています。二人がどうしても、おろさないと言うので困る、もう一度言ってきかせなくっちゃと、ハツ子は言っていました。母親のすみ江も、宏の父親も知らないらしいから、教えてやらなければならない、と言っていました。どうしても止めさせるんだ、あんな先の知れない男を、ヨシ子といっしょにすることはできない、と言っていました」

「異議を申し立てます」と言いながら、菊地弁護人が立ち上った。

この言葉は、岡部検事が午前中使った「異議があります」と少し違う。「異議を申し立てる」が正式な法律用語だが、最近、特に若い弁護士は、単に、

「異議あり」

とぶっきらぼうに言う。これは左翼の討論会からまぎれ込んで来たいい方で、公安事件を扱う弁護士は必ずこれを使う。従って若い検察官も対抗上、「異議あり」とどなることになる。四十五歳の岡部検事が慣用する「異議があります」はこれを緩和した形だが、菊地弁護人の「異議を申し立てます」はさらにていねいな、古典的な言い方である。

裁判官と検察官は法服を着て、一段高い席におり、弁護人が被告人と共に、平土間にいた旧刑訴法時代の名残りと言うこともできる。ぞんざいな言葉を使って、裁判官の気分をこわすのは損だったのである。

その頃は菊地は法服を着て、雛段上にいた。弁護士に転業しても、聞き馴れた丁重な言い方を変える気にはならなかった。過度の丁重さは却って、無礼になることがあるが、菊地は行儀正しい言い方が好きなのであった。

「ただいまの証言はぜんぶ伝聞です。尋問を制限していただきたいと思います」

宮内は菊地弁護人の言葉の意味が飲み込めないらしく、ぽかんとした顔付で、相手の顔を見続けた。なぜなら、彼は求められた通り、自分の「聞いた」ことを話しただけだったからである。

岡部検事は落ち着き払って言った。

「しかし証人は自己の直接経験した事実を語っているにすぎませんから、伝聞法則の適用を受けないと思います」

「しかし証言の一部、例えば宏とヨシ子が中絶を強く拒否したというような事実は伝聞であり、

「しかしかりに弁護人の主張の通りであるとしても、これは六月二十日における事実に到る経過を説明するものですから、もう少しお聞きになってはいかがですか」

岡部検事は自信あり気だった。

伝聞法則というものは、微妙なもので、日本の裁判では、法廷における供述よりは、むしろ法廷外の供述調書の採用不採用に関する。検事の供述調書も厳密にいえば、伝聞証拠に属する。

この年、法務省が発表した刑訴法の改正要綱の中には、伝聞法則の緩和の項目があった。それは十二人の陪審員によってではなく、職業的裁判官によって裁かれる日本の法廷では、英米法のような厳密な制限を加える必要はない、という判断に基づいたものである。この改正は昔の書証主義への逆行を促すおそれがあり、そのことは取りも直さず憲法三十七条（反対尋問の権利）を冒すものであるが、実際問題として、現在の法廷でもそう厳守されてはいないのである。

従って、宮内辰造の証言に関する岡部検事と菊地弁護人のやり取りを聞いていた谷本裁判長が、

「異議は却下します。証人は証言を続けて下さい」

と言ったのは、まず妥当な裁決であった。

菊地弁護人は軽く頭を下げると、ほほえみながら、腰を下した。彼は必ずしも異議が認められるのを期待したわけではなかった。彼のねらいは、異議の申立によって、証人を牽制するこ

とにあったので、まずは法廷戦術のＡＢＣである。

そしてこれは裁判長も検察官も大体察していることであった。この種の駈引が法廷で行われるのは、そう始終ではないが、面食うのは裁判に馴れない証人である。

岡部検事の視線にうながされて、宮内辰造は証言を続けようとしたが、きっかけを失った俳優のように、言葉が出て来ないらしく、口角をもぞもぞ動かすだけだった。

「店へ入って来た被告人とヨシ子は、どこへ坐ったのですか」

岡部検事は事実に注意を向けることによって、宮内の証言を助けた。

「ああ、そうでした。二人は入口に近いスタンドに並んで腰を下しました。私は奥の座敷で飲んでいましたから、距離は三メートルぐらいです。ヨシ子が手前の方の椅子に、宏は入口に近い椅子に腰を下しました」

こんな風に一度事実関係に注意を向けられると、際限なく、細かくなるのが、素人の癖である。だから証言について、大体の輪郭を、事前に打ち合せておく必要が生じるわけである。

「つまり話声が充分聞える距離だったわけですね」と岡部検事が補った。

「そうです」

「そこで、なにを聞いたかを言って下さい」

「しばらくぼそぼそ低い声で話が続いていましたが、やがて宏がどなるように言いました。『なぜ、そうぼくを信用しないんだ。ぼくだってもう子供じゃない』それに対してハツ子は笑ったようでした。なにか小声で答えると、宏はまた言いました。『そんなことしたら、承知しないぞ』おどかすような調子でした。ハツ子はちょっと私の方を見て、眼で合図しました。その眼は『ねえ、これだから困っちゃうのよ』と言っているようでした」

宮内辰造は少し小説などを読んでいたのかも知れない。場面の描写はなかなか堂に入ったものである。あるいは岡部検事と打合せしているうちに、次第に場面を小説的に作り上げて行ったのかも知れない。

供述というものは、実は小説に近いのである。事実を述べるといっても、人はしばしばその経験を小説的に記憶し、そのように物語る。小説家の広津和郎（ひろつかずお）氏が松川裁判について、被告人や証人の供述から嘘を抽出することができたのは、こういう共通点があるからである。広津氏の裁判批判は、実作に裏付けられた作家的眼光に根拠を持つ、と言われるのはこのためである。

宮内辰造の「物語」は続く。

「そんなことをしたら承知しないぞ、とおどかすような口調で、宏は言いました。ハツ子が眼配せするように私の方を見たので、私はああの話だな、とわかりました」

「あの話とは、なんですか」岡部検事がきいた。

「宏が中絶を承知しないなら、父親に話すというのです。その話は前からハツ子に聞いていましたし……」

こう言いかけて、宮内がちょっとためらいを見せたのは、伝聞に関する菊地の異議申立を思い出したためらしい。しかし宮内はすぐ気を取り直して、付け加えた。

「その晩、宏達が帰ったあと、ハツ子が話してくれました」

「そんなことをしたら承知しないぞ、という被告人の言葉の中の『そんなこと』とは、ヨシ子の妊娠を父親に言う事を指す、とハツ子は言ったのですね」

「そうです」

「六月二十日『みよし』では、それからどうなったか、話して下さい」

「ハツ子は私に眼配せするくらいだから、落ち着いていました。『まあ、いいじゃないの、そんなにむきにならないでも』というような返事をしながら、二人の前へお茶を出しました。『姉さん、あたしも生みたいのよ』とヨシ子が言いました。ハツ子はあわれむような眼付で、ヨシ子の方を見ながら、『いいのよ、お前さんにはまだわからない。あたしにまかせときなさい』と言いました。それから宏の方を向いて『ねえ、あんたもそうのぼせないで、少しゆっくり考えてみたらどう。これはあんた方の手に負えないわよ』と言いました。『ほっといてくれ、ねえさんの世話にならないよ、帰ろう、帰ろう』と言って、宏は立ち上りました。ヨシ子も私の方からは顔は見えませんでしたが、黙って腰掛けからおりかかりました。『お待ち』とハツ子が大きな声を出しました。宏とハツ子はしばらくにらみ合ったまま、立っていましたが、やがて宏が口を切りました。『いいかい、へんな真似をすると、ほんとに承知しねえから、そう思え』。(こいつはいけねえ)と私も思い思わず腰を浮かしましたが、その時ヨシ子は二人の間に入り、宏の胸を押して、入口の方へ行きました。ふり向いて『姉さん、もう少し考えさしてね』と言いました。そう言いながら、宏を入口の方へ押して行きました。六月二十日の七時ごろですから、そとはまだ明るく、入口は開け放しになっていました。宏は頭をこっちへ向けたまま、ずるずる押し出されて行きました。出がけにあたしの方を見ましたが、おっかない顔付でした。あたしはなんとなく、『あぶないな』と思ったんです」

岡部検事が口をはさんだ。

「『あぶないな』というのは、どういう意味ですか」

「ただ、あぶないなと思ったんです。厚木のあの辺は、場所柄ずいぶんチンピラの喧嘩がありますが、『承知しないぞ』と言った時の宏の顔は、そんな若い者の顔に似ていました」

「つまり『殺してやるぞ』という風に取れたという意味ですか」

「異議を申し立てます」菊地弁護人が立ち上った。「これは犯罪事実に関する重大、かつ危険な誘導尋問だと思います」

「異議を認めます」谷本裁判長が裁定した。「検察官、そういう質問はいけませんよ」

やんわりたしなめるような口調だった。岡部検事は頭をかきながら、下を向いた。

彼は菊地が異議を申し立てることを予期していたし、裁判長が異議を認めるだろうと思っていた。尋問はそれほど思い切ったものだった。しかしそれら全部を考慮に入れてもなお、ここで「殺してやるぞ」という言葉を法廷に出すのが、彼には必要だったのである。

被告人宏が最初に殺意を抱いたのはいつかが、一つの重要な争点になることは、第一回公判以来予想されていたことである。刑事部の検事の書いた起訴状には、それは明記されていなかった。六月二十日というのは、岡部検事が冒頭陳述で決定し、菊地弁護人に釈明を求められて、明言した日付である。

これまでの宮内の証言は、捜査担当の刑事部の担当検事が取った供述調書の通りだが、「承知しないぞ」という宏の言葉に、「殺意」を認めるか認めないかは、重大なポイントになるはずであった。

むろんこれについては、宏の自供調書があったが、なんども言うように、被告人が取調べられるのは、裁判の最後の段階においてであり、それまでに自白の内容に触れるのは、タブーである。被告人以外の者の供述で、わきから固めて行かねばならないのである。

旧刑訴時代なら、この日、宏が「殺してやる」と言ったと、改めて宮内から供述調書を取るのが常套手段だったが、現在ではそんなことをしても、裁判官の心証を悪くするだけだから、まず行われない。岡部検事としては、きわどい誘導尋問によって、殺意の存在をほのめかすのが精一杯だったわけである。

しかしこれらの法廷戦術に実質的効果があるかどうかは、疑問なのである。あまり常用すれば、裁判の実務にたずさわる者の間では効果はうすらぐ理である。

証拠排除の決定という手続が存在する以上、こんなことは無意味だ、と形式主義者は言うかも知れない。しかし実際問題として「殺してやるぞ」という言葉が、法廷で言われるのと、言われないのとでは、大変な違いである。

少なくとも、当事者としては、それを裁判官の耳に入れておくことを、一歩前進と見る幻想から、完全に脱却するのはむずかしい。こうして一つ一つ証拠を積み上げて行くのが、当事者の訴訟行為というものだからである。しかし谷本裁判長から、

「そういう質問はいけませんよ」
とやんわりたしなめられて、岡部検事は自分の尋問に、あまり効果がなかったのを、認めないわけには行かなかった。彼のささやかな法廷戦術が、裁判長の目に正に法廷戦術としてしか映らなかったのは、谷本判事の笑顔に出ていたからだ。

裁判長は訴訟の進行中、その心証を示すべきでない、という意見がある。多くの判事はその説で、いわゆる裁判官のポーカー・フェースというものがこうして生れる。法廷がどんな凄惨な様相を呈しようと、眉毛一つ動かさず、冷静に双方の言い分を聞いて、心証を形づくるのは、一つの正しい態度である。判決まで当事者双方にむだな希望を持たせないのは、慈悲といえるかも知れない。

ただ最近はむしろ心証を露骨に示して、双方に戦いの方針をきめるように導く方がよい、という考えの判事も、ぼつぼつ出て来ている。心証が時々刻々にかわるものなら、それを時々刻々に示せば、当事者に有効適切な立証方法を考え出させることになる。

岡部検事は谷本裁判長が、ポーカー・フェース反対論者であることを知っていた。彼が谷本にやんわりたしなめられた時、「しまった」と思ったのは、このためであった。彼は質問を変えた。

「とにかく被告人はそのままヨシ子といっしょに『みよし』を出たのですね」

「そうです。宏はまだなにか言いたそうでしたが、ヨシ子になだめられて、そとへ出たのです」

「そしてそれっきり、店へ帰って来なかった?」

「あなたは『みよし』に九時すぎまで残っていて、ハツ子から被告人との口論の内容は、ヨシ子の妊娠を父親に言うか言わないかにあったことをたしかめたわけですね」

「そうです。ハツ子は日が経つと中絶はむずかしくなる。なるべく早くきめなければならない、と言っていました」

「そうです」

なんども書くように、宮内辰造が検察側の証人として申請されたのは、宏が殺意を抱いたのは、六月二十日であるということを立証するためである。

しかし彼は同時に、ハツ子が殺される二時間前に、訪問している相手でもある。すなわち六月二十八日の二時十五分頃、長後駅前でバスを降りたハツ子は、駅員榊原伊助から八百五十円を集金した後、同じ町内の宮内の家へ寄っている。そして千三百五十円を受け取った後、丸秀運送店前を通りかかって、宏に会ったのである。

被害者の死亡当日の行動は、犯罪と重大な関連があるから、六月二十日の「みよし」における宏の言動に関する証言に続いて、二十八日のハツ子の行動について、岡部検事の尋問があるのは、当然予想されることだった。ところが岡部は不意に、

「終ります」

と言って、腰を下してしまったので、菊地は意外の感を抱いた。谷本裁判長が菊地の方を向いて、

「弁護人、反対尋問を」

と、うながすまでに、法廷にちょっと休止の一瞬があった。

岡部検事としても、ここはちょっと辛いところだったのである。二十八日、ハツ子が長後の宮内のうちへ来た時の言動については、供述調書が取ってある。しかしそれはむろん宏が自白したあとだったので、犯行の動機として痴情の線は消えていた。尋問はほんの形式的なものであった。

だから午前中の大村吾一の反対尋問を通じて、ハツ子と宮内の関係が表面に押し出されて来たのは、岡部検事にとっては、困ったことなのであった。菊地弁護人が反対尋問で、宮内を八ツ裂にしてしまうのは、当然予想しなければならない。

宮内には前科がある。傷害恐喝で前科三犯である。ただ英米法とちがって、事件に関連がない限り、それらを法廷へ出さないのは、日本の裁判のいいところである。

このことで、菊地が宮内を追及して、彼を混乱に陥れる心配はなかったが、彼が被害者と情交があったという事実、かつてハツ子のヒモみたいな存在であったという事実、前科があって、検察官に迎合的な証言をしなければならない立場にあった、という事実を暗示する尋問は避けられそうもない。

岡部検事が宮内から「殺してやる」という意味に取れる「承知しないぞ」と言うのを聞いた、という証言を引き出すに止め、「殺してやるぞ」と言ったと決定的証言をさせなかったのも、こういう考慮からであった。

岡部検事は今では殺意の発生の日付は、もっと後へ、くり下げてもいいという気持になりかけていた。二十八日のハツ子の行動について、供述調書に簡単な記載があったが、岡部がその点に触れないで尋問を打ち切ったのは、反対尋問は主尋問にある事項についてのみ行う、という条項に望みをかけたのであった。

菊地弁護人の反対尋問がはじまった。

「証人は昭和三十二年に被害者と知り合ったそうですが、その時の事情を、話して下さい」

「はい、その頃ハツ子は新宿のキャバレー・アザミで働いていました。客として通ううちに、ねんごろになったんです。あとで大久保のハツ子のアパートで同棲するようになりました」

「それはいつ頃ですか」

「三十三年の三月頃だと思います」

「その頃、あなたの職業は？」

「無職です」

「つまり、現在と同じですね」

「そうです」

「するとあなたはハツ子のキャバレーの女給としての収入に、依存して生活していたわけですか」

宮内の眼がきらりと光った。

「無職っていったって、あたしだって男です。なんとか金をこさえて来ますさあ。なにも女に養って貰わなくたって」

「つまり大村吾一にあなたがしたように、ハツ子の客から勘定を取り立てるとか、そんなことですか」

「異議があります」

岡部検事が立ち上った。

「弁護人の尋問は、本件犯罪事実と関連性がなく、またみだりに証人の名誉を害するものです」

「異議を認めます」

谷本裁判長がすぐ裁定した。菊地弁護人は質問を変えた。

「被害者ハツ子が三十五年四月に金田町の実家に帰り、六月から厚木に飲屋『みよし』を出したのですが、それまであなたと同棲していたわけですね」

「そうです」

「すると三十三年三月から、三十五年四月まで、約二年間にわたり同棲していたんですね」

「そうです」

「ずっといっしょにいたんですか」

「そうです」

「間違いありませんね。正直に言わないといけませんよ」

「途中、しばらくいっしょにいなかったことがあります」

宮内の返事は少し苦しそうだった。

「しばらくとはどのくらいですか」

「一年くらいです」

「するとあなたは二年間同棲していたわけではなく、一年間ですか」

「もっとになるかも知れねえ」

「俗に言えば会ったり別れたりだったわけですね」

「そうです」

「別れていた間、あなたはどこにいましたか」

菊地は不意に声を高めて、鋭くきいた。すぐ岡部検事が立ち上った。

「異議があります。関連性がなく、証人の名誉を害する尋問です」

「ハツ子と別れていた間、どこにいたかをきいているので、別に証人の名誉とは関しないと思いますがね」

菊地は笑いながら言った。

「それにしても、犯罪事実と関連性がありません。時間の空費ですよ」

「異議を認めます」

谷本裁判長は、少しうんざりした調子で言った。宮内がその間、刑務所にいたのは、容易に察知できることだった。菊地弁護人は質問を変えた。

「あなたはハツ子が三十五年四月、金田町に帰った時、ハツ子と同棲していましたか」

「いませんでした」

「するとハツ子が厚木に飲屋『みよし』を出したあとを、追っかけて来たんですね」

「別に追っかけて来たわけではありません。あれは十一月頃です。厚木の猪熊って友達が、遊びに来ないかって言ったから、来たんです」

「しかしあなたはハツ子が厚木に『みよし』を出していることを知っていましたね」

「知っていました」

「そしてハツ子に会いましたね」

「むろんです」

「そして再び情交関係が生じましたね」

「生じましたとも」

「ところがあなたは今年の四月には、長後町に移転している。なぜですか」

「ちょっと、やばいことがあったんで……」

「やばいことというと、具体的に、どういうことですか」

岡部検事が立ち上った。

「異議があります。弁護人が、関連性なく、証人の名誉を害する尋問をしていることについては、本官はさきほどから、なんども異議を申し立てております」

岡部検事は裁判長にひたと見入って言った。これ以上一歩も引かぬという意思を、はっきり示した表情であった。

「裁判所は検察官の異議をみな認めました。しかし弁護人はなぜ、そんな尋問をする必要があるんですか」

谷本裁判長は菊地の方を向いて、おだやかに言った。菊地も岡部検事に負けぬくらい、強い調子で言った。

「弁護側は本証人と被害者ハツ子との関係にかかわる事情が、本件犯罪の構成において、重大な関連があるという意見です。それはいずれのち程、冒陳で詳しく申し上げますが、本証人に対する反対尋問において、その点をあきらかにしておきたいと思っています」

「それは裁判所もちょっとききたいと思います。検察官、いかがですか」

「弁護人が被告人を弁護するために、情状をかき集めようとするのは当然であり、裁判所の真相発見の熱意には敬意を払いますが、さきほどからの経過から見ると、あまりにも古く、関連性のない事実を聞いてみたり、証人の名誉を害する尋問が多すぎます」

「証人の名誉ではなく、証言の信用性に関するものですよ」

菊地がすばやく口をはさんだ。岡部検事は菊地の顔を睨みつけた。

「これまでの反対尋問で、信用性に関することは、なに一つ言われていません」

「検察官のおっしゃる通りですが」谷本裁判長はおだやかに言った。「しかし裁判所はこの証人と被害者との関係を、もっと知りたいのですがねえ」

言葉はやわらかくても、裁判長の言葉には、断乎たる調子があった。

伝聞証拠の制限も、関連性のない尋問の禁止も、主として戦後英米法が日本の刑訴法に取り入れられてから、クローズアップされて来た観念である。しかし従来の大陸法系を遵守する裁判官の職権による真相発見主義は、そう急に消滅するはずはなく、それは検察官の糺問主義と共に、裁判の実務の中に残存している。

法規は結局は死物であり、その運用は生きた人間にかかっている。旧刑訴時代に教育を受け、実務の経験がある人間の心性の改造は、一朝一夕にできることではない。裁判官の職権による真相発見欲は強く、法廷指揮によって、独自の心証を形づくろうという傾向は抜き難い。そして現在のような法の混乱期にあっては、結局は裁判官の個人的特性と能力がものをいうことになる。

午前中の大村吾一の反対尋問によって、ハツ子と宮内辰造の関係が、事件の重大な背景を形づくっていることは明らかになっていた。しかしそれが宏がハツ子を殺したという行為と、関連性がないのもまた事実である。裁判長にその事情を知る気がなく、検察側の異議を認めて、弁護側の尋問を制限すれば、それまでであった。しかし谷本裁判長の方針はそうではなかったのである。

「もっと知りたいのですがねえ」

言葉はおだやかだが、谷本裁判長の顔にも、断乎たる表情が浮んでいるのを、岡部検事は見て取った。たって主張すれば、裁判長の独自の見解で、直接尋問しかねまじき勢いと見て、彼は折れ合う気になった。

「しかるべく」と言って、彼は軽く頭を下げたが、急いで付け加えるのを忘れなかった。

「検察側は弁護人の反対尋問が、少なくとも六月二十日における事実に関連するのを希望します」

「弁護人」

谷本裁判長は菊地の方にうなずいて見せた。菊地は証言台に向き直った。

「六月二十日の夕方、あなたはやはり長後の家から、『みよし』へ行ったわけですね」

「ええ、そうです」

「何時頃、行きました」

「六時頃です」

菊地は机上のメモを取り上げた。

「すると宏とヨシ子が入って来たのは、七時ですから、あなたは一時間前から『みよし』にいたことになりますね」

「そうです」

「その間、あなたは酒を飲んでいたわけだ」

「ええ、まあね。おつまみも食べましたが」

「どれくらい飲みました」

「よく憶えていませんが、お銚子二本か三本だと思います」

「あなたは酒は強い方ですか」

「もとほどじゃねえが、強い方かも知れねえね」

「いわゆる酩酊という状態になるには、日本酒何本を要しますか」

宮内は菊地の堅苦しい質問に、下を向いて笑いをこらえながら、

「五本か六本でしょう。酒にもよりますが」と答えた。

「すると、六月二十日、宏が入って来た時は、もうかなり酩酊に近い状態だったわけですね」

宮内辰造はにやっと笑った。

「いいえ、お銚子二、三本で、まだ酔っちゃいませんでした。よく憶えていますし、話声もよく聞えました」

「しかし、『承知しないぞ』なんて、被告人がハツ子に向って言うのを聞いて、むっとしなかったんですか」

「そうね、いい気持はしなかったね」

「あなたはさっき『あぶないな』と思ったと言いましたが、それでもあなたはじっとしていたんですか」

宮内にちょっとためらいが見られた。

「乱暴するようだったら、とめなければと思って、ちょいと腰を浮かしたが、案外おとなしくヨシ子に押し出されたので、すぐまた坐りました」

「ほほう、案外おとなしいですね。しかし一旦坐ったにしても、あなたはまた立ち上って、宏達のあとを追ったのではありませんか」

宮内はさぐるように、菊地の顔を見、それからゆっくり岡部検事の方へ眼をうつした。岡部検事はかすかに首を振っていた。

「どうです。正直に言って下さい。あなたはあとを追って、そとへ出たのではありませんか。

ヨシ子もいっしょだったのですよ」

この言葉には、うそを吐いても、ヨシ子が証言するからばれてしまうぞ、という威嚇が含まれていた。岡部検事が異議を申し立てようとして立ち上るまえに、宮内が答えてしまった。

「ええ、入口まで出てみました」

「その時、被告人とヨシ子はまだそこにいたんですね」

「ええ、店の前に立って、なんか話していました」

「あなたは二人に声をかけましたね」

「ええ」

すてばちのような調子が見えた。

「なんて言ったんです」

「『おとなしくハツ子の言う通りにしな』というようなことを言いました。すると宏がこっちを黙って睨んでいますから、そばへ行って、気をつけろ、と言ってやりました」

「それはどういう意味ですか」

「意味なんか、ありませんや。とにかくそんな目をするない、おれが誰だか知ってるだろう、って言ってやりましたよ。よほど張り飛ばしてやろうと思いましたが、まあ、ハツ子の妹の男だから、かんべんしてやったんです」

宮内は喋っているうちに、いい気持になって来るらしかった。

「なるほど」菊地は笑いながら質問を続けた。「むろん、あなたはほんきで宏をなぐる気はなかったわけですね」

「そうですとも。あんな小僧っ子を相手にしちゃ、宮内辰造の名がすたりまさあ。ちょっとおどかしといてやれば、ハツ子に楯つかないようになるだろうと思ったんで」

宮内はますます得意そうだった。

「そこで被告人はどうしました？」と菊地弁護人はきいた。

「大きなことを言っても子供です。たちまち青菜に塩で、もぐもぐ口の中で、なんか言ってたが、バスのたまりの方へ行っちまいました。いざとなりゃ、意気地がないもんです」

「つまり宏はあなたに手向う気はなかったわけですね」

「しっぽを垂れた犬みたいに、女と二人で行っちまいました」

「つまり宏が『みよし』で『承知しねえぞ』と言ったのは、虚勢を張ったわけですね」

宮内ははっとしたように、背筋を伸ばして、岡部検事の方を見た。

「異議があります。これは証人の意見を求めるものです」

「異議を認めます」

裁判長がすぐ決定した。

「では、こうききましょう。『承知しねえぞ』という言葉は、チンピラの間では、よく使われる言葉ではないのですか」

「まあそうですね」

「被告人がハツ子にそう言った時も、そんな軽い調子ではなかったですか」

「どうかね。それは宏にきいた方が、早いだろうが」少し意地悪な表情になった。「案外本気だったんじゃないですかね。なにしろ相手は女だから——現に宏はハツ子を殺してますからね」

傍聴席にいた花井は、菊地が深追いしすぎているように思った。彼のしろうと考えでも、こんなあやふやなことをつっついても、なにも出て来ない。却って宏に不利な言葉を引き出すだけのような気がした。

「ただいまの証人の意見を記録から除いていただきたいと思います。犯行については、まだなにもきいておりません」と菊地は言った。

「証人はきかれたことにだけ答えなさい」裁判長は注意した。「意見をつけ加えてはいけない」

菊地は重ねてきいた。

「軽い調子ではなかったんですか」

「そうは思いません。普段とはちょっとちがった風だったね。真剣でした。だからあたしはあぶないと思って——」

「それはもう聞きました。あなたの思ったことは、結構です。——さてと——」

菊地はちょっと天井を見上げた。彼もこの尋問は失敗だったと、さっきから気がついていたのである。彼は尋問を替えた。

「あなたは酒はたくさん飲みますか」

「さっきも言ったように、五、六本がいいとこです」

「その時は、ほんとに酔っていなかったんですか」

「二、三本っきゃ、飲まないから、酔っちゃいなかった」

「『みよし』へ行く前に、飲んでいたのではありませんか」

「いや、あの日は昼間は飲まなかった。『みよし』が飲みはじめです」

「では、昼間飲むこともあるんですね」

菊地は不意に口調を改めて、鋭くきいた。

「六月二十八日、犯行の二時間前、ハツ子があなたの家へ来た時、あなたは酒を飲んでいましたか」

宮内はすぐ返事できなかった。尋問が飛躍したので、不意を突かれたらしく、口をもぐもぐさせて、助けを求めるように、岡部検事の方を見た。

「異議があります」

岡部検事は立ち上った。

「弁護人の尋問は、犯罪事実と関連性がないばかりではなく、検察側の主尋問に現れなかった事項について尋問を行うもので、規則百九十九条の四の趣旨に反します」

谷本裁判長は少し変な顔をした。意見を求めるように野口判事補を顧みた。ハツ子が殺された日、宮内の長後の家へ寄ったことは、どこかで聞いたような気がした。しかしそれがどこだったか、思い出せなかったからである。

野口判事補も同じ思いだった。そんな事実があるのなら、検察官の主尋問がないのは変だ。彼が急いで机の上の手控用紙を調べている間に、菊地弁護人の言葉が、聞えて来た。

「主尋問にはありませんが、証人の検察庁における供述調書にあります」

「しかしあなたはその供述調書を不同意にしたじゃありませんか。この証人は六月二十日の被告人の行動に関する証人です。六月二十八日のハツ子の行動については、丸秀運送店の息子が、ハツ子と宏がいっしょに自転車へ乗るところを見ている。この証人の家に寄ったことなんか、重要ではない」

「しかしその事実は検察官の冒頭陳述、第三、殺人に関する事実、一、の中に述べられています」菊地も譲らない。「ほんとはあなたの方で立証しなければならないんです。それをなさらないから、わたしが代りに聞こうってわけですよ」

「ちょっと待って下さい」谷本裁判長が割って入った。「検察官のおっしゃるのも一理あるが、犯行の日の被害者の行動に関するものであれば、裁判所はやはりききたいですがね」

「しかしすでに大分時間も経過しています」と言いながら、岡部は法廷の大時計の方を見た。二時五分前を指していた。

「さきほどからの弁護人の尋問をうかがうと、大分こまかいことを気になさるようで」ここで岡部はちょっと皮肉な笑いを浮べた。「証人が酒を飲んでいたかどうか、というようなことまできいたんじゃきりがない」

「そのことの犯罪事実との関連は、やがて立証するつもりです」菊地はやりかえした。

「とにかく裁判所としては、検察官の異議は却下することにします」谷本判事が決定した。

「しかし弁護人はもう少し適切な尋問をして下さい」

菊地はほっと吐息すると、裁判長に一礼して、証人の方へ向き直った。

「検察官冒陳によると、ハツ子は六月二十八日、二時半から三時半まで、あなたの家にいたことになってますが、そんなに長い間なにをしていたんですか」

宮内は下を向いて、少し考えていたが、やがて、

「酒を飲んでいました」

と答えたので、岡部検事は思わず、「うっ」と言った。

酒を飲んでいたかどうか、というような、つまらない質問をしないように、と岡部検事が皮肉った矢先、宮内が、「酒を飲んでいました」と答えてしまったので彼は驚いた。菊地弁護人の千里眼に対して、傍聴席からは「ほっ」というような嘆声が洩れ、岡部検事は「うっ」と呻きに似た声を発したのである。

谷本裁判長と野口主任裁判官は、宮内の顔を疑わしそうな眼で眺めた。菊地弁護人はきいた。

「ほほう、酒を飲んでいた、つまりハツ子といっしょに飲んだという意味ですか」

「そうです」

「どれくらい飲みました」

「ビール、二本です。いや、三本でした」

「三本のビールを二人で、一時間の間に飲んだのですか」

「そうです」

「それはあなたの普段の量として、少ないのではありませんか」

「ええ、もう少し多かったかも知れません。四本だったかも知れません」

「はっきりして下さい。三本ですか、四本ですか」

「四本です」

「二人で四本のビールを飲んだだけですか」

「異議があります」

岡部検事が立ち上った。

「弁護人の尋問は関連性がないし、いたずらに証人の個人生活の細目に立ち入るものです」

谷本裁判長は菊地の顔を見て言った。

「弁護人はその尋問は必要なんですか」

「弁護側はこの日の証人とハツ子の行動を重視しています。例えばハツ子が酩酊していたとすれば、犯行当時の情状はかなり違って来なければなりません」

「それでは、その点をきいて下さい。裁判所はそういう個人生活の細目は、犯罪事実と関連性がないという見解の下に、検察官の異議を認めます」

「わかりました」

菊地は軽く頭を下げると再び、宮内の方へ向き直った。

「ハツ子は酒は強いんですか」

「ええ、客の付き合いならいくらでもやりますが、普段はあまりやりません」

「えっ」菊地はわざと驚いたような声を出した。「その日、ハツ子は全然ビールを飲まなかったんですか」

宮内は岡部検事の顔をうかがいながら、ためらいがちに答えた。

「全然というわけではありませんが、ほとんど飲みませんでした」

これはあきらかにハツ子が酩酊していたという、菊地の推測を否定するための証言であった。

菊地は少し語気を荒くした。

「では、二人で飲んだんじゃないんじゃありませんか。ビール四本、一時間の間にあなた一人で飲んでしまったんですか」

「なん本飲もうと、あたしの勝手じゃないですか」

宮内辰造の顔に反抗の色が動いた。この反応は岡部検事の個人生活に立ち入るな、という異議申立から暗示されたものだった。こういう風に証人は、暗示にかかりながら、自己に有利なように、証言をすすめて行くのだが、その結果、却って自然の態度を失ってしまう。そして絶対的真実の発見を目指す裁判長には、なんとなくうたがわしい印象を与えて行くのである。

「ハツ子は少しも酔わず、あなただけ酔払っていたというわけですね」

「それほどでもなかったけどね。四本ぐらいのビールじゃ、酔いません」

「ビールは誰が買ったんですか」

菊地はさり気ない調子できいた。

「あたしが金を出して買ったんですよ」

「あなたの部屋には、始終ビールがおいてあるんですか」

「うちは飲屋じゃありません。焼酎ぐらいおいてあるけどね。ビールなんて高い酒は——第一、あたしはビールはあまり好かないんで……」

と言いかけて、宮内ははっとしたように、口をつぐんだ。

「ほほう、あなたはきらいなビールを買ったんですか」

「ハツ子が店のやつを持って来たんです」宮内は小さな声で答えた。

「うそは言ってはいけない。ハツ子がハンドバッグだけ持って長後駅前でバスを降りたのを、目撃した人がいる。誰がビールを買ったんです」

宮内は助けを求めるように、岡部検事の顔を見たが、岡部が渋い顔をして、下を向いているのを見て、絶望したような調子で言った。

「もう一人、客がいたんです」

「なぜ、それを早く言わないんです」

「関係がない人ですから」

「それは女の人ですね」

宮内は黙ってうなずいた。

「返事をして下さい。二十八日午後二時半、ハツ子があなたのうちへ寄った時、あなたの部屋にいたのは、女ですね」

「そうです」

「名前は」

「そしてあなたはハツ子とではなく、その女と二人で、四本のビールを飲んだのですね」

「そうです」

宮内はがっくりした声で答える。

「その女はハツ子の死後、あなたと同居しているのではありませんか」

「そうです」

菊地は口調を改めて訊いた。

「桜井京子の年齢、職業、あなたとの関係を述べて下さい」

「よく知らねえが、二十だっていってました。大和市のキャバレー『シャイン』のホステスです。住所は大和市にあったが、五月からこのうちへしけ込んで来て……」

「つまり情交を生じ、同棲していたというんですね」

「まあ、そうです」

「それでは事件当時、ハツ子と別れ、京子と同棲していたことになる」

「しかしハツ子ともすっぱり切れたわけじゃなく、時々見廻ってやりましたよ」

「ではその日、その女とハツ子とあなたと三人の間に、どういうことがあったか、話して下さい」

岡部検事は少し腰を浮かしたが、谷本裁判長の表情から、異議を申し立ててもむだということがわかったらしい。そのまま腰を下してしまった。それでなくても、彼はこの日、あまり度度異議を申し立てることによって、日本の法廷の慣習に反していたのである。

宮内はまた岡部検事の方を見たが、取りつく島もない顔をしているので、孤独の感じにおそわれたらしい。肩をおとすと、低い声でぼそぼそ、話しはじめた。

傍聴席の花井は、胸をどきどきさせながら、さっきからの尋問を聞いていた。宮内の長後の家に若い女がいたのは、彼が発見して来たことであった。花井は自分のしたことが役立ったのに、すっかりうれしくなってしまった。

「京子はその日、朝からうちへ遊びに来ていたんです。ビールは京子の注文で、となりの酒屋から取ったもので、飲んでいるところへハツ子がやって来たんです」

「ハツ子が来ることは、前もって約束してあったんですか」と菊地がきいた。

「約束はありませんでした。不意に来たんです」

「なんか用だったんですか」

「大村吾一に会うと言いに来たんだと思います」

宮内の返事は少し苦しそうだった。

「つまり、その日、これからサラシ沢で、大村吾一に会って、勘定を受け取ると、言ったんですね」

「そうです」

「それがあなたの家へ来る目的だったんですね」

「そのようでした」

「あなたの検察庁における供述調書で、ハツ子が勘定を集金に来て、千三百五十円を支払ったと言ってますが、うそなのですか」

「あっ、そうでした。その金が目的でした。金は渡しました」

「どっちです。はっきりして下さい」

「金を取りに来たんです」

「勘定として」

「ええ」

「しかしあなたはハツ子と肉体関係があり、勘定なんかうやむやではなかったのですか」

「そんなことはありません。ハツ子は金のことはがっちりしていました。あれはあれ、勘定は勘定です。ことにあたしが京子とできちゃってからは」

「それでも勘定はいい加減ではなかったのですか。うそを言ってはいけませんよ」

「うそではありません。たしかに払いました」

「ところで、あなたは『みよし』を処分する時、ハツ子からあなたにあてた十万円の借用証書をみせて、遺族から取り立てたそうですが、ほんとですか」

「ええ、ほんとです」宮内は低く答えた。

「そんなら、あなたはまだ金を貸していたことになる。それなのに、勘定を支払ったのですか」

「あれはあれ、これはこれで別でした」

「どうして別なのです」

「あれはもともと店を売る時、まとまって受け取る約束でした」

「不思議ですねえ。十万円と言えば大金ですよ。そんな金がいつあなたから、ハツ子に渡ったんですか」

「あれはハツ子が『みよし』を出す時です。いや、金田町へ帰る前でした。将来店を出す資金として、融通したんです」

「しかしその頃、あなたはハツ子といっしょにいなかった。昭和三十五年四月には、あなたはどこかへ旅に出ていたはずです。どうして金を渡すことができたんです」

宮内はすぐには返事をしなかった。菊地弁護人は畳みかけるように言った。

「ここに遺族からあずかった証文がありますが、その日付は今年の四月になっています。それはむろん『みよし』を出したあとですし、丁度あなたが長後へ引越した頃ですね」

「あたしはこれまでにハツ子のために、いろいろ金を使ってますから、まあ、店でも売るようなことがあったら返して貰おうという意味で、書いたものにしておいたのです」

宮内はうつむいて、苦しそうに答えた。

「うそを言ってはいけませんよ。手切金としていくらかを受け取り、あとを借用証としたのではありませんか」

「とんでもない。手切金なんて、そんなものを女から取るほど、宮内辰造は落ちちゃいませんや」

「どうですかね。ここにハツ子のハンドバッグの中にあった手帳の写しがありますが、そこにはあなたの勘定として、合計二万四千円の金額が記されています。それは手帳の終りの方に、別に記してあって、支払いずみになったしるしで、消されていません」

宮内は低くなにか呟いた。

「えっ、なんて言ったんです。はっきり言って下さい」

「ひどい奴だ。執念深い女だ、と言ったんです」宮内はやけっぱちな調子で答えた。

「言葉を慎んで下さい」菊地弁護人はほほえみながら言った。「死んだ人を悪く言っちゃいけません」

「しかしおれが飲んだ酒をいちいち勘定してつけてやがるなんて、知りませんでした」

「あなたが金を貸したのがほんとなら、勘定で帳消しにするつもりだったんでしょうな」

「しかしあたしは長後へ越してから、そんなに『みよし』へはいっていない。ほとんどあたしだけが客みたいなもんで、あとは宏が来たり、ヨシ子が来たり、親類ばかり来るんじゃ、あの店はどうせつぶれるとこだったんですよ」

「そしてあなたは金を受け取って、新しい女と、東京へ帰る予定だったんですか」

「そんなに先のことまで考えたことは、ありません」

「ハツ子は、あなたがほかの女とビールを飲んでるところへ入って来て、なんて言いました」

菊地は鋭くきいた。宮内はすぐには返事できなかった。

「ハツ子は桜井京子とあなたの関係を知っていましたか」と菊地は重ねてきいた。

「知っていたと思います」

宮内の返事はぎごちなかった。証人は尋問者を見て答えるのが普通だが、彼の視線は、絶えず菊地の顔から離れて、正面の裁判官から検察官席へと、移動し続けた。これはもちろんまずい答えをするんじゃないか、という不安のあらわれであった。

「思います、というのでは、はっきりしませんね。知っていたのですか、いなかったのですか。それまでにハツ子と話したことはなかったんですか」

「ありました」

「では、知っていたのですね」

「そうです」

「ハツ子は京子にそれまでに会ったことがありましたか」

「この日がはじめてでした」

「それなのに平気な顔をしていたというんですか」

「そうです。どうせハツ子とは別れることになっていましたからね。やぼなことを言うような女じゃありませんよ、ハツ子は」

「そうですかね。うわべはそうでも、内心はそうあなたの都合のいいように思ってくれないいんじゃないですか」菊地は食い下った。

「そうかも知れません。でもとにかくハツ子は『ああ、これが京子さんね』と言っただけでした。そして今月分の勘定千三百五十円を払え、と言ったのです」

「勘定は毎月払ってたのですか」

「ええ、まあ、つけにしてたのに――今月は苦しいからなんて。なに、いやがらせですよ。あたしも癪だったが、有金残らずさらって――京子の金も足して払ってやったんです」

「なるほど、それであなたが金を払えたわけが、やっとわかりました」と言って菊地は笑った。

「それから、どうしました」

「それだけです。それから『まあ一杯やれよ』と言うと、『ありがと、喉がかわいたわ』と言って、ビールを一杯ぐっと飲んで、『さあ、あたしこれから大村のじいさんとこへ行かなくちゃ』と言って、帰って行きました」

「別にかわった様子はありませんでしたか」

「ありませんでした。すごくほがらかに、帰って行きました。見上げたもんでしたよ」

宮内は少し得意気に答えたが、菊地は真面目な表情をくずさなかった。

「なるほど、しかしそれだけで一時間かかったんですか」

「一時間なんてそんなにかかりゃしません。ものの十五分もいたでしょうか」

「しかしあなたは検察庁の取調べでは、三時三十分頃帰って行ったと言っている。来たのは二時三十分頃で、一時間あなたの部屋にいたことになっています。この点どうですか」

宮内は助けを求めるように、岡部検事の顔を見た。岡部としては、がんばれ、前の供述を否定してしまえ、となんらかの合図で、指示したいところだったかも知れない。しかし証人の申請者として、法廷におけるこの種の行動は、裁判官に悪い心証を与えて、逆効果を生じるおそれがある。彼はわざと横を向いていた。

宮内は思い切ったように言った。

「あたしはうそは申しません。ハツ子は金を受け取るとすぐ帰って行きました」

菊地はものやわらかに言った。

「しかしあなたは検察庁の取調べでは、一時間いたと言っているし、この法廷でもこれまでは、それを否定していない。うそをつくとあとで困るだけですよ」

「それはなんかの間違いです。実際ハツ子は十五分ぐらいしかいなかったのだから、そんなこと言うはずはありません」

宮内は言い張った。

「おかしいですね。ハツ子が長後駅員榊原伊助と別れたのは、二時二十分ごろで、丸秀運送店の前を通ったのは、三時三十分です。その間、あなたのうちよりほかに、いるところはない」

「どうしてわかります。どっかほかへ寄ったかも知れないし、喫茶店で休んだかも知れないじゃないですか」

「あなたと議論する気はありませんよ。あなたの家と丸秀運送店は長後町の本通りにあって、五十メートルしかはなれていない。大勢の人が見ているんですよ」

推理小説なら、有能な弁護人が、有能な私立探偵を使って、あらかじめ階下の雑貨商の主人か、付近の人から聞き込みを取っておいた、ということになるかも知れない。決定的な目撃証人を出して、宮内辰造を取っちめる場面もできないことはないだろうが、日本の裁判ではそういうことは、実際は行われないのである。

弁護側に金がないこと、私立探偵が優秀でないこと、など理由はさまざまであるが、何よりも重大なのは、そんな風に法廷外で相手方の証人をいじることは、法廷でかえって不利になる惧れがあるということである。

証人は裁判所が召喚した神聖なものであるという時代錯誤的な偏見を持つ裁判官はこの頃は少なくなっていたが、弁護士は依頼人の利益のためなら、何をやるかわからない人間だ、という考えは、まだ裁判所に残っていた。少なくとも、その可能性は考慮しなくては、正しい裁判はできないとされていた。

弁護人は従って専ら法廷技術によって、証人から有利な証言を引き出した方がよいのだが、これが容易なわざではないのだ。証人は頑固なもので、なかなか証言を撤回しない。一般の日常生活でも、一度言い出したことを固持したくなるのは、人情の自然である。法廷では証人は一層かたくなになるものである。

偽証罪でおどかすなんて問題外で、菊地弁護人がやったように、「人が見ているんですよ」とやんわり反省をうながすのが、最も有効なのである。

菊地は相変らず、微笑を含んでいたが、実は重大な難関に逢着していたのであった。彼としては、ここで宮内、ハツ子、京子の間に争いがあり、それが後のハツ子の心理的状態に影響したということを立証するのは、宏の犯行を弁護する情状として、必要なのであった。ところが宮内は、ハツ子は部屋に新しい女がいたことに、別に激昂せず、至極朗らかに、十五分ぐらいで立ち去った、と固執するのである。

しかしハツ子が十五分ではなく、一時間いたことは、宮内が最初地検の刑事部の検事に対して行なった供述にあり、その他の状況もそれを指し示している。彼のところに一時間いなければ、ハツ子がそれから三時半まで、狭い長後の町で、いるところはないのである。

しかしこの日のハツ子の足取りは、警察でも検察庁でも、詳細に辿られていなかった。最初は痴情の線が出て、男との関係が追及されかけたが、宮内が調べられる前に、宏が逮捕され、すぐ自白してしまったので、むしろないがしろにされた。彼は六月二十日の目撃証人としてのみ、調書を取られたのであった。

一時間でも十五分でも、どっちでもいいようなものだが、一時間ならば、集金に寄ったとしては、長くいすぎたことになる。ハツ子が宮内が新しい女とビールを飲んでいるところへ来合せて、平気で立ち去ったとは考えられないので、なにか争いがあったと推測することができる。

前にはこう言ったではないか、ということを、法廷の審理の対象に持ち出す手段はある。刑訴法三百二十一条一項二号というのが、こういう時よく使われる条文で、それは被告人以外の者の供述調書を証拠とすることができる場合を規定したものである。

「検察官の面前における供述を録取した書面については、（中略）公判準備若しくは公判期日において前の供述と相反するか若しくは実質的に異つた供述をしたとき。但し、公判準備又は公判期日における供述よりも前の供述を信用すべき特別の情況の存するときに限る」

松川裁判その他有名な否認事件において、多くの被告側の証人の法廷における証言が採用されず、検察庁における供述調書が取り上げられたのは、この条項のためである。

これは検察官にとっては、たいへん強力な武器である。しかし弁護人にとって、それほど強力ではない。検察官は公判において、証人が供述を変えた時、直ちに前に作成した供述調書を証拠として申請すれば、法の規定によって、殆んど採用されるが、同じ便宜は弁護人には与えられていないのである。弁護人の持っているのは検事調書の写しで原本ではないから、証拠として取調べを申請することは極めて困難である。従って大変不利な立場におかれているわけである。

宮内は岡部検事の顔色をうかがったが、なにか彼の行動を是認する微妙な表情を見付けたらしく、証言を固執した。

「だれにきかれたって、かまいません。とにかく私の部屋から、すぐ出て行ったんですから」

「するとそれは二時四十五分頃になりますが」

「そうなるでしょうね。よくおぼえていません。いちいち時計を見たわけじゃありませんから」

「それなのに、なぜ検察庁では三時三十分頃帰ったと言ったんですか」

菊地はもう一度だめを押した。

「よくおぼえていません。ハツ子が三時半頃丸秀運送店へ寄って、宏に会ったということを前から聞いていましたので、そんならその頃帰ったんだな、と思って、そんなことを言ったのかも知れません」

「すると、あなたの家へ来たのは、三時すぎになりますよ」

「そうだったかも知れません。なにしろ時計を見たわけじゃありませんから」

「最後にもう一つ聞きます」

菊地弁護士は大きな声で言い、はじめて宮内の顔を睨みつけた。柔和な弁護士の仮面が取れて、昔の判事の顔があらわれた。あるいは予審判事として、被疑者と差し向いで取調べを行なった経験者の、こわい眼と口が、真向に敵意を持って証人に向けられたのである。

「あなたはそれからハツ子に会っていませんか」

宮内は質問の意味が飲み込めないらしく、ぽかんとした顔をして、菊地弁護人を見返していた。

「それがほんとにハツ子を見た最後ですか、ときいているんです」

宮内は少しもじもじした。

「むろんです。金は払ったし、もう用はありませんや」

「しかしあなたはハツ子が五時にサラシ沢で、大村吾一に会って、金を受け取るのを知っていた。その金額はさきほどの大村吾一の証言によると、あなたが請求した額の五千円より、大分少ない。あなたはそれに異存はなかったんですか。その時、その話は出なかったのですか」

宮内の顔に恐怖があらわれた。

「とんでもない。さっきも言ったように、わたしは大村のじいさんに、金を出せなんて、言ったことはありません。ハツ子がじいさんから、いくら取ろうと、あたしの知ったことじゃありませんや」

「そうでしょうか。わたしにはあなたより、大村吾一の方が、ずっと信用できますがね。ハツ子はあなたの意に反して、多分大村吾一がかわいそうになったのでしょう、普通の勘定ですまそうと思っていた。しかしあなたはそれに不満だった。ハツ子が大村吾一に会うときいて、あとから追いかけて、サラシ沢へ行ったのではありませんか」

「とんでもないことです」宮内は叫んだ。

宮内がハツ子のあとを追って、サラシ沢へ行ったのではないか、という質問は、とりもなおさず宮内が犯行時間に、現場にいたのではないか、ということを意味する。

傍聴席にざわめきが起った。

「異議があります」

岡部検事が立ち上った。

「すでに弁護人は本証人に対し、勝手に自己に有利な証言を強要しつつありますが、ただいまの尋問は、証人を脅迫するものであり、法廷倫理上許されないだけでなく、関連性のない推測であります。なにを証拠に、本証人がハツ子を追って、犯行現場に赴いたと言われるのですか」

岡部検事はほんとに怒ったらしく、顔が真赤になっていた。しかし菊地弁護人はあとへ引かなかった。

「裁判長に申し上げますが、本証人は正直に供述しないばかりでなく、真実を隠そうとしていることは、その態度、尋問の経過によってあきらかだと思います。従って弁護側としても、誘導的に真実を引き出さなければならないのです。弁護側は犯行前後の模様については、多くの不明の点があるという意見です。証人にやましいことがなければ、さっさと返事をするがよい。証人はハツ子のあとを追って、サラシ沢へ行ったのですか、行かなかったのですか。返事は二つに一つです。イエスかノーで答えればいいのです」

菊地はこの時、裁判長の思惑を無視して、真実発見の一路に突き進んでいる恰好だった。

谷本裁判長は慎重に菊地の態度を見守っていたが、やがて言った。

「検察官の異議申立も一理ありますが、裁判所はやはりこの証人の答えを聞きたいと思います。証人は答えて下さい」

「天地神明に誓って、ノーです。私はその日の午後はずっと、京子といっしょに部屋にいて、一歩も外へ出ませんでした」

菊地は注意深く、宮内の顔を見続けた。

「あなたは昭和三十二年来、ハツ子のいわゆるヒモであり、彼女の稼ぎに依存していました。彼女はいたたまれず、郷里に逃げ帰って、店を持ったが、あなたはあくまでも追っかけて来た。商品である酒を飲み、店にとぐろを巻いて、『みよし』の営業を妨害しました。警察沙汰を起し、ほかの女を作り、しかもハツ子からは手切金を取る段取りまで取りつけた。せめてハツ子の最後の日については、死んだ者が可哀そうだと思って、ほんとのことを言う気になりませんか」

宮内の額から汗が吹き出した。

「ほんとのことをなんども言いました。あたしは家にいました。ハツ子の跡を追ったなどということはありません」

菊地はなおも宮内の顔を見続けたが、彼の証言の信用性について、ある確信に達したようだった。彼は再び裁判長に向き直って言った。

「いちおうこれで終りますが、この証人は、あとで弁護側の証人として申請したいと思いますので、この点御了承願いたいと思います。また検察官に対する供述調書を証拠としてお取調べ願いたいので、検察官に調書を提出されることを求めます。趣旨は冒陳で申し上げます」

谷本裁判長は野口主任裁判官と顔を寄せて、二言三言、小声で話し合った。それから正面を向いて言った。

「本証人を弁護側の証人としてもう一度呼ぶかどうか、検察官に対する供述調書の提出を求めるかどうかは、追って決定することにします」

これは弁護側にとって、かなり希望の持てる言葉であった。検察官がハツ子の二十八日の行動について、宮内を尋問しなかったことが、不利だったのである。

「検察官、さらに何かありますか」

と、裁判長は聞いた。これは菊地の反対尋問に対しその場で再主尋問をするかどうかを、確かめる質問である。岡部検事は答えた。

「検察側としては、いずれ当法廷でこの証人を尋問することができるわけですから、さし当って聞くことはございません」

岡部の顔には、少し皮肉の色が浮んでいた。裁判長は言った。

「では、証人は戻ってよろしい。ご苦労さまでした。また出廷してもらうかも知れませんから、住所等の変更の場合は、必ず裁判所に通知するのを忘れないように」

宮内辰造はほっとした様子で一礼すると証言台を出た。廷吏に導かれて、廊下へ出るドアに向った。岡部検事はそっちへは見向きもしなかった。

（弁護側の証人として出廷する前に、取調べなきゃならない）と彼は思っていた。

「次は証人富岡秀次郎を調べて下さい。これは被告人の茅ヶ崎の勤務先の元同僚で、二十八日、午後三時半頃、被告人と被害者が出会い自転車に相乗りして、金田町へ向うのを目撃した証人です。ただし、この日のハツ子の行動については、すでに宮内辰造から色々聞きましたし、あまり重大でありませんので、簡単にしたいと思います。それに時間も大分経っておりますので」

と言いながら、彼は法廷の大時計へ目をやった。実際菊地の宮内辰造に対する反対尋問は長くかかり、予定の一時間をはるかに越して、時計は二時半を指していた。

「証人、富岡さん」

廷吏に呼ばれて、秀次郎は廊下から入った。被告人席の宏に眼を投げると、おずおずと証言台に歩み寄った。

彼は宏と同い年の十九歳であった。粗末なギャバジンのズボンに、木綿のジャンパーを着た姿で、大勢の人の前へ出るのにおびえているようだった。型通り宣誓書を読み上げる間も、手がふるえていた。

岡部検事は事務的な口調で、姓名、住所、年齢を聞いて行った。秀次郎の答えは、宏と同様、学校の先生に答えるような、取りつくろった堅苦しさがあった。

「さて、被告人がどういういきさつで、あなたの店に、ライトバンを借りに来たのか話して下さい」

殺意

富岡秀次郎に対する岡部検事の尋問は、事務的なもので、彼がこの証人をあまり重視していないのは、あきらかだった。

富岡は犯行の当日、被害者と被告人が会ったところに居合せた人間にすぎなかった。それに宮内辰造に対する反対尋問によって、被害者ハツ子の死の直前の心理状態が、情状として、弁護側に有利になりそうだった。この場面をあまり突つくのは賢明でない、と思われたのである。

谷本裁判長が宮内について、いい心証を持たなかったのは、最後に「住所の変更があった場合は通知するように」と特に注意したことにもあらわれていた。

これは宮内を、住所不定に近い人間と裁判長が考えていることを示している。つまりその信用性はすでにそこなわれているのである。

岡部検事の期待をかけているのは、富岡秀次郎よりも、次に出廷を予定されている証人、清川民蔵であった。これは二十八日、宏が登山用ナイフを買った長後の刃物店、福田屋の主人で、宏の「殺意」を立証すべき重要な証人であった。情状にこだわることは、弁護側の思うつぼであるから、岡部は「殺意」と「犯罪事実」の立証に、力を集中するつもりであった。

富岡秀次郎は、若者らしい素直な調子で、茅ヶ崎の自転車組立工場で宏と知り合ったいきさつから、去年退職して、家業の運送業を手伝うようになったことを、手際よく話して行った。宏とは気が合った友達だったから、ライトバンを一日借りたいと言われた時に、なんのうたがいも持たなかったこと。二十八日は、その日取りをきめに来たもので、大体三時頃、店の前へ自転車をとめた、と証言した。

「その態度になにか、変ったところはありませんでしたか」と岡部検事がきいた。

「別にありませんでした」

「ライトバンを何に使うかということは、きかなかったのですか」

「ききません。宏のうちにもあるはずですが、修理に出しているということでした」

「被告人のうちへ問い合せる気にはならなかったのですか」

「ええ、むろんです」秀次郎は少し意外といった顔付で言った。「おやじは商売道具をやたらに人に貸すもんじゃないと言いましたが、宏とは昔からの友達だから、ってぼくが頼んだんです」

「つまり被告人はあなたの好意に甘えて、家出のために荷物を運ぶということを告げずに、つまりあなたを欺（あざむ）いて、ライトバンを借り出したわけですね」

「ええ、まあ」秀次郎は少し口ごもる。「宏は古い友達だから……そんなことに使うのだとは思いませんでした」

　岡部検事は口調を改めてきいた。

「三時半頃、被害者ハツ子が通りかかった時、あなたは宏といっしょに、店の前にいましたね。その時の模様を話して下さい」

「その三時半頃、宏とその貸すことにきめたライトバンのバッテリーの調子を見ているところへ、ハツ子さんが通りかかったのです。『宏さん、こんなところでなにしてるの』と言う声で、はじめて気がついたのです。宏ははっとしたような様子でした。ふりむいて、『ああ、ハツ子さんか』と言ったきり、だまって、また車の前へ頭を突っ込んだんです」

「つまりあなたから車を借りようとしている現場を見られたので、困ったわけですね」

「異議を申し立てます」菊地弁護人が立ち上った。「これは誘導尋問であり、証人の見聞ではなく、意見をきくものです」

「異議を認めます」

　谷本判事がすぐ決定した。しかしその顔には、少し面倒臭そうな表情があらわれていた。（いちいち異議を申し立てなくても、こちらで適当に判断してやるのに）と、その顔に書いてあった。

　彼はちらと法廷の時計に眼をやった。彼は弁護側が宮内辰造の反対尋問で手間取り、また富岡秀次郎の主尋問に対して、異議を申し立てることによって、時間を潰すのを、にがにがしく思っていた。岡部検事は質問をかえた。

「それから二人の間にどんな会話がかわされたか、話して下さい」

「ハツ子さんはそのまま、そこに立って、ぼくたちの仕事を見ていました。ぼくは宏と肩を並べて、車の前へ頭を突っ込みながら、『誰だい』ってきくと、『ヨシ子の姉だ、うるさ型なんだ。これ、ないしょだよ』と言いました。よくわかりませんが、ライトバンを借りてることを、言ってはいけないという意味だとわかりましたから、ぼくは『オーケー』と言って、立ち上りましたが、ハツ子さんは実にへんな眼で、こっちを見ていることがわかりました」

「ちょっと」岡部検事がさえぎった。「へんな眼って、どんな眼ですか」

「ただ、へんな眼です。ほかに説明しようがありません」

「あなた方のしてることを、あやしむような眼という意味ですか」

これも誘導尋問だが、菊地はもう異議は申し立てなかった。今朝からの法廷指揮で、谷本裁判長が、自分の方に有利な心証を形づくりつつある自信があったからだが、彼自身もまたこの証人をさして重要でない、と思っていたからにほかならない。

彼が閲覧した供述調書では、秀次郎は検察官に対して、別に重大なことを言っていないのである。彼がその供述調書を不同意にして、証人として召喚して貰ったのは、反対尋問でちょっとききたいことがあったからだった。

秀次郎は答えた。

「まあ、そういえば、そんな眼だったかも知れません。とにかく宏はすぐ背を向けて、口を利きたくない、という風だったんですから」

「要するに宏はハツ子にライトバンを借りることを知られたくなかったが、ハツ子はそれにうたがいを抱いたということになりますね」と岡部検事はきいた。

「まあ、そうです」

秀次郎は下を向いて、低く答えた。その事実を認めるのを、恥じているような様子だった。

「それから、どんなことがありましたか」

「ハツ子さんが『宏さん、すぐ金田へ帰るの』って、声をかけました。宏がふりむきもせず『うん』と答えましたが、すると、『じゃ、あたし、自転車のうしろへ乗せてってくれない』って、ハツ子さんが言いました。その言葉で宏は立ち上り、『うちへ帰るの』とききましたが、ハツ子さんは『さあ、どうかしらね』と笑って、『乗せてってくれる』とまたききました。そこで宏は『うん』と言ったのです」

「ハツ子は金田町のどこへ行くか、言わなかったんですね」と岡部検事はきいた。

「ぼくが聞いたとこじゃ、言わなかったようです」

「それから、どうしました」

「車は次の日の晩方、取りに来ることに話がついていたし、車体の点検も終ったし、宏はどうせ帰るところだったんです。自転車を引き出して来て、『さよなら』と言いながら、片眼でちょっと合図してから、ハツ子さんを乗せて行っちゃいました。それからあとは知りません」

「眼で合図した、というのは、具体的にどういうことですか」

「片眼をつぶって——ウインクしたんです。ライトバン借りるのは、ないしょだよ、という意味だ、と思いました」

「つまり二人共、至極朗らかに乗って行ったんですね」

「まあ、そうです」

「その時のハツ子の服装を言って下さい」

「花模様のテトロン地のワンピースを着ていました。白のパラソルをさし、黄色のサンダルをはき、水色のビニール製のハンドバッグを持っていました」

これはハツ子が死体となって発見された時と同じ服装で、宏と共に長後の町を出発したことを確認するための、質問であった。

「ハツ子と宏が出かけたのはなん時でしたか」

「四時頃です」

「それから、あなたはその日は被告人を見ていないのですね」

「見ません」

「その次に被告人があなたの店へ来たのは、いつですか」

「次の日、二十九日の暗くなってから、約束通り車を取りに来ました」

「異状はありませんでしたか」

「ありませんでした」

「なにか心に悩みごとがあるような気配はありませんでしたか」

「ありませんでした」

「つまり普段とかわらなかったという意味ですね」

「そうです」

「終ります」

宏の犯行後の言動にかわりがなかった、つまり罪の意識がなかったという証言に満足して、岡部検事は腰を下した。


「あなたは被害者のハツ子に、それまでに会ったことがありますか」

菊地弁護人の反対尋問がはじまった。

「いえ、この日がはじめてです」

「さっきからの話では、口をきかなかったようですね」

「ええ、宏が紹介してくれなかったので」

「どういう人だと思いましたか」

「さあ」

と秀次郎が困ったように、天井を見上げるのに対し、たたみかけて、菊地は言った。

「いや、あなたはいままでは、ハツ子がどういう種類の女であるかを知っている。その時、どう思ったかを、きいているんですよ」

「きれいな人だと思いました」

傍聴席でくすくす笑う声が聞えた。秀次郎は赤くなった。

「きれい？　それだけですか。あなたと被告人が車の前に首を突っ込んでいる時、へんな眼で見ていた、とおっしゃったが、そんなら彼女はへんな女ということになりはしませんか」

傍聴席がまたざわめいた。

「どうだか、わかりません。どうも年上の女は苦手です」

「つまりなにを考えてるのかわからない、という意味ですね」

「まあ、そうです」

「被告人はあなたにライトバンを借りるのは、だまってろ、って言った。あなたはそれを承知した。それについて、なんかやましさは感じませんでしたか」

「かくしごとをするのはきらいです」

「なるほど、つまりあなたにやましい気持があるから、へんな眼に見えたので、実はなんでもなかったのではありませんか」

「よく、わかりません」

「けっこうです。しかしあなたは被告人とは前から友達でよく知っている。彼の気持はわかりますね」

「ええ、大ていわかるつもりです」

「被害者が金田町へ連れてってくれ、と言った時、いやそうでしたか」

「そんな風には見えませんでした」

「うれしそうでしたか」

「そうでもありませんでした」

「人にものを頼まれる時、よろこんでしたい気持か、面倒臭いのでことわりたい気持か、だいたいこの二つのうちのどっちかでしょうね」

「そうでしょう」

「その時、被告人はどっちの気持のように見えました」

「どっちでもなかった、と思います。気乗りはしないけど、断る理由はない、といったかっこうでした」

「つまり、よろこんで、さあ乗り給え、といった調子じゃなかったんですね」

「そうです」

菊地は一段と声を張り上げた。

「つまり被害者が金田町へ二人きりで連れて帰ってくれ、って言ったので、しめた、といった調子じゃなかったわけですね」

傍聴席にいた花井には、最初は菊地がなにをきき出そうとしているのか、見当がつかなかったが、宏が殺意を抱いて機会を待っていたのではない、ということを引き出そうとしているのが、わかって来た。

「そうです」と秀次郎は答えた。

菊地はさらに訊いた。

「ハツ子はどっちの方角から来ましたか。よく思い出して下さい」

秀次郎は宏のもとの同僚で、被告側に同情的な証人であることは、さっきからの尋問の経過にあらわれていた。有利な証言を引き出すことができるはずであった。

「よくおぼえてないんです。ぼく達は車をいじってました。声をかけられて、ふり返ったら、そこに立っていたんです」

「しかしですね」菊地はほほえみながら続けた。「ハツ子が歩いて、おたくの前へ来かかったのなら、どっちから来たかは、その立ってる姿勢でわかりそうなもんですがね。よく思い出して下さいよ。ハツ子は道の真中に、あなたの店の方へ向って立っていたとしても、歩いていた人間が立ち止ったとしたら、幾分は進行方向に向いてるわけですからね」

「思い出しました。駅の方を向いていました」

「つまりハツ子は長後駅の方へ向って歩いていて、宏とあなたがライトバンをいじっているのを見付け、声をかけたということになりますね」

「異議があります」

岡部検事が立ち上った。

「弁護人は関連性のない議論を行なっています。被害者は証人の前を通りすぎてから、気がついて、引き返して来たかも知れず、証人の見た時の被害者の姿勢は、そのまま彼女の進行方向を示すものではありません」

「しかし示さないと限ったわけでもないでしょう」と菊地は答えた。「私はただ証人が目撃した事実を聞いているだけですよ」

「その時の被害者の進行方向が、それほど重要なのですか」と谷本裁判長が菊地にきいた。

「これは宮内辰造の証言と関連しているのです。つまり宮内のうちは、本証人の店と同じ道路に面して、約五十メートル、駅と反対側にあります。従ってこの時のハツ子の進行方向は、宮内の家を出た時間を示すものでなければならない。ハツ子が金田町に行くつもりだったとすれば、駅前のバス停留所へ向って歩くのが自然です。検察官の主張されるように反対方向に歩いていたとするのは、極めて不自然です」

　谷本裁判長はしばらく黙っていたが、やがて言った。

「それだけなら、尋問はもうすんだわけですね」

「まあ、そうですが、もうちょっと」

「いいでしょう。検察官、もうすぐだそうですから、きいたらどうですか。しかし弁護人、簡単にして下さい」

　菊地は一礼して、秀次郎の方に向き直った。

「あなたは宮内辰造が二階借りをしていた雑貨商米子吉成の店を知っていますね」

「ええ、知っています。ぼくの店から、五十メートルばかり、駅とは反対の方へ行ったところです」

「それはつまりハツ子が来たと考えられる方向ですね」

「そうです」

「あなたは仕事に気を取られていて、声をかけられるまで、ハツ子がそばへ来るのを知らなかったと言いましたが、それまでに米子雑貨店の方向、つまりハツ子の来る方向を見なかったのですか」

「はっきり、おぼえていませんが」

「よく思い出して下さい。ハツ子が宮内の家を出て、あなたの家の方へ歩いて来るのを見ませんでしたか」

秀次郎がしばらく考えている間に、岡部検事は立ち上ろうとするかのように、机の上に両手をおいて、肩に力を入れたが、谷本裁判長の顔を見て、異議を申し立てても無駄だと思ったらしい。そのまま腰を下してしまった。

そして岡部検事は賢明であった。秀次郎の答えは、

「どうも思い出せません」だけだったからである。

菊地弁護人はなおも心残りらしく、秀次郎の顔を見て、しばらく突立っていたが、思い直したように、言葉を改めた。

「では、質問を変えます。宏があなたの家へ来たのは、なん時でした」

「三時少しすぎでした」

「つまりハツ子が来る二十分か、三十分前ということになりますね」

「そうです」

「その時、宏の様子に普段とかわったことはありませんでしたか」

「べつに、いつものように元気でした」

「どっちから来ました」

「駅の方からです」

「あなたはやはりあなたの家と同じ通りに面している福田屋刃物店を知っていますね」

「知っています。うちから駅の方へ向って、十軒目の左側です」

「つまり福田屋はあなたの店と駅との中間にあるわけですね」

「そうです」

「そして宏はそっちの方角から、来たんですね。間違いありませんね」

「ええ、宏が入って来た時、ぼくはちょうど店にいました」

「宏はその日、福田屋刃物店で、登山ナイフを買ったことになっているんですが、あなたは宏がそのナイフを持っているのを見ましたか」

これが重大な質問であることは、秀次郎にもわかったと見えて、表情をこわばらせ、もじもじした。これは菊地弁護人としては、困る態度なのである。彼は重ねてきいた。

「見たんですか。見なかったんですか。簡単なことですよ。イエスかノーで答えて下さい」

「見ませんでした」

遂に秀次郎は答えた。

「つまり、宏が二十八日の午後三時すぎ、あなたの店に入って来た時、登山ナイフらしいものは持っていなかった、と言うんですね」

菊地は念を押した。

「そうです。手にはなんにも持っていませんでした」

「ポケットにはそれらしいものを、入れているようにも、見えなかったんですね」

「ええ」

秀次郎は首をひねりながら、あいまいに答えた。

「あれは夏でしたから、宏は上衣なしの、カッターシャツ一枚といういで立ちだったはずです。帽子もかぶっていなかった。それに間違いありませんね」

「ありません」

「ズボンのポケットに入れていれば、まあ、見えないわけだが、シャツの胸のポケットなら、わかるはずですがね」

「あっ、ありました。胸のポケットにさしていました」

この言葉に、菊地ははっとした。なぜなら、拘置所を訪れた菊地に対し、宏は「ズボンのポケットへ手を入れたら、ナイフにさわったので、ついそれでおどかす気になった」となんども繰り返していたからである。

検察庁での自供調書では、むろん「殺意をもって」小刀を取り出したことになっていた。しかしナイフをズボンのポケットに入れていた、という点については一致している。

ここで「それは変ですね。宏はズボンのポケットから出したと言っているんですが」とききことができれば、便利なのだが、これまでになんども書いたように、被告人の自供調書は裁判の最終の段階になって出すべきもので、それまでに引用するのは禁物なのである。

いと思ったのは、あわよくば、この時宏が全然ナイフを持っていなかったかも知れないと暗示することにあった。彼にナイフを売ったという福田屋刃物店の主人の証言も、記憶違いということが立証できれば、凶器は誰のものかわからないことになる。ハツ子あるいはその他の不明の人物の所有物ということに、持って行けないものでもない。

秀次郎のナイフを胸にさしていた、という証言は、これらの希望を無にすると同時に、宏がナイフについて、うその供述をしていることを示すことになる。またもや証人を深追いしすぎた、という後悔が菊地を捉えた。しかしこの裁判では、菊地はずっとついていたということができる。彼は「しまった」と思う必要は全然なかったのである。

秀次郎が続いて言ったことは、彼にも法廷にも意外だった。

「すっかり忘れていました。宏が胸のポケットにさしていたのは、洗濯バサミでした」

「洗濯バサミ？　ナイフじゃないんですか」

「ナイフは気がつきませんでしたが、洗濯バサミはたしかにありました。アルミのやつを一ダースばかり、ボール紙へはさんだのを、胸のポケットにさしていたんです。上の方が少し出ていましたから、わかりました」

「へんなものを持っていたものですねえ」

と言いながら、菊地は被告人席の宏を見た。洗濯バサミはこれまで宏の話にも、自供調書にも出ていなかったからである。宏の顔に赤味がさし、うなずいてみせたので、それが事実である、と思った。

「ぼくも少し変だと思いましたが、ぼくたちはすぐ車体の点検にかかったので、別にきいても見ませんでした。とにかくその日、宏が持っていたもので、ぼくが気がついたのは、それだけです」

「アルミの洗濯バサミだと言いましたね」

「そうです。ごく普通のやつです」

「そしてそれはずっと、宏の胸ポケットにささっていたのですね」

「そうです」

「宏がハツ子を乗せて、金田町の方へ去った時も、シャツのポケットにさしたままでしたね」

「そうです」

菊地はしばらく考えていたが、突然、

「終ります」と言って、腰を下した。

アルミの洗濯バサミが殺人事件となんの関係があるのかという点を、もっと菊地が追及するのを予期していた傍聴人には、少しあっけないような打ち切り方だった。

岡部検事は下らない尋問が早くすんでよかった、といいたげな、気のない調子で立ち上り、

「検察側には、再びきくことはありません」

と言った。それはこれらの細かい点について、彼がなんの関心も持っていないことを示すためのジェスチュアであった。

次はこの日に予定されていた最後の証人、清川民蔵だった。これは二十八日、宏が登山ナイフを買った長後町の刃物店福田屋の主人で、宏の「殺意」の存在を立証する、きめ手となるはずであった。

　富岡秀次郎が被告人席の宏に、複雑な感情をこめた視線を送って退廷した後、廷吏が廊下へ向って、

「証人、清川さん、中へ」

と呼ぶと、清川民蔵は、しっかりした歩調で法廷に入って来た。彼は年は三十四歳、グレイの揃いの背広を着て、ちょっと見では刃物屋の主人というよりは、勤人に見える風態だった。

　彼はものに怖じない態度で、証言台に入ると、人定尋問、宣誓書朗読など、型通りの手続を、てきぱきとやってのけた。おれは事件となんの関係もない、ただ被告人に偶然ナイフを売っただけだ、という割り切った考えが、その態度にあらわれていた。

　彼は岡部検事の質問に答えて、二十八日の二時半頃、どんな風に宏が店に入って来たか、どことなく落ち着かない風で、並んでいる小刀をあちこち手に取って丹念に調べた末、その登山ナイフを選んだことを語った。わざわざ刃を起して、切先に指をあてて、調べていたこと、代金は八百五十円だったことなどを語った。

　これらの詳細は、捜査担当の検事が、ナイフを買った時すでに、宏に「殺意」があったという認定の下に、聞き出したことであった。そういう風に供述を積み重ねることが、公判を維持するために必要なのである。

証人は公判廷で供述調書の通りを述べることを、要求されている。供述を終ったあと、「公判に出てもらうことになるかも知れませんが、その時、この供述調書の通り述べられますね」とあらかじめ、だめを押されているわけである。供述したことはなかったと思い直したとしても、一度言ったことを変えるのは、なにか悪いことをするように感じるものである。また一度筋道を立てて話すと、それが確乎不抜の真実のように思えて来るのは、万人共通の心理である。

こうして殺人という恐ろしい計画の下に、ナイフを買う少年という一場の画面ができ上ってしまう。そして清川民蔵は几帳面な男であり、供述調書通りに、明瞭に述べることができた。岡部検事は清川の態度と証言にすっかり満足し、宏が「殺意」をもってナイフを買ったということは、充分立証されたと確信して、腰を下した。

菊地弁護士は、こういうさり気ない質問から、反対尋問に入った。

「あなたの店は、一日になん人ぐらい、客がありますか」

「それは日によります」

「例えばその六月二十八日には、なん人ありました?」

「よく、憶えませんが」清川は天井を仰いで、少し考えていたが、「三十人ぐらいだったと思います」と答えた。

「それはいつもより多い方ですか、少ない方ですか」

「普通の人数だと思います」

「客は大抵、長後の町の、つまりあなたの顔見知りの人でしょうね」

「そうです。被告人が入って来た時、これはよその人間だな、とすぐわかりました」

「すると、あなたはこの被告人に特に気をつけていたわけではありませんね」

「いや、この人は目につきました。気をつけていました」

清川はがんこに言った。こういうところが、証人の証言に固執する傾向と言われるものである。


弁護人として、証人の人間性の自然に逆らうのは危険である。それはますます証人を硬化させ、尋問者にとって不利な証言をくり返させ、場合によっては、さらに不利な方向へ導くことになる。菊地はその点は心得ていた。彼はやんわりきいた。

「ナイフをなん本か手に取って、しらべたと言いましたね」

「ええ」

「刃を立てて、切れ味をみるというようなことは、客がだれでもすることではありませんか」

「まあ、そうですが、この人は特に熱心でした。なんども、ナイフや切り出しを取り上げたり、下へおいたり、ためつすがめつ、刃を調べていました」

「被告人が選んだ登山ナイフの八百五十円という価格は、安いものじゃありませんね」

「そうです。うちでも、一本しかおいてなかったものです。この人には少し不相応な買物だったので、あたしはおぼえているんです」

清川民蔵はあくまで自分の証言がたしかであることを強調したいらしかった。

「そのナイフは、普通登山ナイフといわれるもので、栓抜きや鋸（のこぎり）のついた、一種の万能ナイフですね」

「そうです」

「刃渡りは十センチぐらい？」

「そうです」

「それは普通の切り出しなんかと比べて、特に切れ味がいいとは言えないんじゃありませんか」

清川の表情にちょっとためらいがあらわれた。商品を熟知している商人としての良心に照して、どっちがよく切れるかは、にわかに決定できないのは当然だった。

「どっちがよく切れるか、切るものによりますから、ちょっとはっきり言えません。しかし登山ナイフは、ロープや木の枝などを切るためのものですから、相当切れますよ」

「しかしあなたの店にあった刃物の中で、一番切れるものではありませんね」

「そりゃ、そうです。切り出しやノミの方が、ずっと切れます。あたりまえですよ」

「つまり被告人はあなたの店に陳列してあった刃物の中で一番鋭いものを選んだわけではありませんね」

「しかし相当切れることはたしかですよ。この人がどういうつもりで、登山ナイフにきめたのか、わかりませんが」

清川は少し不服そうに答えた。登山ナイフが鋭利なものであることがたしかだったから、これ以上証人と押問答を続けるのは危険であった。菊地弁護人は、質問の方向をかえた。

「時に、あなたの店は刃物店ですか」

「そうですとも。ちゃんと祖父の代から営業許可を取ってあります」清川民蔵は少しむっとしたように答えた。

「いいえ、あなたの営業資格にけちをつけようと言うのではありません。私のききたいのは、刃物だけ売っているのかどうか、ということです」

「長後のような田舎町で、庖丁やナイフだけ売っていては、商売はなり立ちません。鍋、釜のたぐいも売っています。金物一般を扱っております、金物屋ですよ」

「えっ、金物屋？ では検察官証拠申請書に『刃物商』とあるのは誤りですか」

「刃物屋でも結構です、刃物が主ですから。どっちでも同じことですよ」

「じゃあなたの店では、洗濯バサミも売っていますね」

「洗濯バサミ？」清川はちょっと変な顔をしたが、すぐ答えた。「おいてあります。うちは荒物屋じゃないから、種類はありませんが、アルミの粗末なやつなら、おいてあります」

菊地は声を張り上げた。

「では、二十八日の午後二時半頃、被告人に証拠物第一号の登山ナイフを売った時、アルミの洗濯バサミをいっしょに売ったかどうか、答えて下さい」

「あっ」というような声が、傍聴席から上った。

富岡秀次郎の尋問で、その日宏のシャツの胸ポケットにあったことが明らかにされた洗濯バサミが、事件になんらかの意味を持つことが、漠然とではあったが、感じられて来たからである。

清川民蔵が「刃物商」と検察官の申請書にあり、冒頭陳述で「福田屋刃物店」と記されたのは、問題の登山ナイフを買った店としてしか意味を持たないからであった。警察も検察庁もただ登山ナイフとの関連において捉えるから、「福田屋刃物店」と書かれるのである。実際は「金物店」と看板にも書いてあり、長後の町の人にはそう呼ばれていたのである。

裁判の書類には、すべて事件との関連において記載するため、時々犯されるちょっとした誤りであるが、菊地弁護人はむろんこれを書類の上で見抜いたわけではない。たまたま富岡秀次郎を尋問している間に、あらわれて来た洗濯バサミから、推理したにすぎない。この裁判で菊地がついていたというのは、こういうことを指す。ただとっさのうちに、これらの事実の関連を捉えたのは、彼の頭脳の機敏な働きであった。

証言が正しいかどうかを判定するためには、その時の証人の態度に注意するのは大事であるが、同時に、それに対する被告人の反応を見るのも、欠かしてはならないと言われている。それは証言のいわば鏡で、常にその真偽を映しているはずなのである。

清川民蔵がしばらく考えた末、

「そうでした。洗濯バサミも買って行きました」

と言った時、主任判事として裁判長の右に席を占めていた野口判事補は、まず被告人席の宏を見た。

そしてその運動不足で蒼白い顔が、この時ぱっと紅潮して、身を乗り出すようにしたので、彼は清川の証言が正しいという心証をかためた。

菊地弁護人も同じ思いであった。彼は富岡秀次郎の証言の中に、最初洗濯バサミが出て来た時から、宏がそれをナイフといっしょに買ったと直感したので、その真実をうたがっていなかったのだが、清川のはっきりした証言となって、法廷に出たことに、強い喜びを感じた。

そして彼もまたその時の宏の態度を見て、それが清川の記憶違いではないか、という疑問の入る余地のないほど、はっきりした真実であると確信したのである。

「それは登山ナイフのあとで買ったのですか、さきに買ったのですか」

質問を続ける彼の声には力が入っていたが、これは少しよろこびすぎの傾向があった。なぜなら清川はすぐぶっきら棒に、

「あとでした」

と答えたからである。

「あと、というとどういうことになります。よく思い出して下さいよ」菊地はへこたれずに追及を続ける。「それはナイフのあとで、洗濯バサミを渡したという意味ですか。時間的にそんなにはなれていたと思われませんが」

「そうですとも。そのナイフを買うことにきめるとすぐ、そこにある洗濯バサミも下さい、と言ったのです」

「つまり宏はナイフを買いに入って来たのではなく、ナイフと洗濯バサミという二つの品を買いに来たと考えられるわけですね」

「どうですかね。人の気持はわかりませんが、やっぱりナイフを買うのが、目的じゃなかったんですかね。なにしろずっと値が張りますからね」

清川の証言はなかなか菊地の望む方向へ向いて来ない。

「あなたの店では、登山ナイフと洗濯バサミはどっちを前に出しておきますか――つまり客の目につきやすい場所、という意味ですが」

「ナイフはケースに入れて並べておきますし、洗濯バサミはひもで吊っておきます」

「その登山ナイフと洗濯バサミはどっちが外から目につきやすいか、ときいているんですよ」

「それは、洗濯バサミでしょう。そうですね。あれは入口のところにかけてあります。この人は『じゃ、これを下さい』と言って、ナイフを私に渡しながら、目の先にぶらさがった洗濯バサミをあごでしゃくって『それからこれも』と言ったのです」

「つまり最初から洗濯バサミを買うことにきめていて、店へ入ってから、登山ナイフが眼について、その切れ味を吟味して買ったとも考えられるわけですね」

菊地弁護人は食い下った。これは宏があらかじめハツ子を殺す気で、ナイフを買ったか、新世帯の設営のために、ナイフと洗濯バサミを買ったか、という重大な点に関して来るので、彼としては、どうしても明らかにしなければならない点であった。

宏が清川民蔵の店で、ナイフだけを買ったのではない、ということだけでも、いい情状になって来ているのだが、彼はさらにそれを殺意の否定というところまで、持って行かなければならない。

「さあ、どうですかね」

清川民蔵は首をかしげた。見ている方で、いらいらするような、煮え切らない態度だが、真実がこういう道程を経て出て来るのも、よくあることであった。

「あれは夏で、店の戸は取っ払ってあったし、入って来た時は、特に気をつけて見ませんでした。値の張る登山ナイフをいじりだしたから、そばへ行ったのです」

「つまり被告人のような若い者が持つには、高すぎる品物だったわけですね」

「この頃は長後の町の若い工員でも、丹沢縦走なんてやってますからね。若いからって、金がないとは限りません。まあ、なんとなく、この人はそんなタイプには見えませんでした」

「被告人はつまりもの珍しそうに、あるいは物ほしげな様子で、そのナイフをいじっていたわけですね」

「まあ、そうです」

「刃を起して、指をあてて、切れ味を調べてたと、言いましたね」

「ええ、外の方へかざして、光り加減なんかも見てましたね」

「それは栓抜きや鋏、鋸もついてる登山ナイフでしたね」

「ええ、ついてる道具はみんな拡げてました。ポケットから紙を出して、鋏で切ってみたりしてました」

こういいながら、清川民蔵にも自分の証言の意味するところが、だんだんわかって来たらしい。はっとした様子で、岡部検事の方をぬすみ見たが、これはむろん、さっき検事の主尋問に答えて、宏が人を刺す道具としてナイフを買って行ったと証言していたことに、思い当ったからである。

　菊地弁護人の尋問に応じているうちに、いつの間にか、それと反対の趣旨の答えになったことに気がついたわけである。

「つまり被告人はそのナイフを、普通の山登りのすきな若者みたいな態度で、調べたわけですね」

「どうですかね。客の気持にいちいち立ち入って考えたことはありませんが、しかし……」清川民蔵は口ごもった。

「あなたはむろんその登山ナイフを、いくつも売ったことがあるのでしょうね」と菊地弁護人がきいた。

「そうです。あれは夏場へ向って、五月に三丁仕入れたものの一つですから、それまでに二本売りました」と清川民蔵は答えた。

「それはどういう人に売ったんですか」

「一本は駅前の食堂『弁春』の息子、もう一本は向いの大工の源兵衛（げんべえ）です」

「それはみな山登りに行く人達ですか」

「弁春の息子は、今年谷川（たにがわ）岳へ行ったらしいが、源兵衛は山登りなんかできやしません。もう六十七の隠居ですから」

「六十七歳の老人が登山ナイフを何に使うのですか」

「いや、あの爺さんは時計でもラジオでも、凝った物が好きでしてね。登山ナイフのいろいろ小出しの道具が気に入ったらしいんで、それで身の回りのものをこちょこちょいじるのが好きなんですよ。爪切りや耳かきがついていればいいのに、なんて……」

そう言いかけて、清川民蔵はまた絶句した。宏が人を刺すために、ナイフを買いに来たのではなかった、ということが、実感として思い出されて来たらしかった。

彼は菊地弁護人の顔をじっと見たが、その眼には、むしろ自分からこういう証言を引き出してくれたことに対する感謝の色さえあった。「殺意」をもってナイフを買った、ということに関し、あやふやな記憶で、一人の人間を罪に陥れることから、自分を救い出してくれたのに対して、感謝する気持が動いたのであった。

証人がこういう心理状態になってくれるのを、菊地は待っていた。

「してみると、被告人がその登山ナイフで人をどうかするというのではなく、源兵衛爺さんが身の回りをいじるように、彼の家庭で使用するために、買ったとも考えられるわけですね」

「考えられます。栓抜きや鋏をいちいちためしたんですから」

「洗濯バサミは通常、男が買うものではありませんね」

「そうですとも」

「これはあなたの御意見をうかがうことになりますけど」

菊地弁護人は口調を改めた。これは「証人の意見をきくもの」という、相手方の異議を封じるために、時々使う前置きである。

「被告人が新しい家庭で使うために、洗濯バサミとナイフを買ったと考えられますね」

「そうです。よく考えてみると、そんな感じでした」

清川民蔵の声はどこかうれしそうだった。

「終ります」

菊地弁護人も満足気に腰を下した。

「検察官、再主尋問は？」

と言いながら、谷本裁判長が岡部検事の方を見た。岡部はあたり前のことだ、といわんばかりの態度で、立ち上った。

現行刑訴法による証人尋問には、主尋問、反対尋問、再主尋問等があることは前に書いた。主尋問とはその証人を申請した側が、まず自己の立証趣旨に適合した証言を引き出すために行う尋問であり、反対尋問は反対側が、その証言の欠陥を突き、あるいは証人の信用性を失わせるのを目的としてする尋問である。

例えば検察側の証人清川民蔵について、菊地弁護人が反対尋問によって、宏が登山ナイフを買ったのは、ハツ子を殺すためではなかった。鋭く人が刺せるという性質のために、その登山ナイフを選んだのではなく、それについている栓抜きその他諸道具に対する子供らしい愛着、及びそれがあればヨシ子との同棲生活に便利だという判断から買った、と考えられることを引き出したような例である。

同時に、宏はナイフだけを買ったのではなく、洗濯バサミという、世帯染みた買物もしている事実を、あきらかにした。

これは当然検察側には気に入らない。弁護側の防禦が成功しては「殺意」が維持できないわけで、反対尋問に対してさらに反対尋問する機会が与えられている。これが「再主尋問」と呼ばれているものである。この「再主尋問」に対し、さらに再反対尋問が許されるので、原則としては、双方の主張が出つくすまで申請できることになっている。

ただし再主尋問はなんでもきいていいというわけではなく、反対尋問の対象となった事項に限るという制限がある。

主尋問は証人に自由に真実を述べさせる趣旨であるから、申請者が誘導的なきき方をするのは許されない。反対尋問では、相手は敵側の証人であるから、巧みに誘導して自己側に有利な証言をさせたり、矛盾撞着(どうちゃく)に陥らせたりすることができる。ただし再主尋問は最初の主尋問に準じて誘導尋問はできないが、日本の法廷の実際では、証人の記憶を助け、有効適切な返事をさせて、時間を節約するために、全面的に誘導が大目に見られていることは、なんども書いた通りである。

すでにまるで弁護側の証人みたいなことを言ってしまった清川民蔵に対して、岡部検事はきびしい態度で立ち向った。

「あなたは、被告人が本件犯罪に凶器として使った登山ナイフといっしょに、洗濯バサミを買ったと言ったが、それはたしかですか」

「たしかです。いま思い出したことです」

「ほんとにたしかですか。ほかの時の人と混同しているのではありませんか。よく考えて返事して下さい。被告人があなたの店へ来たのは、六月二十八日がはじめてだったのですか」

「ええ、この人が来たのは、あの日がはじめてです。少なくとも、私が店番をしていた時では、そうです」清川民蔵はがんこに答えた。

「むろん、あなたの見聞をきいているのですよ。ほかの人が店番をしていた時は、問題ではありません」


岡部検事が軽くたしなめた。彼としては、宏が前にも清川の店で、買物をしたことがあるという証言が得られれば、その時と混同する可能性を、法廷に印象づけることができたのだが、清川がきっぱり否定してしまったので、その望みは断たれた。彼は第二段の攻撃に移った。

「被告人はその登山ナイフを買う時、栓抜きや鋏などを、出して見たということですが、検察庁の供述調書では、あなたはそんなことを言ってない。それはたしかなことですか」

「たしかです。いま思い出したのです」

「なるほど。しかしそれは、つまり鋏で紙を切って見たというような動作は、むろんナイフの刃の工合を調べたあとでしょうね」

「そうです。ナイフではやはり切れ味が、大事ですから」

「そうでしょうとも」岡部は満足したように、うなずいた。「被告人が鋭利なナイフを買う目的で、あなたの店へ入ったのはたしかですね」

「しかし栓抜き、鋸、鋏などもすっかり拡げてみていましたから、そういう万能ナイフとして、あれを選んだような気がします」

「しかしそれはあなたには今になってそんな気がして来たというだけでね」岡部はこの「気がした」という言葉に、特に力を入れた。「気がしただけで、（と繰り返して）実際はどうだかわからないとは思いませんか」

「しかしお客の様子で、大体わかりますよ。いろいろ小さな付属の道具も、しらべてました。ポケットから紙を出して、切ったりしていましたしね」

「ほう、それはどんな紙でした」

「なんだか、鼻紙みたいな紙でした。いえ、ハンカチだったかな。ズボンの左のポケットから出してました」

「ハサミの切れ味をためすということは、そんな種類のナイフを買う客が、だれでもすることですか」

「みなさんなさるわけじゃありませんね」

「むしろ異例ではありませんか」

「そうかも、知れません」

岡部検事はわが意を得たというような笑みを浮べ、声を張り上げた。

「つまり、被告人はわざとそういうことをしたとは考えられませんか。ハツ子を殺す目的でナイフを買いに入ったが、その意図を見破られるのをおそれて、わざと付属の小道具を調べたり、鋏で紙を切ってみせたりする。つまり擬装工作とは考えられませんか」

傍聴席に抑えつけたような声があがり、清川はあっけに取られた顔で、しばらく黙って岡部の顔を見返していた。やがて下を向いて、呟くように言った。

「わかりません。そんなこと考えたこともありません」

「あなたは被告人がハンカチで鋏をためしたと言いましたが、ハンカチは半永久的に使うもので、やたらに切ってしまうものではありませんよ。へんだと思いませんか」

「いえ、あれは紙だったかも知れないので、たしかじゃないのです」

「ハンカチか紙か、どっちだったか、はっきり思い出せないとおっしゃるんですか」

「いや、よく考えてみると、紙でした。鼻紙か、それともなんか葉書みたいなものだったかも知れません」

「それほど記憶がたしかでないんですか」

そう言いながら岡部はじっと清川の顔を見詰めた。法廷の定石からいうと、証人の記憶がたしかでないなら、それらの事実も存在しなかった、という風に持って行くのが普通なのだが、宏が付属の小道具を調べたということまで、たしかでないということになるのは、まずいのだった。

それらは清川の検察庁の供述調書にはなく、菊地弁護人が反対尋問で引き出した事項だった。それを逆用して、殺意を隠すための工作とすることに、彼は一層戦いを有利に導くポイントを見出していたのである。そこには訴因を維持するだけではなく、弁護人を打ち負かしてやろうという、職業的攻撃心が伴っていた。

「たしかでないんなら仕方がありませんね」彼の声には、どっちかといえば、やさしくあやすような調子があった。「しかし被告人がそのあとで、洗濯バサミを買ったのは、たしかだ。ほかの日と混同するおそれは絶対にないと、さっき言いましたね」

「ええ、それはたしかです」

清川の顔には、尋問事項がかわったので、ほっとした色があった。

「ナイフをあなたに渡してから、ふと目にとまったという風に、ぶら下った洗濯バサミをあごでしゃくり、『それからこれも』とかなんとか、そんな風に言ったのでしたね」

「そうです。あれは大体円か四角のボール紙に、二十あるいは三十、四方からはさんでおくものなんですが、この人は一ダースだけくれなんていうもんですから、ボール紙を細長く破って両側からはさんで渡したんです。ナイフといっしょに包みましょうかと言ったんですが、『いや、いい』と言って、洗濯バサミは胸のポケットに入れ、ナイフはズボンのポケットにしまって行っちまったんです」

清川は記憶のたしかさを示すためか、少し得意気に、詳しく話した。岡部検事は依然として、ほほえみを浮べながら聞いていたが、清川の話し終るのを待って、口を開いた。

「洗濯バサミを買ったことは、ナイフを買うために来たのではない、ということを、印象づけるための行動とは見えませんでしたか」

菊地弁護人が立ち上った。

「異議を申し立てます。すでに閉廷の時間も迫っていますし、この証人は本日に予定されている最後の証人であります」

そう言いながら、菊地は法廷の大時計に目をやった。それはすでに三時四十五分をすぎ、四時の閉廷時間まで、十五分しかなかった。

「異議を重ねて、貴重な法廷の時間を空費するのは、どうかと思われますが、検察官のさきほどからの尋問は、あまりに証人の意見をききすぎます。『どういう考えですか』『どんな風に考えたか』の繰り返しにすぎません。被告人が問題のナイフを買うに当って、付属品を点検したのは、すでに証人が明言した事実であります。それが擬装工作であるかないかは、実は検察官自身の推理であって、それは後で論告において、ゆっくりお述べになるがよろしい。証人にその意見を強いて、証人の判断を混乱させるのは、証言の信用性を失わせるだけでしょう。この証人が検察側の証人であることをお忘れなく」

「ご忠告はありがたいが、最初に証人の意見をきいたのは、弁護人じゃありませんか」岡部検事も負けていなかった。「ナイフを買い、洗濯バサミを買ったというのは、すこぶる家庭的な買物ではないか、ときいたではありませんか。それと同じグランドで、本官は擬装工作ではないか、という点について、証人の考えをただしたにすぎません」

「まあ、待って下さい」谷本裁判長が割って入った。「法廷は検察官と弁護人の論争の場ではありません」

彼は近頃テレビの推理番組の影響か、検察官と弁護人が、法廷であまりにも英米法的な巧緻なやり取りを競う傾向があるのを、にがにがしく思っていた。

「しかし裁判所はあらゆることを知りたいので、この証人の意見もききたいと思います。異議を却下します」

岡部検事は勝ち誇ったような顔付で、清川に向き直った。

「洗濯バサミを買ったのは、ナイフを買うに際して、凶器として使用する意志をかくすための擬装とは見えませんでしたか」

清川民蔵はしばらく黙って、返事しなかった。緊張した空気がみなぎり、「針を落した音も聞えるほど」とよく言われるような、静けさが法廷を領した。傍聴席も緊張していた。みな肩を固くして、清川の返事を待った。

宏がハツ子を殺した犯人であることには、疑問はなく、その後死体を杉林の中に放置して、妹のヨシ子と同棲生活を続けたということは、かなり悪質の犯罪と考えられる情状である。殺人罪を構成するに充分と岡部検事は信じているので、ナイフを買った時、殺す気があったかないか、弁護人がうるさくいうならば、それほどこだわる必要がないような気もして来た。

清川の証言を覆すのは彼にとって、むしろ意地の問題であったが、菊地弁護人としては、そう簡単ではない。殺意があったことを否定して、事件が偶発的なものであることを立証して行かなければ、傷害致死あるいは過失致死の成立する余地はない。一歩一歩証拠を固めて行かねばならず、この一歩はゆるがせにすることはできないのである。彼は緊張して、清川の返事を待った。

静かな法廷に、やがて清川の、低いがしっかりした声がひびいた。

「この人が洗濯バサミを買ったことも、付属の小道具を調べたことも、人を殺すためにナイフを買うのを、ごまかすためとは見えませんでした。それははっきり申し上げられます」

清川の眼は正面から岡部検事の顔に据えられ、挑戦的な色さえあった。証人をこういう心理状態に導くのは、弁護人にとってはもちろん大禁物である。

そして検察官にとっても、それは禁物でなければならないが、今年四十五歳で、戦前多くの事件を扱ったことのあった岡部検事に、最初来た考えは、（なにを、この野郎、生意気な）であった。権力を代表する検察官として、こういう反応がむしろ自然なのだが、これが結局はあさはかな考えであることが、少なくともこの事件については、法廷の経過が、それを証明することになった。

「ほほう、そんなに断言してもよいのですか。さっきあなたは被告人が鋏を調べたことが、擬装工作とは見えなかったか、という本官の尋問に対して、わからないと答えていますが、あなたの意見はかわったのですか」

「かわったわけではありません。よく考えているうちに、はっきりして来たのです。この人がうちで登山ナイフと洗濯バサミを買って行った時の態度は、決してこれから人を殺そうと思ってる人間の態度じゃなかった、と確信します」

清川民蔵は強く言い切った。さっきからの尋問の経過で、彼は自分が検察庁で宏を重大な罪に陥れるおそれのある証言をしていたことを知り、それをつぐなわなければならない、と決意していた。

こういう証人の法廷における心理の変遷は、どうかすると証言をゆがめるおそれはあるが、一般人の正義感を馬鹿にしてはならない。それは単純な倫理的構造を持っているだけに、単純な真実に根ざしていることがある。

法廷において、最後に勝つものは真実である、という考えは、あまりに楽観的にすぎるとしても、真実を排除した裁判は、民主主義社会では行われ得ないし、真実には実際それだけ裁判官の心証を左右する力があると見るべきである。

清川民蔵が買物をする宏の態度に、「見た」と主張する真実は、尊重されなければならなかったので、それに対して、次のような嘲笑的な尋問で立ち向った岡部検事は、賢明ではなかった。

「なるほど、しかしあなたは前には、買物をするお客の気持が、いちいちわかるものでもない、と言っていますが、それはいまの確信と、矛盾しはしませんか」

証人は一度言ったことを固執したがるものだから、「あなたが言うのは、うそではありませんか」と問いかけるのは危険である。むしろその証言の矛盾を指摘する方がよい。しかしそれでも、証人を絶対的な窮地に陥れるのは、やはり前言を固執させることになる。逃げ道を残しておいてやる――これが証人尋問の要領の一つである。

検察庁における供述を翻して、被告側に有利な証言をした清川民蔵に対して、岡部検事の取った態度の誤りの第一は、前述のように、その証言に現れている真実性を無視したことだが、第二は証人を追い詰めすぎたことであった。

前に客の態度にいちいち注意しないと言ったのに、宏の態度をよく観察しているのは、矛盾ではないか、という尋問は、一見当を得ているようだが、これは絶対的な矛盾だから、証人は、宏の態度がいかに普通とちがっていたか、という同じく絶対的な事実にすがらざるを得なくなるのである。清川は答えた。

「客の気持なんか、気にしてたら、店番はできやしません。しかしこの人の態度には少し気になるところがあったんです」

「ナイフの刃をていねいに調べたから、気になったと、きみは検察庁で供述している」

「よく考えてみると、それだけではなかったんです。あのナイフはこの人のみなりにしては、少し高い買物でした。悪いけど、かっ払われやしないか、という心配があったから、そばへ寄って行ったわけです。この人の態度が、印象に残ったのは、そのためです。登山ナイフについた小さな付属品を、この人はほんとに子供みたいに見とれていたんで、掻（か）っぱらいじゃないか、なんてうたがいは、すっ飛んじまいました。洗濯バサミを十二と数を仕切って買うのもへんな買物でした。私も女房を貰い立てては経験がありますが、ふいとよその店先でつまらない世帯道具が眼について、男にふさわしくない買物なんかしちまったものです」

「きみはむろん被告人が犯行後、被害者の妹と横浜のアパートで同棲していたことを、新聞で読んで知っていますね」

岡部検事は意地悪くきいた。

「ええ、まあ、そんな話を週刊誌で読みました」

「それがきみの記憶をそんな風に曲げたんじゃないんですか」

「いえ、ちがいます」清川はがんばった。「私は自分でも経験があるからわかります。この人はほんとにほがらかでした。人を殺すために、ナイフを買う、といった態度じゃありませんでした」

岡部検事の顔は、きつくなった。

「そんなら、なぜそれを最初から言わなかったのです。あなたは検察庁でうそを吐いたことになる。それでもいいんですか」

これは昔から検事の伝家の宝刀と言われているものである。検察庁でうそを言ったのか、というような威嚇的な言い方は、それ自身好ましくないのだが、証言に固執する清川民蔵に対して、岡部検事も少し手を焼いた形だったわけである。

「いえ、決してうそではありません。しかし……」清川は口ごもった。

「しかし――なんですか」

「今日になって、だんだん思い出して来たのです」

「ほんとのことが、検察官の面前調書にはなく、三カ月以上たった今日、思い出したのは、どういうわけです。なぜ、事件直後の検察庁で思い出さなかったのですか。変じゃありませんか」

「さあ、それはどうも……」

「被告人がナイフといっしょに洗濯バサミを買ったなどという事実も、なんか暗示にかかって、あなたの頭に浮んだことじゃありませんか」

「いえ、そんなことはありません。あれはたしかに……」

「そんなら、なぜそれを事件直後すぐ思い出さなかったのですか」

「わかりません」

清川民蔵は頭を垂れてだまってしまった。

「終ります」

岡部検事は誇らかに言うと、腰を下した。（これで供述調書を証拠に申請できる）と彼は心の中で呟いた。

供述調書とはつまり刑事部の検事が、清川から取ったものに外ならない。それはむろん彼が一応証拠として取調べを申請したものだが、弁護側が同意しなかったため、証人喚問となったのである。

清川が法廷に現れた以上、供述調書は不要なわけだが、既に書いたように、検察側には刑訴法三百二十一条一項二号という武器がある。この条項は元来証人が死亡や又は精神又は身体の故障、所在不明、又は国外にいるため出廷して供述することができない場合、調書を証拠とするための規定だが、その第二項は、証人が法廷で供述を翻した場合に、同じく証拠能力を復活するという、問題の絶えない規定となっている。

検察官と差向いの調べ室で言ったことと、公判廷で宣誓の上言ったことと、どっちが証明力が強いか――常識では問題なく後者の方が強いはずなのだが、常識通り行かないのが法律なのである。

例えば検察官の面前では、事件の日の何時ごろ、被告人の誰それは、事務所にいなかったようだ、と言ったとする。その後、最初は事務所にいなかったが、応接間から出て来るのを見たのを思い出し、法廷でそう述べたとする。

途端に以前の検察庁での供述調書は証拠能力を復活し、法廷の証言と供述調書の内容の、どっちを真実ととるかは、裁判官の判断にかかって来る。松川事件などで、被告人に有利な法廷の証言が取り上げられなかったのは、この条文のためである。

事件により近い時に行なった供述の方が、公判日のそれよりも、真実に近いという考え方にも一理はある。特に被告人の供述であれば、それが警察官の面前でなされたものにすぎなくても、英米法では証拠価値（証明力）が高い。陪審員の心証に与える効果は、決定的と言ってもよい。

しかし証人の供述調書については、日本の裁判のように、犯行について証拠能力があるとはされない。せいぜい本人の信用性に対する判断の資料、いわゆる人格証拠として、提出されることもあるという程度である。こういう供述調書の重視は、書証をなんでも提出できた旧刑訴法の名残りであり、それは取りも直さず古い糺問主義の名残りである。三百二十一条一項二号に引っかけられないようにするのは、弁護人の常に気をつけなければならないことだ、とされている。

もっともこの第三百二十一条一項二号には次のような但書がある。

「又は公判準備若しくは公判期日において前の供述と相反するか若しくは実質的に異つた供述

をしたとき。但し、公判準備又は公判期日における供述よりも前の供述を信用すべき特別の情況の存するときに限る」

二号の一を「相反性」二を「特信性」として学説の分れるところである。「信用すべき状況」と判断し、供述調書の採否を決定するのは裁判官であって、その判断のための尋問を、特信状況の立証という。これは今日は裁判において確立されているが、一方にはとかく慣行化し、機械的に適用されて、弁護側が煮湯を呑まされる事態は消滅していない。法の条文は整っていても、その運用において、裁判官の判断と指揮に期せられることが大きいのである。

再主尋問に対し、再反対尋問の機会が与えられていることは、すでに書いた。立ち上った菊地弁護人は、案外落ち着いていた。

「あなたが検察庁で、被告人がナイフといっしょに、洗濯バサミを買ったことを言わなかったのには、間違いありませんね」

「ええ」清川民蔵は少し申しわけなさそうに答えた。

「宏がナイフを買う時、栓抜きや鋏など、付属器具をしらべたことも、言わなかった」

「ええ、そうです」

「しかしあなたが、取調べを受けた検事は、そんなことをききましたか」

「え?」

清川は質問の真意がつかめないらしく、きょとんとした顔をしていた。

「私のきいているのは、こういうことです。よく気をつけて聞いて下さい」

菊地弁護人はなるべく相手が落ち着いて、注意力を恢復できるように、なだめるような口調になった。

「あなたはただいま法廷で言ったことを、なぜ検察庁で言わなかったか、と検察官に問われているわけですが、それは取調べの検察官が、あなたにそういうことをきかなかったからではありませんか」

「むろん、そうですとも」

と答えながら、清川はこれが求められている答えであることに気がつかない。菊地はほほえんだ。

「あなたとしては、きかれないことに、答えられるわけがありませんね」

「そうですとも」

「つまり取調べの検事は、被告人があなたの店でナイフを買ったかどうか、ということをきいただけですね」

「そうです」

「刃を調べたかとはきいても、付属品を調べたかどうかは、きかれなかったでしょう」

「きかれませんでした」

「ほかに何を買ったかも、きかれませんでしたね」

「むろんです」

清川は息を吹返したように、眼を輝かしながら答えた。

「あなたとしては、きかれなかったから、言わなかっただけですね」と菊地は念を押した。

「そうです」

「そして、被告人はナイフの刃そのものだけではなく、付属品も詳しく調べ、洗濯バサミをいっしょに買って行った、とさっき言ったのは、間違いありませんね」

「間違いありません」

「そしてそれは、検察官の推測するような、擬装とかなんとか、そんなごまかしの入る余地のないほど、自然な態度でしたね」

「そうです。この人の態度は明るかった」

「終ります」

菊地弁護人は静かに腰を下した。

谷本裁判長のうながすような眼に会っても、岡部検事はもう立ち上らなかった。

菊地の再反対尋問が始まって間もなく、彼は「しまった」と思っていた。検察庁でなぜ言わなかったか、と問い、三百二十一条一項二号を適用するのは、検察官としては、いわば最後の手段である。そこまで行かないうちに、証人から有利な証言を引き出さなければならないのは、言をまたない。三百二十一条一項二号は、証人が供述調書と違ったことを法廷で証言した場合、もとの供述調書を証拠として提出できることを規定した条文だが、実は「きかれなかったから、言わなかったまでだ」という逃げ道があった。

これもまた弁護側の常套手段にすぎないことを、岡部は知っていた。知りつつ、同じ落し穴に陥ち込んでとっさに抗弁できない不手際に、腹が立った。

裁判長から、再反対尋問に対する再々主尋問はないか、と目顔で聞かれても、立ち上る元気はなかった。彼は黙って、心持ち頭を下げることで、その意図はないことを示した。

彼にとって唯一の望みは、こういう不手際にも拘らず、裁判長がなお宏の態度に、擬装という心証を得てくれることだが、谷本裁判長も野口主任判事も、裁判の進行中、心証を表に出す方針であることを彼も知っていた。そして二人の裁判官の態度は、彼に希望を与えるものではなかった。

（まあ、いいさ、まだ論告がある）

論告に望みを托するのは、新刑訴法の下では、最も下手なやり方であることもわかっていたが、清川民蔵に関する限り、検察官には打つ手はなくなっていた。

時刻は四時をすぎていた。そして清川民蔵はこの日の証拠調べに予定されていた、最後の証人だった。

閉廷を宣して、雛段背後のドアから消えて行く三人の裁判官の後姿を、岡部はがっかりした気持で見送った。そしてそれと同じ程度に、菊地と宏の気持は明るかった。

間奏曲

野口判事補がその日、勤務を終えて、妙蓮寺の家へ帰り着いたのは、六時に近かった。横浜地裁から桜木町駅まで歩いて十分、そこから東横線に乗って、十三分で妙蓮寺駅に着く。東京で大学生活を送った野口にとって、これだけの短い時間で、目的地へ行き着けるなんていうのは、夢のようである。彼は横浜地裁の勤務を満足していた。

「帰ったよ」

玄関の戸を開けると、「パパ」と叫びながら、一人娘の紀子が廊下を走り出て来る。よいしょと抱き上げて、三歳の子供の体臭をかぐと、彼はやっと自分の生活を取り戻したような気持になる。

法服をまとい、一段高い席に坐った自分が、どんなに現実離れのした抽象的存在であるかということが実感されるのは、この時である。

被告人席に坐っているのは、たしかに犯罪者あるいはその疑いがある者、という現実的な人間だが、法廷にある限り、裁判所に対して、その罪状の全部あるいは一部について、無実を主張している「被告人」という抽象的な存在である。

検察官もそれぞれ個人的な生活を持っているに違いないが、法廷にある限り、国家権力を代表して、「被告人」という抽象的存在を弾劾している機械にすぎない。

そして弁護人は検察官とは真向から対立するが、法廷外の会合などでいっしょになれば、ぽんと肩をたたいて談笑する。あるいは判事とゴルフに興じる。チョコレートの賭けも、この頃の判事は断らなくなったという話である。

これが一般に「法曹界」と呼ばれる専門家の集団である。そこには学閥や姻戚関係の網目が細かく張りめぐらされている。弁護士の娘が検事の妻になり、（そういうのは、もともと検察官的傾向の強い弁護士である）判事の息子が法学博士の娘を貰い、その間に生れた息子が法務省入りをする、といった工合である。

一般に「二世」と呼ばれる「毛並みのいい」二代目は、判事、検事、弁護士にもいる。そして法廷や記者会見では、よそ行きの顔を見せるが、うらにはそれぞれ個人的関係があって、仲間内にだけ通じる冗談口を叩き合っているのである。

ある私立大学の法学部教授の娘を妻としている野口判事補もまた、そういうあり来たりの人的関係の中にいるわけである。そしてその法学部教授も元大審院判事の娘を貰っていて、法務省にも最高裁にも、友人や後輩が多い。野口判事補もだんだんそういう仲間の中で、古顔になって行く自分を思い描いている。

これもまた一種の閉鎖的反社会であるが、その中を動き廻る時は、法服を着た時ほど、抽象的な存在ではない。しかし例えば司法研修所の同期生と会などで会って、談笑しながら、いつも同じ冗談をくり返しているのに気が付いて、ふと空虚を感じることがある。家に帰って妻や娘と遊ぶのもくり返しだが、そういう空虚感はない。彼は自分を全的に人間であると感じる。

昔は裁判を絶対に家庭へ持ち込まない、という潔癖を持った裁判官が多かったが、野口判事補は妻の光子となんでも話す方針にしていることは前に書いた。いくら法服を着た抽象的存在としてであれ、人に刑を言い渡すのはいい気持のものではないから、昔から内攻的で閉鎖的な裁判官が生れがちだった。しかし裁判が当事者の口頭弁論主義に徹して、開放的になろうとしている今日、それは裁判官の生活意識をいくらか開放的にするのに役立っている。家ではなんでも話すという風に変っても差支えない、と野口は思っていた。

光子は最初から上田宏の事件に異常な興味を示して、これまでになんどか食卓の話題になった。彼女は最初から傷害致死が相当と見当をつけていた。つまり菊地弁護人とほぼ同じ意見であった。

今日も紀子に続いて、台所から手を拭きながら出て来て、洋服箪笥の前で、夫の上衣を脱がすためにうしろへ回りながら、

「どうでした?」ときいた。

この前の公判から帰った時は、それがすらすらと言えたのだが、この日、野口はなぜかすぐ返事が出て来なかった。

「どうって、なにさ」

彼は背広を脱ぐと、自分で洋服箪笥へ手を突込み、ハンガーを取り出した。ズボンも脱いでそれにかけ、普段ばきの化繊のパンツとはきかえると、そのままヴェランダへ出て行った。

彼の年頃では、妻に手伝ってもらって着替える習慣はない。ワイシャツでも靴下でも、洗濯すべきかどうかを自分できめる。古い日本的な旦那様のように、脱いだものを曲芸的に妻の手に投げるというのは、彼の趣味にはないのである。

光子が彼のうしろに回って、上衣を取りに来る時は、つまり彼女が今日の公判について話を聞きたいということなのである。しかし野口はこの日はいつになく、事件について話すのがおっくうになっているのを意識した。

彼は今日、菊地弁護士の発揮した反対尋問の技術に感歎した。ただこの事件に、彼ほどの弁護士がこれだけ精魂をこめて、働かなければならない性質のものかどうか、という点に疑問が生じた。

菊地は二十年の判事の経験があるのだから、事件のおよその見当がついているはずである。これは自白事件であって、新聞で騒がれるような否認事件ではない。宏は殺意を否認しているだけで、犯行そのものを否認しているわけではないのである。ところが菊地弁護士の反対尋問は、まるで否認事件におけるかのように、精緻を極め、また熱意のこもったものだった。

（真犯人は他にいるとでもいうつもりなのかな）

事件の内容と菊地の態度との間の、どこかアンバランスな感じが、主任判事として、野口の気にかかったのである。彼が公判中に取ったメモは、現に光子に渡した折鞄の中にある。しかし家に帰ってまで、それを引っぱり出して見る気には、とてもなれない。

公判調書はいくら速記官やタイピストが奮闘しても、二週間たってからでないとでき上らない。宏の事件は中一日をおいて、明後日の十月一日、第三回公判がある予定で、明日は野口の部は「宅調日」である。つまり裁判所へ出ないで、家で書類を読んでいればいいのだが、彼が今日持って帰ったのは、宏の事件に関する書類だけではなかった。

強姦、傷害、収賄その他、約二十件が現在彼の担当になっていて、来月一杯日程はぎっしり詰っている。宏の事件は青少年の犯罪というアクチュアリティがあった。菊地弁護士の活躍によって、新聞がさわぐ事件になりそうになったので、彼は少し気が重いのである。

もっとも有名事件になると、裁判長が身を入れてくれるから、主任判事としては、却って楽になると言えないこともない。適切な指導も得られるはずなのだが、古風な谷本判事は教育的な立場を取っていて、なかなか見解を明かしてくれない。閉廷の後で、裁判官室でくつろいだ時、

「今日は菊地さんは相当やりましたね。ことに清川の反対尋問は、あざやかでした」と水を向けても、

「そう思うかい」とぶっきら棒な返事が返って来ただけである。

「岡部さんは殺意の立証はむずかしいと思いますが――もっともまだもう一人証人がいます。二十五日、『みよし』でハツ子と宏の口論するのを聞いたという多田三郎という男ですが、ナイフを買った時の状況が、あんな工合じゃ、まず絶望ですね」

清川について野口はいい心証を得ていたし、谷本裁判長も同じらしいということには、法廷で幾度かそれとなく彼の顔を見たので、自信があった。

「岡部君はちょっとへまをやったから、そう感じたんだろうが、裁判は終りまでやってみなくちゃわからないよ」

と谷本はあくまで慎重である。主任裁判官には、判決まで書かせてから意見を言う、というのが谷本裁判長のやり方なのである。

野口判事補は結局独力で終りまでやらなければならない。それについては、菊地がどこへ結論を持って行くつもりなのか、見当がつかない状勢が生じているのに、彼は困惑している。

ヴェランダに腰を下して、一服吸いつけた彼の前に、光子は少し気がかりそうな顔で立った。

「あなた、どうかしたの。なにか面白くないことでもあったんですか」と彼女はきいた。

「いや、別にどうもしないよ」と野口は答えた。

「顔色が少し悪いかしらね」

光子は夫の顔をのぞき込むようにした。

「そんなことはないさ」

「ほんとになにもなかったの」

光子はいつもは気軽に、その日の法廷の模様などを話す野口が、この日に限って、彼女の方から「どうでした」と水を向けているにも拘らず、返事を避けるように、ヴェランダへ行ってしまったので、へんに思っているのだった。

野口には光子の気持はすぐわかったから、笑顔を向けて、

「いやなことなんてなかった。菊地さんはきみが聞いたら、すごくよろこびそうな弁論をした

よ」

　そしてその日どんなに菊地が巧妙な反対尋問をしたかを、詳しく物語った。

「多分事件は明日の地方版で派手に扱われるだろう。なにしろ証人の一人が犯行時間に被害者と会うことになっていたことが明らかになったし、もう一人も現場付近にいたかも知れない。新聞記者や推理小説作家のよろこびそうな話だ」

「被告人に有利になって来たのね」

　光子は眼を輝かしながら言った。

「まだそうはっきりは言えない。菊地さんは可能性を暗示しただけで、立証したわけじゃない。いったいあの人がなにを立証しようとしているのか、実はぼくには見当がつかないんだ」

　ここで野口の顔はまた曇った。菊地の真意をはかり兼ねる困惑が、よみがえって来たからである。あるいは菊地のジャーナリズム向けのスタンドプレイではないか、という疑いもないではない。その場合、菊地の弁論に引きずられるのは、裁判官の沽券(こけん)にかかわるわけである。

　菊地は弁護士としては三年生だが、長い判事としての経歴がものをいって、数多く有名な事件を手がけている。彼が着手金五万円ぐらいのこの事件を引き受けたのは、遠縁に当る花井という金田中学校の教師が、宏を教えたという縁故からである、という事情は、法曹界のうわさ話として、野口の耳に届いていた。しかし縁故だけでは、今日の菊地の異常な熱心さは説明できないので、そこに売名という、もっとも常識的な理由を考えないわけに行かないのである。

「あさって、検察側の証人の残りの尋問がすんでから、菊地さんの冒頭陳述があるはずだ。それでかなりはっきりして来るだろうよ」

　野口は自分に言いきかせるように言った。

「検察側にはあとどんな証人がいるの」

　光子はまだ好奇心を燃やしている。野口は答えた。

「三日前、『みよし』で、ハツ子と宏の口論するのを見たという、客の一人が出る。これは宏がずっと殺意を抱き続けていたということを立証するための証人だが、この方は大したことはなさそうだ。——むろん証言は聞いてみないとわからないが」

　裁判官の癖で、妻と雑談しながらも、野口は慎重にそう付け加える。

「そうね。『殺意を固め』『機会を窺うち』と続けなければ、殺人罪は成立しないように考える検察官の習性は、少し時代おくれだわね」

「きみは最初から、この少年に同情的だから、そんな風に考えるんだ」野口は笑いながら言った。「事件の三日前、被害者と被告人が会っている時の言動はやはり大事だよ。一応聞いてみなくちゃならない。それに宏がどんな自供をしているのか、われわれは全然知らないんだからね」

「おどかそうと思って、ナイフを出したら……」

「裁判官の妻の癖にそんなことを言ってはいけない」野口はさえぎった。「それは週刊誌が報道した警察での供述だ。裁判はそんなものとは関係ないんだよ」

「そういう言い方の方が、形式的だわ。警察と検察庁とで、自白のちがうほど、複雑な事件じゃないでしょう。これは——大体の見当はつきます。あなただって、見当がついてるくせに」

「検察官の冒陳によれば、二十日から殺意を固めていて、長後の町へナイフを買いに行ったことになっていたんだ。ところがナイフを買った時の宏の様子がほがらかで、おまけにナイフだけではなく、洗濯バサミなんて、家庭用品まで買っていることがわかったんだよ」

野口は結局、今日の法廷のやり取りの全部を、妻に伝えなければならなかった。

「それじゃもう成立しないわね。この殺しは」

「僕としてはまだそこまではいえない。検察官が大事にしてるのは、これから出て来る現場の模様だ。それから横浜の宏の勤務先の上役と、アパートの管理人がいる。これは宏の犯行後の行動を述べるための証人だ」

「犯行後、五日も知らぬ顔で、女と同棲生活を送っていたということを言うためね。それは情状でしょう」

「そうとも言えない。突発的な犯行なら、常識で考えられることは、ハツ子を介抱しなければならない。それを崖の下へ突き落し、なに食わぬ顔で、その妹と同棲していた。その間、良心の苛責を感じなかったらしいし、自首もしなかった。平然として勤務を続け、ヨシ子との愛に溺(おぼ)れていたということになれば、犯行をあらかじめ計画していて、実行に移しただけだったから、気にしなかったということになる。犯罪事実の認定に役立つ事実になって来るんだよ」

「面倒なものね」光子は眉をひそめた。

犯罪があった後の宏の行動は、情状であると同時に、遡行してその犯罪事実の存在を認定すべき間接の証拠である。これは間接事実と呼ばれる。

宏がハツ子を殺した後、介抱もせず自首もせず、黙ってヨシ子と同棲生活を楽しんでいたとすれば、犯罪が偶発的なものではなく、計画的だったと認定することもできるわけである。

「始末に困って、どうしていいかわからないで、ぼーっとしているうちに、日が経ってしまった、とは考えられない？」と光子はきいた。

「まあ、どう考えるのも可能だが、犯罪人の心理をそういう風に考えては、甘すぎるだろうね」

「でも、宏はまだ子供じゃないの」

「十九といえば、昔の二十歳、子供もつくっているし、立派な一人前の男さ。ただ法律上そうなっているだけだ」

「そうかしら。あたしはこの子のやり方を見て、一人前とは思えないんだけど。法廷では、どんな感じ？」

「拘置所にふた月もいれば、大抵の人間は、ぶちのめされたような感じになってしまうからね。とても判断の材料にならない。——しかし今日は大分元気づいたようだった」

野口は、富岡秀次郎が宏の胸に洗濯バサミがあったと証言した時、宏の頬にさした赤味を思い出した。こういう子供っぽい反応は、とにかく彼にいい心証を与えていた。

「ぼくもこの少年が計画的な犯行を犯したとは思えない。そこまではいえる。しかしなに分あさっての証言を聞いてみないとね」と、弁解するような調子でいった。

「そうね、菊地さんの冒頭陳述を聞かなくちゃ」光子は呟いた。

「紀子を風呂へ入れてやろうか」

野口は口調を改めて、そう言いながら、畳敷の茶の間で、積木で遊んでいる紀子の方を見やった。いつも着替えるとすぐ、風呂へ入る彼が、ヴェランダへ坐ってしまったのはへんだったと、この時になって、光子は気がついた。

九月ももう末で、この辺の丘をうずめる樹々の緑に、褐色がまじりはじめる頃だったが、一日の勤務を終った体は、汗にまみれている。

「紀子、お風呂へ入ろう」

と抱き上げて、顔をかきむしられながら、廊下の奥の浴室へ運ぶ。

「あなた、お酒はどうなさいます」

「ビールだ」

とどなりながら、浴室の硝子（ガラス）戸を開ける。

紀子を風呂へ入れるのも、野口の楽しみの一つである。そのやわらかい体を石鹸の泡で埋め、小さな手の一本一本の指の先まで、ていねいに洗ってやるのが彼は好きだった。「あなた、あたしより紀子を愛してるんじゃない」と光子にひやかされることがある。光子は彼の出身校の教授の娘である。彼は自分が裁判官であることを、完全に忘れることができるのは、無心な紀子とたわむれる時だけだった。

翌日の朝十時、菊地弁護士は東京有楽町の事務所で、その日の朝刊一式と、特に買いにやらせた『神奈川日報』の記事を読み比べていた。

事件は東京各紙の社会面には出ていなかった。この程度の事件であれば、第一回公判、論告求刑、判決と三度出れば、いいところである。本紙の記事にならないのは、菊地は予期していた。

最後まで法廷にいたのは、横浜の地方新聞『神奈川日報』の記者だけだった。東京各紙の裁判所掛りは、大抵ほかの部門をも兼任しているので、代表格の一人を残して、みなほかへ回って行った。事件は地方的興味しかないものだった。

菊地は事件を引き受けて以来、有楽町の地方紙専門の販売店から『神奈川日報』を取っているが、配達は午後になる。公判のあった日の翌日の朝、東京各紙の神奈川版と共に、『神奈川日報』をそろえてくれるのは、事務所の秘書の大崎志那子嬢の役割であった。

彼女は蒲田の女塚に住んでいるので、朝、神奈川県の川崎駅まで逆行して、駅売りの『神奈川日報』ほか各紙を、一括して買って来てくれるのである。

菊地弁護士はかつての東京地裁の同僚が、戦後いち早く開いた事務所に同居している。十五坪ばかりの一画を四つに仕切り、それぞれ事務所机と書棚を具えた個室のほかに、共同で使っている応接室が二つある。入口を入ったところに机を構えているのが大崎嬢で、彼女は二人の弁護士の秘書と受付と交換手を兼ねている。

午前十時に事務所に着いた菊地は、大崎嬢が机の上に乗せておいてくれた各紙を読んだ。東京の各紙が取扱っていないのは、家で読んだ新聞で知っていたから、まず『神奈川日報』を拡げた。

大岡署管内で一家心中があったため、社会面のトップへは行かなかったが、中五段の扱いになっていた。そしてその内容は、菊地の予想したように、「真犯人はほかにいるか」という点に、しぼられていた。

大村のじいさんが、犯行の時間に現場付近で、ハツ子に会う予定であったこと、宮内辰造とハツ子との情交関係が明るみに出されたこと、それがどこまで事件と関連があるか、に焦点をあてて書かれていた。そして菊地は反対尋問の中で、宮内もまた犯行当時現場にいた可能性を暗示した、とされていた。

菊地として一番力を入れたのは、宏が福田屋金物店で、凶器のナイフだけを買ったのではなかった、洗濯バサミもいっしょに買っていたということなのだが、それは取り上げられていなかった。

事件はもっぱら「真犯人はだれか」という観点から取り上げていた。東京の各紙の地方版は、三段ぐらいの扱いだったが、これもほぼ同じ観点に立っていた。

「やれやれ、また推理小説か」

菊地はそう呟きながら、新聞のたばをわきへ押しやったが、とにかく公判の進行中、事件の扱いが大きくなって行くのは、それだけ世間の関心が集まったということで、悪い徴候ではない。

菊地はこの日、宏の事件にかかりきりになることはできなかった。明後日は一年越しに手がけているある化学薬品会社の法人税法違反事件の、第十回公判が開かれるはずだった。これはつまり現在日本中のあらゆる裁判所に上演中といってもいい、脱税事件の一つである。明後日は取引先の会計課長が検察側の証人として出るはずだった。来週は別の関税法違反事件で大阪へ出張しなければならない。ほかに知人の道路交通法違反、つまり自動車事故にも引っかかっている。要するに菊地弁護士が今抱えている事件は三十件に近く、日程は年末までぎっしり詰っているのだった。

宏の事件では、明日、検察側の証人調べが終ったあと、弁護人の冒頭陳述がある予定である。その原稿を実は昨日、半徹夜して、書き上げたのであった。タイプ用紙にして、十枚か十一枚になるはずで、大体三十分ですむ予定であった。骨子は一週間前、金田町へ行って、花井の調査の結果を聞いた時できていたのだが、昨日の大村吾一と宮内辰造の証言で完全なものになった。

明日出るはずの、宏の犯行後の行動に関する証人が、大体どういうことを言うかは、供述調書を閲覧して知っていた。反対尋問の予定も立っていた。むろん成算を抱き得る段階ではなかったが、彼は事件が偶発的なものであることを、立証する自信があった。

秘書の大崎嬢は、邦文タイプも打つ。事務用の短信は、みな彼女の担当だが、冒陳要旨のような長尺物となると、付近のタイプ印刷所へ下請に出す。そこにも注文はたまっているが、今日の午前中に出せば、明日朝までにはでき上る。菊地弁護人はそれを明日法廷で読み上げてから、裁判長に提出し、検察官に写しを渡す予定である。

弁護人の冒頭陳述は、必ずしなければならないということはない。検察官の冒頭陳述は裁判所に事件の輪郭を知らせ、これから証拠によって証明しようとする事実を明らかにすることによって、被告側に充分防禦する機会を与えるためのものである。証拠調べに入るに先立って、欠かすことができない手続であるが、弁護人の冒頭陳述は、元来冒頭手続の段階で、公訴事実の認否との関連において、任意に行われるものである。すなわち無罪を主張するなら、その事実認定と法理論上の根拠の概略を述べる。

しかし検察側の方針が明らかでないうちに、意見を述べるのは損である。検察官の冒頭陳述に対応して、証拠調べの段階でやるのが釣合がよいが、それでもまだ時期尚早と言える。検察官の証拠調べが終了して、向うの手持の札が出尽したところで行う、というのが、今日最も普通なやり方である。

このように、弁護人の冒頭陳述はいわば任意なものであるから、それにあまり重要性をおかない弁護士もいる。検察官の証拠調べの終了をまたずに、やってやれないことはない。

検察官はその最終陳述、俗に「論告」と呼ばれているもので、被告人の「天人共に許さざる罪」を糺弾し「秋霜(しゅうそう)の如き痛烈」な論告を行なって、求刑すればよろしく、弁護人もまた「声涙共に下る」情状論をぶって、裁判官を感動せしめ、刑を緩和する、というのが実情である。

これは現在裁判所で扱う事件の八割が、いわゆる自白事件である現実とも関係があるのだが、否認事件においても、弁護人に証拠収集力がなく、検察側の提出する証拠を打ち破るだけ充分俊敏でないとすれば、やはり「泣き弁論」「取りすがり弁論」に終始するほかはない。当事者主義、証拠主義の大原則も、法曹の実情においては、とかく理想主義になるのは、このためである。

昭和三十六年六月一日公布の所謂「集中審理方式」によって、第一回公判の前に、裁判官、検察官、弁護人があらかじめ打ち合せをし、争点を整理し、最終公判日まで日程をきちんと組んでしまっても、この点は大した違いはない。その方が裁判が円滑迅速に行われるのは間違いないことである。ただその場合、充分審理が尽されず、被告側に不利になるのではないか、というのが、一部に持たれる危惧である。

現に菊地弁護人が扱っているような脱税、選挙違反などになると、証拠隠滅のおそれありとして、検事は供述調書の一部を見せない。不完全な事前準備によって、集中審理をやられては、たまったものではない。

脱税や収賄をやった人間は、どんなひどい目に遇ったってかまわない、という考え方もあろう。しかし人間はどんな悪党でも、法の定めるところによってしか罰せられないというのが、民主主義社会の大原則である。官僚の独善主義、御都合主義によって、法や規則をいじり回していればすむという考え方、批判に対して「もってのほか」一本槍で、自分に都合のいいことだけを申し立てていれば、あとは既成事実が解決するという考え方は、将来の混乱のもとである。

菊地弁護人が立ち向わなければならなかったのは、要するに、これらの事情すべてを含んだ、裁判というものの全体であった。

しかし彼は裁判官というものが、そういう法曹の慣習の中にありながら、判決を下すに当っては独立して正義を行うという自恃（じじ）を持っていることを知っていた。彼は自分の弁論が、谷本裁判長を動かすことができるということについては、いささかの疑念も持っていなかった。

同じ頃、横浜地検の検察官室では、坂井ヨシ子が岡部検事の取調べを受けていた。妊娠六カ月の彼女を、公判の間に急遽（きゅうきょ）呼び出すのは、普通ではなかった。しかし大村吾一や宮内辰造の証言が、意外な拡がりを見せ、特に長後の金物店主清川民蔵の証言によって、殺意の認定が揺いだ。岡部としてはハツ子と宮内の関係について、証拠を固めておく必要を感じたのである。昨日閉廷の後、最寄りの駐在所へ電話をかけて、警察を通じて呼び出させる、という非常手段を取ったのだった。

家族証人は被告人に不利なことは言わないから、検察側としては、宏の家族は呼ばない方針であった。宏が事件の日、家へ帰った時の模様など、彼の横浜の勤務先やアパートにおける行動と同じく、犯罪事実を認定すべき間接証拠であるが、父親の喜平や家族を申請しなかったのはこのためである。

岡部としては、第三者たるドラゴン自動車の職長やアパートの管理人の証言で、充分だと判断したわけである。家族はむしろ情状証人として、弁護側から申請するのが普通である。

その例を破って、岡部がヨシ子の供述を取る気になったのは、前述のように、宮内と清川の証言が不利な方向へ展開したためだった。そして、検察官がこんな泥ナワ的手段に訴えることができたのも、事件がいわゆる「集中審理方式」によって審理されていなかったからである。

集中審理によれば、結審までの日取りはもちろん、出廷する証人の数も、尋問時間もきっちり枠にはまってしまっていて、動きがとれない。裁判がいくら意外な方向に進んでも、新しい証人を申請するなんて、もってのほかのことである。裁判官も弁護人も日程は、きっちり組上っていて、新しい証人の取調べにさく時間の余裕などあるものか——まさか、そうも言うまいが、実際問題として、そんなはた迷惑なことはしないのが、集中審理の前提条件と言ってもよい。事前準備によって、あらかじめ争点を明らかにしておき、公判が始まってからは、機関車がレールの上を走るように結審まで持って行くのが、集中審理派の理想である。そして反対意見は、旧刑訴法時代への郷愁に取りつかれているんだろう、などといや味を並べるだけで、逆コースが本当に進行して、刑訴法改正へ持って行かれる惧れがある。

それを防ぐには、実務をしっかりやらねばならないのである。しかるに、実情を無視したスコラスチックな言いのがれ、言いかえに終始している亜流の一団がいるから、集中審理の前途から「暗い影」が去らないのである。

次の日の公判は午後開廷の予定で、召喚されている検察側の証人は三人で、あと弁護人の冒頭陳述と証人申請があるだけだから、時間に余裕があった。

これは事前準備によって、組まれた予定ではなかった。だから岡部検事も坂井ヨシ子の証人申請が採用されるという見込みのもとに、大和署の巡査に、略式の呼び出しをさせる気になったのである。

ヨシ子が駐在所の天野巡査の訪問を受けたのは、前夜の十時すぎであった。母親のすみ江に、昼間の法廷の模様を話してから、寝床に入ったところであった。表戸をたたく音に、こんな時間にだれだろうと、不審に思いながら起きて行くと、天野巡査が懐中電灯をさげて立っていた。

「いま、横浜地検の岡部検事さんから電話でな、御苦労じゃが、明日の朝十時に来てくれ、と言うんだが」

若い天野巡査は気の毒そうな調子で言った。彼は事件以来、なんどもこの家を訪問しているので、顔見知りの仲であった。

「明日とはずいぶん急だわね——なんの用かしらね」

「さあ、それはわからんが、検事さんが駐在のわしらに電話でじかに言うんだから、よほど急ぎの用にちがいない」

「いやね」

ヨシ子は下を向いて呟いた。事件については、これまでになんども警官や検事の前で、あきるほど供述させられている。もうなにも言うことはないのである。明後日は公判があるから横浜へ出なければならない。明日は一日ゆっくり家で休みたいのだが、むろん検事の呼び出しとあれば、否も応もない。

「わかりました」

そしてその結果、彼女は今日、九月末のうららかな陽光が町に溢れる朝の十一時に、うす暗い横浜地検の一室で、岡部検事とさし向いで坐っているのである。

岡部検事の尋問は主に次の三点に集中していた。

一、ハツ子と宮内との関係。

二、両人の間の金銭関係。

三、ハツ子と宏との関係。

「一」と「二」は、菊地弁護人が事件の日の二人の行動を追及し出したことに対処するためであった。

「三」は清川民蔵の証言によって揺いだ殺意の認定を補強するために、ハツ子と宏との間に情交があった可能性を引き出せればうまい、との心算に基づくものだった。もともとハツ子が妊娠の中絶を主張し、駈落ちの企画を両親に告げると脅かされた、というだけでは、殺意を抱くに到った動機として充分ではなかったのである。

岡部はむろん宮内にも呼び出しをかけたのだが、彼は家に帰っていなかった。彼の生活状態から見て、今日明日につかまる見込みはなかったので、ヨシ子から聞くことにしたのである。

ヨシ子はしかし姉と宮内の関係を詳しく知らなかった。ハツ子は妹を子供あつかいにして、なにも語らなかったからである。ヨシ子は正直にそう言ったのだが、岡部検事は細かい尋問を繰り返した。

ハツ子と宏との間に肉体関係がある、と疑わせる事実はなかったか、との質問に、彼女はむろん否定した。自分の方から訊きたいくらいだった。「宏に訊いて下さい」と繰り返すだけなので、岡部は諦めざるを得なかった。

（法廷で宏のいるところで尋問すれば、何か出て来るかも知れない）と彼は考えた。ヨシ子は五時まで待たされ、でき上った供述調書に署名させられた。

「明日、証人になって貰うかも知れないから、必ず裁判所へ来ているように」

岡部検事は帰り際にだめを押した。彼は菊地弁護人がヨシ子の供述調書を不同意にするだろう、と思っていた。その時はヨシ子を証言台に立たせて、「三」の宏とハツ子との関係を尋問しようと思った。彼は「三」について調書にあまり詳しく記載しなかった。それでも菊地が不同意にするのは確実だと思っていた。

新生活

横浜地裁刑事第五部の開廷日、十月一日は、まず五つの判決言い渡しから始まった。五人の被告人を被告人席に並んで坐らせ、一人ずつ前へ呼び出して、谷本裁判長が主文と理由の要旨を言い渡して行く。これらは野口判事補担当の事件だが、言い渡しはやはり裁判長がやる。

最近川崎市の膨張によって、この種の事件は激増している。ところが川崎には昔ながらの乙号支部があるだけで、合議体はないから、全部横浜地裁にかかって来る。（短期一年以上の刑に当る事件は、みな三人の裁判官による合議体によって審理されなければならない）

五人いっしょに言い渡すのは、少しお粗末のようだが、いずれも在宅の被告人であって、判決言い渡しを受けるだけのために出頭する。谷本判事の部では、目下百件以上をかかえていて、こうでもしなければ、間に合わないのである。

公文書偽造、と罪名は大袈裟だが、これはみな自動車の免許証の日付を書き替えて使っている者である。近頃砂利トラック運転手の不足に伴って、無免許あるいは事故で免許停止を食ってる者もかり出さなければ、間に合わない状況である。川崎出張所を横須賀や小田原のような十人の裁判官を持つ甲号支部に昇格させてほしい、というのが横浜地裁の永年の希望である。

ところが周知のように裁判所の予算は乏しく、警視庁のそれにも及ばない。現に今年の梅雨時には、小田原支部の法廷に雨漏りがして、開廷出来なくなったくらいだが、修理の費用も捻出できない始末である。川崎の昇格など思いもよらない。

三権分立の立場から、裁判所を代表する最高裁長官は、大臣達の予算分け取り閣議に出席しない。書面によって要望を提出するだけだから、全国裁判所の予算額が、首都警察のそれに及ばないという事態が生じているわけである。

裁判官の報酬は、昭和三十六年現在で、最高裁判事で月十八万五千円である。これは国務大臣と同額だが、三十代の若手の弁護士の収入と同じでもある。近頃、裁判官の不足は慢性的状態で、このほど全国二百人の弁護士に判事就任を要望したが、応じた者わずか三人という情ない数字である。

この時期は有名弁護士の活躍がマスコミを賑わし、一種の流行児だったせいもあるが、とにかく三名はひどい。

裁判官はこういう条件の中で、良心に従って判決を下しているのである。その威信は一部の裁判官の独善や軽率な言動故に、失わるべきではない。およそ「判事」の名が、日本ほど軽々しく発言される国はないのである。

気の早い判事なら、五件の免許証偽造事件の判決言い渡しに十五分あれば充分というかもしれないが、谷本判事は万事ていねいにやる性分なので、三十分かかった。

それから正午までの一時間半の間に、これも近頃川崎方面に増えた集団強姦事件の冒頭手続をすませた。二人の未成年者を混えた四人の工員が、第一京浜国道の深夜営業の飲食店で働く娘を、アパートの一室に連れ込んで乱暴した事件である。この種の事件は、大抵被害者も酔っていて、面白半分に同行しているので、犯罪事実の認定がむずかしい。ところが現在この種の事件が、谷本判事の部で一年間に受理する事件の三〇パーセントを占めているのだ。

これも野口判事補の事件だった。起訴状朗読から弁護人の冒陳に到る、面倒なわりに退屈な冒頭手続を終って、昼の休憩に入った。

午後一時前、岡部検事は少し早めに法廷に入った。弁護人席の菊地弁護士の姿を認めると、つかつかと歩み寄った。

「ちょっと御了解願いたいことがあるんですがね」と、笑いを含んで、話しかけた。

「なんです」

菊地も負けずに笑い返した。これから法廷で、丁々発止と戦う敵同士でありながら、（むしろそうであるから、なおさら）戦いのはじまるまでは、殊更にこやかな態度を取るのは、どこの世界でも同じである。

「例の坂井ヨシ子の供述を取ったんで、これを今日申請しようと思うんですが、どうでしょう、同意してくれませんか」

岡部には菊地が同意しないことはわかっているが、まさか最初から「不同意でしょうね」ときくわけにも行かないのである。

「どれ、ちょっと拝見」

と言いながら、菊地は岡部から検察庁の罫紙（けいし）を綴（と）じた供述調書を受け取ると、ぱらぱらとめくった。

「昨日、取ったんですね」

「少し忙しかった。あなたの方で、あんまりうちの証人をいじめるもんで、少し突っかい棒がいるんでね」

岡部はそう言いながら、ちらと法廷の大時計に眼を走らせた。言葉は冗談めかして、やわらかでも、二人が敵対関係にあることにはかわりなかった。（裁判官が入って来る前に早くきめてくれ）岡部の身振りはそう言っていた。

「これはやはり同意できませんね。私にも少しききたいことがありますから」

これはむろん供述調書を証拠とされては困る。本人を呼び出して、反対尋問したいという意味である。

「ヨシ子はいずれ私の方でも、申請しようと思っていたんです。ついでに私にも訊かして下さい」と菊地は供述調書を返しながら付け加えた。

「やっぱりね。わかりました」

予定通り菊地弁護人に不同意を告げられ、岡部検事が自分の席に戻った時、宏が入廷して被告人席についたところだった。

やがて正面の裁判官席のうしろのドアのノッブが動いた。谷本裁判長がいつも、入廷するぞ、という合図に立てる音だった。岡部検事と菊地弁護人が立ち上るのに釣られるように、法廷の全員の起立するうちに、法服を着た三人の裁判官が入って来た。

「では、これから審理をはじめます」

みなが再び席につくのを待って、谷本裁判長が言った。岡部検事が立ち上った。

「審理をはじめるに先立って、お願いがあります。検察官は坂井ヨシ子の供述調書を申請したいのですが、弁護人は不同意ということですから、人証のお取調べを願いたいと思います。本人は在廷しております」

谷本裁判長は菊地弁護人の方を見やった。菊地は坐ったまま、軽く頭を下げた。この動作は法廷外で、検察側と弁護側の打ち合せがすんでいることを示すものだった。

「では、まず先の予定の証人を調べてからきめましょう」

谷本裁判長は小声で言いながら、廷吏に合図した。廷吏は抑揚のない声で言った。

「証人、多田三郎さん、前へ」

被告人席と並んだベンチに腰かけて待っていた多田三郎は、立ち上って証言台の方へ進んだ。

多田三郎は、厚木市と相模川を隔てた対岸の海老名町の、工場建設現場で働いている労務者である。木綿のズボンを穿き、ジャンパーを着ていた。みなくたびれていたが、洗濯し立てと見えて、よごれはついていなかった。

人前に出るのははじめてらしく、態度にはどことなく落ち着きがなかった。宣誓書を廷吏から受け取る時、手がふるえて、床に落した。それですっかり上ってしまったらしく、読み上げる途中、何度もつかえた。岡部検事からの尋問に答える間にも、よくつかえて、日焼けした顔を真赤にした。

多田三郎の供述の内容は、すでに花井が菊地の依頼によって、彼を海老名町の現場に訪れた場面に、記した通りである。この物語で、次々と法廷にあらわれる証人の一人一人について、主尋問、反対尋問の全部を読まされるのに飽きている読者もいよう。多田については、その証言の概略を記すにとどめたい。

多田三郎は事件の三日前の六月二十五日の夜、宏がハツ子に会いに行った時、「みよし」にいた客である。二人がそこでまた口論した、と供述調書にあったが、花井がたしかめたところでは、多田は二言三言言葉を交すのを聞いただけである。そしてハツ子はすぐ、宏をそとへ連れ出したので、多田は二人の話をほとんど聞いていないのである。

この日、一層殺意を固めた、と宏の自供調書にあるのだが、それは裁判のこの段階で審理の対象にすることはできない。そして宏は冒頭の意見陳述で、それを否定している。

宏が否定した途端に、自供調書は証拠能力を持つのだが、多田は漠然たる「口論」という印象を、供述しているだけであった。それは取調べの検事の誘導によったものと見てよい。たしかなのは、多田の証言が、宏が六月二十五日に「みよし」に来たという事実、ハツ子と二人きりで話をするために、しばらく店を出たという事実の目撃証人として、自供を補強しているのである。

菊地弁護人はこの点は深く争わなかった。彼は反対尋問で、多田がいわゆる「口論」の内容を一つも記憶していないこと、ハツ子は宏を「おとうと」として紹介したこと、二人の態度はむしろ友好的とも取れたことを聞き出すことで満足した。

「話はちがいますが、あなたは被害者の情夫、宮内辰造という男を知っていますね」

この質問も岡部検事の主尋問の範囲から逸脱しているから、英米の法廷なら当然異議申立の対象になるものだが、日本の裁判では真相発見の見地から、厳密に追及されないことは、何度も書いた。

「ええ、知っています」

「『みよし』で会いましたか」

「よく、奥の座敷で飲んでいるところに、行き合わせたことがあります」

「そういう男が店にいては、あまり気持がよくないでしょうね」

「ええ、正直、いい感じを受けませんでした」

「宮内はよくハツ子に言い寄る客や、勘定に文句をいう客に、いんねんをつけたりしたそうですが、あなたはそんな経験はありませんか」

「幸い、そんな目に会いませんでしたが、大分おどかされた人間がいるということを聞きました」

「ハツ子の店は、最近あまり客がなかったそうですが、宮内の存在が大きな原因になっていたとは思いませんか」

これも証人の意見をきくという点で、異議申立の理由になるものだが、岡部検事はもはや争わなかった。多田三郎はもともとあまり重要な証人でないし、福田屋「金物店」の主人清川民蔵の証言によってゆらいだ「殺意」の線を、別に補強するつもりだったからである。

「ええ、『みよし』が経営不振になった原因はたしかにいつ行っても、人相の悪い男がいたことだと思います」

こうして多田の法廷における陳述は、むしろ宮内に関する弁護側の主張を裏づけただけで終った。

次の証人は宏が事件の後、七月一日から三日まで勤務した、ドラゴン自動車工場の職長、有田光雄である。彼は二十八歳の色白の青年で、軽度の近眼鏡をかけていた。一つの職場を任せられている熟練工らしく、はきはきした態度で、検察官の質問に答えた。その経歴、現在工場における職務を語った後、一般応募によって上田宏が就職した経路、七月一日勤務についてからの勤務状態について語った。

これは宏が事件を起しておきながら、良心の苛責を感じることなく、平然として、新しい職場の仕事に精出していたことを立証するための証人であった。

宏が同僚に指導されながら、事故車の塗り替えをやっているところへ行って、ハツ子が殺されたという新聞記事を伝えたが、なんの動揺も示さなかったと語った。

「わたしは彼が金田町から来たのを知っていましたから、もしかしたら知り合いかも知れないと思って、教えてやったのですが、彼は『知らない』と言いました。新聞は最初は痴情関係らしいと出ていましたので、そのことも言い『犯人は誰かなあ』ときくともなくききますと『現場は金田町でも、厚木の飲屋の女だよ。おれの知ったことじゃないが、原因は痴情じゃないだろう』と言いました。顔色も変えず、まったく無関心の態度でした」

有田が別に宏に対して偏見なく事実を述べていることは、その落ち着いた話しぶりでもわかった。この証言で重要なのは、宏が「原因は痴情じゃないだろう」と言ったことである。これは自分がやった者でないと、そうは断定できないはずだ、という認定の根拠とされているものである。

菊地弁護人はこの点についても、深く争わなかった。ただ宏が平気だったのは、すでに出勤前に新聞を読んでいたからではないか、と指摘するに止めた。

「原因は痴情じゃないだろう、と被告人は言ったということですが、七月三日付各紙では痴情と断定してはいません。要するにまだ動機不明だったのです。宏の発言は論争的、といっては大袈裟ですが、なにかあなた方で話題にしている間に、出て来た説ではないのですか」

「それはまあ、そう言えるかも知れません。飲屋の女だから、すぐ痴情ときめてしまうのはどうかな、と私も言った憶えがあります」

「それは被告人が意見を言う前じゃなかったですかね」

「さあ、どうですかね」

有田はしばらく考えていたが、やがて言った。

「どうもはっきりしません」と気の毒そうに言った。

この点も菊地は深く追及しなかった。有田の暗示によったにせよ、そうでなかったにせよ、宏が痴情でないだろうと言ったことにはかわりはなかったからである。

しかし次の証人、宏とヨシ子が住んでいたアパートの管理人杉山信夫には、彼はいろいろきくことがあった。

杉山は四十二、三歳の小男で、どこか態度に、のろくさしたところがあった。普段着の木綿のジャンパーのままのいでたちで、証人なんかに呼び出されて迷惑だ、という気持を隠そうとしなかった。彼は低い一本調子な声で、宣誓書を読み上げ、裁判長の尋問に答えて、姓名、年齢、職業を面倒臭そうに告げた。岡部検事の質問にも、なるべく言葉少なく答えた。

元町で古物商をしていたが、戦災で家を焼かれてから、妻の郷里の新潟に引っ込んでいた。四年前兄が磯子区原町にアパートを建てたので、夫婦で住み込みで、管理を任されているという経歴を語る時は、特にいやそうだった。彼は宏が最初に一人で部屋を見に来たのは、六月二十日頃であったこと、二階の炊事場の前の三畳の間が、六月二十九日に明くことになっていたこと、ドラゴン自動車の採用通知を見せたので、敷金一万円、室代三千円で貸す約束をしたこと、などを語った。

二人は六月二十九日の夜おそく越して来たが、部屋はその日の午後まで明かなかったので、夜になってから越して来るのは、最初からの取り決めであった。別に変に思う理由はなかった、女がいっしょだということも知っていた、と言った。

二人の態度には、別にかわったところはなかった。ヨシ子が妊娠しているのは気がつかなかった、二人はこの頃の若夫婦としては、どっちかと言えばおとなしい方で、三日までの短い期間であったが、アパート内の評判は悪くなかった。

「あんなことをしていた人間とは思えませんでしたね。もっともうちは二十室の小さなアパートで、主に付近の町工場に勤務する労務者やサラリーマンが相手です。借り主の入れ替りははげしくなく、事故も少ないのです。借り主の動向にいちいち注意していませんでした」

「ハツ子の死体が発見された日も、変ったことはなかったんですか」と岡部検事はきいた。

「いまから考えると、ヨシ子は取り乱していました。金田町の実家で取り込みがあって、自分だけ四、五日帰って来る。よろしく頼む、と言って風呂敷包みを持って、十時頃出て行きました。宏はいつものように、七時半頃出勤しました」

「宏の態度はどうでした」

「少し沈んでいたようですが、はっきりしません。二人共無口なたちで用事のほかは口をきかないから、こっちもあまり気をつけていませんから」

「煩悶する様子もなかったんですね」

「ありませんでした。勤務先から警察へ連れて行かれた、と聞いてびっくりしました」

菊地弁護人が反対尋問に立ち上った。

「煩悶の様子はなかった、とおっしゃいましたが、具体的に言うとそれはどういう意味ですか」

杉山には質問の意味がよくわからないらしかった。

「具体的、って言いますと？」

「例えばどんな顔をしていたか、と言うようなことです。あなたは煩悶している人間の顔を見たことがありますか」

「あたしは学問がないから、むずかしいことはわからないが……」杉山は菊地の気取った知的な態度に、たちまち向っ腹を立てたらしかった。「映画やテレビなんかに、出て来る顔で知ってます」

「あれは俳優の演技であって、現実の煩悶している人間の顔ではありませんが、つまり被告人はそんな顔をしていなかった、というんですね」

「そうです」

「あなたは被告人に、五日の間に、なんどぐらい会いました」

「玄関から出入りする時だけだから、そう度々じゃねえ。五日といっても、正味三日半だから一日二度ずつとも行かねえ。五、六度でしょう」

「朝晩のあいさつをするくらいで、短い間でしょうね」

「まあ、そうだね」

「つまり、一回一分としても、五、六分ですね。あなたは五日の間に、被告人を五分しか見てうちの奴も廊下で行き会ってる。うちの奴は、よくあんなに平気でいられたもんだね、って言ってます」

「それはあなたが伝聞したことで、経験ではありません――ただいまの証言を記録から、取り除いていただきたいと思います」

菊地は裁判長を仰ぎ見て、付け加えた。

「いいでしょう」谷本判事は書記官に合図し、「証人は自分が直接見聞したことのほかは、言ってはいけません」と注意した。

杉山は耳まで真赤になった。これは彼の場合、羞恥ではなく、抑えかねた怒りを示す徴候らしかった。菊地は注意深く、その顔を見守っていたが、やがて口を開いた。

「あなたは宏の煩悶している顔を見なかったというが、その意味は実際に見たのは、ごく普通の顔だったという意味ですね」

「とにかく煩悶している顔は見なかった」

「しかし宏が部屋にいる時、どんな顔をしていたか、あなたは知らないわけだ」

「あたりまえです。部屋の中まで知りゃしねえ。それは女にきいて下さい」

「終ります」

菊地は突然そう言うと腰を下した。彼は宏とヨシ子の生活について、もう少しききたいことがあったが、こういうひがんだ証人を、これ以上突っついても、無駄であることを、経験で知っていた。

坂井ヨシ子が証言台に立った。これはこれまでに出廷した証人の中で、宮内辰造に次ぐ重要な証人であった。これまで大体一人三十分の割合で進んで来た証人調べのテンポは、ここからゆるくなった。被害者の妹であり、加害者の内縁の妻である十九歳の娘の出現は、法廷を緊張させた。

彼女は加害者の種を宿して、妊娠七カ月であった。彼女が宏に忠実であるにしても、姉を殺された怨みはなければならない。この矛盾を十九歳の娘の心と体が、どう解決しているか。彼女の若さは、皮膚の張り、瞳の光にみなぎっていたが、眉が心持ち薄くなったように見える点など、妊婦の一般的徴候から、まぬかれていなかった。宣誓書を読み上げる彼女の声は、少し震えを帯びていた。

ヨシ子は検察官の質問に答えて、宏と知り合ったいきさつ、どうして横浜へ駈落ちしなければならなかったかを語った。

「宏の家では、あたしを嫁にしてくれるはずはなかったので、最初からあきらめていました。でも、子供ができてから、万事がかわってきたのです。あたしたちは若いといっても、もうすぐ成年です。親が賛成しないなら、二人でどこかへ行って、二人きりで暮そうと言い出したのは、あたしでした。姉に中絶をすすめられても承知しなかったのも、あたしです。むろん宏もそんなことをする必要はない、と言ってくれました。おれたちの子供を生もう、というあたし達の気持がかわったことはありません。二十日の日に姉さんは中絶しなければ、お母さんに言うって言いましたけれど、姉さんを殺してしまえばよい、なんて怖しいことを、考えるはずはありません」

ヨシ子は訴えるような顔を、谷本裁判長に向けた。

「そんなこと、あたし達の間で、話に出たことはありません。宏が二十五日に、姉の店へ行ったことは知りませんでした。その後たびたび宏と会って、横浜へ行く日取りについて相談をしましたが、そんな話は出ませんでした。口論があったとすれば、なにか話があるにきまっています」

これは刑事部の取調べの検事が、いくら宏が姉の仇であることを強調して「ほんとうのこと」を言うようにすすめても、供述を変えることができなかった点である。検事は彼女が宏にすっかり惚れ込んでいて、姉の殺されたことを、なんとも思っていないのではないか、と疑った。ヨシ子は証言を続けた。

「六月二十八日の夜は雨でしたが、七時半頃、私は宏とやはり裏の竹藪で会いました。少し興奮していたように思いますが、次の日家を出るという間際ですから、別に不思議とは思いませんでした。あたしも興奮していたからです。翌日の夜、十時頃、うちの前の土手の道へ、ライトバンで迎えに来るから、荷物をまとめておけと言われました。その日はそれだけで別れ、次の日のきめられた時間まで、会っていません。あたしはその日お店で退職の手続をすませ、次の日は一日うちにいました。母にかくれて荷造りをするので、大変だったのです。

それからあとの、宏の態度がどうだったか、よく気をつけていません。あたしたちはずっとあがっていた、と言ってもいいのでしょう。あたしは母をすてて出て行くのですから、胸がいっぱいでしたし、新しい生活がこわくもあるし、ほとんど無我夢中でした。妊娠三カ月でしたから、横浜までライトバンへ乗って行くのでは流産しはしないか、と心配でした。しかしほかに手段がないから、仕方がありません。幸い横浜へ着いてからも、別に異常なかったけれど、新しい部屋のかっこうをつけるために、買物をしなければなりませんし、忙しい毎日だったんです。それが姉さんが死んだために、急に断ち切られてしまうなんて、思いもかけませんでした。やはりあの部屋の生活にはどこか間違ったところがあったんです。こうなってしまったんだから……」

ヨシ子が宏の逮捕のせいではなく、ハツ子が死んだために、同棲生活が不可能になった、と考えているらしいのは、菊地弁護人の注意を惹いた。ヨシ子の証言が途切れたので、岡部検事がうながした。

「無我夢中だったから、宏の態度に気を留めなかったというのはもっともですが、どうでしょう、例えば夜うなされるとか、不意に飛び起きたりするとか、そんなことはありませんでしたか」

これは本来なら有罪の証拠とされる言動なのだが、この場合むしろ否定的な答えが予想されている、というところに、この事件における検察側の見解の特徴がある。つまりそんなこともなかったくらい、罪の意識に乏しかった。従って偶然的な犯行ではなく、じっくり考えた末にしたことである、という論理的構造を持っているのである。ヨシ子は答えた。

「気がつきませんでした。お母さんがお風呂場で転んで、うなっている夢を見て、うなされたのはあたしでした」

「あなたには家出したのが悪いことだという気持が強かったわけですね。宏はどうでした」

「あの人が家の話をしなかったのは、あたしのそういう気持を察したからだったと思います」

「なるほど」

と言って、岡部検事は手許の供述調書に眼を落した。（家族証人はやはりだめだ）と彼は考えた。（調書とはまるでちがったことを平気で言う）彼は質問を変えた。

「被害者の死体が見つかった記事を新聞で見た時の、被告人の態度はどうでした？」

「あたしはすぐ家へ帰らなければならないと言ったんです。宏はとめませんでしたが、自分が帰っても仕方がない、よろしく言ってくれ、と言いました。あたしは、帰ればあたし達の横浜の住所を言わねばならず、二人でいっしょに暮すことはできなくなる、と思いました。そのことも言ったんですが、宏はやはり帰り給え、と言いました。彼の気持はきまっていたようでした。どっちにしても、おれは金田町へは帰らない、と言って、いつものように出勤しました」

「死体が発見された時、取るべき処置について、考えてあったようだ、と言うんですか」と岡部検事はきいた。

「そんなこと知りません。あとで面会の時に、横浜へ行ってから、気持のやすまる日は、一日もなかったと言いました」

「あとでどう言ったかではなく、新聞を読んだ時の態度をきいているんです」

「なんども言いました。しばらく頭をかかえていました」

「つまりそれまでは罪の意識がなかった、と言うんですね」

岡部検事は鋭くきいた。

「そんなことはないはずです。宏は人でなしじゃありません」

「しかし被害者の妹であるあなたと平然と同棲していたではありませんか」

「あたし達は子供を生んで育てるために、同棲しなければならなかったんです。それは金田町ではできないことでした」

「それだけですかね。二人で自由に気ままな生活を楽しむためではありませんか」

岡部の言葉には少し皮肉な調子があった。

「だって、あたしはあの時、一番気をつけなければならなかったんです。炊事場のすぐ前の部屋にしたのはそのためだ、と宏は言いました。転んじゃいけないといって、食事のあとの洗いものは、むろんしてくれましたし、洗濯も勤めから帰ってから、してくれたんです」

「なるほど、しかし結局あなた方は生活を楽しんでいたでしょう」

「楽しむというのが、どういう意味か知りませんが、あのことでしたら、ちがいます」ヨシ子は少し頰を染めながら、思い切ったように言った。「あたし達は、子供ができたとわかってから、あれはやめていました」

強く言い切るヨシ子の顔を、岡部検事は少しあきれたようにながめていたが、

「時にあなたの姉さんのことですが」

と方向を転じた。この点をこれ以上つっつくのは、むしろ宏に有利な情状を引き出すだけだ、と思ったからだった。

「ハツ子と宮内辰造の関係について、少しうかがいますが、あなたは二人の関係を、むろん知っていましたね」

岡部検事の言葉には、知らないとは言わせないぞ、という調子があった。ここからが昨日取った供述調書の中心だった。ヨシ子はその口調に押されたように、眼を伏せ、低声で答えた。

「はい、知っていました」

「ハツ子から直接聞いたのですね」

「それもありますし、母から聞いたこともあります」

「その内容を話して下さい」

ヨシ子はハツ子が家へ帰って来たのはうれしかったが、厚木へ飲屋を出すというのは、いい気持がしなかったこと。まもなく宮内が店に入り浸りになっている、と聞いて困ったことだ、と母のすみ江と話し合ったこと、などを述べた。

ハツ子が宮内に十万円の借用証書を書いていたとは知らなかった。宮内との間が最近どうなっていたかは、ハツ子が、店のことを話さなかったのでわからない。十万円が宮内への手切金

を意味したかどうかは知らない。事件の前に「みよし」を訪ねた時の印象では、別れ話があるような形跡はなかった。あったとすれば、歓迎すべきことなのだから、気がついたはずだと思う、と述べた。

要するに、ヨシ子の供述はあまり実質がないもので、漠然たる印象や推測の域を出ていなかった。弁護人の宮内に対する攻撃に対して、漠然と情状をかためておく程度の効果しかなかった。岡部は尋問を変えた。

「では、六月二十五日のことをおききします」と彼はまず質問の対象を限定した。「その日は宏が一人で『みよし』を訪れ、なにかハツ子と話したのですが、その内容は、いや、ハツ子に会ったということすら、宏から聞かなかったと言いましたが、間違いありませんね」

「ありません」

「その後、横浜へ行くまでに幾度か打ち合せをし、五日間いっしょに生活している間にも、話に出ませんでしたね」

「出ませんでした。しかし妊娠中絶に関する話だったはずです。あとであたしが拘置所へ訪ねた時、宏はそう言っていました」

「あとで聞いたことはよろしい。あなたは結局、宏の訪問の目的を当時は知らなかったのですね」

「そうです」

「しかしあなたと宏がそれ以前に度々『みよし』へ行ったのは、ハツ子があなた方にすすめる妊娠中絶をことわるためだったのは、たしかですね」

「ええ、あたしはどうしても子供を生みたかったのです」

ヨシ子は証言台の上で、身をそらせて、妊娠七カ月の、下腹部のふくらみを、見せびらかすようにしながら、誇らしげに言った。

「結構です。ところであなたはどうして姉さんが、そんなに、執拗に中絶をすすめるのか、考えたことはありますか」

「あたし達がまだ若くて、子供を育てて行く収入も頭もない、足手まといになるだけだ、という考えからだ、と思います」

「姉さんがあなた方の関係を是認していれば、そうなります。しかしもしあなた方の結婚、いや愛人関係も好ましくない、と思っていたとすると、姉さんの勧告は、別の意味を持って来るのではありませんか」

「別の意味って、どういうことでしょう」

ヨシ子は質問の意味がよく呑み込めないらしく、目を大きく見開いて、岡部の顔をながめた。

「子供がいては、あなた方が別れるのに邪魔だ、と思っていたのではないでしょうか。これはあなたの意見をおうかがいするのですが」

最後の句は、弁護人の異議を抑えるために、急いで付け足したものだった。

「これは殺人事件の裁判です。真実を言ってくれなくては、困ります」

ヨシ子は下を向いたまま、だまっていた。岡部は繰り返した。ここから彼の尋問は要点に入るのだ。「いいえ」、ほとんど無関心な返事が返ってくるが、はっきりしないので、どうしてもはっきり答えさせねばならないのだった。

「ハツ子はあなた方の仲を嫉妬していたのではありませんか」

ヨシ子はしばらく前方の床に眼を落して黙っていたが、やがて、

「はい」と肯定的な返事をした。「しかしそれは町の人達がうわさしているように、姉と宏が関係（この言いにくい言葉を、ヨシ子は口の中で飲み込むように発音した）があったからではなく、ただなんとなく、あたし達の幸福をやっかむといった調子でした。姉は不幸な生活を続けるうちに、性格がひねくれていました。あたし達が手に入れようとしている幸福を、いまいましくなったのだと思います。うまく行かないのを望むような様子が、たしかにありました」

「それについて、ハツ子がなにか言ったことがありますか」

「はっきり口に出したことはありませんけど、中絶をすすめる時の口調や眼付で、そう感じたことが、時々ありました」

「それをあなたは姉さんの現在の境遇から来るひがみと考えたのですね」

「そうです」

「あなたたちに対する嫉妬とは考えられませんか」

「どうですか、わかりません」

「どっちですか。ひがみですか、嫉妬ですか」

「わかりません」

「つまりどっちとも取れる話し振りや眼付だったわけですね」

「するとハツ子さんがひそかに宏を愛していたので、あなた方に嫉妬していたとしても、おかしくないわけですね」

「そうです」

岡部が昨日と同じようにどうしてもそう言わせたいのだということが、ヨシ子にはわかった。うわさのように、宏は姉とほんとに関係があったのだろうか、という疑いが、はじめて彼女の心にきざした。彼女は反射的にうしろを向いて、被告人席の夫を見た。

彼女は宏がはげしく首を振るのを見た。言葉は出さなかったが、眼をヨシ子の顔に据えていた。そしてヨシ子が正面に向き直るまで、首を振るのをやめなかった。（そんなことは絶対にない。信じちゃいけない）宏の眼はそういっていた。そしてヨシ子は信じた。

しかし判事、検事、弁護士など、法廷のいわば技術者達は、そう簡単には信じなかった。無実な者が自白することがある一方、有罪の者がどんなにきっぱり罪を否定するものであるか、それらの人達は経験によって知っていたからである。

彼等が宏の態度だけでは真実はわからない、と判断を留保したのは当然であるが、ただそういう証言を、ヨシ子の口から引き出そうとする岡部検事の真意がどこにあるのか、野口判事補にとっては明白だった。

ハツ子とヨシ子と宏が三角関係にあるとすれば、宏はハツ子を殺す有力な動機を持つことになるからである。野口も、妊娠の事実と駆落ちの計画を父親に告げられるのをおそれたというだけでは、殺人の動機としては弱い、と思っていた。もし宏がハツ子と肉体関係があり、そして最近愛情がヨシ子に移ったとすると、そこにははっきりとした「邪魔者は除けろ」の線が成立する。

菊地弁護人が、ナイフを買った時の状況が、あいまいなものである、と立証したので、検察官がこれまで誰の供述調書にもない事実を法廷に持ち出して、自分の立場を強化するのは自然であると思われた。しかし岡部検事の意図が見え透いているだけに、裁判官としては、それに引きずられるのに警戒しなければならないのだった。

彼は注意深く宏の反応を見守っていた。ついにヨシ子が答えた。

「宏と姉との間に関係がなかったとあたしは思います。姉の態度からではなく、宏の態度からそう信じるのです。なにかあったのなら、わかるはずです」

彼女はつとめてきっぱりした態度を取ろうとしているようだった。しかし岡部は指摘した。

「しかし宏はあなたに六月二十五日の夜、ハツ子に会ったことを言いませんでしたね」

「ええ、聞きませんでした。それはなんども言いました」ヨシ子は叫ぶように言った。「知ってるのは、宏です。宏にきいて下さい」

岡部はしばらく黙っていた。これはヨシ子の態度に法廷の注意を惹くためであるが、やがて口を開いた。

「わかりました。その点はもうお聞きしません。ところで、六月二十五日多田三郎証人が『みよし』を訪ねた時、ハツ子が宏を『おとうと』と言った、とこの法廷で証言しているのですが、あなたはハツ子がそんな親しい呼び方をしているのを聞きましたか」

この質問は菊地弁護人に対するささやかな職業的復讐心から発せられたものだった。この前の公判以来、菊地の反対尋問にしてやられっ放しだった。今日は逆に彼の多田に対する反対尋問から、自己に有利な状況を引き出すことに快感を覚えたのだった。

「おとうと」と呼んだことを聞き出して来たのは、花井だった。傍聴席にいる彼は、自分の咎のような気がして、はらはらしながら、公判の推移を見守っていた。ヨシ子はしばらく黙っていたが、

「聞いたことはありません」と答えた。

「それはあなたの前では、そう言わなかっただけで、かげでどう言っていたかわかりませんね」

「異議を申し立てます」菊地弁護人が見兼ねるという様子で立ち上った。「検察官の質問は推測を言うだけのもので、不適当であります。証人はすでに聞いたことはないと答えています」

「異議を認めます。検察官は質問を変えて下さい」

谷本裁判長にも岡部検事の意図はわかっていたから、くどすぎると思っていた。

「ではこう訊きます。被告人はいつもハツ子をどう呼んでいましたか」

「ハツ子さん、またはハッちゃんと呼んでいました」

「えっ、ハッちゃんというような親しい呼び方で呼んでいたのですか」

「あたし達は、小学生の頃から、いっしょに遊んでいました。その頃からそう呼んでいたのです」

「終ります」

岡部は、宏とハツ子との間にも、幼時から親しさがあったこと、従って情交があった可能性もあることを、事実を強調するために、突如、尋問を打切ったのである。

「弁護人」

反対尋問を、という言葉を省いた谷本裁判長の呼びかけに応えて菊地は立ち上った。

「反対尋問に入る前に、『おとうと』との呼称が、義弟を意味するならば、それはハツ子が両人の関係を是認していたことを意味し、検察官の主張する情状、つまり両人の関係に対する嫉妬と矛盾することに、裁判所の注意を喚起しておきます。さてと……」

菊地としても、岡部の反撃に一矢を報いただけで、そのこと自体に大した意味を認めない、との意図を示すために、尋問の方向を変えた。

「姉さんと宮内の関係についておききします。あなたはさっき検察官の質問に対して、あまり詳しいことは知らないと言ったが、たしかですね」

「たしかです」

ヨシ子はぶっきら棒に答えた。この質問も彼女が好いていないのはたしかだった。

「しかしあなたは宮内に会ったことはありますね」

「あります」

「なんどぐらいですか」

「よくおぼえていませんけど、『みよし』へ行けば大抵いましたから……」

「どういう印象を受けました？」

「正直に言って、好きませんでした」

「どういうところが」

「あつかましくて、いやらしい感じでした」

「宮内の職業について、姉さんからなにか聞きましたか」

「『地回り』でしたか、『やくざ』でしたか、そんな人だと聞きました」

「するとあなたは宮内が姉さんの店にいるのをよろこんでいなかったわけですね」

「むろんです」

宮内の悪口を言うのは、ヨシ子はいい気持らしく、だんだん生気を取り戻して来た。それが菊地がこれらの一連の尋問の効果として、期待していたものであった。

「ところで、宮内と姉さんの間に、別れ話になりそうな気配はありませんでしたか」

「姉の口から聞いたことはありませんが、気配ならありました」

「あなたは姉さん思いだったから、敏感にわかったのですね」

「そうです。姉のことは始終気にかかっていました」

「あなたは桜井京子という女のことを聞いたことがありますか」

「いいえ」

「それは宮内の新しい愛人と考えられています。あなたはこの前の公判で、宮内辰造の証言をきかなかったのですか」

「姉が事件の日、長後で宮内の家へ寄った時、居合せたという人ですか」

「そうです。その女のことを聞いたことはありませんか」

「ありません」

「宮内にほかに女がいるという話も、全然聞かなかったのですね」

「そうです」

「ところで、宮内はあなたを変な眼でみるというようなことはありませんでしたか」

これは再びヨシ子の気に入らない質問だった。彼女は菊地の顔を見た。彼の顔は意外に真面目だった。なにかを求めるように、ヨシ子の眼の中をじっと見ているのである。

最近新築された東京地裁では、証人のための坐席が、英米流に裁判官席の右側に設けられたが、これははじめての試みである。これまでの法廷では、証人も被告人と同じ証言台に入り、裁判官に直面して立つのである。

従って証人は横を向いて、検察官や弁護人の質問をきき、それから正面に向き直って、裁判官に向って答えることになる。

これは証人としては、一人二役みたいな面倒な動作だから、疲れも早い。東京地裁のように、裁判官席の横に椅子を与えられる方が、ずっと楽だ。裁判官の顔が見えないので、張り合いがないという人もいるが、終始尋問者と対話の形になるので、話し易いことには間違いない。

ヨシ子は従って尋問を受ける時だけ、菊地弁護人に対面するわけだが、尋問が進むにつれ、だんだん彼の質問の真意らしいものが、わかって来た。

宮内の新しい女に関する話はいい気持がしなかったが、宮内が彼女自身に色眼を使ったかどうか、というような立ち入った質問を菊地がするについては、なにかそこに宏の罪を軽くするために必要な事情が潜んでいるのだ、ということが、ぼんやりわかったらしい。

「ええ、宮内は一度、あたしの手を握ったことがあります」

これは事実だったから、宣誓にそむいているわけではなかった。

「なるほど、それはどこで起ったことですか」

「『みよし』です。五月の中頃でした。貰い物の布地を届けに行った時、姉がスタンドの中でうしろを向いたすきに、あたしの手を握って、『こんどの日曜、東京へ連れてってやろうか』と言ったのです。あたしはむろん、ふりほどいて、睨みつけてやりました」

「そして姉さんは、それに気がつきましたか」と菊地はきいた。

「気がつかなかったと思います。姉は向うを向いて、棚を掃除していましたし、あたし達は少し離れた、座敷に腰を下していたのです」とヨシ子は答えた。

「あなたが睨みつけたら、宮内はどうしました」

「にやにや笑いながら……」

と言いかけて、ヨシ子はなにかに気がついて、はっとした様子で、言葉を切った。正面の裁判官席の上の辺に、視線を固定させたまま、じっとしている。

「笑いながら、宮内はなんと言ったんですか」

ヨシ子はまた肩を固くして、だまっている。

「あったことのありのままを言って下さい」と菊地がまた催促した。「ここでは真実だけが、重んじられることを忘れてはいけません」

ヨシ子は答えた。

「そんなにかたいことを言わなくてもいい。宏がハツ子に惚れているのを知らないのか、って言いました」

傍聴席にざわめきが起り、岡部検事はまたにやにやした。菊地弁護人が、証人を深追いして、自ら墓穴を掘って行くのを見るのは、気持のいい眺めだった。菊地も内心「しまった」と思った。彼の尋問の目的は、検事の持ち出した宏とハツ子の間の関係からそらし、宮内証人の人格弾劾に役立つ証言を引き出すことにあった。その目的は達せられたとしても、それ以上不利な情状が出てしまったのだった。

「宮内はたしかに『宏がハツ子に惚れている』と言ったのですね。ハツ子さんが宏に惚れている、ではありませんね」

「宏が惚れている、と言いました」

「そうでしょうね。彼はあなたを誘惑しようとしていたのですからね。そしてあなたはそんなことは信じなかった」

「むろんです。宮内のいうことは信じられません」

菊地は裁判長を見上げて「終ります」と言った。これ以上深入りすべきではなかった。法廷の大時計は三時十分すぎを示し、定刻までまだたっぷり時間が残っていた。この日の予定では、このあと弁護人の冒頭陳述がある予定だった。谷本裁判長は十分の休憩を宣しようとしたが、菊地弁護人はまだ立ったままだった。そして言った。

「証人調べが意外な進展を見せましたので、弁護人の冒陳はやめたいと思います」

何度も書いたように、弁護人の冒頭陳述は検察官のそれとは違って、必ずやらなければならないという性質のものではない。検察側はこれからどういうことを立証しようとするかを明らかにするのは、弁護側に防禦の機会を与える趣旨から義務づけられているが、弁護側はなるべく方針をかくす方が有利である。

少なくとも検察側の証拠調べが終った時に行われるのが普通だが、小さな事件では全然行われないことが多い。菊地はこの段階で、裁判官の注意を喚起する意味で、大体の方針を示すつもりだったが、岡部検事のヨシ子の尋問から引き出した新しい情状がある以上、いま少し様子を見る方がよいと判断したのである。

谷本裁判長としては、どっちでもいいわけである。彼は言った。

「そうすると、本件については、冒陳をしないつもりなのですか」

「そうしたいと思います。次回公判より、弁護側の証人をお取調べ願いたいと思います。申請書を提出します」

そして廷吏に、正本を裁判長に、写しを検察官に持って行かせた。菊地が申請した証人は三人あった。

宮内辰造、これは検察側の証人としてすでに取調べを受けているが、弁護側としては、まだききたいことがたくさんあり、ウルトラ重大性を持った証人であった。

宏の父親喜平及び彼の中学校の教諭花井武志、この二人は情状証人である。菊地としては、宮内の尋問で決定的なポイントをつかむことができるつもりであるが、念のために喚んでおいたのである。次回公判の日取りは一週間後の十月八日ときめられた。

「では、これまで」

三人の裁判官が立ち上り、うしろのドアから消えると、法廷はがやがやしはじめる。岡部検事が依然としてうすら笑いを浮べながら、書類を片づける間に、宏はまた手錠をはめられて、横のドアから連れ去られる。

傍聴席に坐っていたヨシ子と眼があった。(おれを信じてくれ)宏の眼はそう言っていた。(信じるわ)ヨシ子の眼が答えた。

第三回公判は終った。

新事実

上田宏に対する殺人並に死体遺棄被告事件第四回公判は、十月八日午前開かれた。前回まで検察官申請の証拠調べを終り、今回から弁護側の証人の証言がはじまるのである。

第二回公判では検察側の証人であった宮内辰造が、弁護側の証人の第一号として申請されていた。彼は被害者ハツ子の情夫であり、ハツ子が殺された六月二十八日の午後、長後の彼の家に立ち寄って、彼の新しい情婦である桜井京子と会っていたことが、明らかにされていた。

ハツ子は彼の家を出てから丸秀運送店の前を通りかかり、偶然宏と会い、続いて死にも会うことになったのだが、その死の二時間前、宮内の部屋でその新しい女と共にすごしていたことは、彼女の事件当時の精神状態を示すものでなければならない。宏の犯罪が計画的な犯行ではなく、偶発的な事故とみる菊地弁護人の立場としては、これらの情状は重大な意味を持っているのである。

さらに十月一日の第三回公判の際のヨシ子の証言から、宏とハツ子とヨシ子の間にうわさされていた、三角関係がクローズアップされて来た。ヨシ子は一応否定しているが、当事者の間に何があったかは、神様のほかに知るものはない。それは宏がハツ子を刺した瞬間の真実についてもいえることである。

しかし地方紙の報道はこの新しい三角関係に集中していた。実話週刊誌の記事にもなり、事件は再び世間の注目を集めはじめていた。第四回公判で、宮内辰造が弁護側の証人の第一号として、出廷したのは、こういう状態の下においてであった。

彼はまず開廷に二十分おくれて法廷に到着するということによって、裁判官の心証を悪くした。十月八日の午前十時までに到着との召喚状は、前回公判の二日後、裁判所によって発せられ、宮内はそれをたしかに受領していた。それにも拘らず、彼が二十分おくれたことは、彼が証人に出たくない、という気持を示すものと思われた。

だれでも三百円の日当で、半日の暇をつぶすのはありがたくないが、殺人事件の証人ともなれば、その証言一つ一つは、被告人の運命にかかわると言える。それを回避するのは、彼になんとなくうしろめたいところがあるからだ、と思わせる材料となった。宮内は東横線の電車が、故障したので延着したと言いわけしたが、だれも彼の弁解を信じなかった。

谷本裁判長以下三人の裁判官はすでに定刻前に裁判官室に集まっていたが、宮内が来ないので開廷するわけに行かない。十時二十分、宮内が到着したという報せを受けて、谷本裁判長はやっと腰を上げた。

二十日余りの間に、法廷の模様に微妙な変化が見られた。白のカッターシャツ姿が消え、黒の色彩が優勢になっていた。次第に深まって行く、秋の気配は法廷にも感じられたのである。

宮内はこの前と同じ背広を着ていた。シャツもネクタイも同じものだったが、ちがった点といえば、その顔に幾分おびえたような表情が見られることだった。型通りの宣誓があってから、菊地はすぐ尋問に入った。

「第二回公判の時にきいたことの続きとして、訊きます。あなたは被害者ハツ子が二十八日あなたの家にいたのは十五分間だと言ったが、検察庁では一時間いたと供述している。その供述調書は既に証拠として、採用されています」

菊地は少し居丈高な調子で言った。宮内の態度から判断して、こういう調子を取る方が、真実を聞き出すのに有効だと考えたためだった。同じやくざでも、彼のように女を食いものにするタイプは、決定的な隙を突かれると、がたがたと音を立てるようにくずれ落ちてしまうものであることを、菊地は予審判事をしていた頃の経験で知っていた。

「なぜ、そういううそを言ったんですか」

「うそを言ったわけではありませんが」宮内はおとなしく答えた。「ことの行きがかりで、そういうことになっちゃったんで。一時間だか十五分だか、実はよく憶えていないんです」

「すると十五分より長くいたんですね」

「時計を見なかったから、わかりませんが、もっといたかも知れませんよ。なにしろ刑事さんが来て言うには、長後駅員は二時二十分頃帰ったと言ってる、ということです。そんならうちへ着いたのは二十五分だろう、ということになる。三時半に丸秀の前を通ったそうですね。すると私の家もやっぱりその少し前に出たことになっちゃうんですね。『出たのは三時半頃だな』と刑事さんがおっしゃるもんですから、『そうです』って、言ったんです。あとでこんなに問題になるとは思ってなかったもんですから」

「そうすると、あなたの部屋に一時間いたかも知れないってことを、あなたは認めるわけですね」

「一時間もいたかどうか、わかりませんが、とにかく十五分より長かったことは、たしかなようです」宮内は真実を述べる気になったらしかった。「そうとう派手に喧嘩しましたから、時間の経つのを忘れたんでしょうよ」

「喧嘩した？」

菊地弁護人は少し大袈裟な驚きのジェスチュアをして見せた。

「この前の証言では、京子がいるのを、ハツ子は別に気にとめなかった。機嫌よく笑って帰って行ったと言ったのはうそですか」

「うそじゃありません。機嫌を直して、にっこり笑って帰って行ったのは事実ですが、その前に少し喧嘩をしたんですよ」

これは実質上は証言をひるがえしたことにほかならない。この前の公判の時、あれほど菊地が追及したにも拘らず、ハツ子は十五分しかいなかった、争いはなかった、と言い張った宮内が、この日はあっさり真実を言う気になったのは、その後の岡部検事との打ち合せに基づいたものだった。その日の状況は、何の争いもなかったとするのは、あまりにも不自然で、却って証言の信用性を損うとの岡部の判断によるものだった。

「なるほど、では、その喧嘩の様子を話して下さい」

菊地弁護人は宮内のうそを強いて追及しなかった。当人が真実を言う気になっているのに、古いことを持ち出して、気分をこわす必要はない。むしろおだてて、証人がしゃべり易いようにしてやるのが賢明なのである。

「最初は京子のいることに、気に留めないような様子だったのも、ほんとです。しかしビールを飲むうちに、だんだん面白くなくなって来たんでしょうね。京子を見る眼に険が出て来ましたよ。そして不意に千三百五十円の勘定を払え、と言い出したのです」

「ちょっと待って下さい。あなたの『みよし』の勘定合計二万なにがしかが、ハツ子の手帳に記載されていたことは、この前問題になりましたが、あなたは『みよし』の勘定を払ったことがあるんですか」

「ありません。ハツ子が勘定をつけていたなんてことは知りませんでした」

「するとその時、急にその月の分を払えと言い出したのは、へんですね」

「へんですとも。いやがらせですよ。あてつけです」

「どういう意味ですか。あてつけと言うのは」

「ハツ子は前から、あたしに新しい女ができたのは、いいことだ、と言っていました。いっしょに東京へ帰ってくれれば、あたしは助かる、商売大事に店を守って行けばいいんだから、楽になる、大助かりだ、と言っていたんです。その言葉の手前、京子の顔を見ても、なにも言えなかったわけですが、昼間からいっしょに酒を飲んでるのを見て、面白くなかったんでしょう。なんかけちをつけたいところだが、その種がない。だから金のことを言い出したんだ、とあたしは思いました」

「ハツ子が金を払えと言ったのは、きみたちに対するあてつけだと、きみは思ったわけだね」

と菊地はきいた。

「そんな風に、あたしは感じました。癪にさわったから『なんだって、そんなこと、いまごろ言い出すんだ。いやがらせか』と、言ってやりました」

「するとハツ子がきみの家へ寄ったのは、集金のためではなかったのか」

「少なくとも、それまで金を取りに来たことなんかなかったんです」

「しかしその日ハツ子が集金して回ったことはたしかですね」

「そうらしいんです――あとでサラシ沢で大村のじいさんに会って、金を受け取るって言ってましたから――『みよし』はあの頃はよほど不景気でしたから、ハツ子は少しでも金がほしかったかも知れません」

「ではあなたに勘定を払えと言ったとしても、不思議はないわけじゃありませんか」

「理屈ではそうなりますが、『ここんとこしけててね。あんたが飲んだ分の元金ぐらい払ってもらわなくっちゃね』なんて、まあ、それはその通りかも知れませんが、その言い方がなんとも言えずいや味なんで、あたしゃむっとしました」

「あなたはそれをあなたに対する悪意のあらわれと取ったわけですね」

「そう思いました」

「しかしそこにはあなたの新しい女の桜井京子がいたんだから、ハツ子が悪い感情を抱くのは当然じゃないですか」

「そりゃ、そうでしょう。しかしそんならそうとはっきり言やあいいんだ」

「そう、あなたの都合のいいようには行きませんよ――そこできみはなんて答えたんだ」

菊地弁護人が言葉をぞんざいにしたのも、宮内に気軽にしゃべらせるためである。

「『ふざけるな、そんな金はない』するとハツ子が『ないはずはない。昼間からビールなんか飲む金があるんなら、千三百五十円ぐらい』って、言いながら、京子の方をじろっと見たので、京子も頭へ来ちゃって、ハンドバッグから千円札を二枚出して、畳の上に放ったから、さわぎになったんです」

「さわぎって、どういうことですか」

「ハツ子がいきなりビールを京子にぶっかけたんです」

「手にしたコップに入っていたビールですね」

「そうです。半分以上あったのを、もろにぶっかけたんで、胸から膝へかけて、かかりました。するとと京子も負けずにコップへ手をかけたところへ、ハツ子がかかって行く。髪の毛をつかんで、引き倒そうとする。いや、大変なさわぎでした」

女二人の争う場面を、宮内は得意気に描写した。

「その間、あなたはなにをしていたのですか」菊地はしずかにきいた。

「むろん、二人の喧嘩をとめに入りましたよ」と宮内は答えた。

「うまくわけられたかね」菊地弁護人は笑いながらきいた。

「ハツ子が相手の髪を握ってはなしませんからね。思い切って、張り飛ばしてやりました」

「それじゃ、ちっともとめたことにならないじゃないか。京子の味方しただけじゃないか」

菊地はなおも笑っていたが、宮内が調子に乗って、べらべらしゃべり立てるのに、内心しめた、と思っていたのだった。

法廷は抽象的な法の正義を行う場所であるけれど、人間の自然の人情というものがまったくなくなるわけではない。死者に対する礼儀というものは守られなければならないので、宮内が死んだハツ子に対して働いた暴行は、理由のいかんを問わず、法廷の反感をそそらずにはおかなかった。ことに永年金ヅルにして来たハツ子に、新しい情婦の前で暴行を加えるという行為には、文句なしに醜いものがある。そしてそれを感じないらしく、得々と話す宮内の態度も醜しかった。

「するとハツ子さんはどうしました？」

菊地は「さん」という敬称に特に力を入れた。

「京子の髪ははなしましたが、こんどはあたしにむしゃぶりついて来ましたから、突き飛ばしてやりました。押入の唐紙にぶつかって『うん』って言いました」

「あなたは亡くなった方を（菊地はますますていねいな呼び方をした）いつもそんな風に、なぐったり、突き飛ばしたりしたんですか」

菊地のていねいな口調に、宮内もさすがに気味が悪くなったらしい。正面の三人の裁判官の顔に浮んだしぶい表情を見て、やっと自分がまずいことをしゃべっているのに気が付いたらしい。

「いいえ、始終じゃありません。その時は頭へ来ましたから」

「頭へ来たのは、ハツ子さんの方でしょう。あなたが新しい女といちゃついているのを見せつけられて、なんとも思わなかったら、かえってどうかしていますよ」

「そりゃ、まあ、そうですね。だからあたしもそう手荒なことはしなかったんです。ハツ子さんが（宮内も「さん」をつけ始めた）『こんな若いのになめられてたまるものか。あたしは絶対に別れてやらないから』と言うもんですから、『そうか、そんならお前の気のすむまで、話し合おうじゃないか』って言ったんです」

「えっ、ハツ子さんは絶対に別れないと言ったんですか」

菊地弁護人は声を張り上げた。尋問は彼の思うつぼにはまって来たらしかった。

「被害者はあなたと別れない、と言ったのですね」菊地は念を押すように繰り返した。

「ええ、その話はもうかたがついてたので……、いやがらせです」宮内は答えた。

「かたがついてる、とはどういう意味ですか」

「とっくに話し合いができてたんです。そのため――」と言いかけて、宮内は不意に口をつぐんだ。

「そのため、十万円の借用証書まで取ったと言うんですか」

菊地弁護人はつけ入るようにきく。宮内はだまっている。

「あなたはこの前、当法廷で、十万円の借用証書は、あなたが以前、ハツ子のために立て替えた金に関するものだと言っている。証文の日付は本年四月二十日です。それは大体あなたが厚木から長後へ移った時と一致している。『とっくに』といったのは、その時のことでしょう」

「大体、その頃です」

「別れる前提の下に、手切金として、取ったのではありませんか」

「手切金なんて、あたしゃ女から手切金を取るようなケチな男じゃありません」

「どうですかね。現にその証文にものを言わせて、ハツ子さんの死後、遺族から『みよし』を処分した金を取っているじゃありませんか。あなたが遺族に渡した証文がここにあります。証拠として提出してもいいんですよ」

「あれはもともとあたしが貸した金です」

「かりにそうだとしても、あなたはハツ子と別れ話がついた時に、それを文書にしたというのでは、実質的には手切金じゃありませんか」

「だってあんなもの――げんにハツ子は金なんか持っていなかった。無意味ですよ」

「しかし『みよし』という店の権利金がありますよ。あなたは現にそれを遺族から取っている」

「わかりました。金を取ったんだから仕様がねえ。手切金でもなんでもよござんす」

宮内はふてくされたように、横を向いた。

「ありがとう」菊地はほほえんだ。「じゃ、その十万円が手切金の意味だとすると、ハツ子さんがあなたと別れないなら、無効になるわけですね」

「そりゃまた、どういう意味ですかね。別れる別れないにかかわらず、証文は証文ですよ。証文に手切金とうたってあるわけじゃねえ」

「そうでしょうとも」菊地はうなずいた。「しかし、話を二十八日の午後にもどすと、ハツ子さんは、別れないのだから、証文を返してくれ、とは言いませんでしたか」

「そんなことはないです」宮内は少しあわてたようだった。「別れねえなんてのが、そもそもいやがらせで、深いしさいはないんですから。まして金を返せ、のなんのって、話になるはずはありません」

「たとえいやがらせにしても、ハツ子さんははっきりとした意思表示をしたわけです」菊地弁護人は食い下った。「従って十万円が手切金の意味ならば、当然それは問題にならなければならない。ハツ子さんはその借用証を返せと、その時言ったか、言わないか、はっきり答えて下さい」

宮内は困惑したように、頬をなぜながら、しばらくだまって立っていたが、やがて不承不承、口を切った。

「金のことは話に出ました。しかし証文を返せ、と言ったのではありません。『勝手にいいのとくっつかれた上、金を出すほど、お人よしじゃないからね』と言ったんです」

「あなたと別れたくないために言うのだ、とあなたは思ったんですね」

「どうですかね。みんないやがらせですよ。あたしに京子という女ができたことを、ハツ子は知っていたはずです。なぜ急にそんなことを言い出したのか、よくわかりません」

「しかしだれだって気が変ることはあります。とにかくたしかなのは、問題の六月二十八日の午後、被害者はあなたに別れないと宣言し、手切金を出すのはいやだ、と言ったことです。証文を返せ、と言わないまでも、とにかく金を出すほどお人よしではないと言った」

「いやがらせですよ」

「あなたは長後へ越してからも、『みよし』へよく行っていた。六月二十日被告人とヨシ子が来た時も『みよし』で飲んでいた。あなたはハツ子さんとはっきり別れたわけじゃありませんね」

「ハツ子が時々遊びに来てくれ、って言うもんですから」

「関係がすっぱり切れたというわけではないんですね。つまりあなたはその時、二人の女と同時に関係を持っていたのですね」

「まあ、そうです」

「むろんあなたは新しい女の京子に、よけい愛情を感じたでしょうね」

「そうとも限りません。ハツ子も愛していましたとも」

「おや、そうですか」菊地はわざと驚いたふりをして見せた。「そんならあなたはハツ子に別れるのはいやだ、と言われて、うれしかったでしょうね」

「どう感じようと、あたしの勝手です」宮内は不服そうに言った。

「では、うれしくはなかったのですか」

「あたしの気持は複雑でした」

「困ったことになった、ハツ子が生きていては、十万円は取れそうもない、と思ったんじゃありませんか。正直に言った方が身のためですよ」

岡部検事は宮内が菊地弁護人にしめ上げられるのを見て、いい気持でなかった。もともとこれは彼の側から、宏の殺意の存在を立証するために申請した証人であったのに、第二回公判で菊地の巧妙な反対尋問によって、彼が意外に深く事件に関係していることが、明らかになってしまった。

その結果、宮内はこんどは弁護側の証人として、しつこく追及されることになったわけである。ただしこんどは弁護側が主尋問を行うのであるから、本来誘導は許されないはずである。さっきからの菊地の尋問には、ずいぶん宮内を誘導して、自己に有利な証言を引き出そうという傾向があった。もしきき手が検察官であれば、当然異議の対象になるものである。

しかし何度も書いたように、日本の法廷では、これら英米流の制限は、それほど厳密には守られない。ことに証拠収集能力のない弁護側で申請する証人は、多くは情状証人であって、少しぐらい誘導があっても、犯罪事実に関しない限り、異議を申し立てて時間をつぶすのは避けられる。

宮内がいくらハツ子との関係において、言いにくいことを言わされようとも、ハツ子殺害の事実に関しない限り、大したことはない、と岡部検事はたかをくくっているわけである。

岡部にはあとで反対尋問の機会があるから、その時宏とハツ子との関係を問いただして、弁護側に不利な情状を引き出してやるつもりである。

宮内はしかし金のことを言われて、困ったようだった。

「そりゃ、ハツ子が死んだため、結果として十万円返してもらったことになりますが、それだからといって、あたしがハツ子が死ねばいいなんて思う理由はありゃしません。そう言いがかりみたいなことを言われては困ります」

「そうでしょうとも、あなたはハツ子さんを愛していたんだそうですからね」菊地は少し皮肉な調子で言った。「しかしあなたがお金が大好きだったのは事実でしょう」

「あたりまえです。金がきらいな人間はいやしません」

「あなたがハツ子さんと金と、どっちが余計に好きだったか、というのが問題なんですがね」

「つまらないことを言わないで下さい。比べられるわけはないでしょう」

「そうですね。しかしくどいようですが、あなたはハツ子さんが、どうしても別れない、従ってお金は取れないかも知れない、とわかってがっかりしたでしょう」

「がっかりなんかしませんよ。ハツ子がいい加減なことを言ってるのはわかっていました。あれは宏に惚れていたんですから」

菊地弁護人が表情をかたくしたのを見て、岡部検事はひそかに会心の笑みを洩らした。この情状に関する限り、何を言ってもいい、と宮内に言ってあった。

「被害者ハツ子が被告人宏に恋着していた。それをあなたの口から聞こうとは思わなかった」

菊地はあわてなかった。「前回の公判でのヨシ子の証言によると、あなたはヨシ子に向って、宏がハツ子に惚れてると言ってる。どっちがほんとうなんですか」

「そんなら両方ほんとうなんでしょう」宮内もあわてなかった。「相惚れだったんでしょうよ。とにかくハツ子は宏に惚れてた。女が惚れてる時は眼付でわかります。宏が『みよし』へ入って来ると、ハツ子の眼付がかわりましたからね」

「しかしあなたはハツ子さんの情夫ですから、公平な第三者とは言えませんね」菊地はしずかに言った。「当然、あなたには、嫉妬があったわけで、ハツ子さんの眼付の意味を取り違えるということも、あるでしょう」

「あたしゃハツ子とは永い仲ですから、大体わかってるつもりです。ハツ子の浮気はなにも、昨日今日にはじまったことじゃない、新宿にいた時から……」

「そうですか、そんなに度々ハツ子さんはあなた以外の男に色眼を使ったんですか」

「度々もいいとこです。だからあたしが女を作ったからって、目くじら立てる筋は全然ないんです」

「そんなら宏の場合も、やはりそんな浮気の一つで、軽い気持だったとは考えられませんか」

菊地はちょっとした言葉のはしにも取りついて、宮内の主張をくずそうと努める。ハツ子の側からの一方的な浮気心なら、犯罪事実とは、深くはかかわって来ない。しかし宏を挟んでヨシ子と三角関係になれば、検察の思う壺で、「邪魔者は除けろ」という意味で、「殺意」の認定を強化することになる。

「どうだかね。二人は姉妹ですから、なみの関係とは違います。ハツ子はあれで大分ひねくれてたから、妹が宏と同棲するのは、特に面白くなかったようですよ。邪魔をする、というほどはっきりした気持はないにしても、ちょっかいを出してやろう、というぐらいの気はあったでしょう」

「それはあなたの推測ですね。ハツ子さんの口から聞いたのではないわけだ」

「そうでもありません。あたしがからかうと、少し工合の悪そうな顔をして、『なにさ、あんな子供』なんて言ってましたからね」

宮内もなかなかゆずらない。

「それはむしろハツ子さんの気持が、ごく軽いものだ、ということを示す言葉ではありませんか」

「どうでしょうかね。口ではそう言っても、心では案外、ということがありますから」

「ここは恋愛論をするところではありません。あなたの推測をこれ以上、聞いても仕方がない。

被害者が『あんな子供』と言ったのには、間違いありませんね」

「それは事実です」

これ以上追及しない方がよかった。菊地は質問をかえた。

「話を六月二十八日にもどします。ハツ子さんは結局機嫌を直して帰ったそうですが、どういう風に決着がついたかを話して下さい」

「そうですね。あんまりいい機嫌でもなかったかも知れないが……」

宮内はまた口ごもった。彼が京子の味方をしてハツ子をなぐったことと、にっこり笑って帰って行ったことがつながりにくいのを、彼も感じていたらしい。

「その場は、むしろ京子の取りなしで、うまくおさまったんです。あたしをとめにかかったのは、むしろ京子なんでして……あたしも昼日中から喧嘩じゃ、階下への手前もありますしね。ハツ子の言うことも、いやがらせとわかってみれば、いつまでも怒る筋もありません。『まあ、やぼなことを言うな。ゆっくり話しよう』って言いますと、ハツ子もその気になったようでした。それまで畳につっぷしていましたが、ふいに顔をあげると、その顔が……」

と言いかけて、宮内は不意に絶句した。

「その顔は……」菊地は注意深く宮内の表情を見守りながら、おうむ返しに訊いた。宮内の顔は、意外にまじめだった。それは彼が証言台に入ってから、ずっと取り続けていた冷笑的な態度とそぐわない反応だった。

「なんともいえない、辛そうな……こわい顔をしていました」

「辛そうなって……あなたにいじめられるのが辛い、ということですか」

「わかりません。なんともいえない、こわい顔で……」

宮内はその時のハツ子の顔を思い出すのが、ほんとうに辛そうだった。

「辛そうで、こわい……」

菊地はまたおうむ返しに言いながら、じっと宮内の顔を見ていたが、

「それほどハツ子さんは絶望的な気持でいたのに、あなたは何もしてあげなかったのですか」

「いままで忘れていたのですよ。いや、すぐ機嫌を直して、いつもの笑顔になったのでね。京子の服を拭いてやったりしていました」

宮内はこの話は早く切り上げたいらしかった。

「まあ、齢はハツ子の方がずっと上ですから、姐御ぶって、やってましたよ。もっとも畳の上の二千円はちゃんと、ハンドバッグへしまいましたけどね」

「なるほど、すべてがあなたに都合よく行ったんですね。それではハツ子さんが、あなたと別れない、っていう問題はどうなったんです」

「それもうやむやになっちゃったんで」

「うやむやになった？　ハツ子さんが一旦はっきりした意思表示を撤回したんですか。やっぱり別れることにする、と言ったんですか」

「そうはっきりしたわけじゃありませんが、とにかくうやむやになっちゃったんで……」

「おかしいですね。ハツ子さんは一人で店をやって来た方ですよ。物事ははっきり言うたちで

しょう。ことにそれだけの争いがあったあとで、あなたの都合のいいように、うやむやにするとは考えられないですがね」

「でも、事実そうなっちゃったんだから、しょうがありませんや。そうですね。やっぱりハツ子は一時間とは、うちにいませんでしたね。十五分じゃなかったが、せいぜい四十分ってとこでしょう」

菊地はそう言い張る宮内の顔を、じっと見た。

「話はすっかりついたんですか」

「ええ、いま言ったようないきさつで機嫌を直しましたし、結局二千円は持ってったし、こっちもおつりをくれとは言いませんでしたから」

「うそをついてはいけませんよ」菊地は大きな声で言った。「円満に話がついたのなら、なぜあなたは、ハツ子さんのあとをつけたのです」

なぜハツ子のあとをつけたのか、と訊かれた時、宮内の顔色はさっと変った。

法廷における関係者の顔色は、裁判官の心証形成に有力なものである。クロの証拠は法廷で顔色がシロくなることだ、と言われるくらいである。顔から血が突然引いたということから、多くの著名事件の被告人について、裁判官だけではなく、傍聴の新聞記者の「心証」を決定することがある。

宮内はこんどの公判の前に、岡部検事に呼ばれて、二十八日の午後の行動について、詳しく取調べられていた。彼がすらすら菊地弁護人の尋問に答えたのは、その時のいわば「打ち合せ」に基づいたものである。

この前の宮内への反対尋問で、菊地は、

「ハツ子さんを追って行ったのではありませんか」

という質問を出している。宮内はむろんそれを否定したので、岡部はしつこく取調べた。宮内は「あとを追ったことは絶対にない」と断言していた。すべてぬかりなく打ち合せずみであったにも拘らず、宮内は法廷へ出ると、証言台で青くなってしまったのである。

「とんでもないことです。なにを証拠にそんなことをおっしゃるんですか」

宮内は叫んだ。

「階下の雑貨商米子吉成、また桜井京子を証人に呼ぶこともできるんですよ。あなたがハツ子のあとから、すぐ家を出なかったかどうか、あなたのいう通り、京子といっしょにずっと部屋にいたかどうか、二人にきいてみれば、すぐわかることです。あれは長後町の本通りですから、あなたは大勢の人に見られているんですよ。法廷でうそをついても、すぐばれてしまう。ますます不利になるだけですよ」

菊地は追及した。宮内の白い顔から、こんどは汗が吹き出した。こめかみから顎まで、流れ落ちる一条が、菊地の席からも、はっきりと見えた。

「なぜ、あたしがハツ子のあとをつける必要があるんです」

宮内は呟くように言った。その理由がないから、するはずがない、というのは、当人の口から出る言葉として、無意味である。したかしないか、当人は知っているのだから、答えは元来イエスかノーの二種類を出るはずのないものである。この場合、宮内が逃げ道をさがしているのは、あきらかであった。

「あなたはこの前の証言で、ハツ子がその日の午後、サラシ沢で大村吾一に会う約束だと告げたと言っている。しかしさっきから聞いていると、ハツ子さんはそのことをあなたに言うひまはなかったようですね。部屋に入るといきなり喧嘩になったのじゃありませんか」

「ああ、そのことなら」宮内はほっとしたようだった。「おたずねがないから言わなかったまでです。ハツ子は帰る間際に、これからサラシ沢で大村さんに会うんだ、と言いました」

「帰りがけに、ふと思い出したという風に、言ったのですか。しかしこの前の公判では、あなたはハツ子さんの訪問の目的は、サラシ沢で大村のじいさんと会うことを報らせるためと言っていますが、その点どうですか」

「よくおぼえていませんが、ハツ子が帰りがけに言った、というのが事実です」と宮内は答えた。

「そしてあなたは別になんとも思わなかったのですか」

「ハツ子がだれに会おうと、勝手ですから」

「それにしても、サラシ沢で会うというのは、少しへんだとは思いませんでしたか。大村吾一もハツ子も、もう十代の青年男女ではありませんよ。野外でこっそりデートなんて、年頃ではないでしょう」

「大村のじいさんとしても、かみさんに知られたくなかったでしょうから」

「なるほど、大村吾一は『みよし』の勘定についていざこざがあるだけではなく、ハツ子に気があって『みよし』に通っているのではないか、と奥さんに思われたくなかったのだ、と言うのですね」

「まあ、そうです」

「それにしても、サラシ沢で会うなんて、おかしいとは思いませんでしたか」

菊地はくり返した。宮内は少しためらったが、思い切ったように言った。

「別におかしいとは思いませんでした」

「どうですかね。さっきあなたはハツ子さんは浮気なたちだ、宏にも惚れていた、と言いましたが、大村吾一にも色眼を使ったのではありませんか。だからあなたが因縁をつけたのでしょう」

「飲屋をしていれば、客に気を持たせるようなことを言うのは、商売のうちです」

「しかし学生じゃあるまいし、そとで会うのは、おかしいでしょう」

宮内はまたためらった。彼がそれをへんに思ったのは、明らかだった。菊地は声を張り上げた。

「どうです。ほんとのことを言っては。あなたはハツ子があなた抜きで、大村吾一と取り引きをするのが、面白くなかった。大村が人眼を避けてハツ子と会っている現場をおそって、いくらかおどし取ろうと思ったのではありませんか。その目的で、ハツ子さんのあとから家を出たのではありませんか。ハツ子はその後偶然宏に会い、自転車のうしろへ乗って行ったが、あなたはずっとあとをつけて、現場まで行ったのではありませんか。正直に言った方が、身のためですよ」

証言台の中で、宮内の肩がぐらりと揺れた。傍聴席にざわめきが起った。

「どうですか。あとをつけたのでしょう」

と菊地弁護人はきいた。こんな場合、「つけたのですか、つけないのですか。イエスかノーで答えて下さい」という風に二者択一の形できくのは、かえって相手に否定の思い付きを与えることになる。ただ一筋に「やったんだろう、白状してしまえ」という検察官的態度で、押す方がよいのである。

「異議があります」岡部検事が立ち上った。「弁護人の尋問は推測に基づくものであり、不当に威嚇的なものです」

しかし谷本裁判長は宮内が証言台で、汗を流しているのをじっと見た。

「検察官の主張はごもっともですが、裁判官は本件に関するこの証人の返事を聞きたいと思います。証人は答えなさい」

これは殆んど裁判長自らの尋問に近かった。宮内はいよいよ額から吹き出す汗を拭う余裕もなく、しばらく証言台に黙って立っていたが、やがて喉仏(のどぼとけ)が大きく上下した。(これは犯人が自白する前に、よく起す肉体的反応である)

「つけました」と宮内は言った。

傍聴席にざわめきが起り、岡部検事は思わず体を前へ乗り出した。なにか言おうとしたが、あきらめたように、腰を下してしまった。

「ハツ子さんが帰るとすぐ、あなたも家を出たのですね」菊地弁護人はたたみかけるように、きいた。

「そうです」

「ハツ子さんが丸秀運送店の前で、宏と話するのも見ていましたね」

「見ていました」

「どこから見ていたのですか」

「二十メートルばかり離れた、梅屋（うめや）という電器店の横でした。そこの横丁から見ていたのです」

「話は聞えましたか」

「聞えませんでした」

「二人はあなたに気がつきましたか」

「気がつかなかったと思います。こっちを見ませんでした」

「宏がハツ子を自転車のうしろに乗せて、立ち去るまで、あなたは見ていたのですね」

「見ていました」

「それからどうしたのですか」

「うちへ帰って、京子とビールを飲みました」

「ほんとうですか。正直に言わないと損ですよ」

宮内はまただまった。額に依然として、汗がうかんでいた。

「大村のじいさんと会うのか、と思って丸秀の前まで行ったが、宏といっしょに行っちまったので、あとをつけるのをよしたのです」

「うそを言ってはいけない」菊地は声を荒らげた。「京子を呼びましょうか」

「でも、あっちは自転車で、あたしは徒歩ですから……」

宮内は口ごもった。

「あなたは自転車に乗れますね」

「乗れません。いえ、乗れます」

「あなたはすぐ家へ取って返し、階下の米子吉成方から自転車をかりて、あとをつけたのでしょう。米子さんを呼びましょうか」

菊地の言葉には、うむを言わせない、強い調子があった。宮内はその口調に押されるように、

「つけました」と答えた。

「宏がハツ子を自転車のうしろへ乗せて行ったあとを、あなたも自転車で追いかけた。最初は少しおくれていたとしても、二人乗りを追っかけるのだから、すぐ追いついたでしょう。どこで追いついたのですか」

「千歳部落をすぎたところで、二人の姿を見ました」

菊地の尋問に傍聴人はついて行けなかった。しかし宮内の口から次々と出てくる答えによって、彼がずっと宏とハツ子の跡をつけていたという新しい事実は理解できた。

「その時、二人の自転車とあなたの自転車との距離はどれくらいでした」

「二百メートルくらいです」

「二人はあなたに気がつきましたか」

「気がつかなかったと思います」

「ハツ子も宏も、あとを振り返らなかったのですね」

「そうです」

「あなたはずっと二百メートルの距離を保って、サラシ沢の上まで、つけたのですね」

「そうです」

「それでは宏がハツ子を刺した現場も見たと言うのですか」

「そうです」

「では、その時、あなたが見聞したことを詳しく話して下さい」

菊地弁護士は勝ちほこったように言った。

法廷はしずまり返った。宮内の意外な証言にどぎもを抜かれ、直接の目撃者から犯行の模様が聞かれる期待に緊張した、張りつめたような空気が法廷にみなぎった。三人の裁判官をはじめ、法廷中の眼という眼は、証言台の宮内に注がれていた。宮内は手で顔をつるりとなぜると、唾をごくんと飲み下した。喉仏がまた大きく上下した。それから観念したように、しずかな声で話し出した。

「丘を上るまがりくねった道を、ハツ子が荷台から下りて歩き出したから、こちらも下りて、自転車を押して行ったのです。ずっと二百メートルぐらい間隔をおいて、つけて行きました。

ゴルフ場の工事場の横の立木の間を抜けると、丘のてっぺんの見晴しのいい畑になります。その先は、サラシ沢の降り口のところで、二人は止りました。見付かっちゃまずいと思ったので、自転車を倒し、道傍(みちばた)の林へ入って見ていました」

「その距離はやはり二百メートルですか」

「もっと近かったと思います。案外近くにとまっていたので、あわててこっちもとまったのです」

「百メートルぐらいですか」

「よくわかりませんが、そんなもんでしょう。もっと近かったかも知れません」

「二人とも自転車から降りていたのですね」

「ええ、そこでまた乗っかって金田町へ降りて行くのかと思ったら、ハツ子が、ふいに左手へ歩き出しました」

「えっ、被害者が先に立って歩き出したのですか」

菊地弁護士はわざと大きな声できいた。これは被告側に有利な証言だった。彼の弁護の障害の一つは、宏がハツ子を、道からはずれたさびしいところへ、連れて行ったと供述させられていることだったから。

「ハツ子が先に立って歩いて行った。つまりハツ子が宏をそっちへ連れて行ったということですね」

菊地は念を押すようにきいた。

「連れて行ったのかどうかは知りません」宮内は警戒の表情を浮べた。「なにしろ遠くで、声を聞いたわけじゃないんですから」

「しかしとにかく先に立って歩いたのは、ハツ子だった」

「そうです」

「あとから宏がついて行ったのですね。自転車に乗ってですか」

「いいえ、降りたまま、押していました」

「左手ですか、右手ですか」

「よくおぼえていませんが」

宮内は天井を仰いで、思い出そうとつとめる風だった。

「右手で押していたと思います」

「そしてハツ子が歩いていたのはその右側ですか、左側ですか」

「前を歩いていたので、どっち側とも言えません」

「何歩ぐらい先ですか」

「二、三歩先に立って歩いていました」

「そしてそのまま現場まで行ったんですね」

「とにかく五十メートルばかり歩いたようでした」

「その間、二人はなにか話していたわけですね」

「だんだんはなれて行きましたから、声は聞えませんでしたが、なんか話していました。私は二人が見える林のはずれまで歩いて行きました」

「その時の距離はどれぐらいでした」

「やはり七、八十メートルでしょう。そこの樫の木の蔭から見ていました」

「あなたのいたところから、二人の話は聞えましたか」

「聞えません。大分離れていましたから」

「なにか争っているように見えましたか」

「そんな風には見えませんでした」

「あなたはなにをしに行くのだと思いましたか」

「そうですね。二人の気持がわかるはずはありませんが、なにか……」宮内は少しためらった。

「抱き合うとか、なにかそんなことをするような気がしました。なにしろ金田とは方角がちがうし、ハツ子は宏に惚れていましたから」

宮内はどうしてもその事実を強調したいらしかった。菊地はもはやその証言を無視した。宮内の陳述は犯行事実に関するものになっていた。

「仲好く歩いて行ったのですね」

「そんな風に見えました」

「そして五十メートルばかり歩いた」

「そうです」

「休まず歩き続けたのですね」

「そうです。どんどん歩いて行きました」

「その間二人はずっと、二、三歩の間隔で歩いていたのですね」

「そうです。それからハツ子が立ち止って、ふり向いたのです」

「ふり向いた？　どんな風にふり向いたのですか」

「どんな風って……ただ、立ち止ってふり向いたのです」

「顔は見えましたか」

「見えました」

「どんな顔でした？」

「遠くてよくわかりませんが、へんにこわい顔で、なにかきいているように見えました」

「きいているでは、はっきりしませんね。問い詰めている、という意味ですか」

「そう言ってもいいでしょう」

「とにかく最初に敵意を示したのは、ハツ子だったのですね」

「異議があります」

岡部検事が立ち上った。彼はこれまでも異議を申し立てたくて、うずうずしていたのだが、犯行の目撃証人がその見聞を語っているのに、異議を唱えるのは、裁判官の心証を悪くすると思って、我慢していたのである。

「弁護人の尋問は誘導尋問です。犯罪事実に関する重大なものですから、記録から除いていただきたいと思います」

「異議を認めます」谷本裁判長がすぐ裁定した。「弁護人は質問をかえて下さい」

菊地はちょっと頭を下げた。

「とにかくハツ子がふり向いた時は、緊張した表情だった。それはたしかですね」

「そんな風に見えました」

「その時宏はやはり二、三歩離れて、自転車を押しながら、ついて行った」

「そうです」

「宏の態度には、別に異状はありませんでしたか」

「よく、おぼえてないんですが」宮内は天井を仰いで、思い出そうと努める風だった。「そうですね。それまで二人は別になんてことなく、歩いていたんですが、ハツ子が立ち止ったんで、少し緊張した感じになったんでしょうね」

「仲よく歩いて行っちまうんだろう、と思っていたとすると、それは意外だったでしょうね」

「そうでもないですよ。いよいよ口説きにかかるのかな、って思いました」

「だってハツ子はなにか問い詰めてるようだったと、あなたは言ったばかりじゃありませんか」

「そうです。しかしハツ子は宏に惚れてたが、宏はヨシ子と駈落ちする気だったんですからね。ハツ子のご機嫌がよくないのは、当然ですよ」

証言は菊地の思う方向に進まない。

「しかし要するに、二人は友好的な態度だったんですね」

菊地弁護人は再び友好的という点を強調した。

「そうです。アベックって感じでした。だから宏が自転車をスタンドでとめて、一歩退って身構えた時、あたしはびっくりしましたね」

傍聴席にざわめきが起った。

「待って下さい」菊地もさすがに狼狽の色を隠せなかった。「身構えた、というのはどういう意味です」

「ごく普通の意味です。少し頭を下げて、右手を腰に当て、ナイフを構えたような形です」

宮内は証言台で右手を腰に当てて見せた。菊地はその様子をじっと見つめた。

「あなたは被告人がハツ子を刺したと新聞などで報道されているのを読みましたね」

「読みました」

「あなたは先入見を持っているのではないのですか」

「センニュウケンてなんです」

「宏がハツ子を刺したのを知っているから、そんなかっこうでナイフを身構えたような気がするのじゃありませんか」

「刺したのを知っているって、あたしはそれを見たんですよ。それは追い追い言うつもりですが」

宮内の言葉には、これまで散々いじめられた菊地を困らせてやるよろこびが感じられた。復讐の快感に酔っているようだった。

「それはどうせ聞かしてもらわなくてはなりません。ついでにどうしてあなたがそれをいままで黙っていたか、その理由も言ってもらおう」菊地も負けていなかった。「なぜ、ハツ子を助けに出て行かなかったか。すぐ警察にとどけなかったか、追い追いきくが……」

こんどは宮内があわてる番だった。彼の眼は裁判官から岡部検事の顔の上をさまよった。それらの人の表情は、彼を元気づけるものではなかった。彼は眼を床に落した。

「あんまり不意だったし、あたしはなんしろ……」

彼は口ごもった。菊地は手を振ってさえぎった。

「それはあとでゆっくりきくから。それより宏のかっこうが、たしかにあなたがいましてるようなものだったかどうか、をきめましょう。質問をくり返しますが、たしかにそのかっこうだったと断言できますか。五十メートル以上離れたところからあなたは見ていたんですよ」

「むろん断言はできないが、なんかそんな風でした」

「ほんとに、宏の手を見たのですか。あなたは被告人の左側斜め後から見ていたはずだ。手にナイフを持っているのが、よくわかりましたね。見なかったものを見たなどというと、ご損ですよ」

菊地弁護人は追及した。岡部検事が立ち上った。

「異議を申し立てます。弁護人は証人を威嚇することによって、自己に有利な証言を引き出そうとしています」

犯罪事実に関することなので、検察官の異議申立も頻繁になって来た。

「異議を認めます」谷本裁判長が裁定した。「いまの弁護人の質問の最後の言葉を、記録から除きます。しかし証人はその時被告人がナイフを手にしているのを見たか、見なかったか、真実を述べて下さい」

この日、裁判長は二度、証人に向って言葉をかけたことになる。

裁判長は主尋問、反対尋問のあとで、自ら補充的に尋問するのが普通だが、この公判ではこれまでは検察官、弁護人の交互尋問が充分に行われたので、その必要がなかったのである。しかし谷本裁判長は常に検察官の異議を認めながら、直接証人に言葉をかけることによって、実質的に弁護側を擁護することになった。

宮内は不意に裁判長にものを言われて、どぎまぎした。反射的に、

「ナイフは見ませんでした」と答えてしまった。

宮内のような性質の男には、一段高い段の上で、いかめしい法服を着ている裁判官は、威嚇的な効果を及ぼすのである。そしてこの返事こそ、菊地弁護士が求めていたものにほかならなかった。

「ありがとう」と彼は思わずそう言って、自分でも少しおかしくなった。そしてよろこびをかくすために、机の上の書類をいじりながら、ゆっくり第二段の質問に入った。

「つまりハツ子が立ち止ったのに対して、宏が警戒的な態度を取ったということですね」

「まあ、そうです」

「彼がその時、ナイフを持って身構えたというのは、あなたの想像にすぎなかった」

「なにしろ遠かったからね」宮内は少し不服そうだったが、やがて言葉を継いだ。「そうだ、

たしかに、あの時はまだ抜いていなかった。ナイフを出したのは、少し経ってからです。右手をズボンから出して、へそのあたりで、ゆっくりナイフの刃を起したのは、少しあとだった」

「なんですって、あなたは宏がナイフの刃を起すのを見たって、言うんですか」

「見ましたとも」

宮内は意地悪く言った。弁護側の困難はなかなか去らない。

「あなたはいまナイフを見なかったと言ったばかりではありませんか」

「身構えた時は見なかったけれど、そのあとで抜いたのです」

「五十メートル以上離れていて、そんなことまで見えるのですか」

「刃がきらっと光ったからね」

この事件で被告人にとって不利なのは、なんとしても、宏の持ったナイフがハツ子の体内に入って、その現状に変化を生ぜしめたということである。

人間は身体のありのままの状態で、幸福を追求する権利を憲法によって保障されているので、その肉体的条件を変更して、つまり生命を断ったり、傷つけたりして、幸福の享受を失わせた人間は、罰せられなければならない。

もっとも刑法上の罪にならないでも、金銭その他の力によって人を社会的に破滅させ、幸福を害することができる。「いっそ殺してくれた方がよい」これは明治以来、多くの小説の材料にされて来た問題である。しかしとにかく暴力によって、その肉体的現状をかえる行為を罰するという法律自体、悪いはずはない。

宏の持つナイフがハツ子の心臓に達して死にいたらしめた。この点については宏の自供もあり、菊地弁護人も争おうとしてはいない。ただそれが偶然の事故であったという風に持って行ければうまい。この説の難点は、凶器が折りたたみ式の登山ナイフであり、ナイフの刃を起すという意図的行為が前提されることである。

故意か偶然かが争われる事件では、その場にあった庖丁を手に取ったとか、鞘のまま日本刀を突きつけたら、はずみに鞘走って、抜身が相手を傷つけたとかいう場合が普通である。

宏が殺害の目的のために、ナイフを買ったのではないことは、福田屋金物店の主人に対する反対尋問によって、ほぼあきらかにすることができた、と菊地は思っている。サラシ沢の上で、道からはずれた小道へ誘ったのが、宏ではなく、ハツ子だったという宮内の証言も、被告側に有利であった。ところが、その宏がナイフの刃をゆっくり起すのを見た、という証言が出たのは、菊地にとって打撃であった。それは検察官の冒頭陳述の中にも、殺意の証明として挙げられていることだった。

彼としては、もしでき得れば、宏が新しく買ったナイフをハツ子に見せびらかし、すでに刃を立ててあったのを手にしている間に争いになり、偶然ハツ子に致命傷を与えたことにしたいのであった。

「それは夕方の四時半ごろでしたね」

彼はさり気なくきいた。

「長後町を出たのが、三時四十分とすると、それぐらいになるでしょうね」と宮内は答えた。

「あの日は天気はよかった、夜に入って雨になったけれど」

「ええ、あの時は日はまだかなり高かったと思います」

「しかしその場所の西側は大村吾一所有の杉林だから、日蔭になっていたのではありませんか」

「いや、林は崖の下だから木は高くなかった。日蔭じゃなかった」

「たしかにきらっと光ったのですか。そんな気がしただけじゃありませんか」

と菊地はきいた。梅雨時の午後四時半頃のことだから、日はまだ高いにしても、かなり北西へ廻っているはずである。そして宮内は斜めうしろから見ているのである。刃渡り十センチぐらいのナイフの刃が日に当って、きらりと光ったという表現は、大抵うそにきまっているのである。


しかし弁護人の証人尋問は面倒な技術を要する。検察官のように長時間にわたってさし向いで取調べて、真実を探り出すことはできない。法廷の尋問の間に真実を言わねばならないように仕向けなければならない。

この場合の宮内の心理には、宏がハツ子を刺した現場を見ながら、すぐ届けなかったばかりか、今までだまっていたことをカバーする意図が働いているわけである。証言をはじめたのはいいが、弁護側に敵意を持っているから、菊地の困難は去らないわけである。

「刃が光らなくったって、あたしはチンピラの出入りはなんども見ています。かっこうでわかりますよ」と宮内は答えた。

「なるほど、つまりあなたはかっこうで、それを喧嘩だと思ったのですね」

「刃がきらりと光りましたよ」

「けっこうです、そのことは。そんならあなたはなぜ、すぐとめに行かなかったのですか」

これは宮内の弱点の一つであった。彼はしばらくだまっていたが、やがてつぶやくように言った。

「あんなにひどい喧嘩になると思わなかったので」

「喧嘩になると思わなかった？　しかしあなたは宏がナイフの刃を起すのを見た、と言ったばかりじゃありませんか」

「それが、その」宮内は口ごもった。「たしかに起したかどうかはっきりしていなかったかも知れません」

「はっきりしない？　おかしいですね。すると刃がきらっと光ったと言ったのはうそだったんですか」

宮内の額からまた汗が吹き出した。しかしこういう風に、証人を追い詰めるのは、弁護側にとっては、ほんとうは危険なのである。宮内はしばらくだまっていたが、やがて顔を上げた。その眼には挑戦的な光があった。彼は言った。

「うそじゃありません」

「そんならなぜ、とめに出て行かなかったんですか」

「そんなひまはありりゃしませんや、宏はすぐハツ子に飛びかかって、ぐさとやったからです」

「あっ」というような声が、傍聴席から上った。これは傍聴人だけではなく、菊地弁護人にとっても衝撃であった。

予審判事としての彼の経験では、宮内が自分がとめに出なかったことを弁護するための、うそをついていることはわかり切っていた。それは宮内がそう言った時の、顔付や声音から判断されるので、彼の勘はまず狂ったことはなかった。

予審尋問ならゆっくり問いただせば、化の皮はすぐはがれてしまうのだが、弁護人にその手段はない。法廷の尋問によって、真実を探らねばならないのである。彼の希望は裁判長も彼と同じ心証を持ってくれることであった。

彼は反射的に谷本裁判長の顔を見た。谷本判事はいわゆるポーカー・フェース判事ではなかった。法廷でなるべく時々刻々、心証を顔に出して、当事者が方針を立てやすいようにしてやるべきだと考えていることは、前に書いた。

谷本裁判長の眼は被告人席の宏の顔に注がれていた。菊地弁護人も宏を見た。宏はあっけに取られたような顔をしていた。

「ほう、すぐ飛びかかったから、あなたは出て行くひまがなかった。その理屈は少しへんですね。すぐ飛びかかったのなら、わたしだったら、いっそうすぐとめに行きますがね」

「ハツ子がすぐ地面へぶっ倒れて、死んだみたいだったから、どうせ手おくれだと思って……」

「いい加減なことを言ってはいけない」菊地弁護人は不意に大きな声を出した。「五十メートル以上はなれていて、死んだかどうか、どうしてわかります。きみはハツ子が死ねばいいと思う理由を持っていた。ハツ子が別れないと言うのできみは困っていた。すぐとめに行けば間に合ったかもしれないのに、きみは木の蔭にかくれてじっとしていた。ほんとうのことを言ってはどうです」

「異議があります」

岡部検事が立ち上った。

「弁護人の尋問は、単なる推測に基づいて……」

「異議を却下します」谷本裁判長が言った。「この証人の話を全部きいてみたいと思います。証人は質問に答えなさい」

裁判長の言葉は、また宮内に対する直接な問いかけになっていた。宮内の顔はこわばった。

「そんなつもりはありませんでした。どうせ間に合わないと思ったし、たいしたことはないと思ったから……」

彼の言葉はしどろもどろだった。

「たいしたことはないと思った？」菊地弁護人が聞きとがめた。「それはどういう意味です。どうしてたいしたことはない、と思ったのですか。たいしたことはないと思った、というのは、つまりあなたは宏がハツ子を刺すのを見たわけではなく、ましてナイフが夕日にきらりと光ったのを見たのでもない、という意味ですか」

殺人の現場を見ながら、とめに行こうとしなかったという引け目を、カバーするためには、とめるひまがなかった、というのは、一応条（すじ）が立っている。しかしそれは弁解にならない、かえってうたがわれるだけだ、と宮内は気がついたらしい。

「しかし、あんなひどいことになるとは、思いがけなかったもんですから……」

「ひどいことにならない、と思ったって、きみは宏がナイフを出すのを見た、と二度も言ったじゃないか」

菊地はわざとぞんざいな言葉を使った。

「だから、すみません、とあやまってるんで」宮内は苦しそうだった。「実はあたしはナイフは見なかったんです。宏とハツ子はなんか言い争ってたが、まさか刺そうとは思いがけなかったんで」

「それでは、あなたがこれまで言ったこと、つまり宏がハツ子に飛びかかった、刺したというのは、みんなうそだと言うんですか」

菊地は宮内を睨みつけたが、内心ほっとしていたのだった。犯行の瞬間まで、二人の様子に緊迫したものがなかったのなら、それは彼にとって有利な状況でなければならない。

「みんなうそだと言うんじゃありませんが」宮内はまた汗を流しはじめた。「ハツ子がふり向いた時、宏がナイフを構えたというところからはたしかじゃないんです。いや、なんとなくそんな恰好で、うしろに退ったのはほんとですが、ナイフは見なかったんです」

「その点はあなたはもう最初の証言を訂正していますよ」

菊地はなだめるように言った。証言が彼に有利に向いて来ている以上、宮内の気分をほぐして、話しやすいようにしてやる必要があるのだ。彼は口調を改めた。

「では、その時の二人の取った行動を、もう一度、最初から話して下さい」

「そうですね。ハツ子が立ち止り、振り返ってなにか言うと、宏が少し身を引くようにしたのは事実です。ハツ子は宏の方へ進んで来ました。宏はまたさがりました」

「その時宏はナイフを手に持っていなかったんですね」菊地は念を押した。

「どうだかわかりません。あたしはハツ子が宏を口説くんだ、と思ってました。別れるときまった女でも、少しやけましたから、へんな真似をするようだったら、飛び出して行って、おどかしてやろうと思ってました。それからしばらくなんだか話がもつれてるようでしたが、そのうちハツ子が不意に宏にむしゃぶりついたんです」

「ハツ子の方から抱きついたと言うんですね」菊地はしずかにきいた。

「そうです。不意にむしゃぶりついたんで、驚きました。そのまま宏にもたれかかるようにしながら、ずるずると地べたへくずれ落ちたので、二度びっくりです。とめになんか行けるわけがありません」

宮内の証言は要するに、なぜ自分が出て行かなかったか、ということについての弁解に終始していた。しかし菊地弁護人にとっても、法廷にとっても、殺人の行われた瞬間の状況が、目撃者によって語られたことが、重要であった。

「被害者の方から身を投げかけたというのは間違いありませんね」彼は念を押した。

「間違いありません。だからあたしは別に大したことはないと思って……」

「あなたがどう思ったか、ということはわかりました」菊地はさえぎった。「その身を投げかけ、それから地上に倒れた様子を詳しく話して下さい」

言葉は落ち着いていたが、菊地の心の中には、やれやれという安堵感と、いい知れぬ歓喜の念がひろがって行ったのである。岡部検事がヨシ子の証人尋問で、ハツ子と宏との肉体関係をクローズアップして以来、二人に関する限り不利な情状ばかり出て来るので、彼はくさっていたが、犯罪事実については、被告側に有利な目撃証言に転じたのであった。

「宏もいっしょに姿勢が低くなってもたれ合うようにして、低くなって行ったんですが、そのうち宏だけ起き上り、ハツ子はそのまま地べたに倒れて死んでしまったんです」

「いまの証言は証人の推測を言っただけですから、記録から除いていただきます。八十メートルもはなれていて、死んだかどうか、わかるわけはない。とにかくあなたはさっきハツ子が『むしゃぶりついた』と言ったが、要するに宏がハツ子にかかって行ったのではなく、ハツ子から身を投げかけるのを見たのですね」

「そうです」

ここで菊地は「自殺の意思をもって、身を投げかけた」ということもできたのだった。第二回公判で、岡部検察官が宮内の尋問において、「殺してやるぞ」という言葉を法廷に出したように、「自殺」という言葉を言っておくのも被告人に有利に導く一つの手段であった。

しかし彼はそうしなかった。検察側と同じ法廷の駆引、常套手段に訴えるのをいさぎよしとしないという感情のほかに、彼は谷本裁判長の心証を損いたくなかった。この公判において、彼は谷本が最初から弁護側に自由に発言の機会を与え、いわば有利に指揮をしてくれていた、その法廷の「流れ」を変えたくなかったのである。ハツ子の自殺の意思は、宮内の述べる状況の中に充分に推定され、それはこれからいくらでも強調する機会がある、と思われた。

菊地は尋問を変えた。

「ではハツ子が倒れたあとどうなったか、あなたの見たままを、話して下さい」

「宏はぼんやり地べたに横たわっているハツ子を見ていました。私は宏がナイフを持っているのを見たのは、この時でした」

宮内はどうしても宏にナイフを持たせたいらしかった。

「どんな風に持っていました？」

「こんな風でした」

宮内は、ナイフを右腰のあたりにぶら下げたかっこうをして見せた。

「もっとこっちへ出て、みんなによく見えるようにして見せて下さい」

宮内は証言台の右手へ出て、同じ身振りをした。法廷の床を見下す姿勢で、じっとしていた。

菊地は被告人席の宏の方をうかがった。

宏は身を乗り出すようにして、食い入るような眼で、宮内の姿勢に見入っている。その表情は単純な好奇心とも取れるので、菊地は少し驚いたが、恐怖の色が見られないのは、そこが彼の「憶えていない」と言う領域に入っているせいだろうと思った。

「それでもあなたは出て行かなかったのですか」

「そんなひまはありません。そうですね。いままではあれが刺されたのだったとわかりますが、その時は気絶でもしたのかと思いました。いや、ハツ子は気絶するような女じゃありませんが、要するになにがなんだかわからなかったんです」

「それから宏が何をしたかを話して下さい」菊地がうながした。

「しばらくあたりを見回したり、考え込んだりしていましたが、そのうち思い切ったように、自転車を押して、もと来た方へ歩き出しました。行っちゃうのかと思ってると、思い直したようにまた引き返して行きました。それから自転車をまた立てて、ハツ子の死体を引きずって……」

「死体とはきまっていない。あなたはその時ハツ子が死んだかどうか、確認できる位置にいなかったはずです」菊地弁護人はさえぎった。そして裁判長に向って言った。「いまの言葉は記録から除いていただきたいと思います」

「いいでしょう」谷本裁判長が決定した。「証人は見たままを述べなさい」

宮内は当惑したような顔付で、証言台の上でもじもじしていたが、法廷では細かいことをぐずぐず言うものだ、とあきらめたらしい。

「わかりました。ハツ子の体といえばいいんですね。それじゃ、ハツ子の体の腋の下へ手を差し込んで、道の向う側の草むらの方へずるずる引きずって行きました。そしてハツ子の死体、いや、体がすっかりかくれると、そこらに落ちていたハンドバッグやパラソルもほうり込んで、もう一度あたりを見回してから、自転車を押して行っちまいました」

宮内は菊地に話を中断されるのをおそれるように早口にしゃべった。そのそっけない調子は、宏がハツ子の死体をどう扱ったかを、おそるべき真実性をもって、描き出したと言える。宮内の言葉が終ったあと、しばらく無気味な静けさが法廷を領した。

「そしてあなたはそれをだまって見ていたのですね」と菊地は改めてきいた。

「とんでもない。すぐ出て行きましたよ」宮内は得意げに答えた。「畑を突切ってハツ子の死体、いや体がかくれた草むらへ行って見たんです」

「その時、宏はどこにいたんですか」

「サラシ沢の方へ降りて行きました」

「追っかける気にはならなかったんですか」

「こっちの体は一つですからね。とにかくハツ子の死体、いや、ハツ子の体がどうなったか、それを見なくっちゃなりませんからね」宮内はますます得意そうだった。

「なるほど、そしてあなたは現場へ行ってなにを見ましたか」

「道傍に血がたまっていましたし、これはそうとうやられたな、と思いました。草むらをのぞくと、そこはすぐ崖になっているのがわかりました。十メートルばかり下の杉林の中に、ハツ子の死体、いや体がうつぶせになっているのが見えました。『おーい、ハツ子』って呼んでみたが、むろん返事はありませんや。草に血がとっぷりついているし、やられたな、とその時思いました。殺した上で、崖から突き落すなんて、ひどいことをしやがると思って、あたしはしゃくにさわって来ましてね」

他人の悪事をあばき立てるのは、いい気持のものらしく、宮内はなおも得意そうにしゃべり続ける。

「しかしその時、被害者がほんとに死んでいたかどうか、あなたにはわかりませんね」菊地が指摘した。

「だって、あれだけ血が流れていたし、崖から突き落されて……」

「待って下さい。突き落したかどうかわかりませんよ。あなたは宏が草むらに引っぱって行ったのを見ただけだ。道から崖まで、どれくらいありました？」

「さあね、はかったわけじゃないが、まあ、四、五メートルってとこでしょうね」

「それはいずれ現場検証すればわかることだ──それからあなたは何をしたか、話して下さい」

「なんとかしなきゃならないと思ったが、どうしたらいいかわからないもんで、とにかく自転車をおいて来たもとの道へ引き返し……」

「おや、あなたはハツ子さんがそんな状態になっているのを見ながら、すぐそばへは行かなかったんですか」

「ええ、それがどうも……」宮内は口ごもった。「崖の下へ降りたくても、その辺には降り口がないし。勝手がわからないもんですから、とにかく自転車を取って来て……」

「なるほど自転車は階下からの借りものだから、大事なわけですね。そして自転車を持って来て、現場へ行く道をさがしたのですか」

「ええ、そうするつもりだったんですが……」宮内はここでまたためらった。「人が来たもんで」

「人が来た？」

「サラシ沢から、あがって来た人間がいたんです。よく見ると大村のじいさんでした」

菊地弁護人はじっと宮内の顔を見た。

「宏がサラシ沢の途中の泉で手を洗い、大村吾一と坂の途中ですれちがったのは五時頃です。大村のじいさんが丘の頂上まで登ったのは、もっとあとでなければならない。少し時間が経ちすぎてますね」

「どうだか知りませんが、とにかくあたしが自転車に乗ろうとしたら、大村のじいさんが上って来たのは事実です」

「なるほど、そこであなたはどうしたんです」

「見られちゃまずいと思って……」

「おかしいですね。悪い事をしたのはあなたじゃありませんよ。大村のじいさんが来たのなら、ちょうどいい、あなたはすぐハツ子が崖の下に突き落されていることを言って、いっしょに介抱しに行くのが当然じゃありませんか。この点どうですか」

宮内はしばらく黙っていたが、やがて口を切った。

「こわかったのですよ」

「なにがこわいんですか」菊地がきいた。

「気がついてみると、いつの間にか、あたしのズボンやサンダルに血がついている。手にもついていたんです。草むらへ踏みこんで、崖の下をのぞいた時ついたにちがいないんで、そんなかっこうで出て行けば、あたしがやったと思われるにきまってるんで……」

「しかしあなたは宏が刺した現場を見ていただけだ。その通り正直に言えば、さしつかえないはずじゃありませんか」

宮内はまたちょっとだまったが、やがて思い切ったように顔をあげた。菊地の顔をひたと見入って言った。

「あたしには前科があります。金田町で人がよく言ってないのも知っていました。あたしが言うことなんか、信じてもらえない、と思ったんです。宏が知らないといえば、みんなあたしより宏の言うことを信じるだろうと思ったんです」

「しかしその時ハツ子さんは死んでいたとは限らない。とにかく手当するのが、先じゃありませんか。自分がうたがわれるかどうかより、人命の方が大事だとは思わないのですか」菊地は追及した。

「しかしハツ子はもう死んでましたよ」

「どうしてそれがわかります。あなたは高さ十メートルの崖の上から、見下しただけじゃありませんか」

「あたしはまあ喧嘩で人が殺されるところを何度も見てます。あれは死体でしたよ、あの体は」

「だから、手当しても仕方ないと思った、というのですね」

「そうです。しかし死んでいなかったかも知れないので、いまになって考えると、たしかにあの時、大村のじいさんに声をかけないで、だまって帰って来たのは悪かったと思います。警察へ届けなかったのもいけなかったが、だれか見付けてくれるだろうと思ったんです。なかなか新聞へ出ないので、心配になりましたが、しかしその頃になって届けるのは、ますますうたがわれるだけですから——前科者というのは弱いもので、この気持は前科者でないとわかりません」

宮内の顔はめずらしく真剣だった。菊地はなおも注意深く宮内の顔を見ていたが、突然、

「終ります」と言った。しかしすぐ付け加えた。

「弁護人はこの証人の証言に関連して、現場検証を請求するつもりです。現地の状況、死体のあった場所、及び距離関係を調べていただきたいと思います。そしてこの証人を検証の立会人に指示されたいと存じます。現場付近の適当な場所で、公判廷外の証人尋問を行いたいと思います」

この手続は刑訴法百二十八条（裁判所による検証）によるもので、宮内の意外な証言が出て来た以上、欠くことはできない手続となって来た。当の宮内を立会人として召喚するのは当然である。現場付近の駐在所、警察署、もしくは小学校を借りて、尋問を行うことも、時として行われる。これは菊地弁護人の尋問の経過から見て、妥当とされる申請であった。

谷本裁判長はうなずいた。そして異議はないか、と問いかけるような目を岡部検事に送った。

岡部は立ち上った。

「異議はありません。現場検証が行われるなら、検察側も現場付近で、この証人を尋問したいと思います」

「よろしいでしょう。では、期日は……」

と言いながら、彼は机の上の「期日簿」を繰ったが、空いている日が半月ぐらいあとでないとないのは、わかっていた。十月二十四日が、検察側にも弁護側にも都合のいい日取りであった。

「では、検察官は反対尋問はいたしません」

と岡部検事にいわれて、谷本裁判長はやっと、検察官に反対尋問をする意思の有無をきき忘すのを忘れていたことに気がついた。裁判が異例な進行をしたためでもあるが、こんな場合、検察官が公判廷で面倒な制限の下に反対尋問をするよりは、昼休みを利用して、証人を検察官室へ連れて行ってしまうものであることを、谷本裁判長が心得ていたせいもある。

こうして午前の法廷は定刻十分前に終った。


検察官の昼休みのすごし方は色々ある。簡単な事件しかない日だと、検察官室に帰って、同僚と雑談しながら、食堂から取ったランチを食べるだけだが、こんどのように午前中に意外の証言が飛び出してしまうと、忙しくなる。

午後は宏の父の喜平と花井教諭が情状証人として、取調べられるだけだが、にわかに重要性を増した宮内の証言をかためておかなくては、検察官として公訴の維持に万全を尽したとは言えない。そこで宮内を検察官室へ呼んで取調べることになるのである。

法廷で反対尋問するのが、新刑訴法の趣旨に添っているが、糺問主義による取調べの習慣が残っている検察官は、自分の領分である検察官室へ連れ込むのが好きである。それだけでは満足せず、午後の公判が終るまで待たせておいて、地検へ引っ張って行く。この日、宮内はその夜、七時すぎまで帰して貰えなかった。

検察官のもう一つのいけない昼休みのすごし方は、裁判官の応接室へ遊びに行って、事件について判事と話し合うことである。雑談のうちに、心証をつかんで、その場で証拠申請をしてしまう悪習は、現在でもどうかすると、地方の裁判所に残っているので、裁判の公正のため、根絶を希望しておく。朝、開廷前に裁判官室へ顔を出して打ち合せるのが一層いけないのは、言うまでもない。

むろん谷本判事がそんなことを許すはずはなく、岡部検事はこの事件の公判が始まって以来、裁判官室に足を踏み入れたことはない。上田宏に対する殺人並に死体遺棄被告事件について、横浜地裁の公判は、ほぼ理想的に進行していたと言ってよい。

この日の午後行われた喜平と花井武志に対する尋問は、事件が意外の進展を示した今となっては、あまり重要でないものになってしまったから、詳しく語る必要はあるまい。

喜平はさすがに疲れたような顔で証言台に立った。二、三年前から自分に対して反抗的態度を示すことがあったが、こんな事件を起すに到ったのは、親として監督不行届きの責任を感じている、と言った。しかし事件のあった六月二十八日の夕方から翌日にかけて、宏の様子にちっとも変化は見られなかった、と言った。

最近工場敷地に土地が売れて、家の経済状態に変化が生じてから、自分に対して反抗的な態度を示すようになったことなど、主に宏の精神状態について証言した。

花井教諭は宏が中学時代どんなにおとなしい子供であったか。成績は優秀で、クラス委員を勤めたこともあり、集団作業でも人より先に立って働いたと語った。

宏に卒業後も時々会っていたこと、最近金田町一帯の工場化に伴い、家庭環境に変化が生じた。急に金が入った親に対する反抗的態度は、一種の過度の甘えと見做すことができる。ただし宏はこういう一般的な青少年の不良化について、常に批判的であったと証言した。こんどの不意の家出は、そういう不満と自制が、突発的に爆発口を見つけたということかも知れないと付け加えた。

要するにこれらはすべて情状に関するものであり、事件の核心に触れるものではなかった。すべては現場検証の結果と、被告人の取調べにかかって来るのだったが、折角日程に入れてあったので、尋問をすましただけであった。

こうして十月八日の第四回公判は終った。

現場検証

刑事事件における現場検証とは、一般に実地検証といわれることがあるが、公判廷外で行われる証拠調べのことである。つまり裁判官が自己の感覚によって、物体の形状性質や現象を検閲して、証拠の資料を得るのを目的とする。しかし厳密にいえば、証拠調べそのものではなく、その準備であって、検証の結果は検証調書に記載されて、はじめて証拠能力を持つ。裁判所から三人の裁判官のほかに、担当書記官、他に事務官一名ぐらいが同行する。調書作成のためである。

検察官は大抵一人で行く。被告人の宏は看守につき添われて、拘置所の自動車で行く。菊地弁護人は世田谷の自宅から小田急線で厚木まで行き、タクシーに乗った。勝手を知っている宮内は、長後駅で降りて、バスで行った。その他大和署から最初に実況見分調書を作成した司法警察員が一人と、死体の発見者で、犯行時間に宏と現場付近で会った大村吾一が、現場に出向いた。こうして十月二十四日午後二時の定刻には、金田町のサラシ沢上方の丘陵上に合計十二人の関係者が集まった。

この時間は大体事件の六月二十八日の午後四時半の明るさに合わせるために選ばれたものである。松川事件のように、真夜中の犯行ではないから、月齢まで計算する必要はなかった。大体の日没の時間を計って、選ばれた時間であった。

四カ月の間に、自然はその姿を一変していた。かつて青葉が繁り、梅雨晴れの太陽に照らされて、万物がまぶしいように光り輝いた丘の上は、晩秋の景色にかわりかけていた。木々はまばらに葉を落し、野面は広くなったように感じられる。雲一つなく晴れ渡った空から、陽はおだやかに、赤と褐色の優勢な風景を照し出している。

見晴す相模川流域には、工場のほか目につくものはない。玩具のような設計の白い建物が、整然と並んで、これも秋の陽を一ぱいに浴びている。その向うには甲斐（かい）、丹沢、箱根（はこね）の山々が連なり、陽が回るにつれ、次第に蔭を濃くして行く。

この辺は多摩川の右岸を、八王子から登戸、鶴川、町田を経て、南の方、大船、藤沢で尽きる多摩丘陵の西限である。相模川の流域に臨んで延々八キロにわたって、直線の丘陵の線を連ねているから、「多摩横山」に倣って、「相模横山」と呼ぶ郷土史家もいる。

相模国は元来はこの相模川の流域の呼称であって、海老名の辺に国府や国府尼寺のあとがある。これら古い土地が、戦後経済の伸長と東京都の膨張によって、一部は住宅都市に、大部分が工場地帯にかわろうとしているのである。

検証はハツ子の死体の発見された場所、つまり大村吾一所有の杉林からはじめられた。サラシ沢を百メートルばかり降りてから、左手の田圃の畦道を伝って行く。この場所での立役者は、死体の発見者であり、杉林の所有者でもある大村のじいさんであった。

「足許に気をつけて下さい」

わざわざ横浜から来たお偉方をいたわりつつ、取り入れを終って、土ばかり黒い田圃の中の道を、一同を導いて行った。

杉林はあたり一帯の紅葉しかけた雑木の中で、崖の際まで黒ずんだ緑でうずめていた。林の中には道はなく、靴で踏むとクッションのように凹む、朽ちた落葉の上を渡って行く。主任裁判官の野口判事補は、左手に警察官の作った実況見分調書を持ち、あたりの地形と見比べながら、歩いて行った。

ハツ子の死体のあった位置は、杉林を五十メートルばかり入り、崖に接して、少し窪地になったところにあった。六月には下草が生いしげっていたためと、崖上の道はあまり人が通らない道だったので、死体は四日も発見されなかったのだが、崖との関係から見て、上から落ちれば、自然この位置に落ち着くことが確認された。

裁判官として、感覚をとぎすまして、見るべきものはここにはなかった。ここから検証をはじめたのは、犯罪を構成する重要な物件は死体だからで、いわば形式的なものであった。

死体の最初の目撃者は、いまや七月二日に警察に通告した大村のじいさんではなく、事件直後、それを崖の上から見下した宮内になった。彼はなんとなく気味が悪いと見え、人のうしろに身をかくすようにしていた。

「きみが崖の上から見た時、たしかにここにありましたか」

と谷本裁判長から声をかけられて、はじめて現場に近寄った。

「そうです。ここです」答えはわり合い、はっきりしていた。

大村のじいさんは、厚木の材木店の注文で、切り出す木材を見に入って来た時、どの辺から臭いがして来たか、どんな経路で林の中を歩いて死体を発見したかを、方々を指差しながら物語った。

一同が杉林から出て来た時、サラシ沢の北の山際に添った村道には、花井教諭やヨシ子をはじめ家族の人達、その他二十人ばかりの金田町の住民の姿が見えた。花井教諭や家族はこの前の公判の日から、今日検証が行われるのを知っていたが、ほかの人達は駐在所の巡査のかみさんからうわさを聞いて集まって来たのである。

現場検証の見物を禁止する法律はないから、彼等はよく晴れた十月末の午後の野の中を動き回る、合外套（あいがいとう）を着た裁判官たちを遠巻きにして、物珍し気にながめている。公判の傍聴に行かなかったので、手錠をはめられた宏をはじめて見る人達もいる。しかし係官達の行動には、別に面白いものはなにもなかったから、やがて一人去り二人去り、結局家族と花井教諭のほかは残らなかった。

大村のじいさんはサラシ沢の途中で、宏とすれ違った地点を示し、それから丘の上の頂上まで百メートルの距離を、事件の日と同じ速度で歩いて見せた。

齢を取っていても、金田町の人の歩度は、思ったより早く、五分とはかからなかった。そしてそれからハツ子を待った時間を十分、一度沢の途中まで降り、再び上って来て、また十分待って、あきらめて決定的に沢を降りるまでの時間は、合計約三十五から四十分であったことが確認された。

彼はむろん前方の木の蔭にいた宮内に気づかなかったと言った。そこで大村吾一の用はすんだ。

「ご苦労さんでした。お帰りになってもいいですよ」

という、谷本裁判長のあいさつで解放されたが、彼はそのまま花井や家族の一団に加わって検証の様子を見守っていた。

一同はいよいよ殺人現場の方へ動いて行った。サラシ沢の降り口から、狭い崖上の道を、南方へ五十メートルばかり行ったところである。右手は萱のしげみからすぐ崖になり、杉林の梢が接している。左手は一面の畑で、十二月の取り入れを控えた人参や大根の青い葉が、五十メートル先までひろがっている。その先に宮内がかくれていた木立がある。

菊地弁護人はこの場所が、通る人はまれであっても、相当見通しの利く場所であり、検察官のいうように、「人気なき」ところには該当しないことを、裁判所に認識してもらえるのをよろこんだ。

畑はそのまま南北に長く続いて、南の方は三百メートルばかり行ってから、雑木林を隔てて、新築のゴルフ場となる。大村吾一所有の杉林は尽き、甲斐、丹沢の連山を見晴らせるようになる。

「ハツ子が立ち止ったという地点を示して下さい」

と谷本判事にうながされて、宮内は言った。

「この辺です。ちょうど、この木の前のところで、いきなりふり向いて、宏をにらみつけるようにしたんです」

宮内は得意気に自分で、その位置に立って身振りして見せた。その頃、地方紙の新聞記者が写真班を連れて、現場へ来た。宮内が身振りをはじめたので、急いで近づいて来た。しかし被告人の宏もいることだし、こんなところを写真に撮らせるわけに行かない。

書記官が記者と交渉して、検証がすんだあとで、裁判官と検察官が現場に立っているところを、写真に撮ることに、話をきめた。

「するとハツ子が大体、こんな風に宏に抱きついたんです」

宮内は得意気に一人二役を演じていた。谷本裁判長は「なるほど」とか「それから」とか、うながすような言葉を挿むだけで、宮内に自由に芝居をさせておく。

この間に野口判事補は、実況見分調書を左手に持って、宮内の主張する「現場」と、調書に記された位置とを、見比べている。矢野判事補は裁判長の指図で、宮内がかくれて見ていたという樫の木の下へ行って、現場との距離関係、見通しの工合を、チェックしていた。

木々は葉を落しているので、現場はむろんよく見える。そして声もかすかながら聞えるのである。ただしこれは秋の空気が澄んで、物音の反響がよくなっていることや、風向も考慮しなければならない。

宮内が、ハツ子の死体を引きずり込んだという萱のしげみは、そろそろ黄ばみかけていた。そこから崖までの距離が宮内のいうように、四、五メートルであるかどうか。そこが死体の発見された位置の真上に当っているかどうかも、たしかめられた。それらは証言とほぼ一致していた。

大体において、宮内の証言は、かなり信用していいことが、だんだんわかって来た。谷本裁判長は傍にいる宏に声をかけた。

「被告人が被害者と向い合ったのは、たしかにここですか」

心の底まで見通すような、大きな眼で、じっと見られて、宏はどきっとしたが、やがて答えた。

「はい。ここです」

宏は看守に付き添われて、ずっと裁判長の身辺にいて、移動しているが、かつてハツ子を殺してしまった場所に再び来て、すっかりあがっている。不意に谷本に声をかけられて、これだけ答えるのがやっとだった。

谷本はなお慎重に宏の顔を見守ったが、これ以上追及しなかった。被告人の尋問は、裁判の重要な段階であって、公判廷で行うのを原則とする。この際は宮内の説明に対する意見をきく形になっているが、実際は取調べであるから、犯行の現場であまり深入りするのは、裁判の公正に反する。

一同はそれから、宮内が犯行をうかがっていたという木立に向った。そこには矢野判事補がいて、現場との距離関係をメモしていた。宮内は、彼が身をひそめたという樫の木のうしろで、その時の姿勢を取った。

「話声が聞えなかったっていうのは、少しおかしくないのかな。六月なら西南風だから、むしろこっちに向って吹いている。今は風は北西に回っているのに、声は聞える」

この質問は矢野判事補の意見をきいた上で、谷本裁判長が発したものである。

「いえ、話がわからなかったって言っただけで、なんかしゃべってるのは聞えましたよ」

「あなたは法廷ではなにも聞えなかったと言ったはずだが」

「何を話してるかわからなかったというつもりだったんです」

「ハツ子が倒れる時、叫び声やうめき声も立てなかったのですか」

宮内はしばらく考えていたが、やがて答えた。

「なにも聞きませんでした」

彼の証言は要するに、そこには彼が飛び出して行かなければならないような事態は起らなかった、ということを中心に、組立てられているのだった。しかしこの点はこれ以上追及されなかった。当日、風が東南風、つまりこの木立の方から吹いていた可能性もあった。

時刻は四時、つまり日没のほぼ二時間前で、六月二十八日の午後五時頃に当っていた。太陽の高さはちがったが、ほぼ事件当時の明るさになっていた。

日光はまだ木や畑にあたたかくふりそそぎ、地上に濃い影をなげかけていた。あれは「真昼の惨劇」と言ってもよかったのだ、ということが、改めて感じられた。

一行はそれから金田町の公民館まで歩いた。そこで菊地弁護人と検察官の宮内に対する尋問が行われる予定だった。野外の現場で行なってもいいのだが、調書を作成する関係で、公民館が選ばれたのである。

それは戦争中に建てられた木造ペンキ塗りの二階建で、本通りに面した町の中心部にある。一行のあとに従う金田町の人達の数が、また増え出した。

ここでは、戦中戦後の物資不足の時期、つまり農機具や肥料の購入が、町の全体的の問題と考えられた頃に、最も多く集会が持たれた。しかし最近それらの物資がむしろあり余るほど出回り、土地を工場敷地に売ったにわか金持が増えるに従って、その利用価値は減って来た。

戦時中は在郷軍人会の定期の集会があった。戦後も町の若者の寄合場所であったが、それらの人たちの中に、茅ヶ崎、平塚など海岸地方の工場に勤める者が増えると、それぞれ勤務先の組合などに吸収され、集会はだんだん集まりが悪くなった。もとは映写機を借りて来て、講堂で映画会が開かれたものだが、近頃は「鑑賞会」と称してバスを借り切って、平塚の映画館へ繰り出すようになった。

現在の公民館は婦人会、未亡人会など、主として女性の集会に利用されることの方が多い。従ってこんどの現場検証の一行が、証人を尋問する場所に選んだというのは、公民館としては大事件であった。

職員達は十人以上のお偉方に茶菓を出すのに緊張していた。もっとも裁判官は「茶」は飲むが、「菓」には手を付けないのが原則で、予め事務官からその旨申入れがあったのだが、折角用意したものだから、一応テーブルの上に並べられる。係員は町の人達が建物のまわりに集まって、窓からのぞき込んだりするのを制止するなどに骨折っていた。

十五畳の応接室は、一行を入れるといっぱいになった。略式の尋問であるから、三人の裁判官が窓際のソファを占拠しただけで、あとは各自適当にテーブルの前や、壁際の椅子に腰かけた。それだけに、法廷にはないくつろいだ雰囲気が生れていた。宮内の型通りの宣誓があった後、

「では、弁護人、どうぞ」

という谷本裁判長の言葉で、菊地弁護人はその席から、テーブル越しに、宮内の顔をじっと見ながら、尋問をはじめた。

「まず、犯行の模様から、あきらかにして行きたいと思います。あなたはさきほど、ハツ子が宏に抱きついた様子を、身振りで見せてくれましたが、間違いはありませんね」

「ええ、あたしが見た通り、やったつもりです」宮内も坐ったまま答える。

「結構です。ところで、これはあなたの意見をうかがうのですが、あなたの実演では、ハツ子が抱きつくと同時に、故意か偶然か、宏の手にしたナイフが、ハツ子の胸にささったことになりますが、この点どうですか」

宮内はすぐには答えなかった。彼は救いを求めるような眼を、岡部検事の方へ投げた。

宮内はこの前の公判の夜、岡部検事の取調べを受けていた。なぜ犯行の現場を目撃しながら、いままで黙っていたか、について、たっぷり二時間以上油をしぼられた。

検察官といえども、やみくもに公訴を維持するだけが能ではない。真相発見の熱意は持っているのである。菊地弁護人の尋問のため意外な展開を見せたけれど、被害者が身を投げかけた、との証言は、宮内の意見に属していて重大性はない、と思っていた。宮内には返事の要領を教えてあった。

「そうきかれても、あたしにはわかりませんよ。ほんとうです」

「わからない、と言うことはないでしょう」菊地は食い下がる。「あなたは犯行をずっと見ていたのですよ。では、こうききましょう。ハツ子は宏に抱きつくと、すぐ倒れたんですね」

「そうです。宏の体にもたれるようにして、ずるずる崩れるように、足許にうずくまり、それからのびちゃったんです」

「それでは、その時抱きつくと同時に、ナイフが刺さった、と見ていいわけですね」

「どうですかね。なにしろ遠くでしたし、とっさの出来事ですから、はっきりしたことは請け合えませんよ」

「しかしさっきあなたがしてくれた身振りでは、被告人と被害者の体が接触する機会はその時よりなかった。それはたしかですね」

「ええ、そうですとも、あたりまえですよ。ハツ子は地べたへのびちゃってるんですから」

宮内は菊地の質問の意味がよく飲みこめないらしく、けげんそうな眼付で、みなの顔を見廻しながら答えた。しかしこれは菊地に取っては、この実地検証の場で、だめを押しておきたいところだった。なぜなら、この部分は宏の検察官に対する自供調書では、

「この上は、やってしまうほかはないと思い、左胸部めがけて、力一杯刺したのです。その結果、相手が死ぬかも知れないということは、わかっていました」

という怖るべき叙述となって、残っているからである。宏は公判の冒頭でこれを否定しているのだが、調書は証拠能力を失っていないから、当然取調べの対象になる。

二人の体が接触する機会は、宮内証人が目撃し、いま現場で実演してみせた時のほかなかった、ということを菊地は確認しておきたかったのであった。

「そしてあなたは被告人が、ナイフの刃を立てるところも、それを被害者にさし向けるところも体のかげになっていて見なかった。――これはこの前の公判で最後に言ったことですが」

これは起訴状に「殺意を以て」として載っている行動で、自供調書にあると、見当のつくこ

とだった。宮内は大体その線に沿って、刃がきらりと光ったとまで言ったが、菊地弁護人の反対尋問に会って、全面的に否定せざるを得なかったことであった。

菊地はそれをもう一度現場検証調書に載せておきたかったのである。なぜならそれは、検察側の殺意認定の重要なポイントの一つとなっているからだった。宮内は、

「はい、その通りです」と答えるほかはなかった。

「それではそれからの起ったことを言って下さい。ハツ子が地に倒れたところからです」

と、菊地は口調を改めて聞いた。

「なんども言ったように、しばらくハツ子の死体――いや、体を見下して立っていたが、ちょっとサラシ沢へ降りる道の方へ離れて行ったが、また戻って来て、ハツ子の体を、草むらへ引きずって行ったんです」

「たしかですか。離れる前に被害者の上にかがんで、介抱するとか、なにかしたんじゃありませんか」

「どうですかね。なにしろとっさのことですから、はっきりしたことは請け合えませんよ」

要するに宮内はなにも「請け合えない」のだった。

「くさむらの中でかがんだのではありませんか」

「いや、かがみませんでしたね」

「たしかですか」

「たしかです。あそこは草はあまり深くないから、宏の体は膝から上はずっと見えていました

から」

　これは現場の雑草があまり繁っていないことを見てから思い出したことかも知れなかった。実地検証には証人の記憶を助けることがあると同時に、それを誤った方向に向けることもある。

　宮内が意地になっているのはたしかだった。これまで菊地が彼を証言台の上でいじめた効果が出て来たのだった。菊地はしばらく彼の顔を見ていたが、突然、

「終ります」

と言い、谷本裁判長の方を向いて、頭を下げた。なんどきいても、同じ返事しか得られない、判断は裁判長に任せるという態度だった。

「この証人から新しく取った供述調書がここにあります」岡部検事が薄い罫紙の綴り（つづ）を出しながら言った。「弁護側の同意があれば、証拠として申請して、今日の尋問に替えたいと思いますが、どうでしょう」

　これはむろん前回公判の日、昼休みと閉廷後に取ったものであった。岡部検事としては、弁護人が同意しなければ、尋問しなければならない。裁判官はそこらを歩き廻ってくたびれている。同意にしてくれればいいな、と思いそうな時をねらって、提出したのであった。

　菊地弁護人としては、宮内が宏が被害者を介抱したことを証言する気がない以上、深く争っても仕方がない。すべては刺傷の位置、形状、その他解剖上の所見と睨み合せて決定される。検視解剖した医師はあとで、法廷に喚問の予定に入っている。弁護側としては、へんな主張を出して、検視医師の証言で覆されてはまずい。裁判官の判断に任せる立場を取る方が賢明なの

である。

ハツ子が自分の方から宏に身を投げたという宮内の証言を確認したことで満足すべきであった。菊地は、

「ちょっと、拝見」

と言って、岡部検事から宮内の供述調書を受け取り、パラパラめくったが、実は最初から同意してしまうつもりなのであった。

彼はこの前の公判の日、検察官が昼休みに宮内を検察官室へ連れて行ったことを知っていたから、こういうものが存在するのを推察していた。ハツ子が先に立って現場に赴いたこと、彼女の方から身を投げかけたことの記載があるのを、チェックしただけで、

「同意しますよ」

と言ってすぐ岡部に返した。このあと谷本裁判長から二、三の補足的な尋問があったが、詳しく記すにも当るまい。

一体、これら現場検証を詳しく書けば、それだけで一編の短編小説ができてしまうくらい長いものである。

死体の位置、形状、などについても、筆者はこれまでにも描写の筆を省いて来た。それらはしばしば推理小説の眼目となることがあるが、元来決して面白いものではない。実況見分調書を書くのは、司法警察員の修業第一歩であるが、それらは現場について、おそるべき詳細な客観性を持って書かれているのである。一般人はそんなものを読む必要は全然ない。犯罪とか戦

争とかは、経験しないですませられれば、それに越したことはないのである。

それら警察の記録を、現代人の病的な好奇心に添うようにアレンジしたものが、小説やドキュメンタリーとして放出されているのである。しかしそれらは犯罪の実際について、正しい印象を与えるものではない。そしてもし、そういうものに基づいて裁判批判が行われるなら危険である。筆者はこの点は気をつけて避けて来たつもりである。

弁護士の間で「筋」といわれるものがある。専門家の経験から、自然に生れた言葉で、厳密に定義はできないが、「これは筋がいい事件だ」とか「筋が悪いから、引き受けられない」という風に使う。

必ずしも筋道は立っていなくても、被告人の行動あるいは弁解に、納得が行くものがあるのが「筋のいい」事件である。三百代言を除き、この「筋」がつかめない限り、熱心な弁護などできるものではない。被告人自身すら気がつかない「筋」を発見し、それとの関連において、証拠を整理して行くのが、弁護人の仕事でなければならない。

上田宏の事件においても、菊地弁護士は「筋がいい」と直感したからこそ、引き受けたのである。検察官の主張した「殺人」に対し一応「傷害致死」の「筋」を出しているのだが、それにはやはり色々難点がある。

「殺人」ときめてしまうには、動機が薄弱であるにしても――十九歳にもなった男がほんとに、妊娠の事実を親に告げると言われただけで、「殺意」を抱くものだろうか――しかし偶然の事故とするのには、次の四つの難点があった。

一、なぜ宏はハツ子を人目のない場所へ連れて行ったか。
二、宏はいつナイフの刃を起したか。
三、なぜすぐハツ子を介抱せず、死体を動かしたか。
四、なぜ自首しなかったか。
このうち「一」は宮内の証言によって消滅したが、あとの三つが残っている。菊地としてはなしくずしに克服をはかっているわけだが、自殺の意思とは断定できないまでも、これはなにか強い感情的緊張が、ハツ子と宏との間にあって、しかもその行動は被告人からの一方的なものでなく、相互的であったという情状が立証できれば、これらの難点を解消することも、不可能ではないと思っていた。

裁判長の補充的尋問がすんだあとなので、順序としてちょっとまずかったが、菊地弁護人は特に宮内に対して尋問を行うのを許してもらった。

「ちょっとききます。ハツ子さんはあなたに、『死にたい』というようなことを、言ったことはありませんか」

宮内は取調べがすんで、ほっとしたところで、少し迷惑そうだった。しばらく考えていたが、

「さあね、おぼえはありません」と答えた。

「ハツ子さんはあなたとの関係に絶望し、あなたの言い分によると、宏が好きで、ヨシ子との間を嫉妬していた。店はうまく行かないし、世の中がいやになっていたんじゃありませんか」

「どうだか知れません。とにかく『死にたい』という言葉は、聞いたことはありません」

「それだけです」

菊地は谷本裁判長の方に向き直って言った。これがこの日の現場検証の終りであった。

被告人質問

昭和二十三年改正の戦後の刑訴法では、旧刑訴における公判審理の中心であった被告人質問は廃止されている。被告人に黙秘権を認めたこと、自白の証明力の制限その他、人権尊重、誤判防止の趣旨から行われた改正である。

しかしこれらはすべて表向きの話で、昔ながらの「自白は証拠の王」式な考え方が、根強い底流として残っていることは、すでに書いた。被告人が任意に供述するなら、裁判長はいつでも必要とする事項について供述を求めることができ、陪席裁判官、検察官、弁護人も、裁判長に告げて、被告人に質問することができる。

この場合、被告人が当事者の一方であることを忘れてはならない。被告人を追及して自白を強要するような態度は、厳に避けねばならないということになっているが、実際はどうか。

被告人の弁明を聞くのを主眼とする、ということになっているが、新しい刑訴法では被告人は宣誓しないし、虚偽の供述をしても罰せられない。あまり自分に都合のいい供述は、裁判所から措信（そしん）されないおそれがあるだけである。結局、被告人に対する質問は、至極あいまいな性格を持っているのである。職権意識の強い裁判官になると、自分がそれまでの裁判の経過から得た心証に基づいて、検察官よりも検察官的に取調べてしまうことがある。

法律だけを改正したところで、どうにもならない部分が残っているので、すべては時が経って、法曹全体の人的構成がかわるまでは、純粋に法規通りの裁判は望まれないといえる。

上田宏に対する被告人質問が行われたのは、現場検証の三週間後、十一月十五日の午後であった。これまでほぼ二週間以内の間隔で行われて来た裁判が、この間だけ間があいたのは、現場検証調書が間に合わなかったからである。

書記官や速記官の大わらわの活躍にも拘らず、公判調書というものは、次回公判までにでき上らないのが普通である。しかし現場検証は公判廷外の証拠調べであるから、それが調書になって法廷に出されるまでは、証拠にならない。現場検証から次の公判まで、三週間あったのは、専らこの理由からであった。

宮内がハツ子を追ってサラシ沢へ行ったことを認めたので、弁護側から証人として申請してあった桜井京子、米子吉成を撤回した。同時に宮内の当初の検察官に対する供述調書の提出申請も撤回した。ただし宮内の証言によって傷口の状態が重要なポイントになって来たので、死体を解剖した横浜市立大学法医学教室医師法本二郎を、証人として申請した。十一月十五日の午後は、まずこの証人の尋問が行われた。

検視証人に対する尋問の詳細もここで省かなければならないのを遺憾とする。それは筆者がこの小説で、死体の形状、傷口の状態について、推理小説的描写を行わなかったのと、同じ理由による。

それらは恐るべき科学的正確さを持った記述であって、一般読者は知らなくてもよいものである。しばしば過度の死体愛好症的詳細をもって語られ、その意味は誇張され勝ちである。ここではその概略を記して充分とする。

ハツ子の傷が左心室を貫いた致命傷で、物証の登山ナイフでできたものであることには疑いはなかった。刃物が心臓を貫くと、血が心囊(しんのう)という心臓全体をくるむものにたまって、心臓を圧迫し、その機能を停めて死に到らしめるのである。その傷が被告人が刺したためにできたものか、被害者が身を投げかけた結果できたものか、最終的には決定できない、と鑑定証人は答えた。

法本証人に対する尋問は一時間で終り、このあと、現場検証調書の取調べがあったが、その内容はすでに前章で書いた通りのものであるから省く。しかし続いて行われた自供調書の取調べについては省くわけに行かない。「自白は証拠の王」と言われ、その内容は極めて重大である。それだけにその取扱いは慎重で、すべての証拠調べが終ったこの段階で、申請されるのが、正しい順序である。

まず検察官が、

「三百二十二条によって、被告人の検察官に対する面前調書の取調べを申請致します」と言う。

裁判長は弁護人に向って、

「弁護人、いかがですか」ときく。

本件の場合、菊地弁護人は自供の任意性について争う気はなかったから「しかるべく」といって、頭を下げてしまってよかったが、「ハツ子の体をうしろから抱きかかえ、血の飛び散らぬように気をつけつつ」というような記述のある調書を、そうあっさり容認してしまうのは癪だった。一応、

「特に意見ありません」と言ったが、すぐ続けて「弁護人は任意性を特に争うものではありませんが、この被告人の供述調書の内容には、かなり真実に反するものが含まれていると思料します」と付け加えた。

しかしこのまま取調べに入るのに異存がないのは、たしかであるから、谷本裁判長は首を左右に振って、左右陪席の顔を見る。そのうなずくのを確認してから、

「それでは三百二十二条によって証拠として採用します」

と言う。岡部検事は廷吏に書類を裁判長の前に持って行かせる。

さて自供調書の取調べとは、法廷における朗読だが、要旨を告知するのはいいことになっている。しかしこれも朗読に時間がかかるので、省略してしまう。裁判長は当事者に承諾を得なければならないが、検察官は文句を言うはずはないから、弁護人に向って、

「要旨の朗読は省略してもよろしいですか」

ときく。弁護人は、

「写しを持っておりますから、結構です」と答える。

「それでは朗読を省略して証拠調べを終ります」

この裁判長の言葉をもって、被告人の自供調書の取調べはすんでしまう。すべては形式化されていて、この間、三分とかからない。あとは裁判官が宅調日に読む手間が残っているだけである。

十分の休憩の後、被告人に対する質問に入った。証言台に立った宏に対し、谷本裁判長は言った。

「これから裁判官、検察官、弁護人がいろいろききますが、あなたは答えたくなければ、答えなくてもいいのです。しかし答えた以上、その内容は証拠になりますから、気をつけて答えるように」

裁判の第一日に行われた被告人の意見陳述に際しても、裁判長は同じ注意を与えているので、この段階で必ず繰り返されるとは限らない。しかし宏が少年であるので、裁判長の思いやりで、言われたものであった。

「わかりました」

宏ははっきりした声で答えた。彼の態度はこの裁判の様々の段階を通じて、概して落ちつきのないものであったが、この頃にはかなり安定して来た。裁判は大詰に来た感じであった。彼としても、自分の言いたいことだけを言って、裁きを受ける覚悟ができて来たように見えた。

彼は最初からハツ子を殺したことを否認したことはなかったので、当然受けるべき罰は受けるつもりであった。この公判の三日前に、打ち合せのために拘置所を訪れた菊地弁護士に対して、彼はそのように言った。菊地は宏があまり率直になんでも言うつもりでいることにかえって不安を持った。

「なるべく言葉少なく、答えるようにして貰いたいな。正直に言いさえすればよい、ときみは思っているかも知れないが、ちょっとした言葉尻を捉えられて、話をとんでもない方向へ持って行かれてしまうことがある。きみのような若い人に、気をつけろ、と言ったところで無理だ。だからなるべく言葉少なく、答えるのを心掛けていればよい。おぼえていないことは、ただおぼえていないと言えばいい。むりに思い出そうとして、間違ったことを言ってしまってはいけない」

最終弁論で自由に弁護を展開するためには、被告人に決定的なことを言ってもらわない方がいいのである。

岡部検事が宏にききたいことの第一は、犯行の瞬間のことをよくおぼえていないのなら、どうして警察や検察庁で、ああいう詳細な自白をしたか、であった。いや、岡部はなんども自供調書を取った経験があるから、その理由はきかなくてもわかっていた。しかし宏が否認した以上、法廷でいちおう問いただしておかなくてはならないのである。岡部検事は、形式上すでに取調べを終った自供調書を机の上でぱらぱらめくりながらきいた。

「きみは殺す気はなかったと、当法廷で述べているが、そんならなぜ取調官の前で、殺す気でナイフを買ったと言ったんですか」

「話しているうちに、どうしてもそう言わなければ、許してもらえないような気がして来たからです」

「許す、というのは、どういう意味ですか」

「話のつじつまが合わないと、尋問を勘弁して貰えないような気がしたのです」

「きみは当法廷では刺した瞬間の記憶はない、と言ったが、検察官には、返り血を浴びないように気をつけて、左手でハツ子の身体をかかえて刺した、と詳細に述べている。おぼえがないことを、なぜこんなに細かく言えたのですか」

「ぼくのシャツには血はほとんどついてなかったので、なぜつかなかったのか、と言うことを話しているうちに、そんな風になってしまったんです。よくおぼえてない、となんども言ったんですが、そんなはずはない、と言われました」

「しかしきみはハツ子がたしかに死んでいるのは、見とどけた。そのことはよく記憶していますね」

「気がつくと、ハツ子さんが足許に倒れていたので、そこからおぼえているのです」

「ずいぶん都合のいいところから、思い出したもんだね。きみは取調官の誘導で、犯行の詳細を供述したように言うけれど、そんならいったい、取調官からどんな風にきかれたか、言って見給え」

　取調官が誘導し問答体をまじえて、調書のつじつまが合うように書き流すのは、誰知らぬ者はないことだが、それを法廷で公然と言われては、立会検事としては、そうですか、といって引き下るわけには行かないのである。

もっとも宮内という目撃証人が現れて、調書とはかなりちがった証言が法廷に出たのはまずかった。岡部検事はこれまでにもなんど、宏を取調べた刑事部の検事を呪ったかわからなかった。宮内の証言があった次の日、わざわざ自分の席に呼んで、いや味を言った。法廷における供述と自供調書との相違が問題になれば、検察庁で取調べた検事の誘導があった、ということになるのは当然である。そしてこれは否認事件の法廷で、必ずといってもいいほど、繰り返される憂鬱な論争である。

菊地弁護人は面倒だから、誘導があったとは言うな、と面会の時に、宏に言っておいたのである。彼は言った。

「別にきみが言わなくても、調書の文面がそれとなくそれを示しているのだよ。そして裁判官はそれを知っているのだから、心配ない」

なるほど宏は誘導という言葉は使わなかったが、結果において同じことになってしまった。するとどう誘導したんだ、その言葉を言ってみろ、というのも、こういう場合、検察官が使うきまり文句である。

宏はちょっとひるんだようだった。岡部検事の顔を見て、まぶしそうに、眼をしばたたいたが、やがて言った。

「いろいろきかれたということしか、憶えていないんですけど……」

「憶えていないということはないだろう」岡部検事は居丈高になった。「きみが殺人の罪を犯しているかいないか、という大事な瀬戸際なんだ。おぼえていないなんて、言いのがれですむことじゃない」

「でも、それがほんとうなんです。なにしろぼくは頭が混乱していましたし、疲れてもいましたから――検事さんにきかれて、あの時のことを思い出すと、ますます自分のしたことがおそろしくなって、なにを答えたかも、よくおぼえていないんです」

これは菊地が教えておいた通りの答え方であった。宏はやっとそれを思い出してくれたので、菊地は満足気な微笑を浮べた。同時に、これは大抵の被告人が言うことであり、菊地が教えたことも、岡部検事は見抜いていた。彼も微笑を浮べたが、それは皮肉の微笑であった。

しかしこれ以上同じことを追及しても、被告人は自分の不利益なことは、言わないでもいい権利を持っている。全然答えないで、黙っていることもできるのである。

「なるほど、罪のおそろしさをさとったというわけか。しかしそれにしては、ハツ子を殺したあと、五日も平気で、被害者の妹と同棲していられたものだね――最後にきくけど、きみはどうして倒れたハツ子を介抱する気持にならなかったんだね」

「死んだと思ったものですから」

宏は下を向いて答えた。

「介抱すれば助かるかも知れないとは、全然思わなかったのか」

「はい」

宏の答えは苦しそうだった。岡部検事は宏のそういう態度と口調から、裁判官が悪い心証を得てくれることを期待した。充分に間をおいてから、

「終ります」

と静かに言って腰を下した。

菊地弁護人は宏にあまり質問しない方針だったが、どうしても、宏の口から聞いておかなければならないことがあった。

「二つ三つきかなければならないんだが、むりに答えなくてもいいんですよ」

菊地はこれまでの証人に対する時とはちがって、宏の実際の年よりもっと下の少年に話しかけるような調子できいた。むろん相手にくつろぎを与えて、答え易くするためである。

「忘れたことは、忘れたと言ってくれればいい。ハツ子の方から不意に抱きついてきて、ナイフが刺さってしまったのは、宮内辰造の証言ではっきりしている。きみとして予見できないことだったはずだから、記憶にないのは無理はない。ただこうして事情がわかってみると、なにか思い出すことはないかね」

宏は下を向いている。その瞬間のことを聞かれるのが、苦しいのである。

「無理に思い出してくれとは言わない。しかしきみはハツ子に抱きつかれた時、びっくりしたろうね」

「それがよくわからないんです。しかしそういわれれば、あの人の顔が向うから近寄って来たような気がします」

「だんだん思い出して来るんだね」

「それまでは、ヨシ子と駈落ちするなんて生意気だ、なんておこってばかりいたのに、不意に

「顔が変ったが」

その顔が変ったんです」

「顔が変った？　それはどういう意味だね。いままで、きみはそんなことは言わなかったが」

これは別に菊地の法廷の駈引ではなく、実際宏はこれまでに、この時、ハツ子の表情が変ったということを、彼に対しても言わなかったのである。

あの瞬間、ハツ子の顔から、嘲笑の色が消え、子供の泣き顔のような表情を取ったのは、実際宏にとって、不思議な記憶であった。その映像は彼の頭にこびりついていて、いく度も夢に見た。いや目醒めてひとり独房にいる時でも、なにかの調子で、不意に思い出される。

「あああ」

彼は声を上げずにいられない。

それほど奇妙な記憶なので、他人にどう説明してよいかわからない。だからこれまで菊地にも話したことはなかったのである。

「なんと説明したらいいかわからないんですけど——それまでは文句ばかり言っていたのに、あの時はそういう顔ではなかったと思います」

宏は小さな声で言った。

「もっと、はっきり言えないかな」菊地ははげますように言う。「つまり被害者には、その時急に心境の変化があったと思われるということかね」

「ハツ子さんがどういう気持だったかわかりません。だいたいあの人は、ぼくにはわからない人なんです」

「しかしいつもとはちがった顔になって、近寄って来た、それはたしかですね」

「たしかです」

「ほんとは、きみが憎らしいという顔ではなく、むしろきみが好きで好きでたまらない、という顔じゃなかったのかな」

「どうだか、わかりません」

宏は顔を赤くして、また下を向いた。

「どうです、そこを少しはっきり言ってみては――言いにくいのはわかるけれど、はっきり言ってくれると、きみの過失について（菊地はこの『過失』という言葉に、力を入れた）真実がわかって来るんだがね――どうだろう。ハツ子はその時、きみにもっと積極的に、例えば、あたしといっしょに逃げよう、とでも言ったのじゃないかね」

これは宏に面会に行った時も、きかなかったことであった。それをいま法廷で出したのは、すでにハツ子の方から身を投げた、という宮内の証言があったからだった。ハツ子が宏に愛情を感じていた、との検察官の主張を逆用することができるのだ。裁判官に宏のなまの反応を見てもらって、はっきりした心証を得てもらいたかったのであった。

宏はあわてた。頬がぽっと急に上気し、それからまた急に血の気が引いて、蒼白い顔色にかわった。

「そんなこと、ハツ子さんが言うはずはない」と彼はつぶやいた。

「かくさなくてもいいんだよ。ハツ子がきみの横浜行の計画を双方の親に知らせると言ったのは多分ほんとだろう。しかしハツ子がきみに言ったのはそれだけではなかったのじゃないの。なにかヨシ子さんに知られてはまずいことがあったんじゃないか。きみは事件の三日前、ハツ子の店へ行ったことも、ヨシ子さんに言っていない。なにをしに行き、なにを話して帰ったのかね。きみがわざわざ店の外へ出て、話をした内容はなんですか」

「中絶をすすめられたんです」

「その話はなんども聞いた。ハツ子は二十日にもきみたちに中絶をすすめているし、事件の日きみの自転車のうしろに乗って、長後からサラシ沢へ行くまで、そのことを言いつづけたときみは言う。なぜそんなにくどく言わなければならないんですか。きみ達がいやだと言えば、それまでじゃないか。そうくどく言うのは、ハツ子の性質として、おかしくはないのかね」

宏は下を向いたままだまっていた。言おうか言うまいか、というためらいが、緊張となって、彼の心を圧しているらしかった。菊地弁護人は重ねてきいた。

「言いたくなかったら、言わなくてもいいんだが、ほんとのことを言う方が、結局はきみのためなんだがな」

宏はやっと思い切ったように顔を上げた。視線を谷本裁判長よりも、さらに高い所へ固定させたまま言った。

「ハツ子さんが中絶のことをなんども言ったのはほんとうです。でも、なにか宮内さんと面白くないことがあって、店をやめてもっとまじめな勤めをしたい、と言っていました。ぼくが横浜へ出るんなら、自分も店をたたんで、横浜へ出てどこかで働きたいようなことを言っていました」

「それが事件の三日前、二十五日のことなのかね」

「そうです」宏は少し苦しげに答えた。「ぼくは本気にしなかったんですが」

「それなら、なぜそのことをヨシ子さんにかくしていたんですか」

「よけいなことを言う必要はない、と思ったからです」

「二十八日、サラシ沢の上で、ハツ子は、もう一度そのことを言ったんじゃありませんか」

「言いました」

宏は観念したようだった。

「なんと言ったか。できるだけ、ハツ子さんが言った通り、思い出して下さい」

「ライトバンをいじってるところを見られてから、ずっとほんとに横浜へ行くのか、いつ行くのか、ときかれました。ぼくはほんとのことは言わなかったんですが、サラシ沢の上で」宏はここで言葉を切った。「もう一度きくけど」とセリフを使うような調子で言った。「あんた、あたしが好きか、嫌いか、はっきり答えて頂戴。いやだという男を、いつまでも追っかけるほど、あたしはやぼじゃないんだから」

傍聴席から聞える、うめくような声は、むろんヨシ子の発したものであった。それは直ちにそっちへは背を向けて立っている宏の顔に反映した。彼の顔もゆがんだ。

「そして、きみの答えは」

「いやだ、とはっきり言いました。するとハツ子さんは、そうかい、いやならいやでいいけど、そんならお前達は横浜へ行けないよ。お前達だけ、いいことをして、あたしがみじめな気持で、こんな田舎町においてきぼりにされるのは癪だからね、とすごい眼で睨まれたんですが、その顔が不意に変って……」

「きみに抱きついた、そしてそこはおぼえていないんだね」

菊地弁護人は宏の言葉を引き取るように言った。犯行の詳細について、あまり勝手にしゃべらせるのは、岡部検事に言葉尻をつかまえられるおそれがある。適当に誘導しなければならないのであった。

「最後に一つ、きみはむろんハツ子に抱きつかれた時、びっくりしたわけだ。ふり離そうとか、押しのけようとか、したおぼえはありませんか」

「おぼえていません」

「終ります」

菊地弁護人は腰を下した。

「ちょっと」

と谷本裁判長に会釈すると、岡部検事が立ち上った。そして宏の顔を睨みつけるようにしながら、きいた。

「被害者がきみに抱きつく前に、きみがナイフを構えていたはずだが、いまの話のどの辺で、きみはナイフを出したのかね」

岡部検事ははじめからこのことをきくつもりだった。ただ菊地の質問を少し聞いてから、との打算から、保留していたのだった。

「ハツ子が宏を口説いているように見えた」という宮内の証言は彼の主張する三角関係の情状に適うものだった。殺人現場が恋愛劇の舞台に変った瞬間をねらって、口を切ったのである。

なぜ、宏はナイフを出したか――これは弁護側に取って、決定的ともいえる弱点であった。

岡部検事はたたみかけてきく。

「きみは取調べの検事には、おどかしてやろうと思って、ナイフの刃を立てた、と言っている。それはいつのことになるのかね。いまのきみの話だと、ナイフを出す必要は全然ないじゃないか」

「ばかにするな、と言うつもりで……」

宏は口ごもった。

「いくら相手が年上の、したたか者でも、女じゃないか。ナイフを出さなくたっていいだろう」

「でも、ぼくはあの時、ハツ子さんがほんとにこわかったんです。なにをされるか、わからないような気がして――」

「なにもするわけがないじゃないか。きみが可愛くってしようがなかったらしいからね。取って食おうというわけでもないだろう」岡部は皮肉に言った。

「でも、ほんとにこわかったんです」宏は主張した。「やけになったら、なにをするかわからない、と思いました。ナイフでおどかさないと、ぼくたちの幸福は、めちゃめちゃになってしまう、と思ったんです」

「きみたちの幸福は、そんなにかんたんに破れるものかね。たとえ妊娠の事実を双方の親に告げられたところで、二人はもう十九で、まったくの子供じゃない。なんとかなるはずじゃないか」

「でも結局は別れさせられるにきまっている。ハツ子はきみとの関係をヨシ子に言う、と言ったんじゃないか」

「それだけかね。ハツ子はきみとの関係をヨシ子に言う、と言ったんじゃないか」

「ぼくとの関係、それはどういう意味ですか」

岡部検事は声を張り上げた。

「白ばっくれちゃいけない。普通の肉体関係だよ。きみは被害者と肉体関係を結んだことがあったのか、なかったのか、はっきり言い給え」

「とんでもない。そんなこと絶対にありません」と宏はすぐ答えた。

「一度もないというんだね」

「そうです」

「終ります」

これ以上きいても同じ返事しか得られないからやめる、しかし事実は存在する、それを裁判所は認定すべきである、という主張を露骨に態度に出して、岡部は腰を下した。菊地が立ち上った。

そして岡部検事の感情的な態度とは対照的に静かに切り出した。

「さて、まずきみが殺意をもって長後の福田屋金物店でナイフを買ったものでないことは、清しかし川証人のこの法廷における証言で、ほぼ否定されていると言ってもいい。次はいま検察官が言ったナイフの刃を立てたことだが、自供調書では、きみは『殺す気で』と言っている。しかしそれはそういう風にきかれたからで、ほんとうは違うのではないかね」

「はい、ほんとうは、こわくなったので、おどかすつもりで……」

「いいえ、そんなことをきいているんじゃないんだよ」

菊地は岡部検事の高飛車な調子とは対照的に、低く静かに訊いた。それは具体的な行為に関するもので、検察側の小説的な推測を、浮立たせる効果をねらっているように見えた。

「ナイフを出して、刃を開く、これは習慣となっている一連の行為だろう。きみは機械的に刃を開いたのではないのかね」

「ええ、それはそうです。刃を立てないで、前に出しても、さまになりませんから」

「終ります」

菊地弁護人は静かに腰を下した。

検察官と弁護人が二回ずつ質問をくり返せば、大体当事者側からの、本人質問は終りである。あとは裁判官が補充的に質問するかどうか、の問題であった。主任裁判官として野口判事補にもききたいことがあった。谷本裁判長に眼で合図して許可を求めると、宏の方へ向き直った。

「裁判官として少しききますけど」彼は岡部や菊地と違って、宏と少し距離をおいた言葉を使った。「きみは犯行の瞬間の記憶を失ったと主張している。被害者の方が身を投げかけて来たとしても、きみはナイフを手に持っていた。なにか手ごたえはなかったのですか。思い出すことはありませんか」

これは事態の物理的状態を訊く質問であった。宏は少し考えていたが、

「わかりません。思い出せません」

と答えた。野口はそういう宏の表情をじっと見ていたが、質問をかえた。

「きみはハツ子が確実に死んだと思ったと言ってるが、どうしてそれをたしかめたのですか」

「とても生きてるとは思われなかったんです。血がひどく出ていましたし、手首にさわっても、脈がありませんでした。それは検事さんにも言いました」

「ひょっとしたら、生きているかも知れないとは思わなかったのですか」

「そう思うのが、ほんとうかも知れませんが、大変なことをしてしまったと思い、かっとなっていましたから」

「しかし被害者を崖から落せば、さらに怪我がひどくなって、確実に死ぬとは思いませんでしたか」

「そんなことも頭に浮ばなかったのです」宏は少し考え考え答えた。「とにかく人に見つからないようにしなくてはいけないと思って……」

「あそこは道のそばから草むらが、崖まで四メートルほどありますね。崖になっているのを知っていましたか」

これは現場検証の時から、きこうと思っていたことだった。

「すぐ崖になっているのは知りませんでした」

「しかしあそこは下の杉林の梢が近くまで迫っている。そこにすぐ崖があるとわかりそうなものじゃありませんか」

宏の顔に困惑の表情が現れたが、少し考えてから言った。

「思い出しました。最初はそこの草むらにかくそうと思ったのです。そしたらあんがい崖が近く食い込んでいて、足をすべらしそうになりました。ハツ子さんの肩から手を離したら、ずるずる落ちて行ったのです」

「すると最初から崖から落す気はなかったのですか」

「いまになって思うと、草むらにかくそうと思っただけです」

「しかし、そんなそばでは、かくしたとしても、充分ではないが、それでもいいんですか」

「とにかく道においておいてはいけないと思ったのです」

「たしかですね」

「たしかです」

野口判事補は、ここでちょっと息をついた。彼としては、事の真偽はとにかくとして、十歳以上年上の岡部も菊地も気がつかなかった点について、宏から供述を引き出したことに満足した。

(ばかばかしい。だからこの頃の人情裁判官はこまる)と岡部検事は思った。(血が一升も流れているのに、すぐそばの草むらに引っぱり込んで、死体をかくしたことになるものか)

彼は戦後の修習生上りの裁判官を馬鹿にし切っていた。彼によれば、それは新刑訴法の形式論理を頭へ詰めこんだだけで、犯罪者が何者であるかを知らない、坊ちゃんの集団にすぎないのであった。野口判事補はさらに質問を続ける。

「では、もう一つききます。被害者の傷の状況から見ると、相当の血が出ているのだが、きみのシャツには血がついていなかった。少なくとも事件直後サラシ沢の途中ですれ違った大村吾一は気がつかなかった――その時出血の状態について、何か記憶はありませんか」

これも弁護側としても難点の一つだった。一般刺傷にあって、刃物を抜かなければ血は内部で出るだけで外に出ないことがある。しかし宮内辰造が目撃したような状況であれば、宏のシャツだけではなく、ズボンにもとっぷり返り血がついていてもよいのだった。それがあとで気がついたら、ズボンに少しついていた。サラシ沢の湧き水で、手を洗う時も気がつかなかったというのは、少しおかしいのである。「返り血を浴びないように、気を配りつつ」という、検察官の冒頭陳述の文句が、奇妙ななまなましさを持って来るのは、このためである。

岡部検事としてはこの点をもっとつついてもいいのだが、一方に宮内辰造の証言があって、自供調書の信用性が問題になってはまずいから、言い出さないだけである。

「ほんとに、どうして血がつかなかったのかわからないんです。あの瞬間のことは、どうしても思い出せないんです」

多少の不合理な点が残るのは、あらゆる事件で、避けられないことである。すべてがはっきりしてしまえば、裁判官の心証の入る余地はなくなる。そもそも裁判官の必要がないくらいなものでコンピュータを使って、証拠と証言から統計的真実をはじき出せばすむ理屈である。口に出さないでも「真実は神のみぞ知る」と、裁判官はみな知っている。ただ右か左かをきめなければならない義務があるから、判決を書いているだけである。

いわゆる誤判事件といわれるものの、被告側の主張にも、細かく検討すれば、もとの判決と同じくらい、あやふやな点は必ず出て来る。「著名事件」について、論争がいつまでも続くのはこのためである。イギリスの「エリザベス・キャニング事件」のように、二百年たった今日なお、ドキュメンタリー作家によって「真実」が論じられる例もある。

自白あるいは法廷の証拠調べによって、疑う余地なしというところまで、事実がはっきりしてしまう事件はめったにない。大抵は多少の疑問を残したまま、大綱において過(あやま)たずという線で判決を書くほかはない。絶対的真実は神様しか御存知ないのだから、正しい裁判手続によって、「法的真実」をうち立てればよい、という論者もいるくらいである。

こうして十一月十五日の被告人質問をもって、上田宏に対する証拠調べは、多くの疑問を残しながら終った。

論　告

岡部検察官の論告は一週間後の十一月二十二日におこなわれた。それはこの程度の事件としては、やや長目の十五分にわたるもので、検察側がいかに慎重であるかを示していた。
岡部検事は菊地弁護人の反対尋問や、宮内辰造の証言によって、事実関係の細目は相当ゆらいだとしても、「殺人並に死体遺棄」という訴因はくずれない自信があった。

論告要旨

殺人並に死体遺棄　上田　宏

右被告事件に対する検察官の意見は左の通りである。

昭和三十六年十一月二十二日

横浜地方検察庁

検察官　検事　岡部貞吉

横浜地方裁判所　殿

記

第一、事実関係。

一、争点。

本件公訴事実一に対し、被告人は殺意乃至(ないし)暴行の意思を否認し、被害者坂井ハツ子を脅かす意図を以て、登山ナイフを構えていたところへ、同女が抱きついて来たので、ナイフが同女の胸部に突き刺さり、致命傷を与えたものであると弁解し、恰(あたか)も傷害致死あるいは過失致死にのみ該当するが如き主張をしている。

因って右の点につき考察することとする。

二、傷害の部位程度より認定される本件登山ナイフの使用方法。

1、法本二郎医師の本件解剖結果報告書によれば、登山ナイフによる刺傷は一つであり、被害者の生前の損傷である。それは致命傷であって、左胸部第五肋骨と第六肋骨の間より入り、左心室に達した深さ六センチのもので、刺入口及び創角の状態より見れば、刃は上方に向き、同女が直立の姿勢を取っていた時、前方より水平に突き刺されたものと推定される。

法本医師の解剖結果報告書及び当法廷における証言によれば、右刺傷は被害者の生前に生じたものと認められる。

2、被告人は当法廷において犯行当時の記憶を喪失したと主張していたにも拘らず、宮内辰造証人の、被害者の方から抱き付くように見えたとの証言に乗じ、致命傷である刺傷は、被害者が同人に抱きついた時できたものであるかの如き弁解をしているが、これは同人が検察官面前においてなしたる供述調書の内容と比べて極めて不自然であり、到底措信することはできない。

法本医師の証言によれば、右の如き損傷は、相当強度の打撃によって生じたものであり、相当の手ごたえが感じられるはずだ、という。仮に被告人の主張する如く、登山ナイフを構えているところへ、被害者が倒れかかって来たとしても、身体の抵抗により、上下または左右に振れる可能性が強いとの事実が認められ、解剖結果報告書にある如く、水平の角度を保つとは、到底認められない。

3、被告人弁解の如く、登山ナイフを把持し、被害者に対して構えていたところへ、被害者が抱き付くが如き状態において、本件刺傷は到底できないものと言うべきである。

右の如く被害者が被告人に抱き付いた事実を認め得るとしても、本件刺傷は鋭利な登山ナイフを以て、被害者の胸部に、相当の力を以て突き刺したことにより生じたものと認める外はないのである。

三、右の如き登山ナイフ使用方法を認定するに足る他の証拠。

1、被告人は逮捕直後より、司法警察員並に検察官の取調に対し、登山ナイフの使用方法につき、殺意を以て刃を起し、且被害者の胸を突き刺したことを認めている。即ち登山ナイフを突き出して、「妊娠の事実を父親に告げると承知しないぞ」と脅かしたところ、被害者に「そんなものがこわくて、新宿でしょばを張っていられるかい」と嘲られて、かっとなり、被害者の体を左手で支え、血が飛ばないように注意しながら、致命傷を与えた旨明白に認めており、現在公判廷で主張するが如き弁解は全くない。

2、被告人は当法廷において、登山ナイフの刃を起して以来記憶を喪失していると主張しているが、右事実は起訴前検察官の取調において、かくの如き事実はなかったと明らかに否定しているところである。むしろ刺傷を与えた時期及方法について、詳細且明瞭に供述しているのである。以上の取調経過からしても、右弁解は全く措信できない。

四、公訴事実二に対しては、被告人は前記犯行を隠匿するため、被害者の死体を現場より約四メートル引きずって、高さ約十メートルの崖より、大村吾一所有の杉林の中に突き落した事実について、被告人は逮捕後の検察官の取調に対して、これを否定していない。

被告人は当法廷において、初めは死体を崖上の草むらに隠そうとしたところ、過って崖より落ちたかの如き主張をしているが、右事実は当法廷にあらわれた証拠によって立証されたとは言い難い。

五、本件動機並に殺意。

1、本件動機は明白である。即ち被告人は昨年八月頃より、被害者の妹ヨシ子と情交を持つに到っていたが、本年四月頃ヨシ子が妊娠し、且父親が到底結婚に賛成するはずがないので、二人共謀して横浜市磯子区にアパートを借り、六月二十九日に無断にて同所に於て同棲せんと企画したところ、被害者にヨシ子の妊娠を察知され、両人が未成年なる事実に鑑み、極力中絶を説得され、勧告がきかれぬ時は、双方の親に告げて阻止する、と言われたことから、深くこれを怨み、且同棲の夢が実現不可能になることを憂え、遂に被害者を殺害せんと意図し、犯行当日長後町に行き、福田屋刃物店に到り、他の買物などして偽装しつつ、登山ナイフを買い、且丸秀運送店にて引越荷物運搬用軽自動車を借りる交渉中を、通りかかった被害者に見付けられ、移転の計画も見破られたことから、たまたま同女に金田町へ連れて行ってくれと依頼されたので、奇貨おくべからずとして、これを自転車の荷掛に乗せて人気なき現場に連行し、かねて買求めてあった登山ナイフを以て、同女の胸部に刺傷を与えて計画を実行したのであって、殺人の動機として何等欠くるところがないと言うべきである。

2、被告人は性質温良であって、勤務先にても評判よく、これまで同僚と喧嘩刃傷に及んだことがなく、いわゆる激情にかられる性質とは認め難く、当法廷において被告人の主張する如く、偶発的に犯行に及んだとは、到底考えられない。

3、被告人は本件殺人の犯意を当法廷において否認しているが、すでに逮捕後検察官の取調に対して殺意をもって、右登山ナイフを購入したことを認めているのである。また当法廷において、右登山ナイフは引越及同棲後、家事用に供するために購入したとの主張をしているが、ナイフは鋭利な登山用のものであって、家事用には適当なものではなく、家事用の目的をもって購入したとは到底認められず、むしろ優に人を殺害するに足る凶器であるから、客観的証拠によっても、本件殺意は認定できるのである。

4、現場において対談中被害者の敵対的態度は緩和され、むしろ和解的態度を以て被告人の方に歩み寄ったらしいことが、犯行を目撃した証人宮内辰造の当法廷における証言にある。しかしそれは事件後四カ月経った十月八日、当法廷においてはじめてなしたる証言であり、全面的に措信することはできないと思料する。

5、仮りに宮内の証言が事実と合致していたとしても、傷害の部位は心臓に達し深さ六センチに達するものであることは、相当の力をもって被告人が被害者と力を合せて突き刺す如き力を加えたことを推測させるに充分である。

6、また倒れた被害者を介抱せず、これを引きずって、高さ十メートルの崖より突き落して、遺棄した。

以上を総合すれば、本件が死の結果を予期し、殺人の故意をもって行われたものであると認めることができるのである。

六、以上の如く公訴事実一、二のいずれについても、当法廷にあらわれた証拠により、証明は充分であると考える。

第二、情状並に量刑意見。

1、被告人は犯行当時、十九年四カ月の未成年者であるが、逮捕後は深く犯行を悔い、正直に犯行の詳細を自白した等の被告人に有利な事実はあるが、一方犯行直後被害者の死体を隠し、サラシ沢途中の泉にて血痕の付着した手及び衣服を洗い、凶器を現場の草叢中に隠匿して犯跡を隠す程度の冷静さを保っていた。サラシ沢途中にて逢った大村吾一にも気取られざりし程、心身の動転を示しておらず、帰宅後も平然と家人と談笑していた。

2、しかもこうして犯跡を隠匿した結果、犯罪が急に発見せられざるを幸い、計画通り、犯行の翌日二十九日ヨシ子と共に家出して、逮捕まで横浜市磯子区のアパートに同棲していた事実。その間新しい勤務先ドラゴン自動車の勤務状況も平常であり、毫も後悔恐怖の情に動揺する等の態度が認められず、また罪の恐ろしさにおびえて自首もしなかった事実。

3、当法廷において、先に司法警察員及検察官の前においてなせる供述を翻し、記憶喪失の如き見え透いた理由をもって、犯行当時の状況を胡麻化さんとする態度が見られる事実。

4、被害者坂井ハツ子は被告人の同棲者ヨシ子の実姉であり、母親すみ江は長女は殺され、次女は妊娠の上家出され、痛憤の念甚大極まりなきこと。

5、被告人は犯行当時満十九年四カ月に達した許り(ばか)の少年であるが、すでにヨシ子と一カ年近く情交を重ねこれを妊娠せしむる程、心身共に成熟し、且四年前より定時制高校に通学する傍ら、茅ヶ崎の工場に見習工及び臨時工として就職し、充分社会的生活を送っていた事実よりしても、右犯行につき法律上の責任は免(まぬが)れることはできない。

6、青少年犯罪の増加、特に他人の基本的人権たる生命の安全を害する犯罪が、少年によって無雑作に行われることの跡を絶たない今日、犯罪を防遏(ぼうあつ)するという刑罰の目的から見て、本件犯行は軽視できない。

7、しかも被害者ハツ子は非力なる女であり、父親に告げる程度のことであれば、他にいくらでも鎮圧の手段があるにも拘らず、尊厳なる人命を奪ってまでも、目的を達せんとした如き、いわゆる「邪魔者は除けろ」精神を、極端に発揮したものというべきで、被告人が法律上の少年であったことは、直ちに犯情を軽減するに足るものとは考えられない。

8、よって本件につきその他諸般の情状を考慮して、各相当法案を適用し、被告人は少年であるので、少年法に則り被告人に対しては、懲役八年以上十年以下に処するのを相当と思料する。

最終弁論

弁論要旨

殺人並に死体遺棄被告事件

被告人　上田　宏

右被告人に対する頭書被告事件につき、弁護人は、弁論要旨を提出します。

昭和三十六年十二月八日

右弁護人　菊地大三郎

横浜地方裁判所刑事第五部　御中

記

第一、公訴事実及検察官主張事実の要旨（略）。

第二、被告人の公訴事実及び検察官主張事実に対する認否と弁護人の陳述（略）。

第三、検察官の論告（略）。

（右は裁判のこれまでの経過を顧みて、争点を明らかにし、裁判官が最終弁論のみによっても、判決を書き得るように、という配慮から記載されるものであり、既述と重複するから省略する）

第四、弁護人の見解。

本件公訴事実一は、（1）被告人の殺人の故意に基づく殺人か、（2）被告人の未必の故意による殺人か、（3）故意による傷害致死か、（4）過失による致死か、否かの事実認定については、議論の岐（わか）れるところであって、にわかに断定し難いものがある。

弁護人は、被告人に殺人の故意、又は傷害の故意がなかったことを確信する。そして被告人に過失もまたなかったものであろうと思料する。以下その理由を述べる。

一、被害者坂井ハツ子と宮内辰造との関係。

ハツ子は、金田中学校を卒業後、厚木基地進駐軍PXショップに勤務中より素行修らず、多くの米兵と関係があった程であるが、その後家出して新宿歌舞伎町のキャバレー・アザミ等に働くうち、いわゆる「地回り」たる宮内辰造と情交を結び、辰造は一時ハツ子のアパートに同居するに到った。（宮内辰造の公判における証言、並にハツ子の母、すみ江の検察官調書等）昭和三十五年三月、宮内が傷害罪にて東京拘置所に入所したのを機に、同人と別れる決心をし、郷里金田町に帰り、それまでの貯金を元手に厚木市本厚木駅前に飲食店「みよし」を開いたが、宮内は昭和三十五年十一月出所後直ちに厚木にハツ子を追い来り、同市内の友人方に同居すると共に、再びハツ子と関係を復した。そして、「みよし」に来る客の勘定取立その他を手伝っていたが、一方客に対して脅迫的態度に出ることがあって、「みよし」の経営を不振に陥らしめた。本年四月客の一人を恐喝したことから、厚木市のやくざ仲間といざこざを生じ、長後町に移住して藤沢市のやくざと交際する一方、新たに大和市居住の桜井京子と情交を結んだもので、ハツ子は宮内に十万円の借用証書を与えて、同人との関係を断つことを図った。

しかしその後も宮内は依然「みよし」を訪れて飲食し、且客に因縁をつける等の行為を止めなかったのは、当法廷における大村吾一の証言その他によって明らかである。

このように被害者ハツ子と宮内辰造の関係は、新宿におけるやくざとキャバレーの女との関係の典型的なものと考えられ、ハツ子はなお宮内に未練があったと認められる。これは事件の日六月二十八日集金の途中長後町の宮内の二階借間先に立ち寄った際、桜井京子が宮内と飲食しているのを見て、かっとなって、京子に暴力を振ったこと、及び宮内とは決して別れないから、十万円はやらないと言った事実からも認められる。

しかるに宮内はこの時、新しい女の目の前で、同女を殴打するなどの行為があり、三十分以上にわたって口論があった。ハツ子は「みよし」の経営不振と重なって、極めて絶望的な気持で、同日午後三時半頃、宮内の下宿を立ち去ったのであって、この気持は同女がそれから丸秀運送店の前で被告人に会い、金田町まで同行する間も、続いていたと見るべきである。

二、被害者ハツ子と被告人との関係。

一方被告人はハツ子とはヨシ子の姉として、幼時より顔見知りの間柄であったが、多情であったハツ子は宏にも愛着を覚える一方、自分の絶望的状態に比べて、妹ヨシ子の被告人との間の幸福な恋仲に嫉妬の情を抱いていたことが認められる。(当法廷の宮内辰造の証言及び被告人の供述)妊娠の中絶をすすめたのも、あながち被告人とヨシ子が年少で、育児の能力なしという認識に基づいただけとは考えられないのである。執拗に中絶を迫り、双方の親にそれを告げると言った行為には、前記被告人に対する愛情より発する嫉妬に起因すると考えるのが自然である。

事件の三日前の二十五日の夜八時頃、宏を一人で「みよし」へ呼び寄せ、「みよし」の店をたたんで横浜に出るとの意思を洩らした如きは、こういうハツ子の被告人への不自然な愛情を示すものである。しかし被告人がハツ子の求愛に応じなかったのは当然であり、両人の間に肉体関係があったことには証拠がない。

三、被告人に殺意はなかった。

1、動機としての一般的考察。

被害者が妊娠の事実、及び家出の計画を父親に告げるなどとおどかしたので、これを阻止せんとしたという検察官の主張は、殺人の動機としていかにも薄弱であり、殺意を生ぜしめるほど強力であったとは、到底認められない。ハツ子に懇願、あるいは脅迫しても聞かれず、父親に告げられるに到ったとしても、被告人及ヨシ子は未成年とはいえ、すでに満十九歳であるから、当人の自由意志による同意に基づいて、移住することを妨げられないはずである。横浜市磯子区の新住所は父親はもちろん、ハツ子も知らなかったのである。

2、被告人の六月二十八日事件前における行動。

被告人は同日午後二時半頃、かねて話をきめてあった引越荷物運搬用軽自動車を賃借のため、長後町丸秀運送店に赴く途中、同町福田屋金物店で、登山ナイフを買ったのであるが、検察官所論の如く、この時既に殺意を抱いていたことを立証する証拠はないのである。しかるに一方、被告人は世帯用にかねて欲しいと思っていた登山ナイフを、この機会に洗濯バサミといっしょに買ったことについては、証拠があるのである。(法廷における福田屋金物店主人清川民蔵の証言)検察官がこの行為を偽装であると主張しているが、これにも証拠はなく、推測による空中楼閣にすぎない。

三時半頃被告人が丸秀運送店前で、同店の息子富岡秀次郎と車体点検をしている時、被害者ハツ子が通りかかった。被告人はハツ子を見て、横浜行の計画を知られたと思い、はっとした様子であったと、秀次郎は当法廷において証言しているが、もし被告人が検察官の主張するが如く、登山ナイフを買って、被害者を殺害する機会をうかがっていたのであれば、もっと顕著な反応と異常な言動があって然るべきであると思料される。

要するに六月二十八日事件の起る前に、被告人に殺人の故意があった証拠としては、被告人の供述調書よりない。そしてむしろそれを否定する如き間接証拠が多く存在するのである。このように殺意の不在の証拠は、事件以前に存在するだけではなく、事件現場における被告人の行動の中にも、多くある。次にそれを述べる。

3、現場におけるハツ子の態度。

ハツ子が被告人の自転車の後に乗って、サラシ沢付近まで来た時、自転車から降りて肩を並べて頂上の平坦部に到った。そこより約南方五十メートル離れた現場まで、被害者が先に立って歩いて先導したことは、法廷における宮内辰造の証言によって明らかである。

両人は談笑しつつそこに到ったのであるが、不意にハツ子が立ち止ってから、緊張した空気がかもし出された。その時の両人の距離は約二メートルであったが、宏は被害者の方へ進むのではなく、その場に立ち止って、むしろ防禦的な姿勢でいた。この時ハツ子が再びヨシ子の妊娠の事実を父親に告げるとおどかしたのは、被告人の検察庁における供述調書及法廷における供述にもある。しかしその直後むしろ友好的と見える態度で、被告人に抱き付いたのを、宮内

が目撃している。（法廷における宮内の証言）

ハツ子はこの時、被告人に対し、自分が好きか嫌いか、はっきり返事せよと迫り、被告人が否定的な返事をすると突然被告人の方に歩み寄り、身を投げかけるように、抱き付いたのである。（被告人の法廷における供述）

4、被告人のハツ子に対する態度。

この時までに被告人は登山ナイフを構えていたのであるが、検察官所論の如く、進んでハツ子の胸部を殺意をもって突き刺したとは断言できない。却って丸秀運送店の前で会ってから、被告人は終始被害者に対して、受身の態度であったことには証拠がある。（秀次郎の検察庁における供述調書及び法廷における証言）この時も被告人がその位置から動かなかったと、宮内は当法廷において証言しているのである。

被告人はハツ子がヨシ子の妊娠の事実を双方の親に告げるというので、これを阻止せんとして、脅迫の意図をもって、ナイフを構えたことは、当法廷における意見陳述にも弁解にも一貫しており、事実と認められる。憤慨、激昂の心理に支配されたことも充分考え得るので、これはその後一連の行為の記憶を失っていることとも考え合せて、うなずけるところである。

検察官は被告人が「記憶喪失の如く見え透いたごまかし」と激越な言葉で、被告人を攻撃しているが、当法廷における宮内辰造の証言によれば、現場における両人の行動は、検察官調書とあまりにも相違しており、その内容と異った供述を行なったからといって、直ちに「ごまかし」とは認められない。「見え透いた」と言っても、どこがどう見え透いているかが示されねば、意味はないと思料する。

当法廷において被告人の弁解するように、事件が不慮の出来事であったとすれば、「なにがどうなったかわからない」というような心理があったとして、被告人の年齢として、少しも不自然ではないばかりか、むしろ自然の経過と言わねばならない。

また宮内辰造の証言にある如く、被害者が予想外の行動に出たのであれば、その瞬間の記憶が欠落しているとしても、少しも不自然ではないのである。

5、ハツ子の体の動きと、構えたナイフの位置。

ハツ子は前記の如く「みよし」の経営がうまく行かず、かつ長後の宮内宅で、新しい情婦の前で殴打され、絶望的な心境にいた。二十五日の夜、被告人に対し「『みよし』を処分して横浜へ出て働きたい」とも言っていたが、(当法廷における被告人の供述)「みよし」を売れば、十万円を宮内に取られる(事実宮内は遺族が「みよし」を処分した時、ハツ子の書いた借用証書をたてに取って、十万円を取っている)おそれがあり、誰かたよりになる人を求めていた、と考えられる。

必ずしも被告人に恋着したのではなくとも、誰かの支持を得たい心持にいた時、身近にいた男性が被告人であったところから、これにすがり付く如き心理になったのも、同女の絶望的な気持から見て自然であると考えられるのである。

現場において、好きか嫌いか、態度をきめてくれと被告人に迫ったのも、あり得ることである。拒絶された時、ハツ子が一層深い絶望に捉えられ、たまたま被告人が登山ナイフを構えていたところから、いっそ被告人の刃にかかって、死んでしまおうという絶望的心理に立ち到ったとしても、ひどく不自然ではないと考える。

ハツ子が近寄って来る時、不意に表情が変ったということが、被告人の法廷における供述にあるのは、この間のハツ子の心理の変化を示すものであると考える。

その表情を被告人は「なんとも言えない顔」と言い、その意味を理解していないのであるが、被告人として、同日午後の長後の宮内方における争いの事実を知らないのであるから、その心理が理解できなかったのは、極めて自然であると言わねばならない。

絶望的な気持でいたハツ子は、被告人が登山ナイフを構えるのを見て、とっさに自殺の決意を固め、身を投げかけたと考えることができるのである。

被告人は身長一七四センチであり、右腰の前にさし出したナイフは、地上よりほぼ一〇二センチの高さにあったと思われる。一方ハツ子は身長一五一センチであるから、それは同女のほぼ乳の下の高さである。

従ってハツ子が、まっしぐらにナイフの方に身を投げかけたとして、被告人がそのままナイフを保持していたとすれば、ハツ子の倒れかかる力だけで、刃が第五肋骨と第六肋骨の間に入り、致命傷を与えたとしても、少しも不自然ではないのである。

被告人が通常の力を以て、ナイフを握っていたところへ、ハツ子の体重がかかったのであれば、その力のため切先が揺れ、法本二郎医師の解剖結果報告書にある如き水平の刺傷はできないはずだとの、検察官の主張があるが、ハツ子に自殺の意思があるのであれば、とっさに被告人のナイフを持った手を持ち添えて、ナイフの上に身を投じたとも考えられるのである。

法本医師の解剖結果報告書及び法廷の証言によれば、相当程度の手ごたえがあったはずだとのことである。それが一般的の場合であるとしても、刃が偶然に肋骨の間を通って心室に達したのであれば、加害者に意識されないことがあるのは、多くの事例の示すところである。（例、昭和三十二年八月二日、大阪地裁刑事第一部、大伴兼吉に対する過失致死事件等）また血は心嚢にたまって、心臓の機能を停止せしめ、おびただしい出血を見るとは限らず、また血が被害者の衣服に吸い取られて、いわゆる返り血を浴びないことがあることにも、事例が存するのである。

この際被告人が自分では刺したと思わず、なにがなんだかわからない、という混乱した心理のまま残されるのも、充分考えられるのである。この間被告人の記憶が失われているのは、事件が被告人にとって予想外のものであり、且異常なショックであったことを示しているのである。

検察官は被告人の記憶喪失についての弁明を「ごまかし」と断じ、記憶していないにも拘らず、検察官面前において、刺傷を与えた経過について、詳細な供述を行なったのは不可解であると論じているが、宮内辰造の当法廷における証言にある如く、ハツ子は突然被告人に抱きついたのであって、検察官面前の供述調書にある如く、冷静且慎重な方法によって、致命傷を与える暇はなかったと思料される。

被告人の検察官に対する供述が任意のものであるにしても、右に述べた如き、正当の理由によって記憶が欠落している結果、検察官の取調に対して、どうとでも事実を創造することができた、と考えられるのである。

そして当時より被告人はハツ子の生命を奪ったことについて、直ちに激しい悔恨の念に捉えられ、当法廷における意見陳述にある如く、「死刑になってもいい」と考えていたのであって、自ら罰せんとする道義的衝動が強く働いたと見做すことができる。そのため自らの行為を殺意あるが如く、誇張して、供述したと考えられるのである。

6、被告人に暴行傷害の故意もなかった。

以上所論の如く、ハツ子の体の動きを注目すれば、事件はその時たまたま被告人がナイフを保持していたことから起った事故であると信ずる。

被告人はナイフを出す気になったのは、その日福田屋金物店で買ったまま、包装せずにポケットの中に入れてあったのに、偶然手に触れたからだ、と当法廷において供述している。ハツ子が妊娠を父親に告げるのを止めさせるため、また現場におけるハツ子の不可解な態度におびえたため、それを取り出して右腰の前に構えた行為には、脅迫の故意が認められるとしても、暴行の故意は、これを認めるに充分ではないと信ずる。

致命傷は明らかに、ハツ子が自殺の意思をもって身を投げかけたことから生じたのであるから、被告人は過失致死にも当らない。また被害者の自殺の意思を察知することはできなかったのであるから、自殺関与罪には当らないと思料する。公訴事実一の殺人について無罪であるのはもちろんである。

7、また被告人のハツ子を刺したことの充分な記憶がないことは、目撃証人宮内辰造の証言によって充分明らかな通り、被害者が不意に身を投げかけるという予期し得ない行為に出たことの結果と考えられるので、被告人が行為当時心神耗弱の状態にあったとの主張は撤回する。

8、事故後における被告人の行動。

公訴事実二の死体遺棄については、被告人も否認したことはなく、本弁護人も別に否定しようとは考えない。その行動にも記憶にも混乱があるのは被告人の年齢から見て当然と思われる。しかし死体を遺棄及びそれに続いてヨシ子と同棲を続けた事実をもって、逆に殺人の故意の認定に役立てようとする検察官所論には、賛成することができない。

被告人がハツ子が予期に反して死んだのを見て、狼狽の余りこれを草むらの中へ隠そうとして、誤って崖より落したとの認定を妨げる証拠はない。

また事件後数日間、事故をヨシ子に告げなかったについては、被告人の年齢を考慮すれば、どうしていいかわからなかったとの供述は措信し得ると思料する。同棲者に告白することによって、現在の状態がくずれるのがいやだった、というのも妥当である。さらに被告人とハツ子との微妙な関係も頭にあったと考えられる。ハツ子が被告人に恋着していたことは宮内辰造もこれを推察し、五月中旬には逆に宏がハツ子に恋着しているとヨシ子に告げているのである。

(ヨシ子の法廷における証言)

殊に現場において、被告人は、ハツ子に口説かれた形になっていたから、事故によるとはいえ、ハツ子を死に到らしめたことにより、ヨシ子にその関係を深く疑われるのをおそれたとも考えられるのである。

すなわち妊娠を父親に告げるような、軽微な理由によってハツ子を殺したとは信じてもらえそうもない。ハツ子と、殺人に到るほど深刻な仲であったと、ヨシ子に思われたくなかったと思料されるのである。

検察官は被告人が自己の快楽を追求するため、「邪魔者は除けろ」の心算で、犯行に及んだと論じているが、被告人が事件後五日の間に、ヨシ子と同衾していない事実に、注意を喚起したいのである。

ヨシ子は当時妊娠三カ月であり、被告人にその配慮があったのは当然であるが、一方罪の恐ろしさにおびえ、性慾が著しく減退したとも考えられるのであって、被告人に後悔の念があったかなかったか、会社の同僚やアパート管理人等の外面的観察でもって、認定することはできないと思料するのである。

全体として、事件が偶発的であり、且重大であるのにおびえて、未成年の被告人としては、なかば放心状態の日が続いたと考えるのを相当とする。

被告人は性質温良であり、学校の成績もよく、勤務先の評判もよかった。検察官所論は、これらの情状を「だから激情にかられたはずはない。従って殺人の故意があった」との認定に役立てている。しかしこれは犯行は殺人であるという前提に立って、逆にその人格を推理したものであり、真実からほど遠いものと言わなければならない。

また被告人が自首しなかった事実によって、犯情を重く見るらしい所論もあるが、自首という行為は罰を軽減する情状となることはできても、犯情の認定の基礎とする如き所論に賛成することはできない。

9、青少年犯罪の問題。

近時青少年犯罪増加の傾向に鑑み、本件を軽視できないとの検察官の意見がある。しかし被告人には最近の都市隣接農村の青年男女の風俗の頽廃に反発する如き意見並に感情が、検察官調書に散見し、また当法廷の供述にもある。むしろそのような一般的風潮に抗して、ヨシ子とのつましい結婚生活を営み、子供を育てようとした形跡がある。この意向は両人がハツ子の執拗なる妊娠中絶の勧告を退けたことにも認められるのである。

ヨシ子の家庭が片親であり、またハツ子のような自堕落な生活を送る姉がいるため、結婚が被告人の父親に許されないと思い、町を出て自立し、幸福なる結婚生活に入らんとした意図は充分認められるのである。

被告人の家も母親を欠いていて、厳格なる父親との間を仲裁する者がいなかったことも、被告人をしてそういう思い切った行動に踏み切らせた情状と思料される。

被告人もヨシ子もどうしても子供を生もうと考えていたのは、両人が自分達の行為の責任を取らんとした健全なる共同意思を持っていた。また検察官の主張する如く、ハツ子の妨害にも拘らず、計画を実現し得る経済的能力も持っていた。かかる幸福なる前途を期待していた被告人が、殺人の罪を犯して自己の前途を破滅に導く如き企画を抱くであろうか。ここにも本件が殺意を以てする殺人ではないと、弁護人が主張する根拠があるのである。

四、本件に対する一般的考察。

本件を総括的に考察すると、要するに捜査の段階において、取調が充分でなかったということは否定できないと思料するものである。

1、検察官は被告人が六月二十日に殺意を抱いたと立証するための証人宮内辰造が、犯行の目撃者であったことを知らなかった。それは当法廷における弁護人の反対尋問によって始めて、明らかになったことである。

検察官は宮内の当法廷における証言が、事件後四カ月経った記憶によるものであるから、にわかに措信できない、と言っているが、彼が目撃者であった事実は動かないのである。捜査の初期において供述調書が取られ、それとの比較において、措信できないというのなら話がわかるが、捜査の怠慢の結果、供述調書は存在しないのであるから、これは責任の転嫁以外のなにものでもないのである。

2、捜査官はハツ子と被告人との関係を正しく把握していなかった。

肉体的関係があったとの証拠はないとして、恋愛感情がハツ子の側にあったことは、当法廷における被告人及び宮内辰造の供述にある。それが事実とすれば、ハツ子の妊娠中絶の勧告、父親に告げると言ったことなども、別の角度から眺め得るのであり、現場の両人の行動についても、もっと納得の行く解釈があるはずである。

ハツ子が現場まで先に立って導いたのは、宮内の証言がある。しかるに検察官面前調書には、逆に被告人が導いた如くなっているのは不思議である。これなども取調検察官が捜査の不充分から、事件を殺人事件と速断し、誘導によって被告人に供述を強いた、と疑わせるに充分である。

3、ハツ子と宮内辰造の関係についても取調を怠った。二人の仲の破綻と、「みよし」経営の破産状態とによって、ハツ子が絶望的心理状態にあったことについて、検察官は少しも考慮を払っていない。現場においてハツ子が自殺の意思をもって、みずから被告人に抱きついたものであることを知らなかったのは、宮内辰造の取調を充分に行わなかったことから生じたのである。被害者について捜査の不充分から、ハツ子がひたすら妹のことを思うあまり、妊娠中絶を強く希望し、そのため被告人が殺意を抱くに到ったという薄弱な動機をもって、訴因を構成するに到ったのである。虚心坦懐に、新証拠に基づき、新しい「筋」を構成しなかったのを、遺憾とする。

不充分な捜査に基づいた取調に対して、たとえ被告人に「刺した」とか「突き刺した」とか、積極的に犯行を認める如き供述があったとしても、それらは被告人の悔悟の念を示す表現にすぎない。これらに基づいて殺意を認定するのは、矛盾する供述中、被告人に不利益な部分のみをとらんとするものであって、採証の法則上首肯し得ざるところである。

近時青少年犯罪の増加に鑑みて、本件犯罪は軽視できないとの検察官所論があるが、これは一般論を以て、被告人個人に対して、充分の理由なく過重な刑を科さんとするもので、本弁護人の到底首肯し得ざるところである。

本件は青少年犯罪の一般的特徴たる無軌道性、無道徳性を具えていないばかりではなく、刑事対策の面から見ても、威嚇をもって臨めば、犯罪が減少するという考え方は、刑事学上の統計的事実に反し、現状に適合せざるものと思料する。

青少年犯罪の増加は目下世界的現象である。むしろ文化人類学的社会学的現象とも言うべきであって、刑罰の強化のような単純な対策によって、減少を期待できないと考える者である。量刑が社会的現象に随伴して、揺れ動くのは止むを得ないとしても、本件被告人に対し、そのために殺人という架空の事実を認定して重罪に処するのは、著しく刑の均衡を失するものと考えるのである。

しかも検察官は青少年問題を口にしながら、本件の動機、事実については、未熟性、偶発性、非連続性を認めていない。被告人に対し、成人並みの合理的な殺意の認定をしながら、量刑において青少年犯罪の増加を考慮するのは論理的に矛盾があると考える、

五、結論。

要するに本件犯行は、被告人において脅迫の意図はあったとしても、殺意はなく、被害者ハツ子の予期し得ざる行為によって生じたものである以上、被告人に対し殺人はもとより、傷害致死、過失致死の責任も負わすべきではないと考える。本件は単純なる事故であり、被告人は死体遺棄についてのみ有罪であると思料する。

以上

菊地大三郎は以上の要旨を、この通り法廷で読み上げたわけではない。弁論要旨は裁判官の合議の便宜のために、弁論の終った後で提出する。一時間に近い弁論を、彼ははるかに簡明な

言葉で述べた。

すべては当然のことを言うだけであるといった調子であった。ただ最後の殺人は検察側の捜査の欠陥から生じた空中楼閣、というところで少し声を張り上げ、青少年問題について、一般的刑事対策から量刑を重くすることの非を鳴らしたあたりに、公憤の口調を持たせただけであった。

彼は岡部検事がその論告の中で、ハツ子と宏の関係に触れていないのに、苦笑を禁じ得なかった。これは彼が法廷へ引き出した情状であるが、証拠のない事実について論告において言及しないのは賢明といえる。しかし弁護側としては情状として強調しなければならないのであった。

論告のあった日、傍聴人はとにかく人が一人殺されたのだ、被告人は相当な罰を受けなければならないのだという印象を受けて帰ったのだが、菊地の弁護を聞いていると、宏もまた一人の犠牲者であると考えられて来たのである。裁判長の最後の断への期待が強くなった。

最後に被告人はもう一度、意見を陳述する機会が与えられている。谷本裁判長は言った。

「被告人、最後になにか言いたいことはありませんか」

「ありません」

宏は被告人席で立ち上って答えた。これは菊地弁護人の指図によるものだが、大体刑事事件の九割はこう答えるのが普通である。弁護人としては、被告人に余計なことをいってもらっては困るので、そうすすめるのである。

「では、これで結審とします。判決は十二月二十二日午前十時当法廷で言い渡します」

こうして九月十五日からはじまった上田宏に対する殺人並に死体遺棄被告事件の公判は、二カ月と七日かかって終った。

谷本裁判長はいわゆる「集中審理方式」を取らなかったのであるが、意外に混み入ったこの種の事件としては、事実上、「集中審理方式」と同じくらい、迅速に結審させたのであった。

合議

公判の進行中、非公式な合議は、これまでも何度か行われていた。例えば宮内が現場を目撃していた事実が明らかになった日には、

「どうもこの事件は、捜査に欠陥があるのはたしかなようだね」と珍しく谷本裁判長が言ったりした。

合議はこの程度の単純な事件では、弁護人の最終弁論がはじまる前に、すんでいるのが普通である。つまり裁判官としては、証拠調べの段階ですでに心証の形成を終り、量刑についての検察官の意見をきけばいいので――それも実は「相場」として、大体の見当はついている――頭の悪い弁護人の弁論は、きかなくてもわかっているぐらいに思っている裁判官が多いのである。

これは当事者主義に立つ現行刑訴法の建前としては、不都合極まりないという人がいるかも知れないが、裁判の世界は保守性が強く、関係者の心理的習性はそう急に改まるものではない。成績の優秀なものから判事になり、それから検事、弁護士と、だんだん下って行く戦前の階層意識は抜き難いのである。裁判官には依然として強い職権意識があり、自らの判断が最良の判断である、他人の言うことなんか聞く必要はない、と考えている者が多い。

弁護人は最終弁論において、証拠についてあまりくどく論じるのは、損だという説がある。裁判官は大抵「そんなことはこっちの方がよく知ってるよ」という顔付で聞いているもので、弁護人が裁判官にものを教えるような態度で論判するのは「生意気だ」と思われるおそれがある。

従って弁護人はおのずから情状論に力を注がざるを得ないことになる。旧態依然たる「泣き落し弁論」「取りすがり弁論」が、いまだに大半を占めているのは、こういう事情によるのである。

もっとも上田宏の事件については、珍しく合議は、最終弁論の前にすんでいなかった。菊地弁護士には二十年間の判事の経験があり、著書もあり、大学に講座を持っていたから、その意見を聴いてからにしようという意見が、横浜地裁刑事第五部にあったのである。岡部検事の論告があったあと、主任裁判官の野口判事補は、

「どうも殺人を認定するのは、無理でしょうね」

とそれとなく、谷本裁判長の気を引いてみたのだが、谷本は、

「さあどうだかね。とにかくおしまいまで聞いてみなくっちゃ」

と言ったので、そのままになってしまった。もっともその日はほかに川崎の強姦致傷ほか二件の論告があって、合議すべき件が多かったせいもある。

合議は閉廷後裁判官室で行われ、なるべく勤務時間中に終えてしまうが、上田宏の事件については、少し長くかかりそうだった。

この事件の主任裁判官は野口判事補である。法廷を指揮するのは谷本裁判長であるが、手控えを取り、証拠を整理するのは、野口の役目である。判決も彼が書く。

主任裁判官は裁判長から見て右側に坐るから右陪席と呼ばれる。そしてもう一人の左陪席は事件に事務的にはタッチしないが、心証形成には参加する。もっとも中には、最高裁判事なみに、法廷で居眠りをし、裁判長にひじで突っつかれたりする者もいる。しかし合議ともなれば、完全に一票を行使する。少なくとも、死刑の判決は、三人の合議体構成員の意見が、完全に一致しなければ、判決しないのが慣例である。

「本来なら矢野君の意見からきくべきだが、主任裁判官として、一応事件全体についての意見を申し述べます。菊地さんの言うように『事故』はどうかと思うが、殺人は維持できないと思うんですが——私は致命傷はハツ子の方から抱きついてきたんですから、被告人はナイフを出していたことについてのみ、責任があるというべきではないでしょうか。暴行の故意があったかどうかとなると、ぼくはなかったと思いますが、どうでしょう」

野口は谷本裁判長の顔をうかがうように見た。彼は谷本がこの事件には相当関心を持っていて、自分でも相当詳細にメモを取っているのを知っていた。

「矢野君はどうだ？」

谷本判事は野口の質問には直接答えずに、矢野判事補の方を向いてきいた。

「ぼくは殺人という心証を得てます」

矢野はぶっきら棒に言った。彼は司法研修所を出てまだ二年の新人だが、いつもなかなか割り切った意見を出して、谷本判事を驚かす。

まだ単独で判決を出す資格はないが、轢き逃げ事件で、悪質の運転手には殺人罪を適用すべきではないか、という意見を昨年出していた。これは谷本裁判長と野口が反対して、従来通りの過失致死が選択されたが、今になってみると、先見の明を誇られている。

全体として彼の量刑は重い。現代青年に一般的な、少しニヒリスチックな気分から、割り切って考えているのだろう、と野口は推察している。つまり裁判官はヒューマニスチックな考えで、正しい裁判を行おうとしても、自家撞着に陥るだけだ。日本の裁判所の実態が改まらない以上、そして事件の輻輳という現実がある以上、完璧な判決なんか心掛けていては、事件は片付かない。裁判官は実体的真実ではなく、裁判的真実を目指せばよい。どうせ適当なところで折合うのなら、検察官のいい分を立ててやるのが、裁判の円滑な運営上望ましい――とはさすがに谷本の前では遠慮して言わないが、役所の帰りなど、野口に言ったりする。

「深さ六センチの刺傷が菊地さんがいうように、相手が身を投げかける動作だけで生じたとは考えられない。被告人の側に攻撃的行動があったんじゃないですか。被害者が手を持ち添えてというのは、純然たる想像にすぎないですよ」

矢野判事補はずけずけした調子で、早口にまくし立てた。

「しかしそんなことは、まあ枝葉末節の問題でしてね。この事件を全体として見れば、殺人事件の輪郭を持ってますよ。現場へ導いたのが被害者だとしても、被告人がナイフを抜いたのはたしかです。被害者はナイフをもぎ取りに行ったかも知れませんしね。ハツ子は相当勝気な女らしいじゃないですか——死体を引きずって崖下に突き落すなんて、相当残虐な行為ですよ。これがうっかり刺した人間のすることでしょうか。死体を隠し、なに食わぬ顔をして、女といっしょに暮していたんです。計画性はないとしても、殺人の故意は認められると思うんですがね」

「まるで検察官みたいなことを言うじゃないか」野口判事補は苦笑しながら言った。「菊地さんの弁論は全然むだだったわけか——しかしぼくは菊地さんのいうように、殺人としては、なんとしても動機が弱いという心証を得ている。妊娠を言いつけると言ったぐらいで、殺したくなるだろうか。なにもかもぶちこわしじゃないか——死体を引きずったことも、はたから見ると残酷に見えるかも知れないが、被告人はむろん逆上して、事の是非善悪はわからない状態だったんじゃないか」

「心神耗弱の申立は弁護側から進んで撤回しているのに、こっちで考慮してやらなきゃならないんでしょうか。犯行の瞬間からずっと時間が経っても、なにもしていませんね」と矢野は譲らない。

「検察側の指摘する、被告人とハツ子の間の感情的関係、ハツ子と宮内との関係――これらについては捜査が及ばなかったにしても、情状としてかなり法廷に出ています」

「それはわかってる。しかし情状だけで殺人を認定するわけに行かないと思う」と野口は言った。

「しかし現場は模様が悪すぎますね。事件の核心は犯行がどうして行われたかですからね」

野口は少し不機嫌になって来た。(おれもいつの間にか齢を取ったな)まだ三十三歳にしかならない野口が、矢野の前へ出ると、そんなことを考えるのである。矢野とは齢は八つしかちがわないのに、もう別の世界の人間のように感じられる。

この頃は若い弁護士の間にも、矢野のように、割り切った考え方を持った人間が増えて来ているということである。裁判官が裁判的真実と能率だけしか考えないのなら、弁護士だって、同じ考え方をしなければ、均衡がとれない。事件は増え、弁護依頼も増えている。事件は都会に集中している。能率第一にしなければ、都会中心の今の世の中は渡って行けないことになる。

(おれはこの被告人に同情しているのかな)と野口判事補は思った。

矢野判事補はなおまくし立てる。

「ラジノビッチの『激情犯』の中にある意見を思い出してほしいですね。人と口論していて、いきなりナイフでぐさりとやる奴は、やはり殺意をあらかじめ持っていたんです。まず突き飛ばすとか、なぐっちゃうぐらいなとこまでが、かっとなった人間が自然にやれる限度ですよ。たとえその場にナイフを持っていたにしても、刃を立ててぶすりとやれるのは、はっきり殺意の形を取らないまでも、それまでになんども殺そうと思ったことがあるからですよ。ぼくはこの被告人は、被害者に対して、こいつさえいなければ、と思ったことがなんどもあると思います。嫉妬に狂った男女の犯行など、いわゆる『激情犯』に、日本の裁判所は実に寛大だけれど、この傾向は改めなくちゃいけない、と思います。刑訴法に英米法を採り入れるなら、謀殺は全部死刑にしなくっちゃね」

「まあ、待てよ」野口判事補が笑いながら言った。「ぼくたちは刑法改正を研究してるんじゃない。本件の犯行をどう認定するかで合議してるんだ」

「それとの関連で言ってるんですよ」矢野判事補は主張した。「つまり被告人はこの日、この場所で殺そうという故意も予備もなかったとしても、そして被害者の方から向って行ったとしても、彼には殺してやろうという気があったから、ナイフを持った手を引っ込めなかったのですよ。感情は一度せきを切って落したら、止まらないものです」

「すると、積極的に突き刺すという暴行の故意はなかったわけだね」

「ふふ」矢野は笑った。「うまいこと言って、引っかけようとしてもだめですよ、先輩。まず暴行の故意はなかった、と認めさせといて、あとで殺意を否定してしまえば、脅迫の故意しか残りませんからね」

「この事件は君にやって貰えばよかったな」野口判事補は苦笑した。「そしてぼくもきみみたいに、自由に反対意見を出してみたかった。しかしこの被告人は前途に希望を持っていた。妊娠中絶の勧告をしりぞけて、どうしても子供を生もうという意志があった。そういう人間が、そう簡単に殺意を抱くのは不自然じゃないかね。心理的に見れば、殺意が形成されると同じ確率で、抑制も働きはしないか」

「しかしなんと言っても、人間の心理は不安定なものだし、殊にこの被告人は若いですからね。『行為の非連続性を認めなくてはならない』と菊地さんも言ってましたしね」

矢野判事補は、なかなか説得されなかった。

「それに殺人の故意は、意識の深層にあれば足りるとした高松高裁判決、昭和三十一年十月十六日があります」

矢野は部厚い判例集を机の上にひろげた。

「これは飲食店主が知人と酩酊の上喧嘩して刺殺した事件ですが、被告側が殺意はなかったと主張したのに対し、こう判示しています。〝殺人罪の犯意即ち殺意は、必ずしもそれが犯人の意識の表面に明確に現れたことを要するものではない。殺意が意識の深層にあって、犯行時夢中で人体の重要部分にそれを対象として重大な傷害を与えた場合には、たとえ犯人の意識の表面に現れていなかったとしてもなお殺人罪の殺意を認めなければならない場合もある〟」

彼は朗読を終ると、判例集を野口の前に押しやった。

「いやに勉強して来たな」と機械的にその開かれたページを黙読してから、

「どうでしょうね、裁判長」と助けを求めるような眼を、谷本に向けた。

さっきから二人の後輩の問答を、黙ってきいていた谷本裁判長は、ちょっとうなずくと、坐り直して口を切った。

「私は被告人とハツ子との情交の有無、その殺意形成への関与にあまりこだわる必要はない、と思う。われわれは小説家ではないのだ。判断の対象を、現場における被告人の行為に限るべきだと思う。刑事事件の事実認定はそこから始めなければならない。この点について、捜査が不充分だったことは否定できない。重要な目撃者が公判になってはじめて出て来るなんて、もってのほかだ。宮内の証言は前科もあることだし、全面的に措信することはできないとしても、これが捜査の段階で出ていれば、被告人の取調べの方針も違っていたはずなのだ」

彼は矢野の方を見た。

「自供調書を無視するわけじゃない。しかし君たちはそれがどういう風にして作られるものか、を知っているはずだ。しかもその内容は動機においてこじつけの跡が見られるだけでなく、犯行の模様についても、事実とちがっている。むろん宮内の証言とちがうからと言って、検事調書の他の部分に真実がないとは言えない。しかし裁判官は検察官の調書の中にどんな記載があろうと、独自の立場から、判断しなければならない。さもなければ、公判も裁判官も必要がなくなる。それから高松高裁の判例だが……」

谷本はここで言葉を切り、矢野が机の上に出した判例集を取って、該当ページを見ていたが、やがてそれを閉じると、言った。

「これは〝深層〟という流行の心理学の用語と表現を使っているのが珍しいだけで、裁判官は以前から、別の言葉で、同じ心理の段層を包摂した認定をしている。しかし人間の内部の意思は外部からはうかがえないものであり、本人さえ気が付かないことがある。客観的な行為から犯意を推定するとなれば、当然意識と意識下の区別は常識として考えられることなのだ。しかし私は意識下についての認定は慎重でなければならないと思っている。

高松の事件では被告人は庖丁をあらかじめ隠し持っていて、被害者を戸外に誘い出している。ところで本件少年に殺人の予備があったということは、金物屋清川民蔵の証言で、かなり揺いだと思われる。深層心理という言葉によって、事案の矛盾をぼかしてはいけない。殺人というような重罪については、犯罪事実がビョンド・リーズナブル・ダウトに認定されなければならないのだ。君の高松高裁判例やラジノビッチの理論で、そこまで認定できるかね」

この英語は「合理的な疑いを容れる余地がない」という意味で、英米法でよく使われる。裁判長は陪審員への説示の中に、必ずこの言葉を入れなければならないほど、重視されているのである。五十四歳の谷本判事には、話の中にときどき外国語をはさむ癖が残っていた。

矢野はちょっとたじろいだ風だったが、やがてにやっと不敵な笑いを浮べた。

「認定できるかどうか、ぼくは係りじゃありませんから、断定できません。合議の議題として出しているだけです。ただぼくはそういう心証を得ているんです。あらゆる可能性は追及してみなければならないのではないでしょうか」

「なるほど、これは事実認定に関するから、徹底的に論じなければならないことだ。ただ、こういうことは考えなければならない。裁判では殺意が実際に認められるという物理的問題と同時に、殺意を認めるのが公正かどうか、ということを考えなければならない。真実は結局はわからない、というのは判断の停止を意味するから、裁判官は言ってはならない。しかし真実に対して謙遜な気持を失ってはならない。本件にはそこまで認定できる証拠はないと思うがどうだろう」

こういう風に必ず「どうだろう」という問いかけの言葉で終るのが谷本裁判長の癖だった。ところが矢野判事補の年頃にはこれが却って押しつけがましく聞えるのである。「裁判長に『どうだろう』と聞かれると、なんだかぐっと来ちゃってね。つい言葉を返したくなるんだよ」と彼は司法研修所の同期生で、東京の民事専門の弁護士事務所で働いている友人に会うとよくこぼした。

すると、友人は答える。

「うちの先生（彼はその属する事務所の持主である老弁護士をそう呼ぶ）の方が、却って断定的だね。先生は谷本さんより十歳上だ。世代の違いかな」

「と言うよりは、判事と弁護士の違いだろうね。どうかすると、弁護士の方が断定的な口を利くことがある。非力コンプレックスみたいなものを持っているからだ、というと怒られそうだが、判事は自分で決定する力を持っている安定感があるから、かえってへりくだった言い方をするんだ」

しかし谷本裁判長から、そう言われれば、あくまで自説を固執するのは、いくら横紙破りの矢野判事補といえどもできない。事実認定について、死刑については三者の一致が必要だが、そのほかは過半数決でよいことになっている。

審議を尽す趣旨から、少数意見を説得するのが建前になっているだけである。野口判事補にはいくらでも、楯つけるが、裁判長にやんわり言われると、新任の判事補としては、引き下るほかはない。

「わかりました」

矢野判事補は軽く頭を下げて、黙ってしまった。

「殺人か傷害致死か、にそうこだわる必要はないんだよ」谷本裁判長は言葉をついだ。「結果として、被害者が死んでいることは同じだ。暴行の故意も相当重大だ、しかし殺人罪を適用するためには、暴行の結果死ぬかも知れない、と予想されていなければならない。心理的に被告人個人の心に、殺人の意図があったかどうか、倫理的な観点からも決定できないことだ。ラジノビッチの『激情犯』は、私もむかし読んだことがあるが、何分古い本だからね。小説中の事件などを考察の対象にしているので、文士連中が時々引用したりするが、まあ、悪い心理主義だという点で、野口君に賛成だ。日本の裁判が、例えば本妻が妾を殺した場合によく執行猶予をつけるのは、激情犯に甘いからではなく、一夫一妻という制度を尊重する道義的考慮からだ。嫉妬に狂って殺したからって、予備がなかったとは言えない。しかし心理的真実はどうあろうとも、妻の立場を保護するのが、日本の法律なのだ。もっとも近頃のように、婚外性交が一般化して来ると、基準をかえないと、却って基本的人権が守れないかも知れない。本妻なら夫の愛人に硫酸をかけようと、なにをしようと必ず執行猶予が付くんじゃ、公平が保たれないからね。しかし」ここで谷本判事はちょっと言葉を切った。「私の総括的意見として、傷害致死を認定するのが、相当と思う。殺人の故意は認められないにしても、事故、過失ということはできない。なぜなら、被告人は意思的にナイフを出しているからだ。脅迫のつもりだとしても、暴行の故意は認められ、その結果ナイフによって傷害が生じ、被害者の死を惹起しているとすれば、傷害致死、すなわち結果的加重犯だろう」

結果的加重犯とは、軽い事実の認識をもって、犯罪を実行したところ、重い結果が生じた場合、その重い結果について、責任を負わしめることをさす。傷害致死、強姦致死がその例である。ただ法律というものは面倒なもので、この二つの行為の間の過失の有無、あるいは「因果関係の中断」の問題があって、しばしば議論の対象になる。野口は言った。

「そうです。ぼくもそのように結果的加重犯と思います。菊地さんはその点にふれませんでしたが」

「そうだね。菊地君は反対尋問の割に、弁論がぱっとしなかった」

谷本裁判長は菊地の弁護態度が、あまりスマートで、論理を弄(もてあそ)びすぎる、と観察していた。裁判では論告も弁論も、もっと一直線に力強くすすめる方がいい、と思っていたのである。

「ただ本件の場合、因果関係の中断があったか、どうか、ちょっと認定が面倒だと思うんです」

と野口判事補は言った。「被告人以外の人間の行為が介在しているからです」

谷本判事はほほえんだ。

「つまりハツ子が不意に飛びかかって来たのは、被告人が予見できないことだから、脅迫暴行の故意があっても、被害者の死亡との間に因果関係はないというのではなく、基本的行為と重い結果の間に因果関係はないから、重い結果について責任を負わない。従って加重犯じゃない、ということですが、「中断」を認めないんですが」と言いながら、野口判事補も判例集を机の上へひろげた。「昭和二十四年三月二十四日第一小法廷判決をごらん下さい」

それは強盗傷人住居侵入銃砲等所持禁止令違反被告事件であった。強盗犯人が短刀で被害者を脅迫中、たまたま被害者がその短刀を握ったため傷害を生ぜしめた場合でも、強盗傷人罪を認定した原判決を最高裁は相当としている。

上告趣意書は、被害者の供述調書に「その時短刀を私の胸のところへ出したり引っ込めたりしているので、私は左手指三本に診断書にあるような傷を負わされた」とあり、被告人は「怪我させた覚えはありません」と供述していることを強調していた。

つまり、(一)被告人は短刀を脅迫の用に供したのであって傷害の用に供したのではない。(二)被害者の負傷は被害者自身の行為に基づいたもので、そこに被告人の傷害行為はない。(三)のみならず、被告人に傷害の犯意のなかったことは明らかである。そして刑法二百四十条前段(強盗人ヲ傷シタルトキハ無期又ハ七年以上ノ懲役ニ処ス)は結果的加重犯だとする文理上の根拠はない云々、というのである。しかし最高裁は上告を棄却したのである。

野口判事補は言った。

「因果関係中断説は古い学説で、判例も採用していません。殊にこの昭和二十四年の強盗傷人事件のように、夜間侵入して短刀を突きつけた場合、相手があわててこれに触れるのは、ごく普通起り得ることですから、判例のように、短刀を突きつけた行為と致傷との間に、因果関係の存在を肯定してもよいと思います。

しかし本件上田宏の場合は、脅迫行為と致傷、致死の間に、どんな因果関係があるか疑問だと思うのです。詳細な事実関係は不明なのですが、ハツ子が脅迫されてうろたえた結果、傷を負い、死亡したというのなら、脅迫の結果生じた傷害による結果的加重犯と言えるでしょうが、ハツ子は突然被告人に身を投げかけて来たのです。矢野君はその場合、宏がナイフの刃を下げなかった行為に、殺意を認めたいらしいが、そんな細かい認定をするのは、適当ではないでしょう。

強盗致死傷罪は、強盗の手段たる暴行、脅迫に起因する致死傷のみならず、その機会に生じた一切の殺傷を含むというのが、従来の判例です。しかし滝川幸辰(たきがわゆきとき)博士等の反対説は、例えば強盗犯人が犯行中誤って乳児を踏みつけて死傷させた場合のような、過失致死傷まで含ませるのは不当だとしています。

本件上田宏の場合が、かりに結果的加重犯であるにしても、条件的因果関係を無制限に認めるのではなく、被告人が当時結果の発生を予見できた場合か、結果の発生について過失がある場合に限るべきではないでしょうか。

ところが被害者が身を投げかけて来るなどということは稀有なことで、とても予見できないだけでなく、自殺の意思行為が被害者にあったと推定する根拠もあって、だから、被告人に致死の責任を負わすべきではないような気がするんです」

谷本判事は判例集のページを見ながら、聞いていたが、野口の言葉が終ると、おもむろにきいた。

「すると菊地君の言うように、やっぱり事故だというのかね」

「いえ、そこまでは断定できません。なにしろ事実関係が不明なんですから」

「しかしあなたは事実関係は不明だと言いながら、被告人に有利に事実を認定していますね」

矢野判事補がたまりかねたように、口をはさんだ。

「事実関係については、もう論ずる必要はない」

谷本裁判長はきっぱりと言った。若い判事補同士の議論の繰り返しを打ち切ってしまおうという意図を、はっきり示した言葉だった。

「本件が事実関係は不明であることは、なんども言われたことで、裁判官は不明の事実の上に立って、判断しなければならないこともある。脅迫の故意というが、本件の場合、厳密に考えれば、脅迫そのものでもない。被害者が身を投げかけて来たのに対し、払いのける動作があったかどうかも、事実関係は不明のままであるから、暴行の故意があったと、はっきり認定できるわけでもないのだ」

谷本の口調には、どこか講義するような調子があったけれど、同時に、事件に直面して、判決という法律的行為を行う裁判官の決意も示していた。

「脅迫、暴行の故意を認めにくいと同時に、殺人の故意も認めにくい。みな認められないとすると、本件は弁護人のいうように事故、あるいは過失致死になってしまう。それは本件全体から見て、公正なる判断とは言われない。

どんな意図からであれ、凶器であるナイフを人に向って擬するというのは、人に対する不法な有形力の行使と考えられないでもない。故意というのは、犯罪構成要件、つまり違法な外部的事実の認識である。その場合、脅すまたは傷つけるというような目的は、故意の内容にはならない。故意の内容としては、人に向って凶器を擬するという認識があればよいのではないか。本件では、ハツ子が倒れかかって来たのに、それを避ける動作がないのだから、凶器を擬する意図の存在を推認できるのではないか」

人に対する不法な有形力の行使とは、暴行の定義として確立されている。ただし今日ではこの概念はかなり弾力的に理解されている。他人のそばで、スピーカーなどがなり立てるような場合も含まれる。マンションのサウンドのボリュームの拡大や、集団行動の場合、人のいるところでラウドスピーカーでがなり立てる時は注意が必要ということになる。その為に人が精神障害を招けば、傷害罪が成立する。

「例えば野口君が問題にした事例、強盗が誤って乳児を踏みつけて死傷させたような場合、これを過失致死傷として強盗殺人罪より除外する学説に従うと、刑罰の均衡を失することになる。従って強盗の機会に生じた殺傷はすべてこれに含ましむる、という昭和六年の大審院判決でよいと私は思っている。しかしこれでも問題はなお去らない。強盗同士が現場で喧嘩をはじめて、仲間を傷けたり殺したりする場合はどうか、という問題が生じる。しかしそれらはケース・バイ・ケースに判断して行けばよいのであって、必ずしも一般的原則を立てる必要はないのである。要するに法律とはそういうものなのだ。諸君はもう学生ではなく、実務にたずさわっているのだから、このことをとくと頭に入れておかなくてはならない」

伏目勝ちに下を向いている後輩の前で、谷本は話し続けた。判決を書く野口判事補は、メモを取っている。

「さて本件を全体として眺めると、被告人は未成年であり、前科もない。学校の成績もよく、勤務状態は良好であったという事実が認められる。善良な青年がヨシ子と恋愛関係に陥り、子供まで作り、家出してまで、同棲しようと考えたのは少し妙だが、前に言ったように、裁判官は小説家ではないから、被告人の精神状態にまで立ち入って解釈をする必要はない。ただ本件犯行においては、たとえ予め殺意を以て買ったのでないにしても、ゆうに人を殺害し得るほど鋭利なナイフの刃を起した行為、また殺人は被害者の予想外の行為によって起ったとしても、被害者の介抱もせず、通告もしないで、死体を棄てて逃げたということは、いかなる理由があるにしても、相当重い犯情であるといわなければならないのだ」

谷本判事はそういうとじろりと野口判事補の顔を見た。あまり被告人に同情的すぎる彼に対する警告とも取れる眼付だった。

「動機が不充分だから、殺意は認めにくいと思う。しかし犯行後の行動が悪すぎる。無断で実父の家を離れ、被害者の妹と五日間同棲していた事実は、道義的に見ても排斥されねばならない。過失致死のような軽い罰ですむ事件ではないので、全体として傷害致死を適用するのを相当と思うが、どうだろう」

普通ならここで野口は「わかりました」と言って、頭を下げるところだが、この日は違った。

「裁判長、お言葉を返すようですが」とおとなしい彼としては珍しく、きっぱりした口調で言った。

「裁判長はさきほど判断の対象を現場における被告人の行為に限るべきだ、とおっしゃった。ぼくはその線で考えたつもりですが、最後には事実の認定を避け、公正なる判断ということを言われる。公正とは裁判長がよく言われることですが、その基準は何なのか。かねがねお訊きしたいと思っていたので、この機会におうかがいするのですが、公正とは結局は一つの概念でしょう。現場での被告人の行為の認定から発して、一つの概念にいたる。この判断の系列の妥当性について、お教えいただきたいのですが」

谷本が大阪高裁の裁判長へ転任の内示があったことはすでに書いた。野口もそのうわさを聞いていた。あるいは来年四月の年度替りの人事異動で、実現するかも知れない。これが横浜地裁刑事第五部で扱う、最後のむずかしい案件となるかも知れなかった。谷本に教えを乞う最後の機会となるかも知れないので、敢えて異例の質問をしたのだった。

野口の言葉を聞いて、谷本裁判長の顔には驚きが現れた。しかし野口の思い詰めたような表情を見ているうちに、なにか納得するところがあったらしい。軽くうなずくと、ほほえみながら言った。

「その質問は一理ある。私自身、矛盾しているかも知れない。私はさっき矢野君の深層心理学を採らなかったし、君の因果関係中断説、つまり被告人以外の者の行為が介在しているから、致死の責を負わすべきではない、との判断もしりぞけた。中を取ったような形になったが、私はこの場合、持ち出した公正は抽象的概念としてではない。公正は言葉としては概念だが、それを適用する裁判官の判断は一つの行為だ、と思っている。すべて基準の適用の適、不適に係って来る。野口君は現場にこだわりすぎて、一瞬の事実を認定しようとしている。しかし現場はあくまでも事案全体の流れにおける現場として捉えなければならない。

菊地君のいうような事故、または矢野君のいう殺人、野口君のいう過失致死では、なんとなく、この事案の〝すわり〟が悪いとは思わないかね。諸君はこれから実務に徹して、判決の〝こつ〟を身につけて行かなければならない。その〝こつ〟が、私のいう〝公正〟と離れないことを望みたいね。

とは言うものの、明治以来、日本の裁判はずっと公正でやって来た。どっちかといえば、最高裁的な考え方で、その根強い日本的な運用のされ方については、二人が正月に来た時にでも、ゆっくり論じようじゃないか。

しかしここは一審だから、私はあくまでも現場から離れなかったつもりだ。要するに、事案全体の流れにおける現場の認定ということで納得できないかね」

言いさとすような調子だった。これが若い二人の陪席に対する、最後の指導になるかも知れない、と知っているように見えた。

野口と矢野は毎年の正月、松の内に茅ヶ崎の谷本の家へ行くのが例である。京都生れの夫人の手作りのおせち料理と、白みそ雑煮(ぞうに)を御馳走になる。

上田宏に対する判決の言い渡しは、十二月二十二日に予定されていた。裁判所も普通の役所並みに二十八日を仕事納めにして、それから休暇に入る。裁判官も人間であるから、正月はずいぶん酒も飲めばマージャンもやる。正月の話が出たことで、いかめしい合議室に、一瞬、なごやかな空気が流れた。

野口判事補は、

「わかりました」

と言って、頭を下げた。彼はほんとうに「わかった」のだった。

「ところで刑のことだが、どうだろう、実刑かな」

「傷害致死ということであれば、執行猶予は無理だと思います」野口判事補は答えた。「求刑は殺人並に死体遺棄として、八年から十年ですが、われわれが殺人を認定したとしても、七年から五年ぐらいに値切られるのは岡部検事も計算ずみでしょう。しかし被告人は前科もなく未成年者ではあるし、更生の見込みは充分あるんですから、短期五年の実刑は重すぎます。二年から四年でどうでしょうか」

「そうだ、私もそれが相当だと思っている」

「二年から四年の実刑で、検察側も弁護側も控訴しない、と思いますが」

「検察庁には求刑を三割以下に値切られた時は控訴するのが通常で、四割がすれすれの線だが、この件ではまあ納得するのではないかね」谷本裁判長は机の上を片付けはじめた。「なにぶん捜査に手落ちがあったのは、認めないわけに行くまいからね」

「そんなに大きな事件でもありませんし」矢野判事補が言った。

「菊地君も執行猶予がつかなくては承服できない、ということはあるまい、と思う」と谷本判事は言った。「二十年、判事の経験があるんだから、今日の合議がどんな風に進むかも、大体の見当はついていると思う。二年から四年の実刑というのは相場だよ」

「未決勾留日数算入ですが、本件は八月十二日起訴、十二月二十二日判決ですから、一八二日になります。これから平均的な審理日数を引くと一〇三日になりますが、切りにいいところで一〇〇日ですか」と野口は念を押した。

「でもこの事件は検証に行ったりしているから、平均日数より多く引かなければ」矢野判事補は依然としてきびしい。

「うん、だがそこまで細かく考えることもないだろう。被告人に利益になることだから」と谷本裁判長。

「没収は供用物件のナイフだけですね」と野口。

「シャツやズボンは」と矢野。

「それは『犯罪ニ供シタモノ』ではない。シャツで首を絞めたというのなら、供用物件になるけれど。判例を調べること」

谷本は書類入れの鞄を持って立ち上った。

「訴訟費用は、証人の旅費日当を大部使ってます。負担させるのもやむを得ないでしょうね」

「でも被告人は実刑ですし、若いから金はありませんよ」矢野は珍しく仏心を出した。

「しかし、とにかく私選弁護人である以上、払わせるのが筋だろう」

矢野判事補も立ち上って、帰り支度をはじめた。野口だけは机の上で、メモをつけ続けた。

彼はしかし考えた。菊地弁護士はこの事件ではよく働いた。彼の反対尋問がなかったら、捜査の不備は、これほど明らかにならなかったにちがいない。彼は公判中ずっと手控えを取っていたので、事件の実態が公判の進行と共に、次第に明らかになって来た経過をよく憶えていた。

彼は被告人の意見陳述の時から、宏が犯行時について、何か心理的傷痕を持っていることに気がついていた。検事が主張するような単純な「筋」のものではないという予感がした。菊地弁護人の反対尋問がなかったら、宮内辰造の目撃証言は得られなかったはずである。宮内とハツ子の関係、また宏とハツ子の関係も、法廷に持ち出されることもなかったろう。彼は公判中、

(やはり殺人を認定しなければならないかな)となんども思ったことがあった。

宏を殺人の疑いから救い出した菊地弁護士の弁論に敬意を払うべきだと思った。

合議は四時から五時半まで、一時間半にわたって行われ、判決の基本的な線はきまった。


その日は十二月の初めにしては、妙にあたたかい晩で、妙蓮寺の官舎のある高台は、春の宵のように靄に包まれていた。かすんだ外灯に照し出された敷石を踏み、玄関に足を踏み入れる。靴を脱ぎながら、

「ただいま」

と大きな声でどなるのは、茶の間にいる娘の紀子に、迎えに来てほしいからである。

「パパ、お帰んなさい」

と声がして、明るい茶の間の障子が明き、廊下を走り出して来る紀子を、玄関の上り框のところで、抱き上げるのが、彼の帰宅の儀式の一つである。

判事にとって、一番いやなことは、法廷へ出ることである。といったら、大切な人民の裁判にたずさわる人間としてけしからん、と抗議が出るかも知れないが、どんなことでも、それが職業となれば、そういう心理になるのは止むを得ないのだ。弁護士だって、朝起きて一番気の重いのは、裁判のある日だし、新聞小説作家は毎日書き継がねばならぬ小説を、毎朝、重荷と感じているのである。

野口にとって、夜、家へ帰って、紀子を抱き上げる時、はじめて、気持がほぐれる。

「どうでした」

紀子に続いて居間から出て来た光子は、野口の手から、折鞄を受け取りながら言う。彼女はこの事件には最初から関心を持っていて、過失致死だという意見だった。今日、菊地弁護士の最終弁論があり、続いて合議があって、大体判決がきまることも知っていた。

「裁判長の意見はやっぱり傷害致死だった」

野口は少し申訳なさそうに言った。

「実刑ですか」

「うん、執行猶予をつけちゃ、検察側が承知しないだろう」

「そうね、その辺が相場かも知れないわね。でも、被告人は少年ですから、不定期刑になるわね」

法学部教授の家に生れた光子は、多少の専門知識があった。

「そうだ、二年から四年の短期だ」と彼は答えた。

判決の草案は大体一週間のうちに野口が書き、他の二人の裁判官が回し読みをした後、裁判長が保管する。言渡しは原稿に基づいて行われ、後に書記官がタイプ室に廻す。

主文はもうきまっている。理由書のはじめに書く経歴は大体検事の「冒陳」の通りだが、一応本人調書と原籍地照会報告書に当ってみる必要がある。野口は翌日の「宅調日」の朝から、判決書を書きはじめるつもりだった。

判　決

判　決

本籍　神奈川県高座郡金田町渋川二十八番地
住所　横浜市磯子区原町三百三十三番地光風荘内

工員

上　田　宏

昭和十七年二月十七日生

右の者に対する殺人並に死体遺棄被告事件につき、当裁判所は検察官岡部貞吉出席の上、審理し、次の通り判決する。

主　文

被告人を懲役二年以上四年以下に処する。

勾留日数中一〇〇日を本刑に算入する。

押収にかかる登山ナイフ一個（昭和三十六年押七四七ノ八）はこれを没収する。

訴訟費用は全部被告人の負担とする。

理　由

（罪となるべき事実）

被告人は農業父喜平の長男として生れ、昭和三十二年三月、金田中学校を卒業後、平塚市相南高等学校定時制に通う傍ら、茅ヶ崎市東海岸九百八十三番地ヤマト自転車組立工場に見習工として勤めていた。同人はしばしばクラス委員になるほど成績が優れ、ヤマト自転車における勤務も勤勉であり、三十六年三月相南高等学校定時制卒業後も引続きヤマト自転車で働いていたが、昭和三十五年八月二十三日頃より、金田町渋川七十六番地坂井すみ江次女ヨシ子（当十九年）と関係を生じ、三十六年四月妊娠せしむるに到った。しかし被告人の父喜平が両人の結婚を許すはずはなかったので、両人は家出して、被告人の現住所たる横浜市磯子区原町三百三十三番地アパート光風荘に同棲し、子供を生み、成年に達した時には、両人の自由意志によって結婚しようと企てるに到った。そのため六月中旬被告人は横浜市磯子区磯子五ノ八百六十二番地ドラゴン自動車工場の工員募集に応募し、七月一日より臨時工として就職の手筈をととのえてあった。

被害者坂井ハツ子（当二十二年）はヨシ子の実姉であるが、昭和三十年家出し、東京都新宿区歌舞伎町付近の飲食店、キャバレー等に接客婦として働くうち、住所不定無職宮内辰造と関係を結び、新宿区新宿一丁目九百二十番地柏（かしわ）荘その他に同棲していたが、三十五年三月同人と別れ、翌月金田町に帰り、同年六月より、厚木市本厚木駅前に、飲食店「みよし」を経営していた。被告人はしばしばヨシ子と共に、同店に立ち寄るうちに、ハツ子に二人の関係及びヨシ子の妊娠の事実を見抜かれ、極力妊娠の中絶をすすめられた。中絶を実行しない時は、被告人の父喜平及びハツ子及びヨシ子の母すみ江に告げると言われ、被告人は家出同棲の計画が挫折せんことをおそれた。

一方宮内辰造は三十五年十一月厚木市に来り、再びハツ子と情交を生じたが、厚木市内のやくざとの関係がまずくなり、翌年四月より長後町綾野二十八番地雑貨商米子吉成方に下宿したが、時々「みよし」に来ては客に因縁をつける等の行為があったため、客足は遠のき、「みよし」の経営は不振になっていた。

第一、被告人は昭和三十六年六月二十九日ヨシ子と共に家出を決行することとし、引越荷物運搬のため、二十八日午後二時半頃、かねて軽自動車賃借を約束してあった長後町綾野七十九番地丸秀運送店に赴く途中、同町綾野六十八番地福田屋金物店にて、荷造用のため刃渡り十センチの登山ナイフを購入し、丸秀運送店前にて、同店持主富岡秀行次男秀次郎と車を点検中、三時半頃偶然通りかかった被害者ハツ子に声をかけられた。ハツ子はその日二時頃厚木市の店を立ち出て、長後町の顧客より集金した後、二時半頃宮内辰造方に立ち寄ったところ、宮内の新しい情婦桜井京子がいたので口論となったが、その日は金田町の顧客からも集金の予定であったので、三時半頃宮内方を立ち出て、前記丸秀運送店の前を通りかかったものである。ハツ子は被告人が金田町に帰ると聞き、自転車に乗せて行ってくれと頼んだので、被告人は承知して、同女を自転車後部荷掛に乗せて、四時半頃金田町のサラシ沢上方の現場付近にさしかかった。この間ハツ子は被告人が丸秀運送店前で軽自動車の点検をしていたことから、家出の計画を進めているのを知って、極力これを中止することをすすめると共に、やめなければ被告人の父喜平に告げると主張したことから口論となり、サラシ沢付近にて自転車を降り、約五十メートル離れた現場まで歩いて行ったが、ハツ子がなおも執拗に主張するので、被告人はかっとなり、脅迫暴行の意図をもって、前記福田屋金物店で購入した登山ナイフを出したところ、ハツ子がおそれず近寄って来てもみ合ううち、被告人は暴行の故意をもって、前記登山ナイフにて、同女の左胸部第五肋骨と第六肋骨の間に、深さ六センチ左心室に達する刺傷を与えて、出血多量のため同女を死に到らしめ、

第二、被告人は犯行が発覚せんことをおそれ、ハツ子の死体を約四メートル引きずって、高さ約十メートルの崖より大村吾一所有の杉林に落し、遺棄したものである。

(証拠の標目)

判示第一の事実については、

1、被告人の当公廷における供述
2、被告人の検察官に対する昭和三十六年八月五日付供述調書（但し殺意に関する部分を除く）
3、司法警察員山村鶴吉作成の昭和三十六年七月二日付及び同月三日付各実況見分調書
4、医師早川林平作成の死体検案書
5、医師法本二郎作成の検視調書及解剖結果報告書
6、証人大村吾一の当公廷における証言
7、証人宮内辰造の当公廷における証言及び同人の証人尋問調書
8、証人清川民蔵の当公廷における証言
9、押収にかかる登山ナイフ一個。黒色ズボン一枚。白木綿カッターシャツ一枚（昭和三十六年、押七四七の八、十二及び十三）
を各総合してこれを認める。
判示第二の事実については、
1、被告人の当公廷における供述
2、被告人の検察官に対する八月五日付供述調書
3、司法警察員山村鶴吉作成の昭和三十六年七月二日付及び同月三日付各実況見分調書
（法令の適用）
法律に照らすと被告人の判示第一の所為は刑法第二百五条第一項（傷害致死）に、判示第二

の所為は同法第百九十条（死体遺棄）に該当するところ、右は同法第四十五条前段の併合罪であるから、同法第四十七条但書及び第十条に従い、重い傷害致死の刑に法定の加重した刑期範囲内で処断すべきところ、被告人は少年であるから、少年法第五十二条（不定期刑）に従い、懲役二年以上四年以下の刑に処し、刑法第二十一条により未決勾留日数一〇〇日をこの刑に算入し、押収にかかる主文掲示のナイフ一個（右同号証八）は判示第一の傷害致死の犯行に供したもので被告人以外のものの所有に属しないから、刑法第十九条第一項第二号第二項（没収刑）に従い没収することとし、訴訟費用については刑事訴訟法第百八十一条第一項本文に従い、全部を被告人に負担させることにする。

（検察官の主張に対する判断）

検察官は本件犯行以前より、被告人が被害者に対して殺意を抱き、殺人の予備があったと主張するけれども、被告人の当公廷における供述及び態度、検察官に対する供述調書、証人清川民蔵の当公廷における証言を総合すれば、被告人に被害者を殺さねばならぬほどの動機はなく、予備と認むべき事実もない。

次に犯行当時に突発的に殺意を抱いたと認むべきかどうかの問題であるが、証人宮内辰造の当公廷における証言によれば、被告人が被害者に積極的にナイフをふるって立ち向った事実は認められず、また被告人が犯行当時の記憶を喪失したと当公廷において主張するのも、被告人の年齢経験より見て、あながち不自然とは言い難く、殺人の故意を認めることは出来ない。

（弁護人の主張に対する判断）

弁護人は被告人と被害者との関係、及び被害者と証人宮内辰造との関係より総合して、被告人に脅迫の故意があったとしても、被害者の自殺の意思行為によって、本件犯行が生じたのであるから、被告人に殺人の故意は勿論、傷害の故意も、暴行の故意もなく、過失さえなかった、本件犯行は一つの事故であったと主張しているけれども、被害者が自殺の意思を持つに到ったとの主張は、単なる推測の域を出ない。

かりに被害者の側にそのような心理状況が存在したとしても、被告人が優に人を殺傷するに足りる鋭利な凶器の刃を起し被害者に向って身構えたことは前掲証拠により明らかなところである。そして右行為は人の身体に対する不法な有形力の行使に当るというべきであるから、被告人に暴行の故意があったと認むべきである。よって弁護人の主張は採用できない。

（量刑理由）

情状について先ず被告人のために情状酌量すべき点を考究してみるに、被告人は本件犯行当時少年法所定の少年即ち満十九歳四カ月であったが、すでに坂井ヨシ子と一カ年近く情交を重ね、これを妊娠せしむる程、心身ともに成熟していた。また四年前より、定時制高校に通学する傍ら、見習工及び臨時工として、社会的生活を送り、同年齢の少年に比して充分の経験を積んでいたから、右犯行につき刑事責任を免れることができない。

しかし一方から見ると、被告人はこれまで学業すぐれ、勤務先の評判もよく、また前科もなく、且改悛の情顕著なものがあり、更生の余地ありと認められるので、短期の不定期刑を選択するのを相当と認めた。

よって主文の通り判決する。

昭和三十六年十二月二十二日

横浜地方裁判所刑事第五部

裁判長裁判官　谷本一夫

裁判官　野口直衛

裁判官　矢野美彦

判決の主要の部分はむろん主文にあり、理由はいわば日本の裁判に伝統の、万事丁寧にやる精神の現れにすぎない。従って必ずしも法廷で理由書の全文を読む必要はなく、その要旨を告げればよいが、その程度の長さであればその全文を読む、要約する方が余計な手間がかかるからである。ただし証拠の品目だけはいちいち読まず、「以上の事実を当法廷で調べた証拠により認める」という。

宏に対する判決の理由書は、この種の単純な事件としては、異例といっていいくらい長いものであったが、これは公判の進行中、新しい証拠が出て、証人尋問が案外もつれたからである。検察官の主張する殺人の訴因を否定すると同時に、弁護側の事故説も否定して、傷害致死を選んだのは、結果だけを見れば、単に「中」を取ったような印象を与えるが、実際には合議に際して、かなり立ち入った論議が行われたのは、すでに見た通りである。

判決を聞く被告人の反応は様々である。判決を不服として、露骨に裁判長に反感を示す者もあれば、極刑の言い渡しに卒倒する者もある。あるいは暴れ出す者もあって、理由の説明ができなくなる場合がある。従って死刑の言い渡しの場合は、主文を後にして、理由から説明をはじめるのが通例である。

上田宏の判決を聞く態度は、大変素直で法廷にいい印象を与えた。彼は下を向いて主文の言い渡しを聞いたが、二年から四年の間の懲役と聞いて、ふと顔を上げた。かすかな驚きの表情がその顔に見られた。彼としてはもっと重い刑罰を期待していたので、意外のようだった。傍聴人達は妥当なよい判決という印象を受けた。

後で書記官から、理由書が弁護人の請求があれば渡される。著名事件で、新聞記者に渡されるのは、裁判所のいわばサービスである。

なおこのあと裁判長は宏に対し、もしこの判決に不服がある場合は控訴できること、その場合は東京高等裁判所宛控訴申立書を、十四日以内に当裁判所に提出すればよい、と告げた。宏が少年であるから、一応の訓戒があった。すなわち行いを正して、将来このようなことを繰り返さないよう気をつけること、などなど、形式的なものであるから詳細は省く。

谷本裁判長は言った。

「ではこれで終ります」

法廷の全員起立のうちに三人の裁判官は立ち上り、背後のドアから消えた。裁判は終った。

真実

上田宏に対する判決言い渡しは、東京の新聞には、全然載らなかった。すでに発生後六カ月経った事件であるし、殺人でなくなったので、ニュース・バリューはほとんどなくなっていた。

地方紙はしかし五段抜きで扱い、裁判の経過を一応説明した。一時は真犯人はほかにいるのではないか、宮内辰造が怪しい、と思わせるような記事を書いた手前、ひと通りの解説が載ったのである。

この記事の終りには、一つ興味ある指摘があった。それはこの裁判が比較的早く進み、被告人の満二十歳の誕生日を迎える前に判決が言い渡されたことに、裁判長の思いやりを認めていた。

犯行時少年であっても、判決時に成年に達していれば、三年の有期懲役になり、新聞紙上には実名が出る。少年として判決を受ければ、不定期の刑であるから、服役の成績次第で、短い方の期限二年の三分の一、つまり八カ月の服役で、仮出獄できるのである。宏の場合一〇〇日の未決勾留が導入されるから、実際には五カ月となる。

むろん実刑でも、日本の行刑方針として、成績次第で随分早く出て来てしまうが、刑務所の増設、整備に伴い、近頃はたっぷり服役させる方針に変って来ている。しかし青少年犯罪の増加に伴い、少年刑務所も少年院も満員である。従って少年として判決を受ける方が、宏としては一層早く出る機会があるわけである。

この記事を書いた地方紙の記者は、いわゆる「集中審理方式」の支持者であった。このように宏の事件の審理が早く進んだのは、最近最高裁が規則を改正して、全国的に励行している「集中審理方式」、つまり迅速裁判奨励の効果である、と付け加えてあった。実際にはそうでなかったのだが。

事件はこうして地方紙の記事の対象になっただけだったが、最初からこの事件に関心を示していた『女性ウィークリー』は、第一審判決を機会に、もう一度特集をした。社会学者、心理学者、文学者等の意見が付加されてあった。

社会学者は言った。事件は都市隣接町村の青少年の離村自立傾向の現れの一つであり、農村の農業生産形態の崩壊、「家」の崩壊の一環と見るべきである。

心理学者は言った。宏の場合は青少年の性的放縦、無軌道暴走と見做すべきではない。宏とヨシ子があくまでも子供を生もうとした態度は、逆に一般の青少年の非行への反作用と見るべきである。宏の無動機とも思われる凶行は、そういう一般的傾向への不適合の結果生じた抑圧、欲求不満が、理由のない怒りとなって暴発した、という重層的構造を持った現象と見るべきである。

ある小説家はハツ子と宏との間には以前から肉体的関係があったであろう。性的交渉は案外無雑作に行われ、また当人同士より知らないものである。この点を裁判官は見落していると指摘した。

谷本裁判長の予想通り、検察側も弁護側も上訴しなかった。判決後二週間経てば、刑は自然に確定してしまう。そしてやがて係り検事の発行する執行指揮書によって、川越の少年刑務所へ身柄を送られることになる。

公訴中の勾留とは違い、これからは懲役になるから、面会も制限を受けることになる。ヨシ子は菊地弁護士の指示によって、繁々と臨月近い体を笹下拘置所に運んだが、宏は面会中に不機嫌に黙っていることが多かった。ある時、

「その子はやっぱりハツ子姉さんがいうように、中絶した方がよかった」

と金網越しにヨシ子の下腹部を見ながら言うので、ヨシ子は彼が気が変になったのではないか、と思った。

「どうして今更そんなことをいうの。この子を生むために、あたし達……」

と言いかけて、ヨシ子はあとが続けられなかった。下を向いてただ涙を流していた。彼女は言いたかった。

「あたし達、あんなに無理したんじゃないの。そしてあなたは間違って姉さんを殺しちゃって、これから懲役に行くところじゃないの。お母さんもこの頃やっと、姉さんにも悪いところがあった、あなたに罪はない、菊地さんのおっしゃるように、あれはほんのもののはずみだったんだ、と言ってくれるようになったのに、いまさら子供は生れない方がいい、だなんて、あんまりだわ」

すみ江は、死んだハツ子がたまに家へ来た時、「いっそ死んじまいたいわ」と言うのを、二度ばかり聞いていた。菊地弁護人の弁論を聞くうちに、そのことを思い出し、やっと宏を許す気になったのだった。

これは法廷に持ち出されなかった事実だった。彼女は一審判決後、菊地弁護人にそれを告げて、控訴するなら、証人に立ってもいい、と言ったが、宏に控訴の意思はないことは明らかだし、それは犯罪事実とあまり関係がなく、あなたが思っているほど重要ではないのですよ、とさとされて、引き下った。すみ江の宏に抱いていた怨恨はこれでほとんどなくなった。

そんな風に万事は好転しているのに、宏が、「その子供は中絶した方がよかったんだ」と言うので、ヨシ子は無性に悲しくなってしまった。宏のなにか打ち解けない態度も不可解であった。

「どんな子供が生れて来るかわからない。男か女か知らないが、おれみたいな父親を持った子供は、ふしあわせだ」と彼は言った。

「そんなことないわ。犯した罪を償えば、あなたはもとの体になるんだわ」とヨシ子は叫んだ。

「二年や三年つとめて、あの罪が消えるだろうか。おれはほんとは……」

宏は声を低めた。その獣のような顔を見て、

「よして、よして、もうたくさん」

とヨシ子は叫んだ。彼女は宏が気が狂ったと思った。花井教諭が、ヨシ子の依頼で、面会に来た。

「きみはあんまり家族と面会したがらないそうだが、どうしてだね」

花井はさり気ない調子で、金網の向うに坐った宏に笑いかけた。彼は宏の表情が判決の前より、却って固くなっているのに気がついた。

「なにもくよくよすることはないんじゃないか。あんまり役に立たなくて申訳ないが、川越の少年刑務所へ行ってしまえば、ヨシ子さんとそうしげしげとは会えないんだ。あんまりいじめちゃいけないよ」

宏は眉をひそめて下を向いて、しばらく考えていたが、やがて言った。

「ぼくは誰にも会いたくないんです」

「どうして？　刑は確定したんだ。きみは人殺しじゃない。金田町ではみんなそれを認めている。すみ江さんも許しているそうだ」

「ぼくは許してほしくないんです。ぼくは悪い奴です。みんなをだまし、先生まで欺いたんです。ぼくはやっぱり人殺しです」

「なにをいうんだ」

面会室には看守がいる。花井はあわててさえぎったが、宏は憑かれたようにしゃべり続ける。

「ぼくはほんとにハツ子さんを殺そうと、なんど思ったかわかんないんだ。夜、寝床の中で、なんども考えてたんです。あの人さえいなければ万事うまく行くのにと思って、眠れなくなったこともあった。左手で体を抱きかかえて、乳の下をぐさりとやる、なんて場面をなんど考えたかわからない」

「しかしきみは実行したわけじゃない」

花井は少し青くなりながら言った。

「ぼくはそんな勇気はない。しかし検事さんの前で、うその供述をしたのは、その時に空想したことをしゃべったんです」

「空想したぐらいなんでもないよ」花井はなぐさめる。「きみは前から、責任感の強い子だった。裁判が終って、ひと息ついたところで、ひとりで考え込んでいるから妄想が湧くんだ。作業に精を出すようにし給え。なにも考えないことだ」

「いえ、決して妄想じゃありません。ぼくは昔からそういう悪い奴だったんです。表面はおとなしそうにして、先生やみんなをだましていたんです。ヨシ子に子供ができた時だって、ほんとは面倒臭いな、と思ったんです。ヨシ子との関係も、とっくの昔から重荷になっていたんです。子供なんか生れて来ない方がいいんだ。ぼくみたいな前科者の子として一生暮すくらいなら、生れない方がどれだけましだかわからない。だからぼくは中絶しようかと言ったのに、ヨシ子がきかないもんだから、こんなことになったんです」

宏はなおも早口にしゃべり続ける。花井は、そう言い張る宏の顔を、いたまし気にながめ続けた。

運動不足で蒼ざめた顔色は、いくらか見馴れたが、これが昔、元気に校庭を走り回っていた宏と、同じ人間とは思われない。丸刈りの髪の毛も、思いなしか、少し薄くなったように見える。こめかみの上にある小さな砂利禿げに、今日はじめて気がついた。

（犯罪者）

いま目の前にいるのは、これまで自分が可愛がっていた宏とは別人のような気がする。

（いや、ちがう。長い拘禁生活で、気が変になったんだ。気が変になれば、人相が変ったって不思議はない）と花井は思い返した。しかし宏の口からは、次々とおそろしい言葉が飛び出して来るのだった。

「先生はいったい人を殺したことがありますか。それがどういうことか、御存知ですか。この手が血にまみれて、一人の人間の生命が永遠に失われてしまったんですよ。そしてそれをしたのは、このぼくなんです。間違いにせよ、とにかくぼくが殺したんだ。なぜぼくをひと思いに殺してくれないんです。こんな気持で、一生生きて行けなんて、残酷です。二年から四年の短期刑——光栄です。五カ月おとなしく勤めれば、仮出獄の恩典に浴すことができる——ありがとう。しかし刑務所を出てから、ぼくはどうすればいいんです。この手で、人を殺した罪は消えやしない」

「気をしずめ給え。そう誇張して考えることはない。もうすぐ子供が生れる。きみのお父さんも、ヨシ子さんとの結婚を承認している。やがてすべては忘れ去られるんだ」

「しかしぼくとヨシ子の間には、永久にハツ子の死体がある。ぼくたちは幸福になれるだろうか、幸福になっていいものかどうか。その資格があるかどうか」

「時が解決してくれるよ。そのうち忘れるさ」

「忘れることができるでしょうか。いや、先生、ぼくは忘れたくない。ぼくはいつまでもこの罪といっしょに生きる」

「しかし……」

と言いかけたが、花井はそこで言葉に詰ってしまった。これほど宏の自責の念が強いとは、思いも寄らなかったからである。実際それほど彼の罪は重いのだろうか。

花井は、宏にいうべき言葉を見つけることはできなかった。（犯罪というものは、大変なものだ）と彼は思った。宏の内心に起っている葛藤に比べて、自分達はなんという呑気な生活を送っているんだろうと反省した。

花井は突然立ち上った。

「体に気をつけてくれ、また来る」

と言って、面会所を出た。

彼は直ちに菊地弁護士の事務所へ意見をききに行った。菊地はほほえみながら言った。

「そりゃ少し困ったね。しかしまあ、刑が思ったより軽かったことに対する反作用と考えておいていいだろうな。一種のぜいたくだよ。心の底ではやはり軽い刑ですんだことをよろこんでいるんだ。素直によろこぶのがてれ臭いので、自分の罪を誇張して考えるんだ。よくある心理だよ」

「しかし宏はなんどもハツ子を殺す場面も空想したと言ってますが」

「空想なんてなんでもない。空想と実行とは全然別ものだ。実行する時、人間はある一線を越える。ゲーテといえばドイツの文豪で、至極円満な長い生涯を送った人だが、もし自分が願望のままに生きたとしたら、百ぐらい犯罪を犯していたろうと言ったそうだ。われわれはみんな悪の芽を心の中に持っている。だからこんなに推理小説が読まれるんだ。推理小説ファンが増える割合で、犯罪は増えてはいないから、われわれも安心してそこらを歩き廻っていられるわけだが——しかし一度その一線を越えた、罪をおかしたということは、たしかに大変なことなのだ」菊地の顔は真面目になった。

「ほんとはわれわれのような平凡人は、罪に苦しむ人に、言うべき言葉を持っていないのだよ。そっとしておくほかはない。自分で解決してもらうほかはない」

菊地は谷本裁判長が、事件について自分の主張する真実を、どこまで認定してくれたかについて自信はなかった。判決理由が宏とハツ子の情交の有無に触れていないのは、それを重視すべきではないとの主張が通った形になったので、よろこぶべきことだった。しかし犯行について「ハツ子がおそれず近寄って来てもみ合ううち」となっている。これはハツ子が自ら宏の持ってるナイフに身を投げかけたという彼の主張を、認めたようでもあり、認めなかったようでもある。しかも暴行の故意を認定しているのである。

多くの判決を書いた彼の経験から見れば、理由はむしろ事実については認定を避け、事案全体から判断しているように思われた。そしてそのことに対して不服はない。

法曹界には——主に弁護士がいうことだが——「七五三」という言葉がある。「被告人は弁護士に真実の七分を言う。検事には五分を言う。そして法廷に出るのは三分にすぎない」という判断を、子供の祝事の「七五三」に引っかけた洒落(しゃれ)である。この事件についても、彼には真実については、なにか割り切れない感じが残っている。

ハツ子は絶望しており、ひそかに愛する宏の刃にかかって死のうと思い、進んで身を投げかけた――しかしこういう思い切った行為に出るについて、彼女と宏との関係が、法廷に出たようなハツ子の側からの片思いであったか、どうか。検察側が主張する「情交」があってもおかしくない、と実は考えていたのであった。ハツ子がそれほど宏を愛しており、恋の手管にたけた女であれば、一度か二度、宏が誘惑に負けたのではないか。

これは第三回公判で、宏が横浜のアパートにヨシ子と五日間いっしょに暮しながら、関係がなかった、というヨシ子の証言を聞いた時、彼の心にしのび込んだ疑惑であった。

生れる子供のために、しばらく関係を断念した――これは法廷や傍聴人にいい印象を与えた。しかし情状は両刃の剣である。妻の妊娠中に、知人の妻と通じ、その結果起きた傷害事件などを扱ったことのある菊地には、ひそかにそういう俗な疑いを抱くのを防ぎ切れなかった。

ハツ子が自分から身を投げかけた、という行為に出るためには、肉体的関係の存在を推測するのが自然である。ハツ子は宏より三歳年上であるにすぎず、ヨシ子と幼馴染であるならば、当然その姉であるハツ子とも親しむ機会があったわけで、当人だけしか知らない感情的結合がすでに存在した可能性がある。この点でも彼は岡部検事と同意見だった。

しかしながら、もしそうであっても、宏は決してこの真実を口外しないだろう。宏は最初は死刑になると思っていたのだから、生れる子供と共にあとに残して行くヨシ子のために、かくし通すつもりだったのだろう。法廷において、当初から断乎として否定していたのはそのためだろう。
それが思いがけずはるかに軽い刑にしか処せられなかったので、却って彼の良心の重荷となったのではないか。強い苛責（かしゃく）の念を生じ、家族や花井には錯乱と見える心理を作り出したのだろう、と思った。

しかし彼はこういう疑惑を持っていることを、花井に告げなかった。多少の経験的根拠があるとしても、すべては推測にすぎない。それは、ハツ子が宏と肉体の関係がないながら、身を投げかけた可能性を、絶対的に否定し去るものではない。真実は結局わからない。そしてそれは必ずしも明らかにされる必要はないのである。

ハツ子殺しは宏に事故のように襲いかかり、彼の運命を大きく変えた。これは事件だった。菊地は最初に花井から話を聞いた時から、予め準備された殺人ではなく、傷害致死であろう、と見当をつけた。つまり結論から遡（さかのぼ）って事実を認定し証拠を捜した趣きがないでもない。

弁護人としては、公判に勝つことが目標だから、迷うことなく、殺人を主張する検察側と争うことができた。判事時代より楽だった。裁判官には、弁護人のように目標がない。そのためむずかしい否認事件になると、最終的結論を得るために、あてどなくさまよう苦悶の日々があったことを、彼は思い出す。

彼が言い渡す判決は被告人の将来を左右する。それだけに彼は慎重に良心に従って判断したつもりだが、事件によっては、真実について、ついに確信に達しなかったことを思い出す。

検事の冒頭陳述も論告も、彼の弁論も、要するに言説にすぎない。判決だけが犯行と共に

「事件」である。殊に最近のように、地裁、高裁、最高裁と、さまざまな裁判所で、さまざまな判決が出される現状においては、――しかもおのおのの裁判官の人格、またその時々の身体的精神的状況によって影響されるとすれば、「事件」となる。制定法はそれが制定されている故に正当である、という古い同義反復的観念は、未だに払拭されていない。しかしその正当性が、一人の人間による決定という可変的要素と結び付いているとすれば――いや、すべて制度による決定は「事件」ではないか、と論理が進展した時、菊地は自分の頭がおかしくなったのではないか、と思った。

法の尊厳を尊重すべき法曹人として、もってのほかの考えではないかと疑った。しかし人は反省の機会のないことについてだけ確信を持つものだ、という言葉を彼はどこかで読んだことがあった。このへんな反省は、二、三日、彼の頭を去らなかった。

川越の少年刑務所へ移ってからの宏は、所内の規則はきちんと守り、作業も人に率先してやる模範囚になった。模範囚が必ずしも心底から改悛しているわけではなく、出所するとすぐ悪事を働く例は跡を絶たない――つまり模範的態度は、所長を欺いて、早く仮出所の恩典にあずかろうとの狡猾な手段であることが、ままあるのだが、そういう例をよく知っている所員も感心するほどの、よい服役状態であった。

囚人達の精神を指導するために、週に二回刑務所に入って来る教誨師の江藤神父に進んで近づき、二人きりで長い間、話していることがあった。朝、彼の房を訪れる所員は、彼がいつも所定の起床時間よりずっと前に起きて、なんかお勤めをしているらしいのに気が付いた。しかし彼がどんなお勤めをし、なにを祈っているのかは誰も知らなかった。

刑務所は現代の民主的な行刑思想によって、著しく改善されている。しかし善意ある改善推進者の言うように、あるいはそれらの人達の書くものから、犯罪人に人並以上のよい待遇を与える必要がない、との反感を抱く人達の空想するような、天国ではない。

所員の目の届かないところでは、ずいぶんいろいろなことが行われている。囚人の間にはボスが居るし、先任と後任、親分子分の関係があり、嫉妬とリンチが絶えない。そういう中で模範囚と言われる囚人の肩にかかる重荷は大きく、それに堪えるには強固な意志の力を必要とする。そういう雰囲気の中で、宏が自分を守ったのは、丁度金田町や平塚のチンピラの間で、彼が自分を守ったやり方と同じであった。つまり自己の内部に閉じこもることである。刑務所にも社会と同じ風が吹いていたのである。

罪は宏にとっていつまでも重荷であったように、彼の父の喜平にとっても重荷であった。彼は酔払うと、

「あれはおれの子供じゃない。なぜあんな子供を生んだんだ」と死んだ妻のおみやを呪って、宏の弟妹に非難された。判決が下りたあとになって、裁判所が少年をあまりひどい刑に処さないのはわかり切ったことだった、菊地弁護人に二十万円払ったのは、無駄使いだったと言っていたが、ハツ子の一周忌の六月二十八日になると、一人でひそかにすみ江の家を訪れ、仏壇のハツ子の位牌に参ったあとで、すみ江の前に両手をついて、

「すまない。おれが子供の育て方を間違えたのだ」

といって、涙を流したということだった。

しかしその噂が金田町にひろがると、彼は手をついたことも、泣いたことも否定し、罪はすべてハツ子にある、おれや宏は被害者だと言い、そんなふしだらな娘を生んだ坂井の家系や、すみ江の死んだ亭主の悪口を言って回った。

この間にヨシ子は女の子を生んだ。名前をつけて貰いに、川越の刑務所の宏に面会に行ったが、宏は自分には名前を選ぶ資格はない、きみとお母さんに任せると言った。この頃までに宏の態度は、江藤神父の影響のせいか、大分改まっていた。ただなにか心の中に核を持っているような態度が変らなかっただけである。

ヨシ子は面会に行く便宜を考えて、川越に近い飯能（はんのう）丘陵の中腹の、雑木林の中に建った保育園に勤めることにきめた。彼女には子供に歌やダンスを教えるような教養はなかったが、雑役婦として無償に近い給料で住み込んで、自分の子供を育てながら、ほかの子供たちに少しでもいい食事を与え、清潔な部屋で遊んで貰うように努めることに、宏の出所を待つ間の生き甲斐を見付けて来た。

喜平の言いふらす悪口のせいだけではなかったが、すみ江も金田町にいや気がさし、いくらも残っていない土地を、以前からしつこく買収の交渉に来たブローカーに売ってしまった。宏が出所後も、金田町に帰らないにきまっていた。彼女はヨシ子が勤める保育園の近所の、金銭登録器組立工場の幹部社員の家の、住み込みのお手伝いになった。土地を売った金で、雑貨屋ぐらい出せないこともなかったのだが、娘夫婦の将来の方針がきまるまで、彼女もはっきり方針をきめたくなかったのである。

川越付近は気候が相模川流域と比べて、四、五度寒いだけの違いで、土地の様子は同じだった。田圃を侵蝕して行く工場の間を産業道路が走り、空はジェット機の騒音に充ち、町はパチンコ屋とチンピラが氾濫し、ダンプカーが始終沿道の家に飛び込んでいた。

東京の隣接農村は、東京都自身と同じく、いたるところ画一化が進んでいる。出所した宏もいずれそういう環境の中に呑み込まれ、彼が半年にわたって金田町と横浜地裁をわかした事件の主であることを知る人間は、一人もいなくなるにちがいない。彼の将来にそれほど人とちがったことがあろうとは思われない。

あとがき

この作品は『若草物語』という題名で、『朝日新聞』夕刊、一九六一年六月二十九日付から、翌六二年三月三十一日付まで、二七〇回にわたって連載されたものである。その頃から工業化が進んでいた東京周辺の小さな町で起った、単純な未成年犯罪とその断罪を主題とし、最初は一五〇―八〇回の予定で書き出したものだった。

しかし途中から日本の裁判の実状があまりにも、裁判小説や裁判批判に書かれているものとは異っているのに驚き、その実状を伝えたいと思うようになった。書き方がドキュメンタリー風になり、回数が延びたのは、そのためであった。このたび単行本にするに当って『事件』と改題したのは、主題が途中から変ったからである。

作品の題名を変更するのは好ましくないが、すでに十五年前の作品であるし、『若草物語』という題名自身、オールコットの有名なジュニア小説の訳書の題にあり、最初から、頭に「新」をつけて『新若草物語』とすべきかどうか迷った。新しい題名の意味については後に述べる。

作者の興味がそのように移り、調べれば調べるほど、戦後日本の裁判手続が迷路であることがわかって来た。かねて知り合いの詩人・弁護士の中村稔氏ほか、伊達秋雄、大野正男両氏の助言を得た。特に大野氏は本書の校正段階まで、法律用語、法律的表現についてお助けいただいたので、特に記して感謝の意を表したい。本文について最終的責任が私にあるのはもちろんのことだが。

しかし新聞連載のせいもあり、毎日殆んど手探りの形で進んだ。本書の刊行が十五年おくれ、一九七三—七五年刊行の全集に収録できなかった理由の一つは、そういう制作方法の結果生じた誤りを正し、整理するのが間に合わなかったからである。裁判が中心になったために、人間関係の方は却ってあいまいになった気味があり、その整合がむずかしかった。

私は裁判手続が理想的に行われる場合を想定して描いた。しかしその後、日本の裁判は平賀書簡、青法協問題、機密漏洩事件への対処、その他、おかしくなる一方である。単純な事件についての、日本の刑訴法の運用をほめたたえた本書を、全集刊行の忙しいスケジュールに合わせて、訂正する気になれなかった。しかし私としてはかなりの手間をかけた作品であり、このまま葬ってしまうのは残念であった。最近漸く暇を得て、訂正と加筆をおえ、刊行の運びになったのである。

何分十五年前の作品であるから、すでに歴史的になっている事態もあるはずである。しかし一九六〇年代初め、東京隣接地区が変貌しはじめた時期を記録にとどめるために、殊更に今日に合わせて変更しなかった。物価、諸経費についても同じである。法曹関係の諸給与の場合を除き、約七、八倍すれば、現状にかなうだろう。

われわれは望むと望まざるに拘らず、誕生と共に生れた国の法体系に組みこまれ、それを犯せば罰せられる。犯罪は「事件」として、われわれの運命を変える。しかし判決も現代のように、統一がなく裁判所と裁判官によって違うのでは、偶然的な「事件」として被告人に作用するのではないか、というのが加筆中浮んだ考えで、それをもって題名とした。なお本書五二九頁の菊地弁護士の感想を御覧願いたい。

作中、しばしば問題にされている「集中審理方式」について補足的に説明しておく。これは一九五六年の最高裁長官通達によって奨励され、この作品が書かれた一九六一年（昭和三十六年）六月一日公布、翌六二年一月一日施行の刑事訴訟法規則の一部改正によって成文化されたもので、「継続審理」が公的呼称、「集中審理方式」はいわば俗称である。作中に書いたように、公判の迅速化を図り、裁判所の抱えている累積案件の消化を目標とした。特に東京地裁の一部で励行され、当時の地裁判事岸盛一（きしせいいち）、横川敏雄（よこかわとしお）共著『事実審理——集中審理と交互尋問の技術』（一九六〇年刊）によって有名になっていた。

裁判のスピードアップに不賛成な者はいないだろうが、一週間に二回も三回も公判期日を詰め込んで、処理してしまうのは、被告側から充分の弁護の準備期間を奪うものであり、基本的人権を犯す惧れはないか、と私は考えた。作中、裁判長に「集中審理方式」を採らせなかったのはそのためであるが、新聞連載中に最高裁事務総局からクレームがつき、問題化した。それは多少、作中の記述に反映しているはずである。しかし新しい方式の始動期の反応を記録する意味で、特に改めなかった。連載中の一九六一年十一月八日付夕刊に書いた反論が、中央公論社版全集第十二巻七四―七六ページに収録されているから、歴史的興味を持たれる読者は参照していただきたい。

現在では結局、この方式で行い得るものには行い、行い得ないものには行わない、という工合に、事例の性質が要求するところに落ち付いている。当時私が伊達秋雄氏の助言を受けていることは、法曹界で知られていたから、私が小説化したところが、伊達氏の意見と取られる場合があったようである。しかし私の三人の顧問は、当時すでに著名でそれぞれに忙しく、なかなか電話でもつかまらない。私の素人考えだけで書いた日も、ずいぶんあった。そのため生じた誤りは、こんどできるだけ直したつもりであるが、なお瑕瑾（かきん）が残ったと思う。大方の御叱正（しっせい）を乞いたい。

事件の内容、人名はむろん架空のものである。現場の金田町の町名、字名、その他諸人物の住所も同じ。元判事の菊地弁護士に、伊達秋雄氏を想像されるかも知れないが、風貌、性格、意見など、むろん私の考え出したものである。弁護士を元判事としたのは、連載を始めた頃、私の記述は最も伊達氏の助言に依存するところが多かったので、そうするのが書き易かったからである。しかしこの点について、後に助言者に加わった大野正男氏から、連載終了後、クレームが付いた。

「弁護士はやはり、最初から弁護士志望の人物にして欲しかったですね」

これは若き俊英大野氏らしい意見で、私はそれに屈せざるを得なかった。裁判官、検察官、弁護士、という法曹の三位一体的構造を適切に描き出すには、当然そうあるべきであった。私はそのように書き直したいと思った。これが実は本書の刊行がおくれた最大の理由だったかも知れないのだが、読み返してみて、結局、一度書いたものの変更はもはや不可能である、と諦めざるを得なかった。作者として最も心残りのことである。

本書の刊行に当り、伊達、大野、中村三氏に改めて御礼申上げたい。延々と法廷の場面ばかり続く作品を、作者の気がすむまで書かせてくれた、朝日新聞の当時の学芸部長扇谷正造氏、取材に協力してくれた担当の百目鬼恭三郎氏にも御礼申上げる。また最初に執筆をすすめてくれた当時の朝日新聞社専務、故信夫韓一郎氏の名を挙げて謝意を表したい。（一九七七年七月）

改訂版のためのあとがき

一九七七年九月、本書が刊行された時、十五年前に書かれたものであるにも拘らず、多くの読者を得ることができたのは、作者として意外なよろこびであった。新聞連載中は、法曹界の一部と、横浜地裁、神奈川県高座郡付近の土地の人のほかに、読者はなく、将来もいないと思い込んでいたからである。

いくつかの理由が考えられる。狭山(さやま)裁判、外務省機密漏洩事件、弘前(ひろさき)大学教授夫人殺し再審無罪その他、引き続き問題の多い事件が絶えなかったこと、また、ロッキード裁判、鬼頭(きとう)判事補の出現など、大型の異常な事態が生じ、裁判と法曹一般に関する関心は十五年前よりもむしろ高まっていたことである。本書のドキュメンタリー風な書き方は、新聞連載当時は、小説的興味を犠牲にして行われたものであったが、その後小説よりも事実への興味が増大した形跡がある。本書に対する書評の中には「情報小説」という言葉があった。政治が関しない限り、裁判手続にこの十五年間にあまり変化がなかったことも、本書が十五年後にも通用した理由の一つであったと思われる。

新聞小説として、法廷の場面ばかり続くので、読んで貰いたい、という小説家の本能によって、尋問と反対尋問との間にサスペンスを作り出そうとの意図が作動したことが反省される。まず初めに殺人の事実を提出し、公判の経過を通じてその動機、背景が現れるという枠組において、推理小説的であった。小説が延びるに従って、主人公と二人姉妹との関係が複雑化して、作者にとっても予想外の展開を示すに到ったのであった。

小説には法廷に現れた事実についての弁論しか書いてないのであるが、その背後にテレビや映画で劇化される人間関係がかくされていた。それが公判の進行につれて表へ出て来る。そういう構造において、五十三年度日本推理作家協会賞を受けたことは光栄であった。

要するにこの作品には多くの作家自身にとっては、予想外の要素を内包していたらしく、多くの角度から評価されたのは、作者としては意外のよろこびであった。

しかし、初稿にあった乱雑さは、わが学識ある顧問、伊達秋雄、大野正男、中村稔弁護士の助言によっても、なかなか解消しなかった。多くの見のがされた校正的なミス、用語の不統一、その他作者の法律に関する無智による初歩的誤りなどを、本文庫に収録するに当って、できる限り加筆訂正した。

この作業において、またまた御協力を賜(たまわ)った伊達、大野両氏に厚く御礼を申上げねばならない。ただし私が両氏の教示を理解できなかった点があるに違いないので、すべて最終的に私の責任であることは言うまでもない。

また昨年の第一版刊行以前より、朝日新聞初出によって、本書の教材的価値を認めて下さった名古屋地裁判事橋本亨典（はしもとたかのり）氏に御礼申上げたい。氏はその後も法律的細部に就いて意見を寄せられ、またこんどの訂正に際して、貴重な助言をいただいたのであった。

本書が日本の裁判の実際に就いて、情報を提供する小説という評価を受けると共に、細部においても誤りを冒すことが許されない、との束縛を課された、と私は感じている。裁判の現状もまた変化しつつある。検察官の証拠開示、弁護人の被告人との接見交通において制限を受けつつある。「集中審理方式」についての歴史的反応を替えることはできないが、将来とも改版の機会があれば、訂正して行くつもりであるから、今後とも大方の叱正をお願いしたい。

（一九七八年九月）

『大岡昇平集6』作者の言葉

本書は初版本から数えると四つ目の訂正稿に当ります。一、初版（新潮社、一九七七年）、二、「新潮現代文学」一九七八年、三、「新潮文庫」一九八〇年があります。初が司法研修所の教材に使われているのを知り――「誤りを指摘せよ」という形らしいのですが――、二の「あとがき」でうっかり「誤りを冒すことが許されない」と書いて自縄自縛に陥り、専門的見地より見ての矛盾や多くの用語の不適切が浮び上って来ました。最初より著者の法律的相談役たる伊達秋雄、大野正男、中村稔弁護士のほか、名古屋高裁判事の橋本享典氏、佐賀地裁所長時代の倉田卓次氏（現、東京高裁判事）より細目にわたる指摘をいただき、此回は大幅に手入れすることができました。もはやこれを決定版にして、今後手を入れることはないでしょう。

これら諸氏の御好意については、いくら感謝してもし尽せないほどですが、最終的に文責が作者にあることは申すまでもありません。裁判官の実務に基いての指摘にも拘らず、弁護士顧問の意見を採らなければならなかったところがあり、筆者としては心苦しいことです。結局これは小説であり、訴訟手続を一般人に理解できる程度に、近似的に物語るに尽きます。細目を挙げるのは避けますが、熱意をもって御教示を賜った各位に対し、その意に反した記述をしなければならなかったことに申訳なく心より御詫び致します。

事件の時日は昭和三十六年と特定されています。折柄裁判手続の変動期に当っていて、各界の意見が錯綜していたので、論争的な部分があります。それは歴史的な素人考えの記念として、変更してありません。

誤りはなお残っているでしょう、それもまた教育的である、という特権的地位に、小説家はいる、と思うことにしています。

附加の二篇は別に訳述紹介した裁判事件のうち重要なもの二篇を選びました。「サッコ・ヴァンゼッティ」が特に有名です。処刑五〇年目の一九七七年にマサチューセッツ州知事が誤判を認め、両人及びその子孫の名誉と市民権を恢復しました、処刑日の八月二十三日を記念日ときめました。ハートフォード市が同調しましたが、一方同日、退役軍人会が被害者たちの墓に詣でるという動きがあり、一旦下された判決を取消すということが、いかに難しいかを示しています。

解説

新保博久

大岡昇平の推理小説好きはつとに知られており、その例証に、主に推理界以外の書き手のエッセイを集めたアンソロジー『ミステリーの仕掛け』（一九八六年、社会思想社）をも編んでいると、しばしば紹介される。もう時効だろうから明かしてしまうが、同書の粗選りをしたのはほかならぬ私だ。大岡氏によって一つ二つ、収録作品を入れ替えられたように憶うが、親しく打ち合わせをしたわけではない。一度、編集者に連れられて成城のお宅に伺い、目次を決めただけである。若造（当時）は緊張して何を喋ったか記憶にないが、氏は上機嫌で最近読んだ翻訳ミステリのことばかり話された。『自転車に乗った警視』『小さな警官』など、それほど話題作だったわけでもない新刊にまで目を通されていたのに驚いたが、警視でも警官でもみんな警部にしてしまうのは御愛嬌だった。もちろんこんな編纂物は、氏のミステリ関係の業績でも辺境に属する。というより、本書『事件』が一九七七年九月、新潮社から刊行される以前は、氏に戦記文学や恋愛小説のいっぽうミステリの実作が相当数あっても余技と見なされていた。

たとえば石川喬司が〈世界ミステリ全集〉第八巻、ガーヴ／ブレイク／レヴィン集（一九七三年、早川書房）の巻末座談会において、「……大岡昇平さんが推理小説を書くと、ほんとうの探偵小説になってしまう。福永（武彦）さんが書くと、やはりほんとうの探偵小説を書いてしまう。そこにやっぱりもの足りない面もあるわけですよねえ。あの人たちの純文学作品のもっている香気を推理小説の世界にも持ち込んでくれないかという――」と発言しているのは、大岡作品では長編『夜の触手』（五九年五〜九月『週刊女性自身』連載）、『歌と死と空』（六〇年七月〜六一年三月、報知新聞連載）や、その他の推理短編を踏まえてのことだろう。しかし、前記二長編に続けて、一九六一年六月二十九日から六二年三月三十一日まで朝日新聞夕刊に連載されながら未刊だった「若草物語」こそ、石川氏の夢想するような長編ミステリだったのではあるまいか。すなわち十五年を経て改稿改題のうえ刊行された『事件』にほかならない。

『事件』は裁判テーマということでミステリ読者の関心をもそそったのだが、連載当時「若草物語」という題名では注目されなかったのも無理はない。もっとも、結城昌治は「裁判の経過を克明に追求してゆく筋立ては駆出しの推理小説作者にとっても興味深い作品」として第一回から愛読しており、その連載中に、結城氏が検察庁勤めという前歴を買われて、編集者を介して「刑事裁判の実態を聞きたい」という大岡氏の申し出に接し、とりあえず、「裁判の第一線で活躍している公判部の検事をご紹介」したのが初対面だったという（「やさしさときびしさ（大岡昇平さんのこと）」、朝日新聞社刊『昨日の花』所収）。『歌と死と空』が一九六二年八月、カッパ・ノベルスから刊行された際、結城氏が推薦の辞を草しているのはその縁だろう。

『事件』は特に推理小説とは謳われず出版されたが、その年末から企画されるようになった

『週刊文春』のミステリーベスト10（当初は内外作品混交）にランクインし、翌一九七八年には第三十一回日本推理作家協会賞を受賞した（ちなみに、同賞長編部門を『事件』とともに受賞することになる泡坂妻夫『乱れからくり』は、弱小出版社の刊行ゆえか前記ベスト10では圏外であった）。大岡氏は必ずしも『事件』が推理小説というつもりはなかったが、受賞をことのほか喜び、「『不連続殺人事件』の坂口安吾、加田玲（ママ）太郎こと福永武彦に嫉妬の炎をもやしていたのですが、これでやっと彼等と肩を並べることができたわけです」（「天にも昇る心地」、日本推理作家協会報三五四号／『問題小説』七八年六月号）と手放しで嬉しがったものだ。福永（加田伶太郎）氏は協会賞を獲っていないが、大岡氏の意識では受賞作家と同格なのだろう。五選考委員が一致して推した選評は推理作家協会のサイトで閲覧できるので、ここには紹介しないが、これは協会賞史にとっても〝事件〟であった。

同じく刊行の翌年、野村芳太郎監督により映画化された際の広告で原作者自身、「映画ではこの作品のもう一つの主題である現代の青春の問題も大きくとり上げられるそうで期待しています」（『週刊新潮』一九七八年六月一日号。傍点は引用者）との言葉を寄せているように、当時の若者の恋愛と、そこから生まれる悲劇を、裁判というフィルターを通して描こうというのが連載前の意図だったらしい。つまり少年犯罪が眼目で、裁判は容器だったのが書き進めるうちに逆転して、「若草物語」という題名にふさわしくなってきた。「……法廷の場面にはいって、多少の真実味をもって描こうとしたら、現在の法廷の手続が、そこらに出版されている裁判記録や裁判小説にあるような順序で進むものでないことがわかってき」（「『若草物語』を終えて」、朝日新聞六二年四月二十一日朝刊）で、複数の専門家の教示を仰いでも執筆は困難を極めたという。

菊地弁護士は判事から転身した設定だが、アドバイザーのひとり大野正男弁護士に「判事から転向して三年ぐらいでは、菊地弁護士のような（巧みな）弁護はできませんよ」（「『事件』が出来るまで」、『小説推理』一九七八年八月号に発表文を二度改題）と言われて、生え抜きの弁護士に替えようと無駄骨折りしたことも刊行が遅延した一因になったという。しかし初読時も今回の再読時も、証人への菊地の鮮やかな反対尋問に胸のすく想いをした私としては、推理小説のような名探偵だって実在はしないのだから、現実と乖離していても別に構わないと思う。

いま引用した「『事件』が出来るまで」は委曲を尽くした自作解説で、〈日本の名随筆〉別巻91、佐木隆三編『裁判』（一九九八年、作品社）にも採られているから、ぜひ全文をお読みいただきたい。大野弁護士と大岡氏との対論『フィクションとしての裁判』（七九年、朝日出版社レクチャー・ブックス）もサイドリーダーとして見逃せない。後者によれば『事件』には「アンチ推理小説を書いてやれって気もあった」そうで、青木雨彦のインタビュー対談のゲストに呼ばれた際も、「最初から（犯人が）自白しているので捜査段階には謎はない」のでアンチ推理小説だという意味の発言がある（『潮』八一年十月号）。塔晶夫（中井英夫）が『虚無への供物』（六四年）の巻頭言で使った「アンチ・ミステリー、反推理小説」というのとは用法が違うようだが。大岡昇平も埴谷雄高あたりに勧められて『虚無への供物』を読んでいそうだが、座談会「推理小説の魅力」（『中央公論 夏季臨時増刊 推理小説特集』八〇年八月）では内外の推理小説ベスト5として、小栗虫太郎「完全犯罪」、横溝正史『蝶々殺人事件』、松本清張「天城越え」、結城昌治『裏切りの明日』、笠井潔『バイバイ、エンジェル』を挙げ、『虚無への供物』は含めていない。外国の部で「埴谷とダブっちゃうから、『幻の女』はよそう」と『黒衣の花嫁』に替えているから、これも埴谷氏の選定との重複を避けたのかもしれないが。

ところで、「若草物語」が連載された一九六一年というのは、日本の裁判小説の当たり年でもあった。だが、五月に刊行された全編法廷場面に終始する高木彬光の『破戒裁判』に対し、「若草物語」と並行して『常識的文学論』の後半を連載していた大岡氏は、「……劃期的で野心的な試みだが、東京地裁で試行中の『集中審理方式』のユートピアを描いたものに過ぎない」と手厳しい。「『破戒裁判』の弁護士はどんどん自分で証拠を集めて来るから、苦労はない。それは彼の細君が株で儲けて、無限の財産を持っていて、採算を無視して使ってもよいからである。こうでもしなければ、集中審理は小説にならない」（第九回「推理小説論」、『群像』六一年九月号）。大岡氏は集中審理は被告側に不利であると批判的で、「若草物語」には『破戒裁判』へのアンチテーゼの意味もあったのかもしれない。

「若草物語」に半月ほど先んじて、毎日新聞夕刊で始まった開高健の初の新聞小説『片隅の迷路』もやはり裁判小説であった。創元推理文庫で復刊されたのをお読みになったかたもあるだろうが、これは一九五三年に徳島市で起こったラジオ商殺しで内妻が逮捕された冤罪事件の裁判のドキュメント・ノヴェルである。開高氏は、当時の徳島市を「その気になれば一日に十五時間ぐらい眠れそうな町」と表現しているが、『事件』の舞台となる金田町も相当な田舎町に設定されている。金田町は「大体神奈川県高座郡綾瀬町と寒川町の中間に位置せしめているが、事件そのものはもちろん、地名、人名はすべて架空」（「『若草物語』を終えて」）だという。

『事件』の作品構成は、一九五九年にはオットー・プレミンジャー監督、ジェームズ・スチュワートの弁護士役で映画化された原作（日本公開題名は「或る殺人」）でもある、米国のロバート・トレイヴァーのドキュメンタリーふう小説『錯乱――ある殺人事件の分析』（五八年、邦訳は同年末から翌年に東京創元社から上下巻刊行）に範を求めたという。七八年『裁判――ある殺人事件の解剖』と改題文庫化されるに当たって、上巻に寄せた短い解説で大岡氏は「私は子供の時から推理小説の愛読者だが、それは犯罪実話、裁判物語への興味につながっている」と述べた。それが嵩じて、本文庫版の底本になった『大岡昇平集6』に付載された「シェイクスピア ミステリ」「サッコとヴァンゼッティ」はじめ、海外の犯罪実話集をリライトした短編群（現・小学館文庫『無罪』所収）が五〇年代後半から六〇年代ごろまでに書かれたのだが、そんな最中に邦訳された『錯乱』は「私の裁判好きを十二分に堪能させてくれた」そうだ。

そうした流れで、ジョン・B・マーチンの犯罪実話集『悪魔の1ダースは13だ』***Butcher's Dozen***（1952）＝邦訳は六〇年、東京創元社刊＝も氏は読んだのだろう。『事件』に描かれた〝事件〟は著者の言う通り架空のものだが、『悪魔の1ダースは13だ』に収められた六編のうち「無邪気な恋人たち」に描かれた犯罪がモデルになっている。一九四九年、ウィスコンシン大学の真面目なカレッジ学生だったミルト・バビッチ Milt Babich（十九歳）が近隣のバーミンガム Birmingham 家の長女キャスリーン（十七歳）と恋仲になるが、それぞれの両親とも若い二人の結婚を認めそうにないので駆け落ちを決意する。が、キャスリーンの妹パトリシア（パット）に妊娠を勘づかれたらしいので、脅して口止めするためにミルトは拳銃を買って面語した。パットが笑って取り合わないので、本気だと示すために拳銃を取り出したところ、

「……拳銃には弾丸がはいってたんです。これが本物とはパットは知らなかったらしいし、本物だと思っても、弾丸がはいってるとは思わなかったんでしょう。ほっといたら、どんなことになるかわからない……パットは銃身をつかんだので、ぼくは根本のほうをつかんだ。パットが引き上げようとすると、弾丸が出てパットに当たったんです。自分でもよくわからないけど、彼女がぐっと手に力をこめたみたいなので、また引っぱると、また弾丸が出たんです。二発出て、パットはがくんとなってしまった……」（井上一夫訳、点線は原訳文）

この実話に倣って「若草物語」でもハツ子が二度刺されたことになっていたが、ナイフではピストルのようなわけにいかないので、刺されたのは『事件』では一度に改められた経緯も『事件』が出来るまで」に詳しい。

前掲した以外に大岡氏の好きな推理小説ベストなどを紹介する紙幅がなくなってしまった。だが考えてみれば、作者のミステリ趣味を知っておく必要などないだろう。『事件』のように、殺傷事件を含めて私たちの周りの誰にでも起こりそうな、ある意味ありふれた出来事を描いて、これほどサスペンスと知的興味を満足させてくれる小説を楽しむのに、予備知識など要らないのだから。

本書は一九七七年に新潮社より刊行された。本文庫化にあたっては、著者の存命中（一九〇九年〜一九八八年）に刊行された最終の版を決定版として『大岡昇平集6』（岩波書店／一九八三年）を底本とした。また著者の肉筆による訂正があるため、これを最終稿として採用した。

現在からすれば穏当を欠く表現については、著者が他界して久しく、古典として評価すべき作品であることを鑑みて、原文のまま掲載した。

宮部みゆき氏の文章は、〈ミステリー文学資料館ニュース〉第18号（二〇〇九年三月）所載のエッセイ「私の一冊」から抜粋した。

（編集部）

著者紹介 1909年東京都生まれ。京都帝国大学卒。52年『野火』が第3回読売文学賞を、74年『中原中也』が第27回野間文芸賞を、78年に本書が第31回日本推理作家協会賞を受賞。『俘虜記』『武蔵野夫人』『レイテ戦記』ほか著作多数。88年没。

検印
廃止

事件

2017年11月24日 初版
2022年 5月20日 10版

著 者 大岡昇平（おおおかしょうへい）

発行所 （株）東京創元社
代表者 渋谷健太郎

162-0814/東京都新宿区新小川町1-5
電 話 03·3268·8231-営業部
03·3268·8204-編集部
URL http://www.tsogen.co.jp
暁印刷・本間製本

乱丁・落丁本は、ご面倒ですが小社までご送付ください。送料小社負担にてお取替えいたします。

ISBN978-4-488-48111-7 C0193

綿密な校訂による決定版

INSPECTOR ONITSURA'S OWN CASE

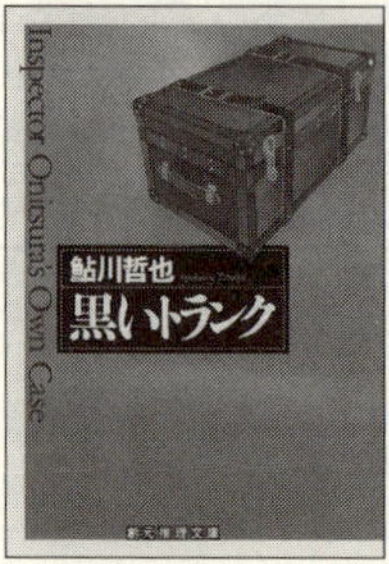

黒いトランク

鮎川哲也

創元推理文庫

◆

汐留駅で発見されたトランク詰めの死体。

送り主は意外にも実在の人物だったが、当人は溺死体となって発見され、事件は呆気なく解決したかに思われた。

だが、かつて思いを寄せた人からの依頼で九州へ駆けつけた鬼貫警部の前に鉄壁のアリバイが立ちはだかる。

鮎川哲也の事実上のデビュー作であり、
戦後本格の出発点ともなった里程標的名作。


本書は棺桶の移動がクロフツの「樽」を思い出させるが、しかし決して「樽」の焼き直しではない。むしろクロフツ派のプロットをもってクロフツその人に挑戦する意気ごみで書かれた力作である。細部の計算がよく行き届いていて、論理に破綻がない。こういう綿密な論理の小説にこの上ない愛着を覚える読者も多い。クロフツ好きの人々は必ずこの作を歓迎するであろう。――江戸川乱歩

H·M卿、敗色濃厚の裁判に挑む

THE JUDAS WINDOW◆Carter Dickson

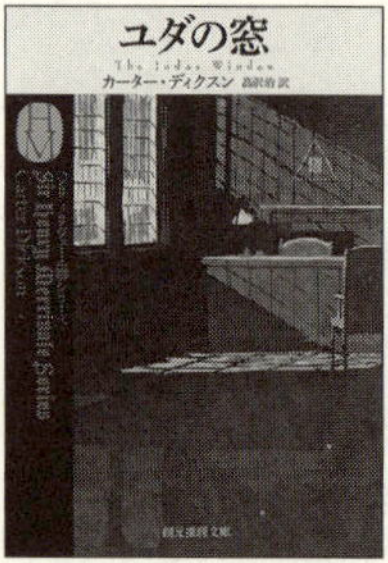

ユダの窓

カーター・ディクスン
高沢 治 訳　創元推理文庫

◆

ジェームズ・アンズウェルは結婚の許しを乞うため
恋人メアリの父親を訪ね、書斎に通された。
話の途中で気を失ったアンズウェルが目を覚ましたとき、
密室内にいたのは胸に矢を突き立てられて事切れた
未来の義父と自分だけだった——。
殺人の被疑者となったアンズウェルは
中央刑事裁判所で裁かれることとなり、
ヘンリ・メリヴェール卿が弁護に当たる。
被告人の立場は圧倒的に不利、十数年ぶりの
法廷に立つＨ・Ｍ卿に勝算はあるのか。
不可能状況と巧みなストーリー展開、
法廷ものとして謎解きとして
間然するところのない本格ミステリの絶品。